twilight

# 暮光之城

## 新月

XINYUE

［美］斯蒂芬妮·梅尔 著

龚 萍 张雅琳 李 俐 译

桂图登字：20-2007-171



**图书在版编目（CIP）数据**

新月 /（美）斯蒂芬妮·梅尔著；龚萍，张雅琳，李俐译．—2版．—南宁：接力出版社，2021.3（2024.9 重印）
（暮光之城）
书名原文：New Moon
ISBN 978-7-5448-6996-6

Ⅰ.①新… Ⅱ.①斯…②龚…③张…④李… Ⅲ.①长篇小说－美国－现代 Ⅳ.①I712.45

中国版本图书馆 CIP 数据核字（2021）第 030132 号

总策划：白冰　黄俭　黄集伟　郭树坤
责任编辑：陈楠　杨雯潇　　美术编辑：许继云
责任校对：高雅　王静　　责任监印：刘冬
版权联络：金贤玲　　营销主理：贾毅奎　蔡欣芸
出版人：白冰　雷鸣
出版发行：接力出版社　　社址：广西南宁市园湖南路 9 号　　邮编：530022
电话：010-65546561（发行部）　传真：010-65545210（发行部）
网址：http: //www.jielibj.com　　电子邮箱：jieli@jielibook.com
经销：新华书店　　印制：河北鹏润印刷有限公司
开本：890 毫米 ×1240 毫米　1/32　　印张：12.75　　字数：400 千字
版次：2008 年 9 月第 1 版　　2021 年 3 月第 2 版　　印次：2024 年 9 月第 37 次印刷
印数：856 001—859 000 册　　定价：56.80 元



质量服务承诺：如发现缺页、错页、倒装等印装质量问题，可直接联系本社调换。
服务电话：010-65545440

献给我的父亲斯蒂芬·摩根

没有谁比您所给予我的爱更多，

也没有谁像您那样无条件地支持我。

我也深深地爱着您。

CONTENTS

# 目　录

序幕 ………………………………… 1

**派对** ………………………………… 2

**缝针** ………………………………… 24

**结束** ………………………………… 41

**醒来** ………………………………… 72

**背叛者** ……………………………… 93

**朋友** ………………………………… 106

**重复** ………………………………… 123

**肾上腺素** …………………………… 139

**三人约会** …………………………… 154

**草地** ………………………………… 171

**信徒** ………………………………… 189

**闯入者** ……………………………… 206

**凶手** ………………………………… 221

家人 ········· 237
气压 ········· 250
帕里斯 ········· 264
访客 ········· 278
葬礼 ········· 294
厌恶 ········· 309
沃特拉城 ········· 321
宣判 ········· 333
逃亡 ········· 348
真相 ········· 358
投票 ········· 373
尾声 ········· 392

**这种狂暴的快乐将会产生狂暴的结局，**
**正像火和火药的亲吻，**
**就在最得意的一刹那烟消云散。**

——《罗密欧与朱丽叶》，第二幕，第六景

# 序　　幕

我觉得自己就像身陷在那种可怕的噩梦中，你得不停地奔跑，直到你的肺都快爆裂开来，但是你还是没法让自己跑得更快些。当我从冷漠无情的人群中挤过去的时候，我的双腿好像跑得越来越慢，但是巨大的钟楼上的指针却一点儿也没慢下来。在决不罢休、漠不关心的力量驱使下，它们残酷无情地朝着终点——朝着一切事物的终点转动。

但这绝不是梦，并且，它也不像梦魇，我不是在**为我自己**的生命奔跑，我要抢在终点之前挽救极其珍贵的东西。我自己的生命此刻已经毫无意义了。

爱丽丝曾经说过，我们两个死在这里的可能性很大。要是她没困在灿烂的阳光里的话，结果恐怕会大不一样，但现在，却只有我一个人能够自由地跑过这明亮拥挤的广场。

而我却无法跑得更快。

因此，尽管我们被外界极其危险的敌人所包围，对我而言却已经无关紧要了。钟楼上的钟在整点响了起来，钟声在我缓慢移动着的脚底下振动，此时我知道一切都已经太迟了——不过，想到附近有嗜血的东西，我仍开心不已。由于我没能做到这一点，我已经丧失了活下去的愿望。

钟声又响了起来，太阳从天空正中央照射下来，散发出耀眼的光芒。

# 派　对

我百分之九十九点九地确定我是在做梦。

我之所以如此确信的理由是：第一，我正站在一束明亮的阳光下——那种令人目眩的、明净的太阳从未照耀在我终年烟雨的新家乡——华盛顿州的福克斯镇上；第二，我正注视着我的奶奶玛丽，她至今去世已经有六年多了，因此，这一确凿的证据足以证明我是在做梦。

奶奶没有发生很大的变化，她的脸庞还是我记忆中的模样。她的皮肤柔软而松弛，形成一道道弯弯曲曲的小细纹，轻轻地依附在骨骼上；她像一个干瘪的杏，只不过她头上还顶着一团蓬松浓密的白发，像云朵一样盘旋在她的周围，飘浮在空中。

我们的嘴唇——她的嘴巴干瘪，嘴角布满褶皱——就在同一时间伸展开，露出同样惊讶的半个笑容。显而易见，她也没料到会见到我。

我正准备问她问题，我有好多问题想要问——她在我的梦里做什么？她过去六年过得怎么样？爷爷还好吗？无论他们在哪里，他们找到彼此了吗？——但是，她在我开口的时候也张开了嘴巴，所以我停了下来，让她先说。奶奶也停顿了一下，接着，我们俩都有些尴尬，笑了起来。

“贝拉！”

不是奶奶在叫我，我们俩都转过身来看着加入我们两个人小团聚的那个人。我没必要看就知道是谁，不管在哪里我都能听出这个声音——那么熟悉，无论是清醒，还是睡梦中……我敢打赌，就算我死了，我都能感知、回应它的存在。这个声音是我宁愿穿越火海都要寻找到的——或者，不那么夸张地说，它是我宁愿每天跋涉在寒冷无尽的雨中都要寻找到的。

爱德华。

尽管我看到他的时候总会兴奋不已——有意或无意地——即使我**几乎**肯定我正在做梦，但当爱德华穿过耀眼的阳光向我们走来的时候，我仍然感到惊慌失措。

我惊慌失措是因为奶奶不知道我和一个吸血鬼相爱了——没有人知道这件事——那么，一束束光辉灿烂的光柱散落成千万颗彩虹般的光珠，遍布爱德华的皮肤，使他看起来像是由水晶或钻石做成的一样，我该如何解释呢？

**好吧，奶奶，您可能已经注意到我的男朋友闪闪发光。他在阳光下就会这样，别担心……**

他**正在做**什么？他住在福克斯这个世界上最多雨的地方的全部原因就是——他能够在白天外出，同时又不会暴露他家族的秘密。然而，爱德华现在正优雅地向我信步走来——他天使般的脸庞上挂着最美丽的微笑——仿佛这里只有我一个人一样。

就在那一刻，我希望我没有被排除在他神秘的天赋之外，我原先一直很庆幸他唯独不能看透我的心思，但是现在我希望他也能听清我的想法，这样的话他就能听见我脑海里尖声喊出的警告。

我大惊失色地朝身后瞥了一眼奶奶，但一切都太迟了，奶奶正好转过身来瞪大眼睛盯着我，她的双眼和我的一样警觉。

爱德华——仍然带着如此美丽的微笑，我的心仿佛要从胸口膨胀迸裂出来一样——他伸出手臂抱住我的肩膀，转过身来面向奶奶。

奶奶的表情令我惊讶不已。她看起来毫不恐惧，相反，她怯懦地盯着我，仿佛在等待责备一样。而且她站立的姿势也很奇怪——一只手臂笨拙地抬了起来，向外伸出去，接着环绕着空气弯曲起来，就像她的胳臂环抱着某个我看不见，某个隐形的人一样……

正当画面逐渐变大的时候，我才注意到围绕着我奶奶的巨大的镀金镜框。我想不通，于是抬起那只没有搂着爱德华的腰的手臂，伸出手想要触摸她。奶奶一模一样地模仿着我的动作，简直就像从镜子里

反射出来的一样。但是就在我们的手指头应该相触的地方，我却只感觉到冷冰冰的玻璃……

我头晕眼花，梦突然变成了梦魇。

那根本不是奶奶。

那是我，镜子里的我。我——年老色衰，满脸皱纹，神情枯槁。

爱德华站在我的身边，镜子中也没有他的映像，他如此可爱，永远保持着十七岁的模样。

他把冰冷完美的嘴唇贴近我消瘦的脸颊。

“生日快乐。”他呢喃道。

我猛地醒了过来——眼睛突然睁得大大的——大口地喘着气。又是一个多云的早晨，熟悉的昏暗的灰色光线取代了梦中令人目眩的阳光。





**只不过是个梦而已**，我告诉自己，**这只不过是个梦**。我深深吸了一口气，就在这时，闹钟冷不丁地响了起来，我吓了一跳。闹钟钟面角落里的小日历显示今天是九月十三日。

尽管不过是个梦而已，但从某种意义上来说至少预示着什么。今天是我的生日，我就要正式地步入十八岁了。

几个月以来我一直害怕这一天的到来。

在整整一个完美的夏天里——我曾度过的最快乐的夏天，那是**任何地方的任何人**曾经度过的最快乐的夏天，当然，那也是奥林匹克半岛历史上最多雨的夏天——这个令人沮丧的日子却秘密地潜伏着，等待着迸发出来。

而现在它突然袭来，比我恐惧的情况还要糟糕。我能感受到这一点——我变老了。虽然每天我都在变老，但是这是不一样的，这种感觉更糟糕，而且是可以用数字计算的。我十八岁了。

而爱德华永远都不会变老。

我刷牙的时候几乎惊讶地看见镜子中的脸庞并没有改变。我紧盯着镜子中的自己，在象牙般的皮肤上寻找即将到来的皱纹的蛛丝马迹。不过，我脸上唯一的褶皱是在额头上，虽然我知道，如果我能够让自己放松一下的话，它们就会消失不见，但我做不到。我的眉毛纠结在一起，在焦虑的深褐色眼睛上方形成一道线。

**这不过是个梦而已**，我再次提醒自己。只不过是个梦……但也是我最糟糕的噩梦。

我没吃早餐，就急匆匆地想尽可能快地跑出家门。但我没能完全避开爸爸，因此不得不花几分钟时间假装高兴。看到那些我让他不要买的礼物，我认真地努力露出兴奋的表情，但是每次我不得不笑的时候，觉得自己好像就要开始哭一样。

在开车到学校去的路上，我努力地控制住自己的情绪。奶奶的幻景——尽管我**不会**把它当成自己——但是却很难把它从脑海中驱逐出去。除了绝望我毫无感觉，直到当我把车开到福克斯高中后面熟悉的停车场，发现爱德华仿佛一尊美神大理石雕像，一动不动地靠在他的闪亮的银色沃尔沃上。我的梦对他不公平。就像往常一样，他现在正在那儿等我呢。

绝望暂时烟消云散，取而代之的是奇迹。即使在我与他交往半年之后，我仍然不敢相信我配得上如此这般的幸运。

他的妹妹爱丽丝站在他身边，也在等我。

当然，爱德华和爱丽丝并没有血缘关系（在福克斯流传着这样的故事，卡伦家族所有的兄弟姐妹都是由卡莱尔·卡伦医生和他的妻子埃斯梅领养回来的，他们两个人太年轻了，不可能有十几岁大的孩子），但是他们的皮肤如出一辙的苍白与朦胧，双眸也闪烁着同样奇异的金色光芒，瘀青般的阴影笼罩着深深的眼窝。爱丽丝的脸庞像爱德华的一样，美丽得令人惊叹。在知悉内情的人心中——就像我这样的知情人一样——他们的相似之处正是他们真实身份的标记。

我看到爱丽丝在那里等我——她黄褐色的眼眸闪烁着兴奋的光芒，手中握着一个银色包装的小方盒——一看见她手里的东西我就皱了皱眉头。我告诉过她我**什么**也不要，**无论是什么**，我的生日不需要礼物，甚至不需要别人的注意。显而易见，此刻他们完全无视我的愿望。

我砰的一声关上了我的雪佛兰[①]53 型货车的门——一阵灰尘轻轻地飘落到湿漉漉的柏油路面上——我向他们等我的地方缓步走去。爱丽丝蹦蹦跳跳地向我跑来，她的脸庞在长长的直发下熠熠生辉，像小精灵一样。

“生日快乐，贝拉！”

“嘘！”我一边示意让她小点儿声音，一边看了看停车场周围，确定没有人听见她说的话。我最不想发生的事情就是因为这次黑色事件而进行任何形式的庆祝活动。

她无视我。爱德华还在原地等待，我们朝他走过去的时候，爱丽丝迫不及待地问道：“你想现在还是晚些时候打开礼物？”

“不要礼物！”我咕哝着抗议道。

她终于好像弄明白了我在想什么，说道：“好吧……那晚些时候再打开看吧。你喜欢你妈妈送给你的剪贴簿吗？还有查理送给你的照相机，你喜欢吗？”

我叹了口气，她当然会知道我会得到什么样的生日礼物。爱德华并不是他们家族唯一有特异功能的人。我的父母他们一旦决定要给我买什么，爱丽丝就能“看见”他们正在计划的事情。

“是啊，棒极了！”

“我认为那个主意不错。你只有一次当高年级学生的机会，不妨把你的经历存档起来。”

“你当过多少次高年级学生了？”

“那不一样。”

此时我们来到爱德华等我们的地方，他伸出手来牵住我的手。我急不可待地握住他的手，暂时遗忘了忧郁的情绪。他的皮肤和平常一

---

① 雪佛兰（Chevrolet）：美国通用汽车公司汽车品牌。雪佛兰汽车公司是于1911 年由一个瑞士人创建的，当时其产量排世界第六。公司于 1918 年推出首辆雪佛兰货车，也就是这一年雪佛兰公司被通用公司购并，但它的销量已超过所有其他美国品牌，其供货品种多种多样，备受美国民众的喜爱，曾一度出现在 20 世纪 60 年代的流行歌曲之中。贝拉的雪佛兰 53 型货车可谓年代久远。（本书脚注如未特别标明，皆为译者注。）

样光滑、坚硬，也很冰冷。他轻轻地挤了一下我的手指，我望向他那明亮的黄褐色双眸，心脏一阵紧缩，心头一紧。爱德华听见我不平静的心跳之后又微笑了起来。

他抬起那只闲着的手，用冰冷的指尖轻轻地在我的嘴唇周围滑动，他说："那么，和我们讨论的一样，你不允许我祝你生日快乐，是这样吗？"

"是的，就是这样。"我从来都没办法模仿他的遣词造句，那么完美，那么流畅，那么正式。那是只有一个世纪以前的人们才学得会的措辞。

"只是确定一下，"他用手理了理凌乱的古铜色头发，说道，"你**可能**改变主意了。大多数人都好像喜欢过生日、接受礼物这样的事情。"

爱丽丝大声笑了起来，她的声音清脆而动听，就像风铃在风中发出阵阵响声一样，"你当然喜欢的，今天每个人都应该对你友好，让着你，贝拉。还能发生什么最糟糕的事情吗？"她反问道。

"变老啊。"我还是回答了她的问题，但我的声音并不像我想的那么坚定。

站在我身边的爱德华咧着嘴巴笑了起来。

"十八岁并不老呀，"爱丽丝说，"女人们不是直到要过二十九岁生日的时候才会感到难过吗？"

"可我比爱德华老一些啊。"我喃喃自语道。

爱德华叹了口气。

"就技术层面上而言，"她说道，语调还是那么轻松，"不过大了一岁而已。"

而我觉得……如果我对我想要的未来有**把握**的话，如果我将与爱德华、爱丽丝还有卡伦家族的人永远在一起的话（最好不要变成一个满脸皱纹、身材娇小的老妇人）……那么不论是大一两岁，还是小一两岁，我都不会如此介怀。但是爱德华完全反对任何让我发生改变的计划，任何让我与他一样的未来——也让我永生。

那是死路一条，他是这样说的。

老实说，我无法真正地理解爱德华的意思。做吸血鬼看起来并不是那么可怕的事情——至少卡伦家族的人看起来一点儿也不可怕。

“你几点钟到我们家？”爱丽丝继续问道，她改变了话题。看她的表情，她想要做的事就是我一直希望逃避的。

“我并没想过要去你们家呢。”

“哦，公平些，贝拉！”她抱怨道，“你不是真的打算那样扫我们的兴吧？”

“我以为我的生日应该是按照**我**想要的方式来过的。”

“放学后我会从查理家把她接过来。”爱德华告诉她，他根本无视我的话。

“我得打工。”我抗议道。

“实际上，你不用去了，”爱丽丝得意地对我说，“我已经跟牛顿夫人说过了，她给你换了班。她还让我转告你‘生日快乐’。”

“可我——我还是不能过来，”我结结巴巴地说，搜肠刮肚地想找个借口，“我，噢，我还没有看英语课上要看的《罗密欧与朱丽叶》[①]呢。”

爱丽丝哼了一声：“你都快把《罗密欧与朱丽叶》背下来了。”

“但是贝尔蒂先生说过我们要看表演的戏剧才能完全欣赏它——那才是莎士比亚想要的演绎方式。”

爱德华转了转眼睛。

“你已经看过电影了。”爱丽丝责备道。



---

① 《罗密欧与朱丽叶》(*Romeo and Juliet*)：英文原名为 *The Most Excellent and Lamentable Tragedy of Romeo and Juliet*，简写为 *Romeo and Juliet*，是英国剧作家莎士比亚著名的悲剧，因其知名度而常被误称为莎翁四大悲剧（实为《麦克白》《奥赛罗》《李尔王》及《哈姆雷特》）之一。但《罗密欧与朱丽叶》这个悲剧故事并不是莎士比亚的原创，而是改编自阿瑟·布卢克（Arthur Broke）1562 年的小说《罗密欧与朱丽叶的悲剧历史》(*The Tragicall History of Romeus and Juliet*)。本剧曾被多次改编成歌剧、交响曲、芭蕾舞剧、电影及电视作品。法国作曲家古诺曾将此剧谱写为歌剧，著名的音乐剧《西区故事》亦改编自本剧。俄国作曲家柴可夫斯基谱有《罗密欧与朱丽叶幻想序曲》，作曲家普罗科菲耶夫则为该剧编写芭蕾舞乐曲，均获得大众的喜爱。而 1996 年电影版《罗密欧与朱丽叶》由好莱坞艺人莱昂纳多·迪卡普里奥及克莱尔·黛恩斯主演，于 1997 年柏林影展获得多个奖项。

"但不是二十世纪六十年代版的。贝尔蒂先生说过那才是最好的。"

最后，爱丽丝再也没法得意地笑了，她恶狠狠地盯着我："这件事儿要么很简单，要么很难，贝拉，非此即彼……"

爱德华打断她的威胁，宽慰道："爱丽丝，放松点儿。要是贝拉想要看电影的话，那么就让她看吧，这是她的生日。"

"就是啊！"我补充道。

"我七点左右带她过来，"他继续说道，"这样你们会有更多时间准备。"

爱丽丝大笑着插话道："听起来不错。晚上见，贝拉！今晚肯定很有意思，你会发现的。"她露齿一笑——这样的笑容使她完美无瑕、闪闪发光的牙齿全部露在嘴唇外面——接着她轻轻地吻了一下我的脸，我还没来得及反应她就手舞足蹈地跑去上第一节课了。

"爱德华，求你……"我开始乞求了，但是他用一根冰冷的手指压住我的嘴唇。

"我们待会儿再讨论，上课要迟到了。"

我们和往常一样坐在了教室的后面，也没人费心盯着我们俩。（我们现在差不多每节课都在一起——爱德华得到女行政助理们的特别关照帮他做成了这件事儿，这简直棒极了！）爱德华和我在一起拍拖的时间已经很久了，现在这件事情已经不会再成为人们茶余饭后的谈资了。就连迈克·牛顿也没有再像以前那样忧郁地盯着我了，他的目光曾让我感到有些内疚。相反，现在微笑又出现在他的脸庞上，他似乎已经接受了我们两个人只能成为朋友的事实，这也让我感到很高兴。经过一个夏天，迈克改变了不少——圆圆的脸形已经稍有改变，颧骨更加突出，浅金发换了个新发型，和以前粗硬的长发不一样，现在他的头发更长了，用发胶精心地固定成随意凌乱的造型。要了解这种灵感来自何处并非难事——但是爱德华的外表不是通过模仿就能实现的。

时间在往前推移，我却在想逃离今晚在卡伦家可能发生的任何事情。在我还沉湎于哀悼的情绪时却要举行庆生会，这已经够糟糕的了。但更糟糕的是这肯定会引起别人的注意，还会收到许多礼物。

引人注意绝不是什么好事情，其他像我一样老惹麻烦、笨手笨脚的人都会同意这一点。没有人想在自己很可能摔倒在地、丢脸万分的时候成为人们关注的焦点。

我曾直截了当地要求过——噢，实际上是命令过——今年任何人都不要给我送礼物。看起来查理和蕾妮并不是唯一决心对此熟视无睹的人。

我一直没什么钱，不过这也没让我烦心。蕾妮是靠幼儿园老师的薪水把我养大的，而查理的工作也赚不了太多钱——他是福克斯这个小镇上的警察局局长。我个人唯一的收入，来源于一周三天在当地一家运动品商店打工。在像福克斯这样小的小镇上，我能有份工作已经算是很幸运的了。我赚的每一分钱都存进了我的微型大学基金。（上大学是我的 B 计划。我仍然希望实现 A 计划，但是爱德华对于让我一直当人类的想法坚定不移……）

爱德华**很**有钱——我甚至不想去想他到底有多少钱。金钱对于爱德华或卡伦家族的其他人而言毫无意义。他们认为金钱不过是当你手头拥有无限的光阴，而且有个姊妹具有预测股票市场行情的神秘能力的时候所积累的东西。爱德华似乎并不明白为什么我反对他在我身上花钱——他不理解如果他带我到西雅图一家昂贵的餐厅吃饭，为什么会让我感到不舒服；也不理解为什么我不允许他给我买一辆时速达到五十五英里的车；更不理解为什么我不让他为我付大学学费（他荒谬地热衷于 B 计划）。在他眼里，我根本没必要自讨苦吃。

但是我怎能让他给我买东西却没法回赠他呢？他，因为某种深不可测的原因，想要和我在一起。基于此种理由之上的任何馈赠，都会让我们的关系愈加失去平衡。

白天仍在继续，爱德华和爱丽丝都没有再提我生日的事情，我开始放松了一点。

我们坐在常坐的座位上吃午饭。

这张餐桌上弥漫着一种奇怪的缓和气氛。我们三个人——爱德华、爱丽丝和我——坐在桌子的最南端。既然那几位令人恐惧的“高年级学生”（主要是埃美特）卡伦兄妹们都已经毕业了，爱丽丝和爱德华看起来就没那么令人畏惧了。除了我们之外，还有其他人坐在这里吃饭。我的其他朋友，迈克和杰西卡（他们俩正处于分手后仍是朋友的尴尬阶段），安吉拉和本（他们的关系经过一个暑期延续了下来），埃里克、康纳、泰勒和劳伦（尽管最后那个并不算真正意义上的朋友），全都坐在一张餐桌上吃饭，餐桌上似乎有一条隐形的分界线，他们全都坐在另一端。这条隐形的分界线在阳光明媚的日子就自行消解了，通常这时候爱德华和爱丽丝都会逃课，这样一来，他们的谈话就会毫不费力地展开，我也会加入进来。

我常常感到这种微妙的放逐感，它令我感到落单，受伤，而爱德华和爱丽丝却没有相同的体会。他们根本没注意到它的存在。人们对卡伦家族的人莫名其妙地感到不安，往往会因为某种他们自己也无法解释的原因而感到害怕，我则算个例外。我和爱德华靠得很近的时候会感到无比的舒适。有时候，爱德华还会因此而烦恼。他认为他对我的健康有害——无论何时他发表这样的看法，我都会激烈地反对。

下午过得很快。放学后，爱德华和平常一样送我去取车。但是，这一次，他为我拉开的是副驾车门，爱丽丝这会儿肯定正开着他的车在回家的路上呢，这样一来他就可以防备我逃跑了。

我抱起双臂，没有任何避雨的意思："这是我的生日，难道不应该由我来开车吗？"

"我正假装这不是你的生日呢，这正是你希望的啊。"

"要是这不是我的生日的话，那么我今晚就不必到你们家……"

"好吧。"他关上了副驾车门，从我面前走过打开了驾驶座的车门，"生日快乐。"

"嘘！"我毫无兴趣地嘘了一下，从打开的车门爬进了驾驶座，希望他接受的是另一个提议。

我开车的时候爱德华在拨弄我的收音机，满脸不满地摇着头。

"你的收音机信号太差了。"

我皱了皱眉头。我不喜欢他对我的卡车挑三拣四。这辆卡车棒极了——它很有个性！

"你想要漂亮的立体声音响吧？那么开你自己的车去。"我对爱丽丝的计划感到很不安，特别是当我本来就很郁闷的时候，我的话听起来比我原本的意思还要尖锐。我几乎从没对爱德华发过脾气，我的语调使他闭上了嘴巴，笑容僵在那里。

我把车停在查理家门口，爱德华伸出双手捧住我的脸，小心翼翼地用指尖轻轻地划过我的太阳穴、颧骨和下巴，仿佛我特别容易破碎似的。的确如此——至少跟他比起来我是这样的。

“你应该心情很好才对，尤其是今天。”他轻声地说着，甜美的气息拂过我的脸。

“要是我不想心情好呢？”我问道，呼吸变得急促起来。

他金色的双眼布满忧郁：“那就太糟糕了。”

当他向我靠近，把冰冷的嘴唇压在我的嘴唇上的时候，我已经开始晕头转向了。毫无疑问，他是故意的，顷刻间，我忘却了所有的烦恼，精力全用在记住如何吸气和呼气上了。

他的嘴唇冰冷而光滑，温柔地游移在我的嘴唇上，直到我用胳膊环抱住他的脖子，过于热情地回应着他的吻。他放开我的头的时候，我感觉到他回避着将嘴唇移开，用手掰开我紧紧环抱着他的手。

爱德华在我们身体接触方面定下了许多条条框框，他想让我活下去。尽管我一直使我的皮肤和他锋利无比、布满毒液的牙齿之间保持安全距离，但我总是会忘记一些琐碎的事情，譬如当他吻我的时候。

“乖乖的，求你了。”他在我脸旁温柔地说道。他又轻轻地吻了一下我的唇，然后又移开了，把我的手交叉着放在我的肚子上。

我几乎能听见自己的心跳，脑中嗡嗡作响。我用手捂住胸口，心脏在我的掌心下疯狂地跳动着。

“你觉得我能更好地应付这样的情况吗？”我几乎是在问自己，“无论何时你抚摸我，某一天我的心可能不会再努力地蹦出我的胸口。”

“我真的希望不要。”他说道，语气中有些沾沾自喜。

我转动了一下眼睛：“我们去看看凯普莱特和蒙塔古互相攻击，好吗？”

“你许愿，我就来实现。”

爱德华躺在长沙发上，我则把电影打开，按着快进键跳过片头字幕。

我在他前面的沙发边缘上坐下来，他用胳膊环住了我的腰，紧紧地把我抱在他的胸前。其实，他的胸膛坚硬而冰冷——也很完美——和冰雕一样，靠在上面并不会比靠在一个沙发垫子上更舒服，但是我当然更喜欢这样。他从长沙发上拉下一条旧阿富汗毛毯裹在我身上，这样我就不会因为靠在他身边而感到寒冷。

“你知道，我对罗密欧一直就没什么耐心。”电影开始的时候他就评论道。

“罗密欧有什么不好？”我感到有些受到冒犯地问道。罗密欧是我最喜欢的虚构人物之一。在我遇到爱德华之前，我对他还真有些好感呢。

“哦，首先，他爱上了罗莎琳——你不觉得这让他看起来有些花心吗？接着，他和朱丽叶结婚没几分钟就杀死了朱丽叶的堂兄[①]。真不怎么聪明，他是一错再错！他不是彻头彻尾地毁掉了自己的幸福吗？”

我叹了口气：“你让我一个人看这部电影好吗？”

“不好，我在一旁看着你好了。”他的指头摩挲着我胳膊上的皮肤纹理，所到之处起了一层鸡皮疙瘩，“你会哭吗？”

“可能吧，”我承认道，“要是我集中精神的话。”

“那么我不打扰你了。”但是我感到他的唇落在我的头发上，这让我很难集中精神。

电影总算引起了我的兴趣，很大程度上感谢爱德华在我耳边呢喃着罗密欧的台词——他的嗓音像天鹅绒般迷人，让人无法抗拒，相比之下，男演员的声音粗糙沙哑，软弱无力。不过，看到朱丽叶苏醒过来发现新婚的丈夫死了的时候，我的确哭了，这倒是让他很开心。

“我承认，在这一点上我有些妒忌他。”爱德华一边说，一边用一缕头发擦干我的眼泪。

---

① 指的是提伯尔特（Tybalt）——朱丽叶的堂兄，在剧中，罗密欧与朱丽叶的家族有世仇，罗密欧爱上朱丽叶之后，其堂兄提伯尔特要和罗密欧决斗，并在决斗中被罗密欧误杀，导致罗密欧被放逐。

“她很美。”

他用厌恶的声音说道：“我妒忌他不是因为这个**女孩儿**——而是殉情这一幕。”他带着揶揄的口吻澄清，“他们居然能如此轻而易举地做到这一点！而他们所要做的不过是喝下一小瓶植物萃取液。”

“什么？”我喘着气惊讶地问道。

“这是我曾经考虑过的事情，我从卡莱尔的经验得知这对我而言并非易事。我甚至不确定卡莱尔最初尝试过多少种自我了结的方法……在他意识到自己变成什么之后……”他的语调严肃起来，然后又变得轻松了，“显而易见，他现在还相当健康。”

我打量着他的脸，试图读懂他的表情。“你到底在说什么？”我追问道，“你是什么意思，你曾考虑过的这件事是什么意思？”

“去年春天，当你……几乎被害死的时候……”他停顿了一下，深吸一口气，努力让声音变得调侃些，“当然啦，我努力把精力集中在希望你生还上面，但是我的部分思维也做好了发生不测情况的准备。正如我所说，这对我而言并不像对人类那样容易。”

顷刻间，我上次去凤凰城的记忆涌进脑海，令我感到眩晕。一切都历历在目——耀眼的阳光，以及当我绝望地冲去寻找那个吸血鬼时，从钢筋混凝土森林上散发出来的阵阵热浪，还有那个残酷成性、企图把我折磨致死的吸血鬼。詹姆斯把我妈妈当成人质，在装满镜子的房间里等我——我原以为是这样。我根本不知道这是个陷阱。正如詹姆斯也不知道爱德华正赶过来救我一样。爱德华赶来的正是时候，不过差一点就太迟了。我想都没有想就用指头摸了摸我手上新月形的伤疤，那里的体温总比我其他的地方低了几度。

我摇了摇头——仿佛我能把糟糕的记忆赶跑似的——努力想领会爱德华的意思，一阵难受涌上心头，“发生不测情况的准备？”我重复道。

“哦，没有你，我没打算活下去。”他转动了一下眼睛，仿佛这一事实像孩子气般的明显，“但是我不确定怎样才能**做到**——我知道埃美特和贾斯帕绝不会帮忙的……因此，那时候我想兴许可以到意大利，做些什么事情激怒沃尔图里家族。”

我不想相信他是认真的，但是他金色的双眼神情沉重，他思忖着结束自己生命的方式的时候，目光注视着远处。一阵莫名的愤怒突然从我的心头升起。

"沃尔图里是什么？"我继续追问道。

"**沃尔图里**是个家族，"他解释道，不过他的眼睛仍然看着远处，"那是我们族类很古老、很有实力的一个家族。他们在我们的世界里最接近皇室，我想。卡莱尔早年和他们在一起生活过一段时间，在意大利，那是在他来美国定居之前——你还记得这个故事吗？"

"我当然记得。"

我永远都不会忘记第一次去他家的情形，他家巨大的白色大宅隐藏在河边的丛林中。我也不会忘记卡莱尔的房间——他在许多方面真的很像爱德华的父亲——卡莱尔在那个房间的墙壁上挂满了描绘他的个人历史的绘画。在那些绘画中最栩栩如生，用色最为狂野大胆，最大的那幅画展现的是卡莱尔在意大利的时候的生活。我当然记得平静的四人组，他们每个人都有一张天使般精致的脸庞，他们被画在最高的阳台上，俯视着盘旋的厚重的色彩旋涡。尽管这些油画已经有几个世纪的历史了，卡莱尔——那个金发天使——仍然没有改变。我也还记得另外三个，卡莱尔早年的熟人。爱德华从来没有用**沃尔图里**这个名字来称呼这三个美丽的伙伴，其中两个长着黑发，另一个则头发雪白。他一直叫他们阿罗、凯厄斯和马库斯，他们是幽暗世界里艺术的赞助人。

"不管怎么样，别去惹沃尔图里家族，"爱德华继续说道，打断了我的沉思，"除非你想要死——或者，不管我们做什么，都会造成这样的后果。"他的声音非常平静，听起来他似乎对这样的前景感到无聊。

我的愤怒转变成恐惧，我用双手紧紧捧住他大理石般的脸庞。

"你再也不许有这样的念头了，永远永远永远都不要！"我说道，"不管在我身上会发生什么样的事，**绝不允许**你伤害你自己！"

"我再也不会使你身陷险境了，所以你的话没用了。"

"**让**我身陷险境！所有的坏运气都是我的错，我以为我们已经对此盖棺定论了呢？”我变得更加气愤了，“你怎么可以那样想呢？”爱德华不复存在，哪怕我已经死了，只要想到这一点就让人痛苦不堪。

“换个角度，你会怎么做？”他问道。

“那不一样！”

他似乎没明白其中的不同，哧哧地笑了起来。

“假设在你身上真的发生什么事情呢？”我对比权衡了一下这个想法，“你也希望我**放弃**自己的生命吗？”

痛苦的表情在他完美的容颜上一闪而过。

“我想我明白你的意思了……有一点，”他承认道，“但是没有你我该怎么办呢？”

“在我来到你的生活里，使你的生活变得复杂之前，你还是一样地在生活啊。”

他叹了口气：“你说得倒轻松。”

“事情本来就该这样。我没什么兴趣跟你开玩笑。”

他欲言又止，不再争辩。“那没用。”他提醒道。忽然间他改变了姿势，正襟危坐起来，把我推到一边，不再有身体接触了。

“是查理吗？”我猜道。

爱德华微笑了，过了一会儿，我听见警车开进车道的声音。我伸出手紧紧握住他的手，我爸爸尚能接受这样的事情。

查理手上拿着一个比萨盒子进来了。

“嗨，孩子们，”他对我咧嘴一笑，说道，“我想你生日的时候，不想做饭、洗碗，该休息一下。饿了吗？”

“当然啦，谢谢爸爸。”

爱德华显然没什么胃口，但查理没有多问，他已经习惯了爱德华不吃饭的样子了。

“您介意我今晚向您借用一下贝拉吗？”我和查理吃完的时候，爱德华问道。

我满怀期望地看着查理，也许他对生日的概念是应该待在家里，和家人在一起——这是我与他一起过的第一个生日，自从我妈妈蕾妮再婚搬到佛罗里达之后——我们一起过的第一个生日，因此我不知道他有什么打算。

“没关系——今晚水手队和袜子队有场棒球赛，”查理解释道，我的希望烟消云散了，“那么，今晚我没人陪了……在这儿。”他拿起蕾妮建议他给我买的照相机（因为我需要照片来填满我的剪贴簿），向我扔了过来。

他本应该更了解的——我的协调性总是很差的。照相机从我的指尖滑了出去，朝地面翻过去。爱德华抢在它撞到油毡地毯之前接住了。

“接得好，”查理特别提到，“要是今晚卡伦家里安排了好玩的活动，贝拉，你应该照些照片，你知道你妈妈是怎么想的——她准会在你还没照就等不及要看了。”

“好主意，查理。”爱德华边说边把照相机递给了我。

我把照相机的镜头对准爱德华，照了第一张照片。“没摔坏。”

“那就好。嗨，代我向爱丽丝问好，她有一阵子没来了。”查理的嘴角歪向一边说道。

“有三天了，爸爸。”我提醒他道。查理很感谢爱丽丝。自从去年春天她帮助我逐渐康复过来起，他就开始对她有所依赖了。查理会一辈子对她心存感激的，因为爱丽丝帮助他给他几乎成年的女儿洗澡，使他幸免于这样糟糕的经历。“我会跟她说的。”

“好吧。孩子们今晚玩得开心。”查理显然在下逐客令，他已经侧身朝客厅和电视机走过去了。

爱德华露出胜利的微笑，拉着我的手把我从厨房拖了出来。

我们一起来到卡车跟前，他再次为我打开副驾门，这一次我没有争辩。在漆黑一片中找到通往他家的隐蔽岔道对我而言仍然是个难题。

爱德华驾着车穿过福克斯一路朝北开过去，他显然对我的史前雪佛兰[①]的最高限速感到恼怒不已。当他把速度加快到五十迈的时候，



① 史前雪佛兰（Chevy）：Chevrolet（雪佛兰或雪佛莱）的昵称。

车的引擎发出比平时更大的呻吟声。

“放松点儿。”我提醒他。

“你准知道自己喜欢什么吧？一辆精巧的奥迪双门。噪声低，马力十足……”

“我的卡车没什么问题。再则，说到不必要的昂贵东西，要是你知道什么对你有好处的话，就别把钱花在生日礼物上。”

“我一个子儿也不会花的。”他真心地说道。

“那就好。”

“你能帮我个忙吗？”

“得看看帮什么样的忙了。”

他叹了口气，可爱的表情顿时严肃起来：“贝拉，我们每个人上一次过真正的生日会是在一九三五年庆祝埃美特的生日。我们彼此都放松一些，今晚别让大家为难。他们所有人都很兴奋。”

他每次提起像这样的事情都会令我有些震惊：“好吧，我会乖乖听话的。”

“我可能得提醒你……”

“请说吧。”

“我说他们所有人都很兴奋……我确切的意思是**所有人**。”

“所有人？”我突然呛住，“我以为埃美特和罗莎莉在非洲呢。”福克斯的其他人都有这样的印象，卡伦家年纪稍长一些的人今年都已经离开了，到达特茅斯[①]上大学去了，但是我知道得更清楚。

“埃美特希望今天在场。”

“但是……罗莎莉她？”

“我了解，贝拉。别担心，她今天会尽量表现良好的。”

我没回答。正如只要我可以做到不担心一样，那很简单。爱德华另一个“领养的”妹妹，罗莎莉，她的金发闪耀着金色的光芒，全身散发着优雅迷人的高贵气质，但她不像爱丽丝，她不太喜欢我。实际

---

① 达特茅斯（Dartmouth）：美国马萨诸塞州东南一城镇，位于巴扎德海湾沿岸、新贝德福德西南。以前是造船中心，现在是旅游胜地。

上，这种感觉比纯粹的不喜欢来得稍微强烈一点儿。就罗莎莉而言，我是闯入他们的秘密生活的不速之客。

我对目前的情况感到极其内疚，我猜想罗莎莉和埃美特长期不在家都是我的错，尽管我暗自窃喜不必见到埃美特。埃美特是与爱德华一起嬉戏玩耍的兄弟，生性粗鲁，我**真的**挺想念他的。他在很多方面都像极了我一直想要拥有的大哥哥……只不过，只不过更加令人毛骨悚然罢了。

爱德华决定换个话题："那么，要是你不想要我帮你买一辆奥迪，你没有其他想要的生日礼物吗？"

我轻声说道："你知道我要什么。"

他眉头紧锁，一道深深的皱纹刻进他那大理石般的前额。显然，他倒希望现在他仍然是在讨论有关罗莎莉的话题。

看起来今天我们已经为了那个问题不断地在争吵了。

"今晚不要，贝拉。求你了。"

"好吧，或许爱丽丝会给我我想要的东西呢。"

爱德华愤愤不平地发出一声低沉而带有威胁的吼声。"这又不是你最后一个生日，贝拉。"他信誓旦旦地说道。

"那不公平！"

我想我听到了他咬牙切齿的声音。

这时候，我们正准备把车停在大房子门口。明亮的光从一、二层楼上的窗户散发出来，一长串闪闪发光的日本灯笼悬挂在走廊上的屋檐下，在环绕房子的大雪松上反射出一层柔和的光辉；大盆的花朵——粉红色的玫瑰花——整齐地摆放在通向前门的宽敞台阶上。

我呻吟一声。

爱德华深吸了几口气，让自己平静下来。"这是派对，"他提醒我说道，"随和点儿。"

"当然。"我轻声咕哝道。

他走过去帮我打开门，向我伸出手来。

"我有个问题。"

他小心翼翼地等待着。

“如果我冲洗这卷胶卷，”我一边说，一边手里把玩着照相机，“你会出现在照片里吗？”

爱德华开始大笑起来，他牵着我下车，拉着我到台阶上，替我打开门的时候还在大笑。

他们都在巨大的白色客厅里等我们，我一走进门，他们全部齐声说“祝你生日快乐，贝拉！”。我一下脸红了，羞赧地低下头。我猜是爱丽丝用粉色的蜡烛和几十个装满几百枝玫瑰花的水晶碗装扮了每层楼的地面。爱德华的大钢琴旁边有一张桌子，白色的桌布铺在上面垂了下来，桌上放着一个粉红色的生日蛋糕，更多的玫瑰花，一摞玻璃盘子，还有一小堆银色包装的礼物。

这比我想象的要糟糕一百倍！



爱德华感觉到我的沮丧，用手臂环住我的腰鼓励我，轻吻了一下我的额头。



爱德华的父母，卡莱尔和埃斯梅——和以往一样年轻可爱得不可思议——站得离前门最近。埃斯梅小心地拥抱我，她吻我额头的时候焦糖色的头发轻轻地扫过我的脸颊，接着卡莱尔用胳膊环住我的肩膀。

“对此我感到很抱歉，贝拉，”爱德华故意用周围的人都听得见的声音轻声说，“我们拗不过爱丽丝。”

罗莎莉和埃美特站在他们身后，罗莎莉没有微笑，不过至少她也没有瞪我。埃美特咧着嘴巴对我露齿而笑。我已经好几个月没见过他们了，已经忘记罗莎莉是多么艳压群芳、美丽动人了——看见她几乎是一种伤害。而埃美特一直都是这么……**大块头**吗？

“你一点儿都没有变，”埃美特假装失望地说道，“我本以为会有些看得见的不同，但是你瞧，你的脸红扑扑的，和以前一样。”

“万分感谢，埃美特。”我说道，脸更红了。

他大笑起来：“我得出去一会儿，”他停顿了一下，招摇地朝爱丽丝眨了眨眼睛，“我不在的时候，别干什么有趣的事情哦！”

“我会努力不做的。”

爱丽丝松开贾斯帕的手，往前跳了过来，她的牙齿在明亮的灯光下闪闪发光。贾斯帕也微笑起来，但是还是保持了一定的距离。他身材修长，满头金发，斜靠在楼梯脚下的栏杆上。我们一起被困在凤凰城的时候，我以为他已经克服了对我的反感呢。但是他还是回复到他以前的态度——尽可能地避开我——在他不需要暂时肩负起保护我的义务的时候。我知道这不是针对个人的，不过是为了以防万一，我也努力不要对此过于敏感。在坚持卡伦家的食谱方面，贾斯帕比他们其余的人遇到了更多的困难。与其他人相比，人类鲜血的气味对他而言难以抗拒得多——况且，他还没试多久。

“打开礼物的时间到了。”爱丽丝宣布道。她把冰凉的手放在我的胳膊下，把我拖到放着蛋糕和闪闪发光的礼物的桌子旁边。

我脸上带着最像殉道者的表情：“爱丽丝，我知道我跟你说过我什么也不要——”

“但是我没听进去，”她打断我，沾沾自喜地说道，“打开来看看。”她拿过我手里的相机，把一个银色的正方形大盒子塞到我手里。

这个盒子非常轻，像空的一样。上面的标签表明，这是埃美特、罗莎莉和贾斯帕送给我的礼物。我自觉地撕开包装纸，盯着盒子里暴露出来的东西。

那是个跟电有关的东西，名字里面带有许多数字。我打开盒子，期望获得进一步的启发，但是盒子是空的。

“呃……谢谢。”

罗莎莉实际上发出一声清脆的微笑。贾斯帕大笑道：“是为你的卡车买的立体声音响，”他解释道，“埃美特现在正在安装，这样一来你就没法还给我们了。”

爱丽丝总是比我抢先一步。“谢谢，贾斯帕、罗莎莉，”我露出笑容向他们说道，我记得今天下午爱德华向我抱怨我的收音机——都是为了铺垫，这是显而易见的。“谢谢，埃美特！”我更大声地叫道。

我听见从我的卡车那里传过来的轰隆隆的笑声，我也情不自禁地大笑起来。

“快打开我的礼物，接着打开爱德华的。”爱丽丝说道，她兴奋到声音变成了高音调的颤音。她手里拿着一个小小扁扁的方盒。

我转而向爱德华抛出一个毒蜥般“你就要倒霉了”[①]的愤怒眼神：“你答应过我的！”

他还没来得及回答，埃美特就夺门而入，“来得正是时候！”他欢呼着喊道。他从贾斯帕身后挤了过来，贾斯帕也比平时靠得近一些想看清楚是什么。

“我没花一分钱。”爱德华安慰我道。他把一缕头发从我脸上拨开，他的动作让我皮肤刺痒。

我深深地吸了口气，对爱丽丝说道：“给我吧。”我叹了口气。

埃美特高兴地暗自笑了起来。

我接过小小的包装盒，瞟了一眼爱德华，用手指按住纸的边缘，猛地一下拉下胶带。

“该死！”包装纸划破我的手指时，我轻声骂了一句。一滴血从细小的伤口渗透出来。

顷刻间一切就这样发生了。

“不要！”爱德华咆哮道。

他向我冲了过来，把我冲撞到桌子的另一边。桌子倒在地上，我也摔倒了，把桌上的蛋糕、礼物、鲜花和盘子撒得满地都是，而我倒在乱作一团的水晶碎片中间。

贾斯帕冲向爱德华，两个人撞在一起发出的声音就像山崩时大石块碰撞时发出的声音。

还有另一个声音，令人毛骨悚然的咆哮声好像从贾斯帕的胸膛里传出来。贾斯帕想推开爱德华，牙齿猛地咬在爱德华的脸上，有几英寸那么深。

---

① 原文为 Basilisk glare，即一种人见而遭殃的愤怒眼神。basilisk 一词的意思是毒蜥，它同龙、独角兽、巨人一样是大家耳熟能详的一种怪物，曾经出现在大量史料之中。basilisk 这个单词来自希腊语 basiliskos，意思是“小国王”。最先对这种怪物做详细描述的是古罗马科学家普林尼，他的著作《自然史》收录了古代关于毒蜥的 60 多处记载（大多源自古希腊），其中第 13 卷的描述比较细致，普林尼先是介绍了另一种可以用目光杀人的怪物卡托布莱帕斯（见 catoblepas），然后才开始介绍毒蜥。欧洲动物寓言传说中认为毒蜥用眼神或呼吸就能杀人，故此处贝拉愤怒地看了一眼爱德华，暗示他就要倒霉了。

紧接着埃美特从身后拽住贾斯帕，把他紧紧地箍在他力大无比的铜墙铁壁中，但是贾斯帕继续挣扎着，狂野空洞的眼睛紧紧地盯着我。

震惊之余，还有疼痛。我被钢琴绊倒在地，跌倒时本能地伸出双臂，结果参差不齐的玻璃碎片刺进了我的胳膊。直到此时，我才感觉到从手腕到手臂内侧传过来的灼热的刺痛感。

我头昏眼花，不明就里，看见鲜红的血从我的胳膊上喷涌出来——我抬起头，目光遇到六个突然变得极其贪婪的吸血鬼的狂热眼神。

# 缝　针

卡莱尔是唯一一个保持沉着冷静的人。在急救室几个世纪的经验显然反映在他那平静而有权威的声音里。

“埃美特、罗斯，把贾斯帕带出去。”

埃美特这一次没有笑，他点点头：“来吧，贾斯帕。”

贾斯帕在埃美特坚不可摧的掌控中挣扎着蜷缩成一团，裸露在外的獠牙伸向他的兄弟，他的眼中仍然没有任何理智。

爱德华的脸比白骨还要惨白，他向我爬过来，蜷伏在我身上，保持着防护性的姿势。他紧咬牙齿，低沉的警告声从齿缝中吼出。我确定他没在呼吸。

罗莎莉女神般的脸庞带着沾沾自喜的古怪表情，她走到贾斯帕面前——小心翼翼地与他的牙齿保持一定的距离——帮助埃美特把他拖出埃斯梅为他们打开的门，埃斯梅一直用手捂着自己的嘴巴和鼻子。

埃斯梅心形的脸庞上流露出羞愧的表情：“我感到非常抱歉，贝拉。”她跟着其他人走进院子的时候，哭了起来。

“让我过去，爱德华。”卡莱尔低声说道。

过了一会儿，爱德华慢慢地点点头，放松了警惕。

卡莱尔在我身旁蹲了下来，靠近我检查我的胳膊，虽然我能感到自己脸上震惊的表情，但我尽力保持冷静。

“拿着，卡莱尔。”爱丽丝说道，递给他一条毛巾。

他摇了摇头：“伤口中的玻璃太多了。”他伸出手，从白色的桌布底部撕下一条细长的带子，把它绑在我上臂，形成一个止血带。血的味道令我眩晕，耳朵嗡嗡作响。

“贝拉，”卡莱尔轻声说道，“你要我送你去医院呢，还是要我在这里处理伤口呢？”

“在这儿，求你了。”我低声说道。要是他送我去医院的话，就没办法不让查理知道这件事情了。

“我去拿你的包。”爱丽丝说道。

“我们一块儿把她带到厨房的餐桌那儿去吧。”卡莱尔对爱德华说道。

爱德华毫不费力地把我背了起来，卡莱尔则在一旁牢牢地按住我的胳膊。

“你还好吗，贝拉？”卡莱尔问道。

“我很好。”我的声音相当坚定，这让我感到很放心。

爱德华的脸像石头一样。

爱丽丝也在那儿，卡莱尔的黑色工具包已经放在桌子上了，一盏小巧明亮的台灯镶嵌在墙壁上。爱德华轻轻地扶着我坐在椅子上，卡莱尔拖过另一张椅子，立即开始工作了。

爱德华站在我身旁，仍然保持着保护的姿态，他还是没在呼吸。

“还是走吧，爱德华。”我叹了口气。

“我能应付。”他坚持道，但是他的下巴僵硬，眼睛里浮现出与强烈的渴望做斗争的痛苦神情，这种痛苦来得比其他人更强烈、更糟糕。

“你别逞强，”我说道，“卡莱尔没有你的帮助也能把我的伤口处理好。出去呼吸一下新鲜空气吧。”

卡莱尔往我的胳膊上擦了种令人感觉刺痛的东西，我胳膊一缩。

“我要留在这儿。”他说道。

“你为什么要这么自我虐待呢？”我喃喃自语道。

卡莱尔决定充当和事佬了：“爱德华，在贾斯帕过于自责之前，你不妨过去看看他，我确信他现在正在生自己的气呢，我怀疑现在除了你之外，他听不进别人的话。”

“对啊，”我迫不及待地表示同意，“去看看贾斯帕。”

“你不妨做些有意义的事情。”爱丽丝补充道。

当我们联合起来反对他的时候，爱德华的眼睛眯了起来，但是，最后他点了一下头，小跑着从厨房的后门出去了。我确定从我划伤手指头的那一刻起他就没有吸过一口气。

一阵麻木、疲惫的感觉在我的胳膊上蔓延开来。

尽管这消除了刺痛的感觉，却让我想起那道深深的伤疤，我端详着卡莱尔的脸，使自己不要注意他用手正在做的事情。他低着头专心地处理我胳膊上的伤口，头发在明亮的灯光下闪闪发光。我能感觉到不安的情绪隐隐约约地在我心中升起，但我下定决心不要让平时恶心的感觉战胜我的理智。现在不疼了，只剩下我努力忽略的轻柔的牵引感。我没道理像个孩子似的感到难受。

要是爱丽丝没出现在我的视线中，我根本不会注意到她也放弃了，偷偷地跑出了房间。她嘴角带着些许歉意的笑容消失在厨房门口。





“好吧，每个人都这样，”我叹了口气，“我会清扫房屋，至少要这样。”

“这不是你的错，”卡莱尔轻声地安慰我说，“这种事情会发生在每个人身上。”

“**会**，”我重复道，“但是这种事情老是发生在我身上。”

他又笑了起来。

他从容自若的反应与其他人的反应形成了惊人的强烈反差，我在他脸上找不到丝毫的焦虑。他的手敏捷自如、游刃有余地活动着。除了我们轻轻的呼吸声之外，房间里唯一的声音就是小小的玻璃碎片一片一片地落在桌子上时发出来的轻轻的**丁零、丁零**声。

“你是如何做到现在这样的？”我询问道，“甚至连爱丽丝和埃斯梅……”我的声音逐渐变小，好奇地摇着头。尽管其他人已经和卡莱尔一样彻底放弃了吸血鬼的传统食谱，但是卡莱尔是唯一能够忍受我的血液味道而不需承受抵抗强烈诱惑之苦的人。显然，这比他表现出来的要难得多。

“很多年，很多年操练的结果，”他告诉我，“我几乎闻不到这种味道了。”

“要是你从医院里长时间的休假，你认为会更难做到吗？要是周围没有任何血腥味？”

“或许吧，”他耸了耸肩，但是手还是很稳定，“我从来没觉得需要延长假期。”他冲着我露出一个灿烂的微笑，“我太喜欢我的工作了。”

丁零、丁零、丁零……我惊讶地发现居然有那么多的玻璃碎片刺进了我的胳膊。我有种偷偷地看一眼桌上堆起来的玻璃碎片的冲动，只是想看看到底有多大一堆，但是我知道这个想法对我抵抗呕吐的策略没多少帮助。

“你到底喜欢做什么事情呢？”我好奇地问道。他一定经历了多年的挣扎和自我否定才做到轻松地承受住这种诱惑——而这些对我而言都没有意义。此外，我想让他一直说话，这样的谈话会使我的注意力从反胃上移开。

他回答我的时候，黝黑的眼眸流露出镇定自若、深思熟虑的神情来：“嗯，我最喜欢做的事情就是当我的……提高了的能力让我挽救他人，不然的话，他们就会丧命。多亏了我能做的事情，有些人的生活因为我的存在而变得更好，了解到这一点是很开心的事。很多时候，甚至连嗅觉也是一种有用的诊断工具。”他向一侧扬起嘴角，露出半个笑容。

他随意寻找着，以确保所有的玻璃碎片都被清理干净了，而我则仔细地思考着他说的话。接着他在他的工具包里到处翻找新工具，我尽量不去想象那是针和线。

“你非常努力地弥补那些与你无关的过错，”当一种新的牵引感在我皮肤的边缘升起的时候，我委婉地说，“我的意思是，并不是你自己想要成为这样的，你并没有自己选择这种生活，然而你却要这么努力地克制自己。”

“我不知道我在弥补什么，”他语气中夹杂着些许不认同，“就像生活中的一切一样，只是我不得不决定该如何应对生活赠与我的一切。”

“这听起来太容易了。”

他再次检查了我的胳膊。“好了，”他边说边剪断一根线，“全好了。”他把一种糖浆色的液体涂在创伤面上，形成一个超大的 Q 形图形。这种味道很奇怪，令我的头一阵眩晕。糖浆一样的东西在我的皮肤上留下一层颜色。

“那只是在刚开始时，”此时，卡莱尔又抽出一条长长的绷带牢固地绑在伤口上，然后紧紧地绑在我的皮肤上，我强调道，“那么，你为什么会想要选择一条不同的道路而不选择更容易的生活方式呢？”

他噘起嘴巴，暗自微笑着说：“难道爱德华没有告诉你这个故事吗？”

“他告诉过我，但是我努力想了解你当时是怎么想的……”

他的脸色顿时又严肃起来，不知道他的思绪是不是回到了和我想的一样的地方。我想知道在当时那种情况下我会怎么想——但我拒绝想**如果**——如果我是他的话。

“你知道我父亲是位牧师，”他一边打趣一边仔细地清理桌面，用湿纱布把上面的东西都擦下去，接着又这样做了一遍，酒精发出刺鼻的味道，“他的世界观相当严厉，在我还没有发生改变之前，我就开始质疑了。”卡莱尔把所有的脏纱布和玻璃碎片倒进空的水晶碗里。我不明白他在做什么，甚至当他擦亮火柴的时候我还是没弄明白。接着他把火柴扔到被酒精浸湿的纤维上，突如其来的火焰吓了我一跳。

“对不起，”他道歉道，“这些东西理应这样处理……因此我并没有认同我父亲所信奉的那个教派，但是，自从我出生到现在四百年来，我从来都不曾看到过任何东西使我怀疑上帝是否以这种或那种形式存在，就连镜中的映像也没让我怀疑过。”

我假装检查我胳膊上的包扎，以掩饰我对我们谈话往这个方向发展的惊讶。在所有我想过的事情中，宗教是我万万没有想到的。我自己的生活中相当匮乏信仰，查理把自己当成路德派，因为他的父母是路德派教徒，但是星期天他会手中拿着钓鱼竿在河畔表示对神的崇拜。蕾妮也时不时地做礼拜，但是就像她对网球、陶艺、瑜伽和法语的短暂爱好一样，在我还不知道她最新的爱好时她已经又变了。

“我肯定这一切从一个吸血鬼嘴里说出来听起来有些奇怪，”他咧嘴笑道，明白他们不经意地使用那个词总会让我感到惊讶，“但是我希望这种生活仍然有一些意义，即使是对我们而言，也是个遥远的目标，我承认，”他继续随意地说道，“人们认为，我们无论怎样都该死，但是我希望，这或许有些傻，我们能通过努力获得一定程度的认同。”

“我认为那并不傻，”我低声说道，我无法想象任何人，包括神在内，不被卡莱尔所感动。此外，**我**能感激的唯一的天堂就应该包括爱德华在内，“我认为其他人也会这么想。”

“实际上，你才是第一个认同我观点的人。”

“其他人不这么想吗？”我惊讶地问道，脑子里只想到一个人。

卡莱尔又猜到我的想法：“爱德华在一定程度上认同我的想法，但是他认为我们没有来生。”卡莱尔的声音非常温柔，他透过水槽上方的大窗户凝视着窗外黑漆漆的一片，说道，“你瞧，他认为我们失去了灵魂。”

我立刻想到今天下午爱德华说过的话：**除非你想要死——或者，不管我们做什么，都会造成这样的后果**。我警醒起来。

“这才是真正的问题，对不对？”我猜测道，“那就是为什么他总是为难我的原因。”

卡莱尔慢条斯理地说道：“我看着我的……**儿子**，他的优点，他的善良，他身上散发出来的光彩——这一切都点燃了那种希望，那种信仰，比以前更加强烈。怎么能没有更多人像爱德华这样呢？”

我点点头，表现出强烈的认同。

“要是我和他一样相信……”他深不可测的眼睛俯视着我，说道，“要是你和他一样相信，你会带走**他的**灵魂吗？”

他对这个问题的措辞令我无法回答。

如果他是在问我是否愿意为了爱德华冒着失去灵魂的危险，答案是不言自明的。但是我能拿爱德华的灵魂冒险吗？我不高兴地噘起嘴巴，那不公平。

“你明白了这个问题。”

我摇了摇头，意识到我紧绷着下巴。

卡莱尔叹了口气。

“这是我的选择。”我坚持道。

“这也是他的选择，”我正要争论的时候他就举起手来，说道，“无论他是否为对他做那样的事情负责。”

“他并不是唯一有能力做到的人。”我若有所思地盯着卡莱尔。

他大笑起来，突然心情愉悦起来。“噢，别那样！你要和**他**一起解决这个问题。”但接着，他又叹气了，“那是我永远也无法确定的问题。我**想**，在其他诸多方面，我已经尽我所能做到我能做到的了。但是把其他人也拉下水对吗？我不能确定。”

我没有回答。我想象着如果卡莱尔拒绝改变他孤独的存在，我的生活会是什么样的呢……我不禁战栗起来。

“是爱德华的母亲让我下定决心的。”卡莱尔的声音低得如同窃窃私语一样，他漫无目的地凝视着黑漆漆的窗外。

“他的母亲？”无论何时我问起爱德华的父母，他只是说他们在很久以前就去世了，他对他们的记忆很模糊。我意识到尽管卡莱尔和他们的接触很短暂，但卡莱尔对他们的记忆会相当清晰。

“是的，她的名字叫伊丽莎白，伊丽莎白·梅森。他的父亲老爱德华进了医院就再也没有苏醒过来。他在第一波流感中去世了，但是伊丽莎白直到临终前都还很警觉。爱德华非常像她——她的头发上也有一种同样奇怪的铜色阴影，眼睛的颜色也是同样的绿色。”

“他的眼睛是绿色的？”我咕哝道，在脑海中想象着。

“对……”卡莱尔黄褐色的眼睛看起来似乎离我有一百年那么遥远，“对儿子的担忧一直困扰着伊丽莎白，她冒着生命危险在病床上照顾着他。我以为他会先她而去，他比他母亲的情况糟糕多了。当死神降临在她身上的时候，一切来得都非常快。就在日落之后，我赶到医院去替换工作了一整天的医生。那时候，要故作姿态是相当困难的——有那么多事情要做，我没有必要休息。当那么多人都奄奄一息时，我是多么讨厌回到自己的家里，躲在黑暗中假装睡觉啊！

“我首先过去检查伊丽莎白和她儿子。我逐渐动了感情——想到人性的脆弱，这样做总是很危险的。我立即意识到她的病情恶化了，高烧已经失去控制，她的身体太脆弱，不能再与病魔做斗争了。

“不过，她从小床上抬头紧盯着我，看起来一点儿也不虚弱。

“‘救救他！’她用她的喉咙仅能发出的沙哑声音请求我。

“‘我会尽我所能的。’我握着她的手答应她。她高烧得太厉害，或许她自己也没法弄清楚我的手是冰冷得多不自然。对她而言，所有触碰到她皮肤的东西都是冰凉的。

“‘你一定要……’她坚持着，用力紧紧抓住我的手，力量大得让我不禁想她是否能够渡过这一劫。她眼神坚硬，像石头一样。‘你一定要做你能做到的一切。其他人不能做到的，你必须为我的爱德华做。’

“这令我恐惧，她用洞察一切的眼神看着我，有一瞬间，我确信她知道了我的秘密。接着高烧打垮了她，她再也没有恢复知觉。在她提出要求后不到一小时，她就去世了。

“我花了几十年的时间考虑为自己创造一个同伴的念头，只是希望有一个能够真正了解我的家伙，而不是我得假装成的样子，但是我从来没为自己这样做找到充分的理由——对别人做加诸在我身上的事情。

“爱德华就躺在那里，奄奄一息，显然他只能活几个小时了。他的母亲躺在他的身旁，但她的脸庞不知何故，甚至在死后也没有露出平静的表情。”

卡莱尔又重新目睹了一切，他的记忆在历经百年之后还是毫不模糊。我也能清楚地看到一切，当他娓娓道来时——弥漫在医院里的绝望气氛，压倒一切的死亡气息。爱德华因为高烧生命危在旦夕，随着钟摆上一分一秒地流逝，他的生命也在消逝……我再次战栗了，用力地把这幅画面挤出脑海。

“伊丽莎白的话在我的脑海中回荡，她怎么能猜到我能做到的事情呢？有人真的会希望她的儿子变成那样吗？

“我看着爱德华，他病得很重，但仍然很美丽。他的脸上有种纯洁、美好的东西。我希望我自己的儿子能拥有他那样的脸庞。

“在犹豫多年之后，我只不过按照自己一时的冲动做了这件事情。我首先把他的母亲推到太平间，接着我回到他身边。没有人注意到他仍一息尚存，医院里没有足够的人手、足够的眼睛了解病人们的些许需要。太平间里空空如也——至少，没有生命的气息。我从后门把他偷了出去，抱着他跨过屋顶跑回家。

“我不确定该做什么，最后我重新创造了一个属于自己的同伴，那是许多年前在伦敦发生的事情。后来，我感到很糟糕，比需要承受的痛苦与纠缠更难受。

“不过，我没感到抱歉，我从来没有因为挽救爱德华而感到后悔。”卡莱尔摇了摇头，思绪回到了现在，他对我微笑着说道，“我想我应该送你回家了。”

“我来吧。”爱德华说道。他穿过光线朦胧的餐厅慢慢地向他走来，他的脸庞很光洁，难以捉摸，但是他的眼神有些不对劲儿——流露出他正努力掩饰的某种神情。我感到一丝不安，心紧缩了一下。

“卡莱尔会送我回家。”我说道。低头看着我的衬衣，淡蓝色的棉布被血浸透，上面也布满血迹，右肩处挂满一层厚厚的粉红色糖霜。

“我很好，”爱德华的声音没有任何感情，“不管怎样，你需要换一换衣服，你这样子会令查理心脏病发作的。我会让爱丽丝给你找件衣服换上的。”他又大步流星地从厨房门走出去了。

我焦急地看着卡莱尔：“他非常难过。”

“是啊，”卡莱尔也认为如此，“今晚发生的事情正是他最害怕的。你因为我们而遭遇危险。”

“那不是他的错。”

“那也不是你的错。”

我把目光从他那睿智迷人的眼睛上移开，没法认同他的看法。

卡莱尔伸出手，搀扶着我从桌边站了起来，我跟着他走出厨房来到客厅。埃斯梅已经回来了，她正在擦我摔倒的地方——用漂白剂彻底地除去气味。

“埃斯梅，让我来做吧。”我能感到我的脸又红了。

“我已经做好了，”她仰望着我笑道，“你感觉怎么样？”

“我很好，”我宽慰她道，“卡莱尔比我见过的任何医生缝得都要快。”

他们俩都轻声地笑了起来。

爱丽丝和爱德华从后门进来了，爱丽丝匆忙地向我跑来，但是爱德华却望而却步，他的脸深不可测。

“来吧，”爱丽丝说道，“我来给你弄一件不那么恐怖的衣服换上。”

她给我找到一件埃斯梅的衬衣，衣服的颜色接近我身上穿的那件。查理不会注意到的，我确信。我身上不再溅满血滴的时候，胳膊上长长的白色绷带看起来就没那么严重了。查理从不会因为看到我身上有绷带而感到惊讶不已。

“爱丽丝。”当她朝门口走去的时候，我轻声喊道。

“有事吗？”她也压低音量，歪着头好奇地看着我。

“事情有多严重？”我不确定我的耳语是否是枉费心机。尽管我们在楼上，关着门，或许他还是能听见我说的话。

她满脸凝重：“我还不确定。”

“贾斯帕怎么样啦？”

她叹气道：“他为自己感到非常难过，这一切对他来说具有更大的挑战性，他很讨厌感到脆弱。”

“不是他的错。你告诉他我不生他的气，一点儿也不，好吗？”

“当然啦。”

爱德华站在前门口等我，当我来到最后一级楼梯时，他一句话也没说就把门打开了。

“带上你的东西！”当我疲惫地朝爱德华走过去时，爱丽丝在我身后叫道。她从地上捡起两个包裹，一个半开着，另一个是我的照相机，落在钢琴下面了，她把它们塞到我没受伤的那只手上。“你打开它们以后，晚些时候再谢谢我吧。”

埃斯梅和卡莱尔轻轻地说了声晚安。我能觉察到他们偷偷地瞥了眼他们不露声色的儿子，他和我差不多。

来到屋外是种解脱，我匆忙地走过灯笼和玫瑰，现在它们在我的眼里成了不受欢迎的暗示。爱德华默默地跟随着我的步伐，他为我打开了副驾座的门，我毫无怨言地爬上车。

仪表盘上是一根大大的红色的丝带，系在新的立体声音响上。我把它拉了下来，扔到地面上，当爱德华从另一边上车的时候，我把丝带踢到了我的座椅下面。

他没有看我，也没有看音响，我们俩都没有打开音响。轰隆一声引擎发动了，突如其来的声音让弥漫在车里的沉默更加紧张了。他飞快地开过漆黑一片、蜿蜒崎岖的车道。

沉默快要让我发疯。

“说点什么吧。”当他转弯开上高速公路的时候，我祈求道。

“你想要我说什么？”他冷漠地问道。

我在他的冷漠面前畏缩了：“告诉我你原谅我了。”

这句话使他的脸上闪过片刻的生机——一阵愤怒：“原谅**你**？为什么？”

“要是我更小心的话，什么事都不会发生。”

“贝拉，你不小心被纸弄破了手指——那根本不该接受死刑的惩罚。”

“还是我的错。”

我的话打开了他防守的闸门。

“你的错？要是你在迈克·牛顿家弄伤了手指，杰西卡、安吉拉和你其他正常的朋友们在一起的话，可能发生最糟糕的事情会是什么呢？可能他们没法给你找到绷带？要是你摔倒了，自己不小心跌倒在一堆玻璃盘子上面——而不是某个人把你推到那里去的话——就算那样，最糟糕的情况又会是什么呢？当他们开车送你去急诊室时你的血会流在椅子上？当医生们为你缝合伤口时，迈克·牛顿会握着你的手——而那时他也不会一直在那儿与要杀死你的冲动相搏斗。别想把这些都往你自己身上揽，贝拉，这只会让我更讨厌自己。”

“迈克·牛顿怎么会出现在我们的谈话中？”我质问道。

“迈克·牛顿出现在我们的谈话中是因为你跟迈克·牛顿在一起不知道要健康多少倍。”他咆哮道。

“我宁愿死也不要和迈克·牛顿在一起，”我争辩道，“除了你，我宁愿死也不要和其他人在一起。”

“别感情用事，求你了。”

“好吧，那么，请你别犯傻了。”

他没有回答，满眼怒火地望着挡风玻璃，脸色铁青。

我绞尽脑汁地想挽救今晚的一切，当我们在我家门口停下来的时候，我仍然没有想出什么办法。

他熄掉火，但是双手仍然紧紧地抓住方向盘。

“你今晚会留下来吗？”我问道。

“我要回家。”

我最不想发生的事情就是他沉浸在懊恼自责之中。

“就算为了我的生日，好吗？”我央求着他。

“你不能两样都要——要么你让人家忽略你的生日，要么你别那么做。两者只能取其一。”他的声音很严厉，但是没有先前那么严肃了。我默默地吸了口气，感到一阵欣慰。

“好吧，我决定了，我不想你忽略我的生日，我们楼上见。”

我跳了出来，伸手去拿我的包裹，他皱起了眉头。

“你没必要拿那些东西。”

“我想要。”我想都没想就这样回答道，接着我想他是不是心理正叛逆着呢。

“不，你别拿，卡莱尔和埃斯梅为你的生日花了钱。”

“我会记得的。”我笨拙地把礼物夹在我没受伤的那只胳膊下面，在身后把门关上了。他下了车，不一会儿就来到我身边了。

“至少让我拿着吧，”他把东西拿过去，说道，“我会来你房间的。”

我笑着说：“谢谢。”

“生日快乐。”他叹息道，倾身用他的嘴巴吻住我的唇。

当他停下来的时候，我踮起脚使这个吻持续得更久一点儿。他脸上带着我最喜欢的不老实的笑容，接着消失在黑暗中。

比赛还在继续，我从前门一走进来就听见扬声器的声音在喧闹的人群中蔓延开来。

“贝儿？”查理叫道。

“嗨，爸爸。”我来到屋角的时候说道，把手贴进身旁。轻微的挤压引起灼热的疼痛，我皱了皱鼻子，麻醉药显然正在失去药效。

“玩得开心吗？”查理懒洋洋地躺在沙发上，双脚放在扶手上。

他棕色的卷发被压平在一侧。

“爱丽丝有些过头了，有鲜花、蛋糕，还有礼物——所有的东西都齐了。”

“他们送给你什么呢？”

“给我的卡车买了个立体声音响。”还有许多不知道的礼物。

“哇！”

“是啊，”我也觉得是这样，“好了，我得去睡觉了。”

“早上见。”

我挥挥手，“再见。”

“你的胳膊怎么啦？”

我脸唰的一下红了，默默地诅咒道：“我摔倒了，没什么大碍。”

“贝拉。”他摇了摇头，叹了口气说道。

“晚安，爸爸。”

我匆忙地跑到浴室，在那里我放着一套睡衣，专门为这样的晚上准备的。我扭动身子脱掉衣服，穿上配套的宽大上衣和棉质睡裤，我得换掉我平时睡觉时穿的多孔毛衫，害怕翻身会拉动缝合线。我用一只手洗脸、刷牙，接着快速地跑进了我的卧室。

他坐在我的床中央，随意地把玩着两个银色盒子中的一个。

“嗨。”他跟我打了个招呼，声音很忧伤，情绪也很低落。

我爬上床，把他手中的礼物推到一边，爬到他的大腿上。

“嗨，”我依偎在他石头般坚硬的胸膛上，“我现在能打开礼物了吗？”

“你从哪里来的热情呢？”他问道。

“你让我感到好奇。”

我捡起那个长长的扁方盒，一定是卡莱尔和埃斯梅送的。

“让我来开吧。”他建议道，他从我手中接过礼物，熟练地撕开了银色的包装纸，接着把长方形的白色盒子递回到我手中。

“你确定我能打开盖子吗？”我咕哝道，但是他没理我。

盒子里面是一张长长的厚纸片，印刷精美。我花了好一会儿工夫才领会到这个信息的精髓。

“我们要去杰克逊维尔[1]吗？”我兴奋不已，尽管只是我一厢情愿。这是机票的代金券，给我和爱德华的。

“他们是这么想的。”

“难以置信，蕾妮要高兴得跳起来了！不过，你不介意吧，是吧？那里阳光明媚，你一天到晚都要待在室内。”

“我想我能应付，”他说道，然后又皱起眉头，“如果我知道你能对礼物做出如此得体的反应，我就会让你在卡莱尔和埃斯梅面前打开它。我以为你会抱怨的。”

“好吧，当然这太过意不去了，但是我能和你一起去！”

他轻轻地笑了起来：“现在我倒希望自己花钱给你买礼物了，我没意识到你也能做到理智行事。”

我把机票放在一边，伸手去拿他的礼物，我的好奇心又被重新点燃了。他从我手中拿过盒子，像打开前一个一样为我打开包装。

他递给我一张光亮的 CD 珠宝盒，里面有一张空白的银色 CD。

“这是什么？”我满脸疑惑地问道。

他什么也没说，拿出 CD，环抱住我把 CD 放进桌子边上的 CD 机里。他按了一下播放键，我们静静地等待着，接着音乐响起了。

我聆听着，一言不发，两只眼睛睁得大大的。我知道他在等待我的反应，但是我不能言语。眼泪夺眶而出，在眼泪再次流出来之前我

① 杰克逊维尔（Jacksonville）：美国佛罗里达州东北部港市，系全美第 15 大城市，城市面积 840 平方英里（2175 平方公里），从地理意义上说是美国的最大城市。经济发达，劳力充足，主要产业有工业、卫生、保险、金融、交通运输、食品集散、零售等。学校有北佛罗里达大学、杰克逊维尔大学、佛罗里达社区大学、爱德华沃特斯大学等。文化生活十分活跃，有杰克逊维尔爵士乐音乐节、河流节、“鱼王”比赛、国际海上大奖赛和美式橄榄球、高尔夫球、网球、棒球等节会及比赛。杰克逊维尔市早期居民为迪姆川印第安人。1645 年，法国人沿着圣约翰河岸建立了殖民地，称为卡罗琳城堡。该城堡后来被西班牙摧毁，杰克逊维尔市至今保存着法国的遗迹，并与法国南特市结为姐妹城市。1821 年，佛罗里达成为美国领土，一年后，杰克逊维尔市建立。城市原名叫考尔伏德（Cowford），因为奶牛在这里渡河。现城市得名于安德鲁·杰克逊将军。1845 年，佛罗里达州成立时，杰克逊维尔市已经成为当地棉花和木材交易的重要港口。

用手擦掉泪水。

“你的胳膊疼吗？”他焦急地问道。

“不疼，不是我胳膊的原因，它太美了，爱德华，这是你给我的最好的礼物，真难以置信！”我闭上嘴巴，静静地聆听着。

那是他的音乐，他自己创作的。CD上的第一支曲子是我的摇篮曲。

“我想你不会允许我买架钢琴给你的，不然的话我可以在这里给你弹。”他解释道。

“你说对了。”

“你的胳膊感觉如何？”

“还好。”实际上，它已经在绷带下面灼痛起来了，我想要冰块。我本来可以用他的手的，但是那样就会出卖我。



“我去给你拿点儿泰诺[1]。”

“我什么也不要。”我争辩道，但是他把我轻轻地推下他的膝盖，朝门口走去。

“查理。”我嘘声道。查理并不是很清楚爱德华经常在这里过夜。实际上，要是这件事情被他发现的话，他会心脏病发作的。但是我并不为欺骗他而感到内疚，这件事和他不要我做的那些事情不一样，爱德华和他的规定……

“他不会注意到我的。”爱德华消失在门边时轻轻地答应道……他很快回来了，在门碰到门框之前一把抓住了它。他从浴室里拿来一个杯子，一只手里握着一瓶药片。

我什么话都没说就服下了他递给我的药——我知道我说不过他，而我的胳膊真的开始让我难受起来了。

我的摇篮曲仍在独自继续，它是那么轻柔，那么动人。

“很晚了。”爱德华说道，他用一只胳膊把我从床上抱起，用另一只手掀开床罩，接着把我的头放在枕头上，把我身边的被子掖好，然后在我身旁躺下来——他躺在毯子上，这样我就不会感到冷了——但却把胳膊放在我身上。

---

① 泰诺（Tylenol）：著名的感冒药，可止痛。

我把头靠在他的肩膀上，开心地叹着气。

“再次感谢你。”我对他耳语道。

“不客气。”

我聆听着我的摇篮曲直到它慢慢地结束，这是一段相当长的时间。另一支曲子又响了起来，我听出来这是埃斯梅最喜欢的曲子。

“你在想什么？”我轻声地问道。

他迟疑了一下，告诉我：“实际上，我在想对与错。”

一阵冰冷的感觉穿透我的脊椎。

“还记得我是如何要你**不要**忽略我的生日的吗？”我迅速地问道，希望我试图转移他的注意力的动机不是那么明显。

“记得。”他答应道，声音疲惫。

“那么，我在想，既然现在还是我的生日，那么我想你再吻吻我。”

“今晚你很贪婪。”

“是的，我是很贪婪——但是，求你别做你不想做的事情。”我生气地补充道。

他大笑起来，接着叹息道：“要是我做了我不想做的事情，上天会惩罚我的。”他说的时候声音里夹杂着一种奇怪的绝望语调，同时，他用手托起我的下巴，使我的脸贴近他的脸。

这个吻开始的方式和以前完全相同——爱德华和以前一样小心翼翼，我的心也像以往一样过度反应起来。接着好像有什么发生了改变。突然他的嘴唇变得更加急切起来，他空着的手揉搓着我的头发，紧紧地把我的脸贴近他的脸。尽管我的手也伸进了他的头发，尽管我明目张胆地开始跨越他设定的警戒线，这一次他却没有制止我。他的身体透过这层薄被子还是那么冰冷，但是我迫不及待地向他靠拢。

他突然停了下来，用手轻轻地、坚定地把我推开。

我倒在枕头上，喘着气，头一阵眩晕。某种捉摸不清的东西用力地牵引着我的记忆，难以名状。

“对不起，”他气喘吁吁地说道，“那出界了。”

“**我**不介意。”我喘着气。

他在黑暗中皱着眉头，说道：“努力睡觉，贝拉。”

“不要，我要你再吻我。”

“你太高估我的自制力了。”

“哪个对你更有诱惑，我的血还是我的身体？”我挑衅地问道。

“那是紧密相连的，”不管他自己如何，他短促地笑了笑，然后脸色又严肃起来，“现在，别冒险了，去睡觉吧！”

“好吧。”我只得同意，和他依偎得更近了。我真的感到精疲力竭了。从许多方面而言，今天都是漫长的一天，然而我感到这事情还没完，也没有感觉到丝毫的宽慰，好像明天会有更糟糕的事情发生一样。这只不过是个愚蠢的噩兆——还有什么比今天更糟糕的呢？我只不过是被吓坏了，毫无疑问。

我努力地不让他察觉，把受伤的胳膊靠着他的肩膀，这样他冰冷的皮肤就会缓解这种灼烧的痛楚，果然，我一下子就感觉好多了。

我在半梦半醒之间，或许睡得更熟一些的时候，意识到他的吻使我想起的东西：去年春天，当他离开我，想把詹姆斯从我身边引开时，爱德华吻了我向我道别，那时我们不知道何时——或者是否——我们还会再见面。这个吻由于某种我无法想象的原因几乎带来同样的痛苦。我吓得失去意识，仿佛我已经置身梦魇一般。

# 结　束

早上起床后我非常恐惧。我没睡好，我的胳膊疼痛难忍，头也疼得厉害。爱德华迅速地亲了一下我的额头，蹲下身从窗户跳了出去，他光滑的脸庞，疏远的表情对我的心情没有丝毫帮助。一想到我睡着后毫无意识的那段时间就害怕，我担心当他看着我睡着的时候，又会思考对与错的问题。焦虑似乎加剧了头部由于悸动引起的疼痛。



爱德华和往常一样在学校等我，但是他的表情还是有问题。他的眼睛里深藏着某种我不确定的东西——这令我惊恐万分。我不想提起昨天晚上的事情，但是我不确定逃避这个话题是不是会更糟糕。

他为我打开了车门。

“你感觉怎么样？”

“非常好。”我撒谎道，车门关上时发出嘭的声音在我的脑袋里回荡，让我畏缩。

我们默不作声地走着，他放慢步伐配合我的节拍。我有太多问题想要问，但是大多数问题还要再等一等，因为那些问题是我想问爱丽丝的：贾斯帕今天早上怎么样了？我走之后他们都说了些什么？罗莎莉说了什么？最重要的是，通过她对未来奇异却不完美的预见中看到了什么？她能猜到爱德华在想什么吗？他为什么这样闷闷不乐？那种我似乎无法抗拒的毫无根据、本能的恐惧有没有理由？

早晨过得很慢，我迫不及待地想见到爱丽丝，尽管爱德华在场的时候我可能没法真正地和她交谈。爱德华仍然很冷漠，他时不时地会问问我的胳膊怎么样，然后我会骗他说没事儿。

爱丽丝平常总是比我们先来吃午饭，她不必像我这样懒散。但是她没坐在餐桌旁，没像往常那样把她不会吃的一盘食物放在一边，等我们。

爱丽丝没有来，但爱德华对此什么也没说。我暗想是不是她下课晚了——直到我看见康纳和本，他们俩和爱丽丝一起上第四节法语课。

"爱丽丝去哪儿了？"我焦急地问爱德华。

他一边回答，一边看着在他指尖慢慢碾碎的格兰诺拉麦片[①]："她和贾斯帕在一起。"

"他还好吗？"

"他会离开一段时间。"

"什么？去哪里？"

爱德华耸了耸肩，说道："没什么具体的地方。"

"爱丽丝也去吗？"我心中静静地绝望起来，当然，若贾斯帕需要她的话，她会去的。

"是的，她也会离开一段时间。她想说服他去德纳利峰。"

德纳利那里居住着另外一群独一无二的吸血鬼——他们和卡伦家族一样很善良，那里有坦尼娅和她的家人，我时不时地听说过他们。当我的到来使爱德华很难在福克斯生活下去的时候，去年冬天他去过他们那儿。劳伦特——詹姆斯阴谋集团中最文明的成员，也到那里去了，而不是和詹姆斯一起与卡伦家族作对。爱丽丝鼓励贾斯帕到那里去是有道理的。

我吞下一口气，努力驱散突如其来的哽咽。我内疚地低下头，肩膀垂了下去。我让他们没法在自己家里过下去，就像罗莎莉和埃美特一样，我是瘟疫。

"你的胳膊让你难受了吗？"他关切地问我。

"谁关心我愚蠢的胳膊啊？"我厌烦地低声道。

① 格兰诺拉麦片（Granola）：在燕麦卷中混有许多配料，如干果、黄糖和坚果，尤指早餐食品。

他没有回答，我把头伏在桌子上。

在一天就要结束之前，我们之间的沉默不语变得越来越荒唐。我不想成为打破沉默的那个人，但是显然如果我想让他再跟我说话的话，那是我唯一的选择。

“你今晚晚些时候会过来吗？”他送我——默默不语地——到我的车旁时，我问道。他晚上总是会过来的。

“晚些时候？”

他似乎有些惊讶，这令我感到高兴。“我得工作，我昨天和牛顿太太换班了。”

“噢。”他咕哝了一声。

“那么我到家的时候你还是会过来，对吗？”我讨厌突然间我对此变得不确定。

“要是你想我来的话。”

“我总想你过来的。”我提醒他，语气可能比这种谈话需要的更强一点。

我原本以为他会大笑起来，或者微笑起来，或者至少对我的话有点儿反应。

“那么，好吧。”他冷漠地说道。

我上车后，他在为我关上门之前吻了我的额头，接着他转过身，优雅地朝他的车慢跑过去。

在惊慌失措之前，我尚能把车开出停车场，但是，还没到牛顿户外用品商店我就已经在用力地呼吸了。

他只是需要时间，我告诉自己。他会渡过这次难关的，或许他难过是因为他的家人要离开了。但是爱丽丝和贾斯帕不久就会回来的，罗莎莉和埃美特也会回来的。要是对这种情况有所帮助的话，我会离河边那幢白色的大房子远远的——我再也不会踏上那片土地，那没关系，我在学校还能见到爱丽丝，她还会回到学校的，对吗？不管怎么样，她都是站在我这边的。她不会想通过离家出走来伤害卡莱尔的。

毫无疑问，我也会定期地去看看卡莱尔——不过，是在急救室里。

毕竟，昨天晚上发生的事情没什么大不了，什么**也没**发生。想到这些我的心情稍微释然了一些——那是我的生活。与去年春天相比，这些看起来似乎尤其不重要。詹姆斯使我遍体鳞伤，由于失血过多几乎死去——然而，爱德华在医院里陪伴我度过了漫长的几个星期，他做得比这次好**很多**。是不是因为，这一次，他保护我不受伤害，对象不是敌人，而是他的兄弟？

如果他带我走，而不是让他的家人四分五裂，这样或许会更好。当我想到所有这一切不被打扰的独处时光时，我的心情稍微好了一些，不那么压抑了。只要他能够度过这一学年，查理就不能反对了。我们可以离开这里一起去上大学，或者假装我们一起去上大学，就像今年罗莎莉和埃美特一样。爱德华肯定得等一年，一年对永生不死的人而言算得了什么呢？一年对我而言似乎也没什么大不了的。

我劝服自己保持足够的冷静，勉强下车，走进商店。迈克·牛顿今天比我早到，我进门的时候他微笑着冲我挥了挥手。我一把拉过我的工作服，应付地朝他的方向点了点头。我仍然在想象那种美好的情景，我和爱德华一起私奔到各种各样的异域他乡。

迈克打断了我的幻想：“你的生日过得怎么样？”

“呃，”我低声说道，“我很高兴生日过完了。”

迈克从眼角看着我，好像我疯了似的。

我慢吞吞地工作。我想再见到爱德华，祈祷在我再次见到他之前，他会度过最困难的时刻，不管到底该如何精确地表述那种情况。这没什么大不了的，我一次又一次地告诉自己，一切都会恢复正常的。

当我驱车上路，看到爱德华银色的车停在我家门口时，我感到一阵欣慰，那种感觉那么强烈，那么无法抗拒，但是这样的方式又深深地让我困扰。

我匆忙地跑过前门，还没进门就大声喊了起来。

“爸爸？爱德华？”

我喊的时候，客厅里传来的娱乐体育节目网[①]体育中心风格独特的主题音乐。

“在这里。”查理叫道。

我把雨衣挂在钩子上，顺着屋角跑了过来。

爱德华坐在扶手椅子里，查理坐在沙发上，他们两个人的眼睛都盯着电视。这种聚精会神对我爸爸而言是很正常的，但对爱德华而言就不那么正常了。

“嗨。”我虚弱地跟他们打招呼。

“嘿，贝拉，”查理眼睛一动不动地回答道，“我们刚吃了一个冷比萨，我想它还在桌子上。”

“好吧。”

我在门口等着，最后爱德华转向我，朝我礼貌地笑了笑。“我马上跟过来。”他答应道。他的眼神又飘忽到电视上去了。

我注视了一会儿，惊呆了。他们两个人都没有注意到，我能觉察到某种感觉，或许是恐慌，在我胸口越来越强烈，我逃进了厨房。

比萨对我毫无吸引力，我坐在椅子上，蜷起膝盖，用胳膊环抱着它们。有什么东西让我感到非常不对头，或许比我意识到的更加不对劲儿。男人之间特有的亲密和互相捉弄的声音不断地从电视机里传过来。

我努力控制自己，让自己保持理智。

**可能会发生的最糟糕的事情会是什么呢？**我退缩了，那肯定是问错了问题。此刻，我连呼吸都有些困难了。

**好吧**，我又想到，**我能忍受的最糟糕的事情是什么呢？**我也不那么喜欢这样的问题。但是我详细地思考了今天我想到的一切可能性。

远离爱德华的家人。当然了，他不希望把爱丽丝也包括在内。要是连贾斯帕都在禁区之内的话，那么我和她在一起的时间就会减少。

---

① 娱乐体育节目网：英文缩写为 ESPN，全称 Entertainment and Sports Programming Network（娱乐体育节目网），创建于 1979 年，1985 年 2 月由于该公司使用了新的名称 ESPN 有限公司，ESPN 成为公司的新商标。

我对自己点点头——我能忍受这样的事情。

或者离开这里。也许他不想等到学年结束，也许现在就得离开。

在我面前，桌子上面摆着查理和蕾妮送给我的礼物，它们放在我原来放的位置，摆在相册旁边的是我在卡伦家没机会使用的照相机。我摸了摸妈妈给我的剪贴簿的精美封面，叹了口气，想起了蕾妮。从某种程度上而言，很久以来我就过着没有她的生活，但这一事实并没有使永远分别的想法更易于接受；而查理就会被独自留在这里，被我们抛弃了。他们两个人都会受到很大的伤害……

但是我们会回来的，不是吗？我们会回来看他们的，当然了，不是吗？

我对这个问题的答案不是很确定。



我把脸颊贴在膝盖上，盯着我父母对我的爱的载体。我知道我选择的这条路会很艰辛，毕竟，我现在想的是最糟糕的情况——我能忍受的最糟糕的情况。



我又摸了摸剪贴簿，翻开封面，在小小的金属边里面已经卡住了第一张照片。记录我在这里的生活，这个主意倒不是那么差。我感到一阵奇怪的冲动要着手进行此事了，或许，我在福克斯剩下的时间也没那么多了。

我拨弄着照相机上的腕带，对胶卷里的第一张照片备感好奇。照出来的照片可能会接近原物吗？我怀疑，但是他似乎并不担心照片上空无一物。我对自己轻轻地笑了笑，想到昨天晚上他漫不经心的笑容。轻声的微笑渐渐停下了。发生了那么大的变化，多么意想不到啊！这让我感到有点儿眩晕，好像我站在边缘上，在某个很高很高的悬崖边缘上一样。

我不想再去想那些了，一把抓住照相机，朝楼梯走去。

距离我妈妈住在这里的时候已经有十七年了，这么多年以来，我的房间并没有发生多么大的变化。墙壁仍然是淡蓝色，窗前悬挂的是同样的黄色蕾丝窗帘。那儿有张床，但不是婴儿床，不过她会认出那张凌乱地从床上垂下来的被子——那是奶奶给我的礼物。

我随兴地拍了一张我房间的照片。今晚我没法给其他的东西拍照——外面太黑了——而且，这种感觉变得更加强烈了，几乎变成一种冲动。在我离开福克斯以前，我要记录下和这里有关的一切。

变化正在发生，我能感觉到，前景并不乐观，当生活还是跟往常完全一样的时候，更是如此。

我不紧不慢地回到楼下，手里拿着照相机，爱德华眼睛里那种奇怪的距离是我不想看到的，一想到这儿就会让我心里难受，我努力忽视这种感觉的存在。他会克服的，也许他只是在担心当他要我离开的时候我会难过。我会让他解决好这一切而不会让他为难的。而且，在他提出来的时候我就会准备好的。

我偷偷地斜靠在屋角，调整好相机，确信爱德华没机会感到惊讶，但是他没有抬头看我。我感到心中一阵冰凉，不禁颤抖了一下，我没去理睬心中的感觉，照了张照片。

就在那一刻他们俩同时看着我，查理皱着眉头，而爱德华则神色空洞，面无表情。

“你在干什么，贝拉？”查理不高兴地问道。

“噢，来吧，”我走过去坐在沙发上，查理懒洋洋地躺在那里，我假装微笑着说，“你知道妈妈很快就会打电话来问我是不是在用她送的礼物了。在她没感到受伤之前我得先做起来。”

“但是，你为什么要给我照相呢？”他嘟囔着说。

“因为你那么帅，”我保持着轻松的口吻回答道，“还因为，既然是你给我买的照相机，你就有义务成为我的主题之一。”

他嘴巴里嘟哝着我听不清楚的话。

“嗨，爱德华，”我带着令人惊讶的冷漠口吻说道，“给我和爸爸照张合影吧。”

我把相机朝他扔过去，小心翼翼地避开他的眼睛，查理的脸靠在沙发的扶手边上，我在那里跪了下来，查理叹了口气。

“你要笑一笑，贝拉。”爱德华低声说道。

我竭尽全力笑了笑，照相机的闪光灯闪了一下。

“我来给你们两个孩子照一张吧。”查理建议道。我知道他只是想把照相机的焦点从他身上移走。

爱德华站着，轻松地把照相机抛给他。

我跑过去站在爱德华旁边，觉得这种安排很正式，也很奇怪。他轻轻地把一只手搭在我的肩膀上，我则更坚定地用胳膊环抱着他的腰。我想看着他的脸，但我不敢。

“笑一笑，贝拉。”查理再次提醒我。

我深吸了一口气，微笑起来，闪光灯让我什么也看不见。

“今晚照的照片够多了，”查理一边说一边把照相机塞进沙发靠垫之间的缝隙里，他在照相机上翻了个身，“你现在没必要把整卷胶卷用完。”

爱德华把他的手从我肩上放下来，不经意地扭出我的怀抱，重新坐进扶手椅里。

我犹豫了一下，接着走过去背靠着沙发坐了下来。我突然感到特别恐惧，双手开始颤抖起来。我用手按着肚子，把它们藏起来，我把下巴靠在膝盖上，盯着面前的电视机屏幕，但却什么也没看见。

节目放完的时候，我一动也不动。我从眼角看到爱德华站起身来。

“我要回家了。”他说道。

查理看着广告，头抬也没抬地回答说：“再见。”

我笨拙地站了起来，跟着爱德华从大门走出来——就这样一动不动地坐了那么久，我的手脚都僵硬了。他径直走向他的车。

“你会留下来吗？”我问道，声音里不带一丝希望。

我期待着他的回答，这样就不会那么受伤害了。

“今晚不了。”

我没有追问原因。

他上车开走以后，我仍站在那里，一动不动。我几乎没有注意到下雨了，我等待着，不知道自己到底在等待什么，直到门在我身后打开。

“贝拉，你在干什么？”查理问道，他吃惊地看见我满身滴着雨水，一个人站在那里。

“没什么。”我转过身，拖着沉重的步伐走回屋里。

这漫长的一夜，我几乎没有休息。

窗外一出现朦胧的光亮我就起床了。我机械地穿上衣服，准备上学，等待着乌云散去，天气晴朗起来。我吃完一碗麦片后确定光线很充足，可以照相了。我先给我的卡车照了一张，接着是房屋的正面。我转过身，给查理房子附近的森林照了几张。有趣的是，这片森林一点也不像先前那么险恶了。我意识到我会想念——这片郁郁葱葱、万古长青、神秘的小树林的，我会怀念这里的一切的。

出门之前我把相机放在书包里，我努力把注意力集中在我的新课题上而不去想昨天晚上的事情——爱德华显然并没有恢复常态。

焦躁不安的感觉伴随着恐惧开始侵袭着我，这样会持续多久？

整整一个上午还是这样，他静静地在我身边走着，似乎从来都没有看我一眼。我努力地集中精神上课，但是就连英语课也没能抓住我的注意力。贝尔蒂先生把关于凯普莱特夫人①的问题重复了两遍我才意识到他在跟我讲话。爱德华耳语告诉我正确答案，接着又忽略了我的存在。



在吃午饭的时候，沉默仍在继续。我感到自己随时都要开始尖叫了，然后，为了分散注意力，我倾斜着身体，跨过了那条看不见的分界线，与杰西卡说起话来。

“嗨，杰西？”

“什么事，贝拉？”

“你能帮我个忙吗？”我把手伸到书包里，问道，“我妈妈要我给我的朋友们照几张照片，贴在剪贴簿上，这样吧，你能帮我给每个人照张相吗？”

我把照相机递给她。

“当然可以啦。”她咧开嘴巴笑了起来，接着就偷拍下迈克满嘴是饭的镜头。

和我预料的一样，相片大战开始了。我看着他们把照相机从餐桌

---

① 凯普莱特夫人（Lady Capulet）：莎士比亚剧本《罗密欧与朱丽叶》的角色，朱丽叶的妈妈，Capulet是朱丽叶家族的姓。

上传过来传过去，咯咯地笑着，摆弄着，抱怨着被拍到了。奇怪的是，这一切似乎很孩子气。也许我今天的情绪不是正常的人类该有的。

“哦，”杰西卡把照相机还给我的时候抱歉地说，“我想我们把你的胶卷用完了。”

“没关系，我想我已经拍好我需要的照片了。”

放学后，爱德华默默地送我到停车场。我今天要打工，这一次，我很高兴。爱德华与我在一起的时光显然无济于事，或许他独自一个人会更好。

我在去牛顿户外用品商店的路上把胶卷放在了施利福特威超市，然后在下班的路上取了照片。回到家，我简单地跟查理说了“嗨”就从厨房里拿了条格兰诺拉麦片，腋下藏着装着照片的信封匆匆地跑进楼上我的房间。



我坐在床中间，好奇地打开信封。可笑的是，我还有点希望第一张照片是空白的。

我大声地喘着气，拿出照片。照片中的爱德华和他在现实生活中一样漂亮，照片中的他含情脉脉地凝视着我，过去几天他从没这样地看过我。有人能如此……如此……美得难以形容，简直离奇，千言万语也比不上这张照片。

我立即快速地翻动着这堆照片，接着把其中的三张并排铺在床上。

第一张是爱德华在厨房，他的眼睛流露出宽容、逗乐的表情。第二张是爱德华和查理一起在看娱乐体育节目网节目，不同的是爱德华的神情严肃，这张照片里的他，眼神警惕而矜持。他还是美得惊人，但是他的脸色更冷漠，更像一尊雕像，更缺少生机。

最后一张是爱德华和我并排站在一起的照片，看起来有些笨拙。爱德华的脸色和上一张一样冷漠，像雕像一般。但那不是这张照片最令人不安的地方。两个人之间的对比令人痛苦，他看起来像神一样，而我看起来那么平凡，就算在人类中，我也很普通，这几乎令人有些惭愧。我带着厌恶的心情翻着照片。

我没做功课，熬夜把照片放进了相册，用圆珠笔在所有的相片下方写上标题、名字和日期。轮到我和爱德华的合影时，我没看多久就把它对折起来，把爱德华的那面朝上压在了金属拉环下面。

做完之后，我把第二套照片塞进了一个新信封，给蕾妮写了一封长长的感谢信。

爱德华还是没有过来，我不想承认他是我那么晚还不睡的原因，不过，当然是因为他。我努力回忆上次他像这样没有理由，没有电话……疏远我的时候，他从来都没这样做过。

又一次，我没有睡好觉。

上学的时候情况还是和两天前一样，默默无语、令人沮丧、让人害怕的气氛挥之不去。看到爱德华在停车场等我，我有些欣慰，但是这种感觉很快就消失殆尽了。他还是那样，除了可能离我更遥远一些。

记住造成混乱的原因很困难，对我而言生日似乎已经是很遥远的事情了，要是爱丽丝回来就好了。赶快回来！在这一切失去控制之前。

但是我不能指望她赶快回来。我决定了，要是我今天不能和他谈谈，真正意义上的谈谈，那么我明天就去找卡莱尔，我得做些什么。

放学后，爱德华和我会把话谈开，我答应自己，我不打算接受任何借口。

他陪我走到卡车旁，而我则使自己坚强起来，提出我的要求。

"你介意今天我过来吗？"在我们上车之前，他问道，他比我反应更快。

"当然不介意。"

"现在行吗？"他又问道，一边替我把门打开。

"当然行，"我努力使声音保持平静，尽管我不喜欢他急切的语气，"我回家的路上会顺道儿给蕾妮寄封信，我会在家等你的。"

他看着乘客座上厚厚的信封，突然，他从我面前探过身子一把把信封抢了过去。

"我去寄吧，"他轻轻地说道，"我还是会先到家等你的。"他脸上露出我最喜欢的狡黠的笑容，但是感觉不对劲，他的眼里并没有笑意。

“好吧。”我应和着说，但我却无法挤出笑容。他关上门，朝他的车走过去。

他的确比我早到家。我把车停在门口时，他已经把车停在了查理的车位上，那是个坏兆头。那么，他没打算留下来。我摇了摇头，深吸一口气，努力找到些许勇气。

我正要下车的时候，他从自己的车上下来，走过来迎接我。他伸出手拿过我手中的书包，这很正常。但是，他把书包又扔回座椅上，这却不正常。

“过来和我走走。”他一边牵起我的手，一边毫无感情地提议说。

我没有回答，也想不出拒绝的方式，但是我立刻意识到我想拒绝。我不喜欢这样，**这样很糟糕，这样非常糟糕，**这个声音在我脑海里一遍又一遍地重复。



但是他没有等我回答，便牵着我径直来到院子的东边和森林交界的地方。我很不情愿地跟着他，努力在惊慌中理清思绪。这是我想要的，我告诉自己，这是谈清楚一切的机会。既然如此，为什么这种惊慌使我无法呼吸呢?

我们走进森林没几步，他就停了下来，在这里我们还能找到回去的路——我仍然看得见房子。

出来走走。

爱德华靠在一棵树上，注视着我，我读不懂他脸上的表情。

“好吧，我们谈谈吧。”我说道，听起来比感觉到的要勇敢些。

他深吸了一口气。

“贝拉，我们要走了。”

我也深吸了一口气。这是可以接受的选择，我想我已经准备好了，但是我还是得问清楚。

“为什么是现在？再过一年——”

“贝拉，时间到了，我们究竟还能在福克斯待多久呢？卡莱尔几乎超不过三十岁，而他现在却要说三十三了，无论如何，我们要重新开始了。”

他的回答令我迷惑不解。我以为离开的意思是让他的家人宁静地生活。如果他们要离开的话，为什么我们要离开？我盯着他，努力地弄清楚他想表达的意思。

他冷漠地回望着我。

一阵反胃，我意识到我误会他的意思了。

“你说**我们**——”我轻声说道。

“我的意思是我的家人和我自己。”一字一顿，意思再清晰明了不过。

我机械地来回摇着头想搞清楚是怎么回事。他等待着，没有表现出丝毫的不耐烦，过了好几分钟我才能说话。

“好吧，”我说，“我和你一起走。”

“你不能，贝拉，我们要去的地方……不适合你。”

“有你的地方就是适合我的地方。”

“我对你没好处，贝拉。”

“别傻了，”我让自己听起来很生气，但是听起来好像是在乞求，“你是生活中最美好的部分。”

“我的世界不适合你。”他冷酷地说道。

“发生在贾斯帕身上的事情——那没什么大不了的，爱德华！没什么！”

“你说对了，”他承认道，“那正是我们料到会发生的事情。”

“你答应过我的！在凤凰城，你答应过我你会留下来——”

“只要那样对你来说是最好的。”他打断我，纠正我的措辞。

“**不**！这是关于我的灵魂，难道不是吗？”我愤怒地大声叫道，所有的话在我心中炸开了锅——不知道为什么，这些话听起来还是像乞求，“卡莱尔跟我说过这件事，我不在乎，爱德华，我不在乎！你可以带走我的灵魂，我不想没有你——我的灵魂已经是你的了！”

他深吸了一口气，眼睛空洞地盯着地面，好久。他的嘴角扭曲了一点点。他终于抬起头，但眼神已经不一样了，变得更加坚定——就像液态金凝固了一样。

“贝拉，我不想你跟我一起走。”他慢慢地准确地说出这些措辞，冷漠的视线落在我的脸上，看着我逐渐领会到他真正的意思。

我停顿了一下，在脑中把他的话重复了几遍，滤出真正的含义。

“你……不……要我去？”我试探着说出这些话，被它们传递出来的信息、排列的顺序弄迷糊了。

“不要。”

我不明就里地盯着他的眼睛，他毫无歉意地回视着我。他的眼睛像黄玉一样——坚硬、透明，也很深邃。我感到我能看透他眼里很深很深的地方，但是在深不见底的地方我看不到一处与他刚刚所说的话相矛盾的地方。

“好吧，那会改变许多事情。”我的声音听起来平静而理智，这倒令我感到很意外。这肯定是因为我已经麻木不堪了。我无法弄明白他要跟我说什么，那些话仍然没有意义。



他又开口说话的时候视线转到树上去了：“当然了，我会永远爱你的……在某种程度上。但是那天晚上发生的事情使我意识到做出改变的时候到了。因为我……**厌倦**了假装不是我自己，贝拉，我不是人类。”他往后看了一眼，完美的脸庞冷冰冰的，但那轮廓**不是**人类的，“我已经放任太久了，为此我很抱歉。”

“不要，”我的声音现在只有耳语那么轻了，我的意识像硫酸一样慢慢地在我的血管里流淌，开始渗透全身，“别这么做。”

他只是盯着我，我能从他的眼睛看出来我的话已经太迟了，他已经这样做了。

“你对我没好处，贝拉。”他把先前说话的对象对调了一下，这样我就不会再争论了。我多么清楚地知道我配不上他啊。

我张开嘴巴，想说些什么，接着又闭上了。他耐心地等待着，脸上没有任何表情。我张开嘴巴，又努力了一次。

“如果……那是你想要的。”

他再次点了点头。

我整个身体都麻木了，颈项以下没有任何感觉。

“但是，我想请你帮个忙，如果不是那么过分的话。”他说道。

我想知道他从我的表情上看到了什么，因为他对此有回应，某种东西在他脸上一闪即逝。但是，在我还没能弄清楚那是什么之前，他就让自己镇定下来，戴上了同样严厉的面具。

“什么事情都可以。”我信誓旦旦地说道，我的声音虽然虚弱，却不肯示弱。

我注视着他，他僵硬的眼神开始融化，眼里的金色再次变得清澈起来，他的眼神炙热，在我的眼里剧烈地燃烧起来，让人无法抗拒。

“不要做鲁莽的事情，也不要做傻事，”他命令道，不再不近人情，“你了解我所说的话吗？”

我无助地点点头。

他的眼睛冷却下来，那种距离感又回到他眼中：“当然，我在想查理，他需要你，好好照顾自己——为了他。”

我又点了点头，“我会的。”我轻声说道。

他似乎放松了一点。

“作为回报，我也会答应你一件事情，”他说道，“我答应你这是你最后一次见到我，我不会再回来。我不会再让你承受这样的事情，你可以继续自己的生活而不受我的干涉，一切就像我从来没有存在过一样。”

我的膝盖准是颤抖了，因为树突然摇晃起来，我能听到血液快速地冲过我的耳后，比正常情况快。他的声音听起来更遥远。

他温柔地笑了：“别担心，你们是人类——你们的记忆只是一个滤网，对你们人类而言，时间会治愈一切创伤。”

“那么你的记忆呢？”我问道，听起来我的喉咙里似乎被什么东西卡住了，我仿佛在哽咽一样。

“噢，”他犹豫了片刻，“我不会忘记的，不过**我们**这类……我们非常容易分神。”他微笑了，笑容很平静，但他的眼中没有笑意。

他向后退了一步，离我更远一些了：“我要说的都说了，我想。我们不会再打扰你了。”

他用的是复数的“我们”，这引起了我的注意，这倒是令我惊讶，我以为我已经注意不到任何东西了。

“爱丽丝不会回来了。”我意识到，我不知道他是怎么听见我心里的话——无声的话——但是他似乎理解了我的意思。

他摇头，一直看着我的脸。

“是的，他们都走了，我留下来跟你说再见。”

“爱丽丝走了？”我空洞的声音里带着怀疑。

“她本想跟你说再见的，但我说服她彻底决裂，完全改变对你来说更好。”

我一阵眩晕，很难集中精神。他的话在我脑子里像旋涡一样旋转着，去年春天，我听凤凰城医院里的医生在给我看 X 光片的时候对我说的话。**“你看这里完全裂开了”，**他的手指顺着断裂的骨头图片，**“那很好，这样更容易恢复，好得更快。”**

我努力正常地呼吸，我需要集中精神，找到一条路逃出这场梦魇。



“再见，贝拉。”他还是那么从容平静地说道。

“等等！”我挤出这个词，向他伸出手，希望我僵直的双腿能使我向前走动。

我以为他也会向我伸出手，但是他冰冷的双手紧箍在我的腰间，把我的身体扶正。他弯下腰，轻轻地把嘴唇贴在我的额头上，但这一刻非常短暂，我闭上双眼。

“好好照顾自己。”他的气息，让我的皮肤感到寒冷。

忽然吹来一阵轻柔而不自然的微风，我猛地睁开眼睛，一棵小藤枫的叶子随着他离开时身后扬起的轻风抖动起来。

他走了。

我双腿颤抖起来，跟着他走进森林，完全顾不上我的行为根本无济于事。他所到之处的踪迹一会儿就消失了，连脚印都没有，树叶又静止下来，但是我想都没想就往前走去。我什么也不能做，我得不停地走，如果我不找他，一切就都结束了。

爱情，生命，人生的意义……一切都结束了。

我走啊，走啊，慢慢地穿过茂密的小树丛，时间对我而言没有任何意义。几个小时过去了，但是也只不过是几秒钟的时间而已，或许感觉时间已经停滞了，因为无论我走得有多么远，四周的森林看起来都是一样的。我开始担心我是在绕圈子了，绕着一个很小的圈子，但是我还是继续往前走，一路上跌跌绊绊个不停，天色越来越暗，我还经常摔倒。

最后，我被什么东西绊倒了——现在四周一片漆黑，我不知道脚底下踩到什么东西了——我趴在地上，翻了个身，侧躺着才能呼吸，而后在潮湿的灌木丛上蜷缩起来了。

我躺在那里，感到这样过的时间比我意识到的还要久。我不记得从夜幕降临后到现在到底过了多久。难道这里晚上一直都是这么黑吗？当然了，通常会有一缕月光透过云层，铺洒在沙沙作响的树梢上，穿透华盖般的树荫，洒落在地面上。

但是今晚却没有。今晚的天空黑漆漆的一片，可能是因为今晚没有月亮——月食，或新月。

新月。我颤抖了，尽管我并不冷。

这样漆黑一片过了很久，我才听见他们叫喊的声音。

有人在大声喊我的名字。声音被环绕在我周围的潮气压低了，但是他们肯定是在喊我的名字。我没认出来这是谁的声音，我想到要回答，但是我头晕，过了很久我才得出我**应该**回应他们的结论。在这之前，叫喊声已经停止了。

又过了一会儿，雨水把我唤醒，我想我并没有真的睡着，我只是沉浸在一种无法思考的昏迷之中，我用尽全力抓住那种麻木的感觉，阻止我意识到不想知道的事情。

雨水让我有些心烦意乱，天气很冷，我从腿旁边伸开双臂蒙住我的脸。

就在那时我又听见了呼喊声。这一次离我更远了，有时候听起来好像有好几个声音一起在叫我。我努力深呼吸，想起来我应该回答，但是我想他们不会听见我的声音。我能喊出足够大的声音吗？

突然，传来另一个声音，离我惊人的近。那是用鼻音发出的呜呜声，是动物的声音，听起来这头动物很大。我不知道我是不是应该感到害怕，我没有害怕——只是麻木。不过那没什么，呜呜的声音走开了。

雨一直在下，我能感觉到雨水从我的脸颊上流淌下来。当我看见灯光的时候，我用尽全力转过头。

起初只是从远处灌木丛中反射出来的昏暗灯光。灯光越来越明亮，照亮了更大一片地方，不像手电筒聚集的光束。光穿透了最茂密的灌木丛，我看得见那是一个丙烷灯笼，不过那是我能看到的全部——明亮的光线让我有一会儿什么也看不见。

“贝拉。”

这个声音深沉而陌生，但是却一下子认出了我。他不是在搜寻中呼喊我的名字，而是确定找到了我。

我抬起头，仰望着——这个身影看起来不可思议的高——我盯着这张黝黑的脸，现在我能看见他俯视着我。我模模糊糊地意识到这个陌生人可能只是看起来那么高，因为我仍然躺在地上，从地下仰视着他呢。



“你受伤了吗？”

我知道这些话传达出来的意思，但是我只能盯着他，意识仍迷糊不清。但现在意识还有什么用？



“贝拉，我叫山姆·乌利。”

这个名字一点儿也不熟。

“查理让我来找你。”

查理？这拨动了我的心，使我努力集中注意力去听他所说的话。查理很重要，要是没有其他事情让我感到更重要的话。

这个高个子伸出一只手，我盯着它，不清楚我该怎么办。

他黑色的眼睛打量了我一会儿，接着耸了耸肩，敏捷轻快地一把把我从地面拉了起来，抱在他的怀里。

他动作灵敏、轻松自如地穿过湿润的森林，而我则软绵绵地挂在他的胳膊上，我心中的某个地方知道这应该令我不安——被一个陌生人带走了，然而，我心中已经没有什么事情值得让我担心的了。

好像没过多久就出现了许多灯光，很多男人低沉地说着听不清楚的话。山姆·乌利向这团混乱的人群靠近时放慢了脚步。

“我找到她了！”他的声音隆隆作响。

喧闹的声音一下子停了下来，接着又哄闹了起来，这次声音更大了。一张张迷惑不解的脸现在都围在我身边，山姆的声音是我在这片混乱中唯一能听清楚的声音，也许是因为我的耳朵贴着他的胸膛。

“没有，我想她没有受伤，”他对某个人说，“她只是一直不停地说‘他走了’。”

我说得那么大声吗？我咬住下嘴唇。

“贝拉，宝贝儿，你还好吗？”

那个声音——哪怕像现在一样失真了，无论我身处何方也都会认出来。

“查理？”我的声音很奇怪，也很小。

“我就在这儿，宝贝儿。”

有人在我身下交换了一下，接着传来一阵我爸爸治安警装的皮革味。查理抱着我摇晃了一下。

“也许我应该继续抱着她。”山姆·乌利建议道。

“我来抱她。”查理说道，他有些喘不过气来。

他慢慢地走着，艰难地前进着。我希望我能让他把我放下来，让我自己走，可是我一句话也说不出来。

人群和他一道往前走，从他们那里传来的光弥漫了四周，看起来像游行一样，或者像送葬的队伍。我闭上了双眼。

“我们就快到家了，宝贝儿。”查理时不时地咕哝着。

听到开门的声音，我再次睁开了眼睛，我们已经到了家门口，叫山姆的黑皮肤的高个子为查理扶着门，向我们伸出一只手，仿佛查理的胳膊不堪重负时他随时准备把我接过去一样。

但是查理抱着我走进门，然后来到客厅的沙发上。

“爸爸，我全身湿透了。”我虚弱地拒绝。

“没关系，”他声音沙哑地说道，接着他走向另一个人，“毯子在楼梯顶上的柜子里。”

“贝拉？”另一个陌生的声音问道。我看着在我上方弯着身子，头发灰白的人，过了好一会儿，我才认出他来。

“杰兰迪医生？”我含糊不清地问道。

“是我，亲爱的，”他说道，“你疼吗，贝拉？”

我过了一会儿才想清楚，我感到迷惑不解起来，因为我还记得在森林里山姆·乌利也问过类似的问题，只不过山姆问的不一样：**你受伤了吗？**这种不同不知何故好像很重要。

杰兰迪医生等待着，他抬起一侧灰白的眉毛，接着额头上的皱纹加深了。

“我不疼。”我撒谎了，不过我说的话足以回答他问的问题。

他用温暖的手摸了摸我的额头，并用手指头压住我的手腕内侧，当他盯着手表，默默地数数时，我注视着他的嘴唇。

“发生了什么事？”他不经意地问道。

我的身体在他的手下僵硬了，一阵恐慌涌进喉咙。

“你在森林里迷路了吗？”他提醒我问道。我知道还有其他几个人在听。三个脸庞黝黑的高个子男人——他们来自拉普西，那里是奎鲁特印第安人的保留地，沿着海岸线，我猜想——山姆·乌利也在他们当中，他们站得很近，都盯着我。牛顿先生和迈克、韦伯先生，也就是安吉拉的父亲站在一起，他们都注视着我，目光比这些陌生人更诡秘。另一阵低沉的声音从厨房和前门外面轰隆隆地传过来，小镇上半数以上的人肯定都在找我。

查理站得最近，他弯腰靠近我，想听清楚我的回答。

“是的，”我轻声细语道，“我迷路了。”

医生若有所思地点了点头，用手指头轻轻地按了按我的腮腺。查理脸色变得坚硬起来。

“你觉得累吗？”杰兰迪医生问道。

我点点头，温顺地闭上眼睛。

“我想她没有生病，”过了一会儿，我听见医生跟查理轻声说道，“只不过筋疲力尽罢了，让她睡吧，明天我会过来给她检查的。”他停顿了一下，他肯定看着手表，因为他接着又说道，“好吧，今天晚些时候。”

他们俩从沙发上站起来的时候发出一阵“咯吱咯吱”的声音。

“真的吗？”查理低声说道，他们的声音现在渐渐远去了，我竖起耳朵去听，“他们走了吗？”

“卡伦医生叫我什么都别说，”杰兰迪医生回答道，“工作邀请来得非常突然，他们得立即做出决定，卡莱尔不想因为离开而弄得沸沸扬扬。”

“起码应该事先提醒一下。”查理抱怨道。

杰兰迪医生回答的时候声音里带着一丝不安：“是的，好吧，在这种情况下，是需要一些提醒的。”

我不想再听了，我摸索着盖在我身上的被子，拉过被角堵住耳朵。

我一会儿警觉，一会儿迷糊。当赶过来帮忙的人一个个离开的时候，我听到查理对他们轻声说着谢谢。我感觉到他把手指头按在我的额头上，接着感到另外一条毯子的分量。电话响了几次，他赶在吵醒我之前跑过去接电话，他压低音量使打电话的人放心。

“是的，我们找到她了，她还好，她迷路了，现在她很好。”他一遍一遍地说着。

他在扶手椅上坐下来休息，我听到椅子的弹簧吱嘎作响的声音。

过了几分钟，电话铃又响了。

查理边抱怨边挣扎着站起来，接着摇摇晃晃地跑到厨房里。我把头深深地埋在毯子里面，不想再听见同样的谈话。

“是啊。”查理打着呵欠说道。

他的声音变了，他再次开口说话的时候声音变得更警觉，“哪里？”他暂停了一下，“你确定在保留地外面？”另一阵短暂的停顿，“但是那里会烧到什么东西呢？”他的声音听起来既担忧又迷惑，“瞧，我会打电话到那儿弄清楚的。”

我饶有兴趣地听着他拨电话号码。

“嘿，比利，我是查理——很抱歉这么早给你打电话……没，她很好，她睡着了……谢谢，但是我打电话不是为了这个。刚才斯坦利夫人给我打电话说她从二楼的窗户看见海边的悬崖上有火光，但是我真的不……哦！”突然他的声音变得尖锐起来——带着烦躁不安，或者说是愤怒，“那么他们为什么要那么做呢？嗯哼，是吗？”他讽刺地说道，“好吧，别给**我**道歉，是的，是的，只要确保火焰别扩散……我知道，我知道，我只是惊讶他们在这种天气下还能把火点燃。”

查理犹豫了一下，接着勉强补充道：“谢谢你让山姆和其他男孩子过来，你说得对——他们的确比我们更熟悉森林。是山姆找到她的，那么，我欠你个人情……好的，我晚些时候再跟你联系。”他赞成道，在挂电话之前声音里还带着酸溜溜的味道。

查理拖着脚走回客厅时语无伦次地咕哝着什么。

“出什么事情了？”我问道。

他匆忙地跑到我身边。

“对不起，我吵醒你了，亲爱的。”

“有东西着火了吗？”

“没什么，”他安慰我说，“不过是悬崖上有人点篝火。”

“篝火？”我问道，声音里没有一点儿好奇，死气沉沉。

查理皱了皱眉头。“保留地的一些孩子吵吵闹闹的。”他解释道。

“为什么？”我木然地问道。

我能猜出来他不想回答。他看着膝盖下的地板，“他们在庆祝这个消息。”他语气挖苦地说道。

只有一个我能想到的消息，我尽力不要去想，接着这些片段突然联系到一块儿。“因为卡伦家离开了，”我轻声说道，“拉普西的人不喜欢卡伦家族——我差点儿忘记这件事儿了。”

奎鲁特印第安人[①]对“冰冷的人”有他们自己的迷信，他们认为饮血的人是他们部落的敌人，正如他们有大洪水和狼人祖先的传说一样。对他们大多数人而言，这只不过是故事，民间传说罢了，只有很少的人相信这些。查理的好朋友比利·布莱克就相信，尽管雅各布，他自己的儿子认为这只不过是些无聊的迷信罢了。比利曾经提醒过我离卡伦家的人远一点……

---

① 奎鲁特印第安人（Quileute Indians）：这里指的是居住在位于华盛顿州的奎鲁特印第安人保留地（Quileute Indian Reservations）的印第安人部落。该保留地四周环绕着奥林匹克国家公园的温带雨林（Olympic National Park），占地640公顷，位于拉普西（La Push）奎亚于特河入口处（Quillayute River），奎鲁特印第安人居住在玛卡族（Makah Nation）和奎诺尔特印第安族（Quinault Indian Nation）之间。传说奎鲁特印第安人是在超自然力的作用下由狼化身而来的，其祖先可追溯到冰河时代，因此，他们可能是太平洋西北面最古老的居民。

这个名字激起了我内心的某种东西，它开始向上爬到外面，那是我不想面对的东西。

“无稽之谈！”查理不以为然气愤地说道。

我们默不作声地坐了一会儿，窗外的天空不再那么黑暗了，大雨过后的某个地方，太阳开始升起了。

“贝拉？”查理问道。

我不安地看着他。

“他把你一个人留在森林里？”查理猜测道。

我转移了他的问题：“你怎么知道到哪里去找我？”我的思想试图避开无法避免的意识，现在它却迅速地向我逼近。

“你的留言条。”查理惊讶地回答道。他把手伸进牛仔裤背后的口袋里，拉出一张破烂的纸条。纸条很脏，很潮湿，上面布满经过多次打开、折起来的褶皱。他再次打开纸条，把它当成证据摆在我面前。潦草的字迹显然很接近我的。

**“和爱德华一起出去走走，在小道那边，”**纸条上这样写着，**“很快就回来，贝拉。”**

“你还没有回来的时候，我给卡伦家打了电话，没人接，”查理低声地说道，“接着我给医院打电话，杰兰迪医生告诉我卡莱尔走了。”

“他们去哪儿了？”我轻声问道。

他盯着我：“难道爱德华没有告诉你吗？”

我畏缩地摇摇头。听见他的名字把那个在我体内爬行的东西释放出来了——那种令我震惊不已的痛苦一下把我击垮，令我无法呼吸。

查理怀疑地看着我，回答道：“卡莱尔在洛杉矶的一家大医院接到一份工作，我猜他们在他身上砸了很多钱。”

阳光明媚的洛杉矶，那实际上是他们最不会去的地方。我想起了我做的那面镜子的噩梦……明亮的阳光洒落在他的皮肤上——

一想到他的脸庞，剧烈的痛苦就向我侵袭而来。

“我想知道爱德华是不是把你一个人留在树林里。”查理坚持问道。

一提到他的名字，另一波痛苦涌遍我的全身。我疯狂地摇头，绝望地想逃离这痛苦：“是我的错，他把我留在交界的地方，还看得见房屋……但是我想跟着他。”

查理开始说着什么，我孩子气地捂住耳朵：“我不想再谈论这件事儿了，爸爸，我想回自己的房间去。”

他还没来得及回答，我就从沙发上爬起来，摇摇晃晃地朝楼梯上走去。

有人来过我家给查理留了字条，那张字条可以带领着他找到我。从我意识到这一点的那一刻起，恐怖的怀疑就开始在我脑海中变得越来越强烈。我冲进房间，关上门，并且上了锁，接着跑到我床边的CD播放机那边去。

一切看起来和我走之前完全一样，我按住CD播放机顶部，弹簧锁弹开后盖子慢慢地翻开了。



里面空无一物。



蕾妮送给我的相册平放在床边的地板上，就在我上次放的地方，我的手颤抖着打开封面。

只用翻开第一页，我就用不着继续往下翻了。夹在小小的金属边里面的那张照片已经不见了，扉页上是空白的，除了我自己在页底潦草地书写的一行字：**爱德华·卡伦，查理的厨房，9月13日。**

我停在那里，确定他干得非常彻底。

**就好像他从来都没有存在过，**他答应过我。

我感觉到膝盖下光滑的木质地板，然后是我的手掌，接着地板贴到我脸颊的皮肤上。我希望我只是感到眩晕，但是，令我失望的是，我并没有失去知觉。刚刚缠绕着我的痛苦像层层叠加的波浪一样，越来越高，朝我的头顶泼溅下来，把我摔倒在地。

我没有重新浮上来。

# 十　月

十一月

十二月

一 月

# 醒　来

时间在流逝，即使在一切仿佛静止下来，不可能运动起来的时候它也不会稍作停留，仍然一如既往地朝前走。就连秒针每次发出的嘀嗒声都会引起痛楚的感觉，仿佛伤痕下面的血液在流动一样。时间断断续续，徘徊不前，让人有种毫无知觉的麻痹感，但是，它的确流逝了，这甚至对我而言也是如此。

查理挥起拳头狠狠地拍在桌子上：“就这样吧，贝拉！我要送你回家。”

我从麦片上抬起眼睛，与其说我是在吃还不如说我是在沉思，惊讶地盯着查理，我没听见自己和他的谈话——实际上，我根本没意识到我们俩正在对话——我不清楚他是什么意思。

“我就**在**家里啊。”我迷惑不解地咕哝道。

“我要把你送到蕾妮那里去，送到杰克逊维尔去。”他澄清道。

查理恼怒地看着我，我逐渐领会到他话中的含意。

“我做错什么了？”我感到自己的脸挤在一起。真不公平，我过去四个月的行为根本不足以受到责备。在那件事情发生之后过了一个星期，我们俩都没有提起过前一周发生的事情，我没旷一天课，没请一天假不去上班。我的成绩相当好。我从来没有打破过宵禁——重要的是，我从没去过让我打破宵禁的任何地方。我连不好好做饭的时候都非常少见。

查理板着脸看着我。

“你没有**做**什么事，这才是问题，你就是什么事情都没做。”

“你想我**招惹**麻烦？”我问道，眉头紧锁在一起，露出迷惑不解的表情。我尝试着集中注意，但是那并不容易。我习惯于清空所有的事情，现在我甚至觉得自己的耳朵已经给塞住了。

“惹麻烦倒比这样……这样一直拖地好一些！”

这些话有些刺耳。我小心翼翼地避开一切形式的郁郁寡欢，包括拖地在内。

“我没有不停地拖地。”

“我用错了词，”他勉强地让步道，“拖地会更好——那总是在做点**什么事情**。你只是……毫无生气，贝拉，我想那才是我想要用的词。”

这种指责切中要害，我叹了口气，努力在我的回答中多一些生机。

“对不起，爸爸。”我的道歉听起来有些乏味，对我来说也是这样。我以为我在欺骗他，使查理不受伤害是我努力的重中之重。想到这些努力都白费是多么令人沮丧啊！

“我不想要你道歉。”

我叹了口气：“那么告诉我你要我做什么。”

“贝拉，”他迟疑了一下，仔细地观察着我的脸色，想着接下来该怎么说，“亲爱的，你知道你并不是第一个经历这种事情的人。”

“我知道。”同时扮了个鬼脸，但没什么精神，也平淡无奇。



“听着，亲爱的，我想——你可能需要些帮助。”

“帮助？”

他停顿了一下，又搜索着要说的话了，“当你妈妈离开的时候。”他皱着眉头开始说，“把你也带走了。”他深深地吸了口气，“好吧，那对我而言真是一段痛苦的时光。”

“我知道，爸爸。”我咕哝道。

“但是，我熬过去了，”他指出，“亲爱的，你并没有努力解决问题，我等待过，希望情况会好起来。”他凝视着我，我则迅速地低下头，“我想我们两个人都知道，情况并没有好转。”

“我很好。”

他没听进去我说的话：“可能吧，好吧，或许你可以跟别人谈谈，一个专业人士什么的。”

“你要我去看心理医生？”当我意识到他的用意之后，声音稍微尖锐了一些。

“或许这会有点儿帮助。”

“或许，这一点儿用都没有。”

我对心理分析知道不多，但是我很清楚除非对象相对而言诚恳一些，心理分析没什么用。当然了，我会说真话——如果我想余生在禁闭室中度过的话。

他端详着我倔强的表情，继而转向另一阵攻击。

“我帮不了你，贝拉，或许你母亲——”

“瞧，”我干巴巴地说道，“今晚我会出去玩的，如果你想要这样的话。我会打电话给杰西或安吉拉的。”

“那不是我想要的，”他挫败地争论道，“我认为我没法看着你**更加故作坚强**，我从来没见过任何人比你更故作坚强，看着这一切让人很受伤。”

我假装反应迟钝，低着头看着桌子说：“我不理解，爸爸，首先你生气因为我什么都没做，接着你说你不想我出去。”

“我希望你高兴——不，哪怕不要要求那么多。我只是希望你不要痛苦。我想，要是你离开福克斯的话，你好起来的可能性会更大。”

我的眼中闪过一丝火花，这是我长久以来第一次表露出自己的情绪。

“我不离开。”我说道。

“为什么不呢？”他急切地问道。

“这是我高中的最后一个学期了——那样的话会破坏一切计划的。”

“你是个好学生——你没问题的。”

“我不想跟妈妈和菲尔挤在一起。”

“你妈妈一直渴望把你要回去。”

“佛罗里达太热了。”

他又一拳击打在桌子上：“我们都知道现在的实际情况，贝拉，这里对你没好处，”他深吸了一口气，“已经几个月了，没有电话，没有信，没有联系。你不能一直等他回来。”

我瞪着他，怒火散发出来的热量几乎拂过我的脸。上一次我因为情绪上的变化而脸红已经是很久以前的事了。

和这个话题有关的一切都是绝对禁止的，正如他所了解的那样。

“我并没有等待什么，我也没有期待什么。”我低声地自言自语着。

“贝拉——”查理又开口说话了，他的声音变得沉重起来。

“我得上学去了。”我打断他站起身来，慌忙把没碰过的早餐从餐桌上拿走，把饭碗扔在水槽里，也没有留下来把它们洗干净，我再也没有办法跟他继续谈下去了。

“我会去约杰西卡的，”我系书包背带的时候，背对着他大声说道，我无法正视他的眼神，“我可能不回家吃晚饭了，我们会去天使港看场电影。”

他还没来得及反应我就跑到门外了。

我急匆匆地想逃避查理，结果却成为第一拨来到学校的人之一。早到的额外好处就是我找到一个很不错的停车位，但是也有不好的地方，我手头有了空闲的时间，不论用什么方法，我都竭尽全力避免有空闲的时间。

我趁自己还没开始思考查理的指责之前，赶紧拿出微积分课本看了起来。我把书翻到今天应该要学的章节，努力弄懂书上的内容。读数学书比听数学课更糟糕，但是我慢慢地学得更好了。在过去的几个月里，我花在微积分上的时间要比以往花在数学上的时间多十倍。结果，我一直保持着 A⁻ 的成绩。我知道凡纳先生觉得我的进步归功于他出类拔萃的教学方法。要是那样让他开心的话，我并不打算使他幻想的肥皂泡破灭掉。



我强迫自己集中精神看书，直到停车场停满了车，才匆匆忙忙地赶去上英语课。我们现在正在学《动物农场》[①]，书中令人疲惫不堪的爱情故事占据了该课程大部分的时间，这种改变颇受学生欢迎。我在我的座位上坐了下来，很开心贝尔蒂先生的课分散了我的注意力。

在学校的时候时间过得很快，没过多久下课的铃声就响了，我开始整理书包。

“贝拉？”

我听出来是迈克的声音，他还没开口说话，我就知道他要说什么了。

“明天你上班吗？”

我抬起头，他的身体向过道这边倾斜过来，满脸焦急不安地看着

---

① 《动物农场》（*Animal Farm*）：亦译作《动物庄园》《动物农庄》，是英国著名作家乔治·奥威尔（George Orwell，1903—1950）的一部重要作品。

我。每个星期五他都会问我同样的问题，从来不介意我借口生病拒绝过他多少次。除了一次，不过那是几个月前的事情了，但是他没道理这样关心地看着我，我是个模范员工。

“明天星期六，对吗？”我说，由于查理刚刚才指出过这一点，我终于意识到自己的声音听起来的确非常的有气无力。

“是啊，是星期六，”他答应道，“西班牙语课上见。”转身之前他向我挥了挥手，没再费功夫陪我走过去上课。

我脸色阴郁，拖着沉重的步子去上微积分课。这节课上我和杰西卡是同桌。

几个星期前可能几个月前我经过大厅时杰西跟我打过招呼。我知道我厌恶社交的行为冒犯了她，她还在生闷气呢。现在要和她讲话并不是件容易的事——特别是这个时候我还想让她帮我的忙。我在教室外面徘徊的时候，仔细地斟酌着我的选择，迟迟没法做决定。

要是没什么社交活动向查理汇报的话，我就不会去见他。我知道我不会撒谎，尽管一个人开车到天使港，然后再回来的念头——还要确保我的里程表上显示正确的里程，以防万一他正好检查——还是非常诱人的。杰西卡的妈妈斯坦利夫人是镇上最三姑六婆的人，查理迟早都会遇到她的。毫无疑问，他遇到她的时候肯定会提到这次旅程，到那时谎言就穿帮了。

我叹了口气推开门。

凡纳先生阴沉地看了我一眼——他已经开始上课了，我匆忙地在我的座位上坐了下来。我在杰西卡旁边坐下来的时候她头也没抬一下。我很开心我有五十分钟的时间来做思想上的准备。

时间在这节课上过得飞快，甚至比英语课都要快。这种速度小部分的原因在于我今天早上在卡车里假惺惺地预习了功课——但是很大程度上是因为这样的事实，即当我期盼着令人不愉快的事情的时候，时间总是加速流逝。

凡纳先生提前五分钟下课，我扮了个鬼脸，他好像很友善地笑了笑。

“杰西？”我战战兢兢地喊她的时候，皱了皱鼻子，等待她转过身看着我。

她从椅子上转过身面对我，难以置信地看着我："你是在跟**我**说话吗，贝拉？"

"当然了。"我瞪大眼睛露出天真的表情。

"有什么事情吗？微积分有什么不懂的地方需要帮忙吗？"她的语调稍微有些酸酸的。

"不是，"我摇了摇头，"是这样，我想知道你是不是愿意……今晚和我一起去看电影？我真的需要出去过个女孩儿之夜。"这些话听起来有些生硬，就像背诵糟糕的台词一样，她看起来有些怀疑。

"为什么你要邀请**我**呢？"她问道，态度仍然不是很友好。

"我需要闺中密友的时候，你是第一人选。"我微笑起来，希望笑容看起来是真诚的。这也许是事实，她至少是我希望躲避查理时第一个想到的人，在这个层面上，这句话的确表达了相同的意思。

她的态度看起来有所缓和："噢，我不清楚。"

"你有计划吗？"

"没有……我猜我能和你一块儿去，你想看什么？"

"我不清楚有什么电影在上映。"我模棱两可地回答道，这是个棘手的问题，我绞尽脑汁想找出一条线索——难道最近我没听别人谈起过什么电影吗？没看见过海报吗？"那部有女总统的电影怎么样？"

她奇怪地看着我："贝拉，那部电影已经**永远**不会在电影院上映了。"

"哦，"我皱了皱眉头，"你有什么想看的电影吗？"

一想出点子，杰西卡快乐的天性就不由自主地开始表现出来了，她大声说道："好吧，有一部爱情喜剧片，风评不错，我想看这个。我爸爸刚刚看了《死路》[①]，他觉得真的很不错。"

一听到这个诱人的影片名，我就热切地问道："这部电影是关于什么主题的？"

① 《死路》(*Dead End*)：法国导演让-巴普蒂斯特·安德烈 2003 年导演的一部低成本惊悚片。

“僵尸之类的东西，他说这是他多年来看过的最恐怖的电影。”

“这听起来棒极了。”我宁愿看看真正的僵尸，也不愿意看爱情片。

“好吧。”她看起来对我的回答感到很惊讶。我努力想记起自己是不是喜欢恐怖片，但是我不确定，“你想放学后我去接你吗？”她主动地提出来。

“当然啦。”

杰西卡走之前冲我笑了笑，试着表现出友好的态度。我回应的微笑晚了些，不过我想她看见了。

余下的时间过得很快，我的思想集中在今晚的计划上，根据我的经验，一旦我让杰西卡开口说话，只要能在适当的时候轻声回应她，不需要太多互相交流，我就能够侥幸过关了。

现在，一层厚厚的雾笼罩着我的生活，有时候会变得令人迷惑不解。我惊讶地发现我已经回到自己的房间，弄不清楚一路上我是如何驾车回家的，甚至记不清楚自己是如何开门进来的，但是那没什么关系，失去时间感是我对生活最大的奢望。

我转身面对壁橱时并没有努力驱散那层雾，对一切都很麻木的感觉在某些地方比在其他地方显得更加不可或缺。我把门滑到一旁，豁然映入眼帘的是堆在壁橱左边的垃圾，堆在我从未穿过的衣服下面，但此时此刻我却记不清楚自己到底在看什么。

我的视线并没有转移到那个黑色的垃圾袋上去，里面装着我去年过生日时收到的礼物，我也没去看那个包着黑色塑料袋的立体声音响的形状，也没有想到当我把它从仪表盘上用手扒出来的时候，弄得指甲血肉模糊的情形。

我猛地一把拽下挂在钉子上的几乎没怎么用过的旧手提包，然后把门关上了。

就在那时我听见喇叭声，我迅速地从书包里拿出钱夹，把它塞进手提包，然后风风火火地跑下楼，仿佛急急忙忙会令夜晚过得更快一样。

开门之前我在挂在门厅里的镜子里匆匆忙忙地扫了一眼自己，小心翼翼地摆出微笑的表情，并努力保持。

“谢谢你今晚跟我一起去。”我一边对杰西说，一边爬上副座，努力使自己说话时充满感激的口吻。要跟查理以外的人说话着实让我思前想后苦恼了好久。杰西的话就更难上加难了，我不确定应该装出什么样的感情。

“当然啦，那么，什么事儿让你想要这样的呢？”杰西把车开出我家所在的街道时好奇地问道。

“想要什么？”

“你为什么突然决定……要出去玩儿了？”听起来她好像话只说了一半就改变了自己的问题一样。

我耸了耸肩：“只是需要改变一下。”

此时我听出收音机上正在播放的那首歌曲，我迅速地探身过去按住按钮。“你介意吗？”我问道。

“不介意，换吧。”

我搜索了所有的电台才找到对我没有害处的那个，新的音乐在车里弥漫开来，我偷偷地看了看杰西的表情。

她斜睨着我问道：“你从什么时候开始听说唱了？”

“我不知道，”我说道，“有些时候了。”

“你喜欢这种歌？”她怀疑地问道。

“当然喜欢。”

一边与杰西正常地谈话，一边还得费心不去注意正在播放的音乐，这对我而言实在太难了。我点点头，希望我能抓住节拍。

“好吧……”她睁大眼睛凝视着挡风玻璃的前方。

“这些天，你和迈克怎么样了？”我急忙问道。

“你见他的时候比我见他的时候多啊。”

这个问题没像我期望的那样打开她的话匣子。

“干活的时候很难谈话的，”我轻声咕哝着说，接着我又尝试起别的话题来，“最近，你跟谁约会过吗？”

“并不是约会，我有时候和康纳出去玩，两个星期前我和埃里克出去过。”她滴溜溜地转动着眼睛，我感觉到其中必有故事，赶紧抓住机会继续问她。

“埃里克·约克？谁先邀请谁的？”

她呻吟一声，变得稍微兴高采烈起来：“当然是他请我！我想不出来什么好办法说‘不’。”

“他带你去哪儿玩了？”我继续追问道，心想她肯定会认为我迫不及待是因为有兴趣知道故事的来龙去脉，“一字不落地告诉我你们是怎么开始约会的。”

她开始讲她的故事了，我则安稳地坐在座位上，现在感到舒服多了。我一丝不苟地倾听着，在需要的时候，时而同情地咕哝几声，时而恐惧地大喘几口气。她讲完埃里克的故事后，又一刻不停地拿他跟康纳比较起来。

电影上映得很早，杰西觉得我们应该看完黄昏时的那场电影后再去吃饭。不论她要看什么，我都开心地顺着她的意思，毕竟，我得到了我想要得到的东西——查理不再找碴儿。

在放映预告片的时候，我使杰西不停地说着话，这样我就能更容易地忽略掉预告片的内容。但是电影一开始我就感到紧张起来。一对年轻的情侣挥舞着手在沙滩上散步，他们装出一副浓情蜜意的模样，互相倾诉着衷肠。我控制住要捂住耳朵、开始哼哼唧唧的冲动，我可没指望看一部爱情片。

“我以为我们要看的是和僵尸有关的电影。”我轻轻地对杰西卡说道。

“这**是**僵尸电影。”

“那么，为什么没有人被吃掉呢？”我绝望地问道。

她张大几乎警觉的眼睛看着我，“我肯定马上就到那里了。”她低声说道。

“我去买点儿爆米花，你要吗？”

“不用了，谢谢。”

有人从我们身后嘘了几下，示意我们小声点儿。

我在电影院里面的商店柜台那里不紧不慢地买东西，同时注意着时钟，仔细思考一部九十分钟的电影到底有多少时间是浪漫的镜头。我确定最多不过十分钟，但是我一进放映厅的门就停下来确定是不是这样。我听见从说话的人们那里传来的刺耳的尖叫声，我知道我等的时间够长了。

“你错过了所有的镜头，”我从后排溜进座位的时候，杰西低声对我说道，“现在几乎每个人都变成了僵尸。”

“排了很长的队。”我递给她一些爆米花，她抓了一把。

接下来的电影镜头充斥着令人毛骨悚然、面目狰狞的僵尸，它们肆无忌惮地袭击着遇见的人，屈指可数的活着的人们发出无休无止的尖叫声，而幸存的人数则急剧下降。我原本以为这些场景不会有什么让我心烦意乱的地方的，但我的心情却颇为不安，起初我不确定为什么会这样。

直到电影就要结束，我看着发狂的僵尸摇摇晃晃地在最后一个发出尖叫的幸存者身后紧追不舍时，我才明白问题出在哪里。在这一幕里，镜头在女主角惊恐万状的表情和追赶她的那个生物面如死灰、毫无表情的脸庞之间来回切换，直到它最终向她逼近。

此时，我意识到哪一个最像我自己。

我站了起来。

“你要去哪儿？到这，好像只剩两分钟了。”杰西轻声说道。

“我要喝点儿东西。”我一边低声说着，一边朝出口跑去。

我在电影院门口的长凳上坐了下来，非常努力地让自己不要去想这件具有讽刺意味的事情。但是，想一想所有的一切，最后，我居然会成为一具**僵尸**，这是多么大的讽刺啊，而我却没有料到事情会变成这样。

并不是我从未想过自己有朝一日会变成某种神秘的怪物——只不过，绝不是这种奇形怪状的活尸。我内心感到一阵惶恐，摇着头想把这些思绪驱赶出去。我不敢去想自己曾经梦想过的事情。

我已经不再是女主角，我的故事已经结束，意识到这些是多么令人灰心丧气啊！

杰西卡从电影院门口走出来，她有些踌躇不前，也许她在想最有可能在哪里找到我吧。她看见我的时候脸上露出欣慰的表情，不过只有那么一小会儿，接着她脸色露出愠怒的表情。

“电影对你而言太恐怖了吗？”她好奇地问道。

“是的，”我承认，“我想我不过是个胆小鬼。”

“这真有趣！”她皱着眉头说道，“我认为你不害怕——我一直在尖叫，但是我却没听见你叫过一声，我也不知道你为什么逃走了。”

我耸了耸肩：“只是吓到了。”

她放松了一点儿：“我想，这是我看过的最恐怖的电影，我打赌今晚我们一定会做噩梦。”

“毫无疑问。”我说道，努力使自己的声音保持正常。我会做噩梦，这是不可避免的事情，但是却不会做关于僵尸的梦。她的眼睛在我脸上一扫而过，或许，我没做到保持正常的语气。

“你想去哪儿吃饭？”杰西问道。

“随便。”

“好吧。”

杰西边走边聊起了电影里的男一号，她滔滔不绝地讲起他有多么性感迷人，全然忘却了他是个僵尸，我则不时地点头回应着她。

我没注意杰西要带着我走向什么地方，我只是模模糊糊地意识到现在外面一片漆黑，四周更加安静了。我一下子没回过神来，为什么突然变安静了。原来杰西卡早已不再喋喋不休了，我满怀歉意地看着她，希望我没伤害她的感情。

杰西卡没有看我，她走得很快，神色紧张，两眼直勾勾地盯着前方。我看着她飞快地朝右侧扫了一眼，望着马路对面，然后又往回望了一眼。

我第一次环顾了一下我的周围。

我们走到了一条不长却没有路灯的人行道上。沿街的小店铺晚上都打烊了，窗户黑漆漆的一片。往前面再过去半个街区，街灯又亮了起来，我看见前面更远的地方，麦当劳的金黄拱形招牌灯火通明，杰西卡正往那个方向走去。

马路对面有个还在营业的小店，窗户掩映在霓虹灯下面，各种品牌的啤酒广告在窗前散发出明亮的光芒。最大的一个招牌，散发着璀璨的碧绿色，是酒吧的名字——独眼彼得。我好奇的是里面是不是隐藏着从外面看不见的海盗主题装饰呢？有东西顶在金属门后，让门一直敞开着，里面灯光昏暗，各种各样的低语声与酒杯里的冰块发出的叮当声飘过了街道。四个男人懒洋洋地靠在门旁的墙壁上。

我回头瞥了一眼杰西卡，她的眼睛紧紧盯着前面的路，飞快地迈着步子。她看起来并不害怕——只是很机警，尽量不让自己引起别人的注意。

我想都没想就停了下来，满怀着强烈的“已经看见了”的意识回头看着这四个男人。这是一条不一样的路，一个不一样的夜晚，但是这情景却又如此的相似。而且他们当中的一个人个头很矮，而且皮肤黝黑。当我停下来转身向他们走去的时候，那个人饶有兴趣地抬起头看着我。



我迎着他的目光盯着他，站在人行道上，一动不动。

“贝拉？”杰西小声地叫道，“你要干什么？”



我摇摇头，自己也不确定要干什么。“我想我认识他们……”我轻声咕哝着说。

我在干什么？我现在本应该逃离这种记忆，尽我所能跑得越远越好，把这四个懒洋洋的男子阻隔在我的思想之外，在那种对一切都很麻木的感觉里保护好自己，要知道没有这种感觉我根本无法正常地思维和生活。我为什么现在却茫然地走向马路？

看来我和杰西卡来到天使港真是个巧合，而经过这条黑漆漆的马路更是如此。我的目光停留在那个矮个子身上，努力想把他的特征与我记忆中的那个男人的形象对应起来，一年前那个人威胁我的生命。我不知道有没有办法让我认出那个人，如果真是他的话。那个特别的夜晚发生的特别的事情现在却变得模糊不清。我的身体比我的脑子记得要清楚一些。当我犹豫不决该跑开还是该绝不后退时，我的双腿却紧绷了起来，我挣扎着想要发出一声像模像样的尖叫时，喉咙却变得异常干燥，当我把手紧握成拳头时，指关节周围的皮肤却紧紧地拉扯着，当那个黑头发的男人叫我“甜心”时，我却感到后颈一阵战栗……

这些人隐含着某种模糊不清的威胁，但是这种威胁与那天晚上毫无关系。这是由于他们是陌生人而产生的，这里漆黑一片，而且他们人数比我们多——没什么更特殊的原因了。不过，杰西卡在我身后焦急地叫喊着，这足以说明问题的严重性了。

“贝拉，**快点**！”

我没理会她，心里根本没有有意识地决定是否要迈开步子，就茫然地慢慢往前走去。我不知道为什么会这样，但是这些人隐隐约约表现出来的威胁牵引着我朝他们走去。这是种毫无意识的冲动，但是这么久以来我都没有**任何**冲动的感觉……我跟随着这种感觉。

某种不熟悉的东西在我的脉搏里跳动起来，我意识到那是肾上腺素，它从我的身体机制里已经消失很久了，让我的脉搏跳动得更快，抗击着那种毫无感觉的状况。这种感觉很奇怪——为什么没有恐惧感的时候会产生肾上腺素呢？这几乎和上一次一样，那时，我像现在这样，与陌生人一起站在天使港黑漆漆的马路上。

我没看出来有什么令人恐惧的理由。我想象不出在这个世界上还剩下什么令人恐惧的东西，至少从有形的角度来说是这样。这就是失去一切之后为数不多的好处之一。

当杰西赶上来一把抓住我的胳膊时，我已经走到马路中央了。

“贝拉！你不能进那个酒吧！”她嘘声反对道。

“我没打算进去，”我心不在焉地说道，甩开她的手，“我只是想看看……”

“你疯了吗？”她轻声说道，“你难道要自杀吗？”

那个问题引起了我的注意，我两眼盯着她。

“不，我没有。”我的声音听起来像是在自我辩护，但是我的确没想要自杀。即使在分手之初，死亡毫无疑问会是种解脱，但我想都没想过。我欠查理的太多了，而对蕾妮我则有种很强的责任感，我得想想他们。

而且我答应过不会做蠢事或鲁莽行事的。因为这一切，我现在仍在呼吸。

一想到那个承诺，我就感到一阵阵内疚刺痛着我，但是我现在正在做的事情真的不算什么，这和拿着刀要割脉的情形根本不是一回事儿。

杰西吓得目瞪口呆，她关于自杀的问题是个反问句，我意识到这一点时已经太迟了。

“去吃东西吧，”我向快餐店挥了挥手鼓励她往那儿走。我不喜欢她看着我的样子，“我一会儿就跟过来。”

我转过身背对着她，重新朝那几个男人走去，他们饶有兴致、满眼好奇地看着我们。

“贝拉，立刻停下来！”

我的肌肉僵硬在原处，站在那里一动也不能动。因为现在不是杰西卡的声音在斥责我，而是一个很愤怒的声音，那么熟悉，那么动听——即使很生气，还是轻柔得像天鹅绒一样。

那是**他的**声音——我异常小心地不要去想他的名字——而我现在惊讶地发现这个声音并没有让我跪倒在地，也没有让我因遭受失去的折磨而蜷缩在人行道上。一点儿痛苦的感觉都没有，什么都没有。

我听见他声音的瞬间，一切都明了起来了，仿佛我的头突然从漆黑一片的池子中浮出水面一样。我更清醒地意识到这一切——视觉、声音，以及感觉到我之前没注意到的冷空气扑面而来，还有从酒吧敞开的门口传来的味道，这都是我先前没有注意到的。

我惊讶地环顾了一下我的周围。

“回到杰西卡身边去，”那个可爱的声音命令道，还是带着生气的口吻，“你答应过我的——不要做蠢事。”

我一个人站在那里，杰西卡站在离我几英尺的地方，满眼恐惧地盯着我。那几个陌生人靠在墙上，迷惑不解地注视着这一切，搞不懂我一动不动地站在街道中央到底在干什么。

我摇了摇头，想弄清楚这到底是怎么回事。我知道他不在这儿，然而，他却离我那么近，自从……自从一切都结束以来，第一次离我那么近，这是不可能的事情。他生气的口吻是出于担心，同样的生气口吻曾经是那么熟悉——那是一种久违了的声音，我感到好像有一辈子没听见过了。

“遵守你的诺言。”那个声音轻轻地滑过，仿佛收音机上的音量被调低了一样。

我开始怀疑我是不是出现了某种幻觉，毫无疑问，它被记忆激活了——我已经明白了，那是对这种情景陌生的熟悉感。

我在脑海里快速地想着种种可能性。

选择一：我疯了。那是外行对脑子里听见声音的人的称呼。

可能。

选择二：我的潜意识给了我它认为我想要的东西。这使希望变成了现实——相信他还关心我是死是活的这种不正确的看法可以使我暂时从痛苦中解脱出来。我在脑海中投射着他可能会这样说的幻影：（A）他在我身边；（B）不好的事情发生在我身上时总会令他心烦意乱。

或许。

我想不出第三个选择，因此我希望是因为第二个选择，这不过是我的潜意识精神错乱了，而不是需要住院治疗的东西。

我的反应几乎完全不明智，尽管如此——我还是**心存感激**。他的声音是我一直以来害怕失去的，因此，我无意识的思想紧紧抓住那个声音，它比我的意识抓得还要紧，为此，我心中充满着一种不可抗拒的感激之情，这种感情超越了其他一切。

我不允许自己想起他，这是我努力恪守的原则。当然我也有松懈的时候，因为我只不过是个普通人。但是，我的状况好多了，所以，现在我有时候可以一连几天不会再有那种痛苦的感觉，取而代之的不过是永无止境的麻木感，在痛苦和毫无感觉之间，我宁愿选择毫无感觉。

现在我等待着痛苦再次向我袭来。我没有麻木的感觉——我所有的感官在经过好几个月的浑浑噩噩之后变得异常敏锐——但是平时痛苦的感觉却迟迟未来。唯一的痛苦是我发现他的声音正在渐渐地离我而去时的失望。

还有一秒钟的选择时间。

明智的做法是远离这种可能有毁灭性的事情——毫无疑问，我的精神现在很不稳定——放任它这样发展下去。促使幻觉的产生是愚蠢的。

但是，他的声音正渐渐地远去。

我又往前走了一步，想试探一下。

“贝拉，转身。”他咆哮起来。

我欣慰地叹了口气。他的愤怒是我想要听见的——那是证明他在乎我的伪证，也是我的潜意识不可靠的馈赠。

我只用了几秒钟的时间就想清楚了这一切。那个矮个子满心好奇地看着我，仿佛看热闹的观众似的。或许看起来我只是在犹豫是否该向他们走近。他们怎么可能猜到我站在那里享受着突如其来的疯狂呢？

“嗨。”其中一个人向我喊道，他的语气很自信，也有些挖苦。他的皮肤很白，头发金黄，他的站姿让人觉得他有一种以为自己很好看的自信。我搞不清楚他是否真的很好看，因为我有偏见。



我脑海中产生的反应则是一声强烈的怒吼。我微笑起来，那个自信的男人好像认为这是个鼓励的信号。

“我能帮你什么忙吗？你好像迷路了。”他咧开嘴巴笑了笑，眨了眨眼睛。

我小心翼翼地迈过排水沟，那里流淌的水在黑暗中也是黑漆漆的。

“没有，我没迷路。”

既然我离他们更近了——我的双眼古怪地盯着他们——我打量着那个皮肤黝黑的矮个子的脸。我对这张脸毫不熟悉，一阵奇怪而强烈的失望感向我袭来，这个人根本不是一年前差不多想要伤害我的那个人。

我脑海中的声音现在平静下来了。

矮个子男人注意到我在盯着他。“我能给你买杯喝的吗？”他有些紧张地搭讪道，我选择紧盯着他似乎让他很开心。

“我年纪太小了。”我机械地回答道。

他迷惑不解起来——搞不清楚我为什么接近他们。我觉得必须解释一下。

“从对街看过来，你看起来像我认识的一个人，对不起，我认错了。”

牵引着我横穿马路的威胁消失不见了，他们根本不是我记忆中的那些危险人物，或许他们为人不错，毫无恶意，但我毫无兴趣。

“没关系，”那个自信的金发小伙子说道，“那么留下来，和我们一块儿消遣一下吧。”

“谢谢，但是我不能。”杰西卡在马路当中犹豫不决，她的双眼充满愤怒和被出卖的神情。

“哦，就一会儿。”

我摇了摇头，转过身回到杰西卡身边去。

“我们去吃东西吧。”我提议道，几乎没看她一眼。尽管有那么一刻我看起来似乎已经从僵尸的状态中解脱出来，但我还是很冷漠。我的思想被其他的事情占据了。那种安全、麻木的死一般的感觉没有回来。它一刻没有回来，就越发让我焦急不安。

“你到底在想什么？”杰西卡突然问道，“你根本不认识他们——他们可能是精神病！”

我耸了耸肩，希望她别再提这事儿了：“我只不过以为我认识其中的一个人而已。”

“你真奇怪，贝拉·斯旺。我觉得我都不认识你了。”

“对不起。”我不知道我还能对此说些什么。

我们沉默不语地走到麦当劳。我打赌她希望我们是开着她的车而不是走到离电影院这么近的地方的，那样的话她就可以借开车来度过这种尴尬的时刻。她现在就和我刚开始的时候那样，急切地希望今晚能早些结束。

我们吃东西的时候，有几次我都想和她说话，但是杰西卡一点儿都不合作，我肯定真的触怒了她。

我们走回去，上车之后她把立体声收音机调回到她最喜欢的电台，并且把声音开得很大，音量大得足以让我们没法谈话。

我不必和之前一样努力挣扎着不去注意播放的音乐。即使只有一次，我的思绪一不小心没有麻木而空洞，我就有太多东西要考虑了，没空去听歌词。

我等待着麻木的感觉或痛苦的感觉再回来。因为痛苦一定会来，我已经打破了自己的原则。我没躲避回忆，相反，我向它们走去，感

受着它们。我听见他的声音了，在我的脑海中是那么的清晰。这会毁了我的，我肯定，特别是当我没法重新找回那种混沌的感觉保护自己的时候，后果就更会如此。我太警觉了，这令我感到害怕。

但是解脱仍然是我身体里感受到的最强烈的感觉——那种来自灵魂深处的解脱。

我没有努力**忘记**他，这和我努力不去想起他是一样的。我很担心——在深夜里，当失眠后的精疲力竭击溃我的防线——所有的一切**都会**溜走。我的心是一个滤网，会渐渐遗忘许多东西，有一天或许我会想不起他的眼睛到底是什么颜色，想不起他冰冷的皮肤带给我的感觉，也可能想不起他的声音有什么特质。我不能**想起**它们，但我必须**记住**它们。

因为只有一件我不得不相信的事情，没有它我无法生活下去——我得知道他存在过，就这样。其他所有的一切我都能忍受，只要他存在过。

那就是为什么我比以往任何时候都更迷恋福克斯而无法自拔，为什么查理建议我改变一下的时候我会和他吵架。老实说，这无关紧要，没有人会回来。

要是我去了杰克逊维尔，或者任何我不熟悉的阳光明媚的地方，我又如何能确定他是真实的呢？在一个我永远不会想象到他的地方，这种信念或许会逐渐消失……要是那样的话，我就没法忍受这一切。

不许去回忆，害怕会遗忘，一路走来困难重重。

杰西卡把车停在我家门口时，我有些惊讶。尽管开车的时间不是很长，而且似乎很短暂，我却不愿意去想杰西卡一路上一句话都没说。

"谢谢你和我出去，杰西，"我打开车门的时候说，"今晚……很开心。"我真希望"开心"用在这里很合适。

"当然。"她低声说道。

"我为……看完电影之后的事情……道歉。"

"随你的便，贝拉。"她的眼睛盯着挡风玻璃的前方，没有看我。她似乎变得更加生气了，而不是原谅我。

"星期一见？"

"好的，再见。"

我放弃努力，然后关上门。她开车走了，仍然没有看我。

我还没进屋就把她忘记了。

查理站在门厅中央等我回来，他双手握拳，胳膊环抱在胸前。

"嘿，爸爸。"我躲开查理，心不在焉地打了个招呼，朝楼梯走去。我花在考虑**他**的感受上的时间太久了，在还没陷入这些思考之前我赶快跑到楼上去了。

"你去哪儿了？"他询问道。

我惊讶地看着爸爸："我和杰西卡一起到天使港去看电影了。我早上好像跟您说过的。"

他哼了一声。

"我可以走了吗？"

他打量着我的脸，两眼睁得很大，仿佛发现什么意料之外的事情一样："好吧，可以，你玩得开心吗？"

"当然啦，"我说，"我们看了一场关于僵尸吃人的电影，很不错。"

他的眼睛眯了起来。

"晚安，爸爸。"

他让我走了，我则急匆匆地回到我的房间。

几分钟后我躺在床上，放任这种久违了的痛苦吞噬着我。

这已经到了临界点，这种感觉好像在我胸口打穿了一个洞，搅扰着我最重要的器官，只留下紊乱的一切，尽管随着时间的流逝，尚未愈合的伤口边缘继续抽搐着，流淌着鲜血。理智上我知道我的肺部还是健全的，然而，我大口地喘着气，头部眩晕，仿佛我所有的努力都无济于事一样。我的心脏一定也还在跳动，但是我的耳朵听不见它跳动的声音，我的双手冷得发青。我面朝里蜷缩起来，双手紧紧地抱住自己。我摸索着我对一切都毫无感觉的麻木感和否定自己的方式，但是它却逃避着我。

然而，我发现我能活下去。我很警惕，感到痛苦——那种令人疼痛不已的失落感在我的胸中四散开来，射出毁灭性的光波，疼痛的感觉传遍我的四肢和头部——但是这还是能够控制的。我能够忍受这一切。这种痛苦的感觉似乎并没有随着时间的流逝而减弱，相反，我已经变得足够坚强能够承受了。

无论今晚发生的事情是什么——不管是僵尸，还是肾上腺素，抑或是幻觉造成的这一切——它让我苏醒过来了。

长久以来第一次，我不知道早上要有什么期待了。

# 背　叛　者

“贝拉，你为什么不请假呢？”迈克建议道，他的眼睛望向一边，没有看我。我不清楚在我没注意的时候，他这个样子已经持续多长时间了。

在牛顿户外用品商店的下午时间过得很慢，这个时候商店里只有两个人，从他们说话的时候传来的声音判断，他们两个是忠实的自助背包旅行者。迈克在打烊前的最后一个小时，都在和他们讨论两个轻型背包品牌的利弊。但是他们会时不时地停下严肃的询价，沉浸在聊一些与此无关的最新谣传之中。他们谈论别的事情的时候，迈克有机会溜出来。

“我并不介意留下来。”我说道。我仍然不能重新退回到麻木的保护壳之中去，而且令人奇怪的是，今天一切似乎离我都那么近，那么喧闹，好像我把塞在耳朵里的棉花摘掉了一样。我试图把两个徒步旅行者的谈笑风生挡在耳外，但没有成功。

“我跟你说，”那个身材矮小、体格强壮的男子说，他的胡子是黄橙色的，和深棕色的头发一点儿也不协调，“我在靠近黄石国家公园[①]的地方看见灰熊了，但是它们和我们说的这种野兽毫不相干。”他的头发缠绕在一起，身上的衣服看起来已经穿了好几天了——他刚刚登



① Yellowstone，即黄石国家公园（Yellowstone National Park），位于怀俄明州边界西北部，是美国第一个也是最重要的国家公园，由美国国会于1872年建立，其主旨在于“保护”该地的许多奇迹以及“人们享受生活的方式”。该公园有五个入口，占地220万公顷，长达370英里的铺砌路面，最引人入胜的是这里为数众多的天然温泉，多达250多个，每年吸引300多万的游客。

山回来。

“绝不可能，黑熊没有那么大。你看见的灰熊可能是小熊崽。”第二个男人个子很高，身材修长，皮肤晒得黝黑，风吹日晒使他的皮肤变得像绷紧的皮革，令人印象深刻。

“说真的，贝拉，等这两个人走后，我就关门打烊。”迈克低声说。

“要是你想走的话……”我耸耸肩。

“它四脚落地都要比你高，”当我收拢东西的时候，那个长胡子的人坚持说，“和房子一样大，它长着一身乌黑的皮毛。我打算通知这里的巡逻队。应该提醒人们——你留心一点儿，它们不到山上——就在离小道起点几英里的地方。”

脸庞像皮革的男子大笑起来，转动着眼睛：“让我猜猜——你是在进城去的路上看见的吧？一个星期没吃真正意义上的食物，也没有在地上打过盹儿，对吧？”

“嘿，嗯，迈克，是不是？”长胡子的人转向我们，嚷嚷着问道。

“星期一见。”我低声说。

“是的，先生。”迈克回答说，目光从他们身上移开了。

“这么说来，最近这里有没有警示——关于黑熊的？”

“没有，先生。但是保持距离，适当地储备好粮食总是没错儿的。你见过新式的防熊筒吗？它们只有两磅重……”

门滑开了，我走出商店，步入雨中。我朝卡车小跑过去，拱起肩膀缩着头躲在我的外套里。雨水重重地敲打着我的车盖，发出的声音显得格外的响亮，但是很快引擎的咆哮声就盖过了其他所有的一切。

我不想回到查理空洞洞的房子。昨天晚上特别残酷，我无意重游那块伤心之地。即使痛苦退却了许多，在我入睡之后，这一切仍然没有结束。正如在看完电影后我对杰西卡所说的，毫无疑问我会做噩梦的。

现在我总是做噩梦，每天晚上都做。并不是真正的梦魇，也没有做很多噩梦，因为总是**同一个**梦。或许你会认为过了好几个月之后我会疲倦，会对此产生免疫力，但是梦魇一直都让我害怕，而且总是让我尖叫着从梦中惊醒才罢休。查理也不再到我房间察看是不是出了什么问题，以确定没有人闯进来想掐死我，或者其他诸如此类的事情了——他现在已经习以为常了。

我的梦魇甚至很可能不会吓到其他人。并没有什么东西跳出来，尖叫着喊“不！”没有僵尸，没有鬼魂，也没有变态。实际上，什么都没有，只是空无一物。只不过是一些一望无际、长满苔藓的树，它们如此静谧，那种悄无声息的感觉挤压着我的耳鼓，令我不舒服。黑漆漆的一片，就像多云时的黄昏一样，只有依稀可见的光让人看清楚其实并没有什么可以看的。我急匆匆地穿过没有路的阴暗，总是在找啊，找啊，找啊，随着时间的延续，我感到越来越狂躁，我想跑得快一些，尽管这样的速度已经让我踉踉跄跄了……就在那时，梦境中的那一幕出现了——我现在也能感到它在向我逼近，但是在它没向我袭来之前我似乎怎么也没办法醒过来——那一刻，我记不清我到底在搜寻什么——就在那一刻，我意识到**没有**什么可搜寻的东西，什么也找不到。那里除了这片空洞沉闷的树林之外什么也没有，那里没有什么是属于我的……除了空无一物，还是空无一物……

这通常就是我尖叫着醒来的时候。

我没有注意到我正把车开往何处——我只不过在空无一人、湿漉漉的公路上行驶着，逃避着走上引领我回家的路——因为我没有其他地方可以去。

我希望我能再次感到麻木，但是我不记得以前我是怎么做到这一点的。噩梦烦扰着我的思绪，让我想起那些痛苦的事情，我不想记起森林。即使当我颤抖着躲过那些画面的时候，我还能感到眼中饱含着的泪水，痛彻心扉的感觉在我心中的那个缺口周围蔓延开来。我从方向盘上腾出一只手，像握住一尊尚未完成的雕塑一样抱住我残缺不全的身体。

**就像我从来不曾存在过一样**，这些话掠过我的心坎，并不像昨天晚上我产生幻觉时听见的声音那么完美而清晰。它们不过是些单词，毫无声音，就像打印在纸上的字一样。它们只不过是些单词，但是它们却把我心中的缺口撕裂开来，我重重地踩住刹车，意识到在我无法支撑的情况下不应该开车。

我蜷缩起来，把脸靠在方向盘上，好像没有肺似的努力呼气。

我不知道这会持续多久。也许某一天，从现在起的多年后的某一天——如果这种痛苦的感觉减少到我能承受的程度——我才能够回首那几个月，那些日子永远都是我人生中最美好的时光。这种痛苦若能减轻到那种让我能够回首往事的程度，我确定我会对他付出的时间心怀感激，无论这段时间究竟有多少。这比我要求的还要多，比我值得获得的还要多。也许有一天我能够这样看待这个问题。

但是要是这个缺口永远不会好呢？要是粗糙的伤口边缘永远不会愈合呢？要是这种损害是永恒的，不可逆转的呢？

我紧紧地抱住自己。**就像我从来不曾存在过一样**，我绝望地想到。这是多么愚蠢，多么不切实际的承诺啊！他可以偷走我的照片，拿回他的礼物，但是他不可能把一切还原成我遇到他之前的模样。有形的证据不过是这个等式中最微不足道的部分。**我**也发生了改变，内在的一切都已经变得几乎无法辨认了，甚至我外部的一切看起来也有所不同——除了眼睛底下由于不断的梦魇造成的黑眼圈之外，我面容白里发青。和我苍白的脸色相对照，我的眼睛显得特别黑——要是从远处看我还算漂亮的话——现在的我比吸血鬼更苍白，但是我不漂亮，可能我看起来更接近一具僵尸。

就好像他从来不曾存在过一样？多么荒谬啊！那是一个他永远无法兑现的承诺，一个从他做出之时起就已经打破了的承诺。

我砰的一下把头撞在方向盘上，试图使自己的注意力从更强烈的痛苦中转移开去。

我总是担心如何信守**我的**诺言，这让我觉得好傻。既然另一方已经违背了协议，我还有什么理由再坚持兑现承诺呢？谁又在意我鲁莽行事，做傻事呢？没有道理让我理智行事，为什么我就不该做傻事呢？

我毫不幽默地独自大笑起来，仍然大口地喘息着。在福克斯鲁莽行事——现在不过是个毫无希望的提议。

这个黑色幽默分散了我的注意力，使我的痛苦有所减轻。我的呼吸变得顺畅起来，也能够重新靠在椅背上了。尽管今天很冷，我的额头却满是汗水。

我的注意力集中在这个毫无希望的提议上，这样可以防止我一不小心又滑进酷刑般的痛苦回忆之中去。在福克斯要鲁莽行事得有些创造力——比我拥有的还要多。但是我希望能找到某种方法……如果我不是忠实地而且完全独自一人信守那份已经遭到背叛的协定的话，我也许会觉得好受一点儿。如果我是那个违背誓言的人，我也会感到好受一些。但是在这个无害的小镇上，我怎样才能单方面背信弃义呢？当然，福克斯并不**总是**那么安全，但是现在的确是它一直看起来的那个样子。这里很无聊，也很安全。

我凝视着挡风玻璃外的一切，这样看了很久，迟钝地思考着——我好像无法使自己朝着某个地方思考问题。我熄掉引擎，下车走进蒙蒙细雨之中，很长时间一动不动，引擎似乎发出一阵惋惜的呻吟声。

冰冷的雨水顺着我的头发滴落下来，然后像淡淡的泪水一样流淌过我的脸颊，这让我的思绪清晰了一些。我眨着眼睛挤出里面的水，空洞地凝视着公路的那头。

片刻之后，我意识到我在什么地方了。我把车停在了罗素大道北行道中间了。我正站在切尼一家的正门口——我的卡车堵住了他们的车道——公路对面住的是马克斯一家。我知道我得把卡车停在别处，我也知道我应该回家。像我现在这样在外面晃荡是错误的，心烦意乱、自我伤害只会成为福克斯公路上的威胁。除此之外，有人很快就会注意到我，然后通知查理。

正当我深吸一口气准备行动的时候，马克斯家院子里的招牌引起了我的注意——那不过是一个斜靠在他家信箱上的大纸板，上面爬满了大写的黑色字母。

有时候，命运是会降临的。

是巧合吗？还是本来就会这样？我不知道，但是我认为这在某种程度上是命运的安排——生锈的破旧摩托车在马克斯家屋前的院子里，斜靠在那块手工印刷的“出售”招牌的旁边，它们出现在我需要它们出现的地方，预示着某种更高的目的——这些想法显得有些愚蠢。

那么这或许不是命中注定的事，或许确实存在许多不顾后果的行事方式，只不过我直到现在才注意到它们。

不顾后果，愚蠢行事，这些是查理形容摩托车时最喜欢用的两个词语。

和那些大城镇的警察相比，查理的工作没那么多任务，但是他总是被叫到交通事故现场。漫长而潮湿的高速公路沿着森林蜿蜒曲折，带视野盲区的拐角一个接着一个，那里不乏**这类**交通事故。但如果巨大的绞车在拐弯的地方装载原木，大多数时候人们都会走开。此规律也有特殊情况，它对那些骑摩托车的人无效，查理见到过太多受害者，他们几乎都是孩子，在高速公路上被碾得血肉模糊。在我十岁前他就让我保证决不骑摩托车。即使在我那么大的时候，在保证之前我也不用再三考虑。谁会**在这里**骑摩托车？这就像游泳的时速达到六十英里一样不可思议。

我信守着那么多的诺言……

这个想法那时正好符合我的需要。我想做些愚蠢且不计后果的事，我想食言。我为什么不一起打破算了呢？

那就是我所能得出的结论，我冒雨跑到马克斯家的门口，按响了门铃。

马克斯家的一个儿子打开门，是他家的小儿子，今年读高一。我记不起他的名字，他一头沙砾色的头发，刚刚够到我的肩膀。

他毫不费力地就想起了我的名字。“贝拉·斯旺？”他惊讶地问道。

“你的摩托车开价多少？”我气喘吁吁地问道，迅速地把大拇指举过肩膀指着身后的出售招牌。

“你当真？”他问道。

“我当然认真。”

“它们已经坏掉了。”

我急不可待地叹了口气——我早就从招牌上推测到了。“多少钱？”

“要是你真的想要的话，就拿走一辆吧。我妈让我爸把它们搬到路边，这样它们就会和垃圾一块儿被收走。”

我又瞟了一眼那两辆摩托车，看见它们倒在院子里的一堆剪下来的枝丫和枯枝上。“你确定吗？”

“当然，你想问问她吗？”

最好不要让大人们知道这件事，他们可能会向查理提起来的。

“不用了，我相信你。”

“要我帮忙吗？”他主动问道，“它们可不轻。”

“好的，谢谢。不过，我只要一辆。”

“不妨把两辆都拿走，”这个男孩儿说道，“也许，你可以从这些破车中找到些零部件。”

他跟着我走进滂沱的大雨中，并帮我把两辆笨重的摩托车搬到了卡车的后车厢。他似乎迫不及待地要处理掉这些车，因此，我也没反对。

“总之，你打算怎么处理它们？”他问道，“它们已经坏了好几年了。”

“我差不多想到了，”我耸耸肩回答道，我只是一瞬间的冲动，还没有想出完整的计划，“或许我可以把它们拖到道灵修理铺。”

他不以为然地吸了吸鼻子：“道灵收费不低，根本不值得为修好它们花那么多钱。”

在这一点上我无法反驳他。约翰·道灵的定价可是人尽皆知的，除了紧急情况，没有人会到他那里去。大多数人宁愿开车到天使港，要是他们的车还能开的话。就这方面而言我是很幸运的——起初查理送给我一辆旧卡车时，我一直很担心，担心我根本负担不起维护它的开销。但是除了引擎的呼啸声和最高五十五英里的时速以外，这辆车从来都没发生过故障。车子还属于他爸爸比利的时候，雅各布·布莱克就把它保养得很好。

灵感像电光一样突然闪现了——考虑到现在是暴风雨，这样的比喻并非毫无根据。“你知道吗？没关系，我认识会修车的人。”

“噢，那就好。”他宽慰地微笑着说。

我开车走的时候，他向我挥了挥手，脸上仍然带着笑容，真是个友善的孩子。

我现在开得很快，心里也有方向了。我抢在查理出现的机会最小的时间之前赶回家，哪怕是他会早下班回来——这种情况是极为少见的——也遇不到我。我匆忙地跑进房子，朝电话跑去，手上仍然握着钥匙。

“请找斯旺警长，”副警长接电话的时候我说道，“我是贝拉。”

“哦，嗨，是贝拉啊，”副警长史蒂夫殷勤地说道，“我去找他。”

我等待着。

“有什么事吗，贝拉？”查理一拿起电话就问道。

“没有急事的时候难道我就不能给你打电话吗？”

他有好一会儿没说一句话：“**你**以前从没打过，**有**急事吗？”

“没有，我只是想知道到布莱克家怎么走——我不确定自己是不是还记得路。我想看看雅各布，我有好几个月没见过他了。”

查理再开口说话的时候，语气高兴了许多：“这个主意很不错，贝儿。你有笔吗？”

他给我的地址很简单，我向他保证回家吃晚饭，尽管他试图让我别着急。他想在拉普西和我会合，而我却没接受他的提议。

那么现在我必须赶在时间限制之前迅速地穿过街道，向镇外开去，由于暴风雨来临时一路都是黑漆漆的。我希望我能单独见到雅各布。比利要是知道我想干什么的话，会说教我一番的。

我开车的时候有点儿担心比利看见我的时候会有什么反应。他会**再**高兴**不过了**。毫无疑问，在比利看来，一切发展得相当顺利，这些都是他曾经不敢去奢望的。他的喜悦与安慰只会令我想起那个人，这是我无法承受的。**今天不要再来一次了**，我静静地祈祷着。我已经心力交瘁了。

我对布莱克家的房子模模糊糊地有些熟悉，那是一幢窗户狭小的木质小屋，暗红的油漆让房子像小型的谷仓。我还没来得及下车，雅各布的头就从窗户里探了出来。熟悉的引擎声无疑向他宣布着我的到来。查理给我买下比利的卡车时，雅各布对此感激不尽，因为这使他到法定年龄时免于开这部旧车。我非常喜欢我的卡车，但雅各布好像认为车的限速是个缺陷。

他在半路上把我迎进屋。

"贝拉！"他兴奋地开怀大笑起来，明亮的牙齿与他深褐色的肤色形成鲜明的对比。我以前从没见过他不扎马尾辫的样子，看起来就像黑色的缎面窗帘挂在他脸庞两侧一样。

在过去八个月中，雅各布个子长高了不少，模样也有了很大的改变。孩提时柔软的肌肉变得坚硬而结实，他已经长成一个体形瘦长的少年了，实际上，他已经超越了这个程度。肌腱和血管在他胳膊和手臂深褐色的皮肤上显得格外突出。他的脸庞和我记忆中的一样可爱，尽管它也变得结实了——他颧骨的轮廓变得更明显了，方方的下巴向外突出，所有孩提时候的圆乎乎的感觉全都消失不见了。

"嗨，雅各布！"看到他的笑容有一阵不熟悉的热情冲动。我意识到自己很高兴见到他，这一点让我惊讶。

我也冲他笑了笑，某种东西啪的一声静静地复位了，就像两个相应的拼版一样。我忘记了自己曾经多么喜欢雅各布·布莱克。

他在离我几英尺的地方停了下来，尽管雨水不停地拍打着我的脸庞，我还是往后偏着头仰视他，露出错愕的表情。

"你又长高了！"我惊喜地嗔怪道。

他大笑起来，他笑的时候嘴巴张得很大，夸张的表情有些不可思议。"六英尺五英寸。"他自满地宣布道。他的嗓音变得更深沉了，但是我记忆中的沙哑声音还在。

"难道就长个不停吗？"我难以置信地摇摇头，"你都成巨人了。"

"不过，还是个钓鱼竿，"他扮了个鬼脸，"快进来！你全身都湿透了。"

他带路，边走边用一双大手揉搓着头发，他从裤子后面的口袋里抽出一个橡胶带，把它绕成一个环形。

"嗨，爸爸，"他低头穿过正门的时候喊道，"瞧瞧，你看谁顺道过来了！"

比利在小小的方形起居室里，手中拿着一本书。他一看到我就把书放在膝盖上，朝我的方向摇着轮椅。

“啊，你准知道，见到你真好，贝拉！”

我们握了握手，我的手被他的大手掌一把抓住。

“什么风把你给吹来了？查理一切都好吗？”

“是的，绝对好。我只是想见雅各布——我快一辈子没见到他了。”

听到我的话雅各布的眼睛顿时变得神采奕奕起来。他笑得腮帮子都裂开了。

“你能留下吃晚饭吗？”比利也满怀期待。

“不行啊，您知道，我得给查理做饭。”

“我现在就给他打电话，”比利提议道，“他在我们家一直很受欢迎的。”



我大笑着掩饰我的不安：“又不是您再也见不到我了，我保证不久就会再来——直到您讨厌见到我为止。”毕竟要是雅各布能修好摩托车的话，还得有人教我骑。

比利表示赞同，轻声笑着说：“好吧，那就下次吧。”

“那么，贝拉，你想干什么？”雅各布问道。

“无所谓，什么都可以。我来打扰之前你在干什么？”我在这里感到莫名其妙的舒服。这种感觉很熟悉，只不过很遥远罢了。这里没有什么东西会勾起我对刚刚消逝的过去的痛苦回忆。

雅各布犹豫了一下：“我正准备去修我的车，但是我们可以做点儿别的……”

“不用了，那好极了！”我插话说道，“我很乐意看看你的车。”

“好吧，”他说道，还是不太确信，“就在屋后，在车库里。”

**这样甚至更好**，我暗自思忖着。我朝比利挥挥手：“待会儿见！”

他的车库掩映在屋后茂密的树木和灌木丛中。这个车库不过是把几块预制板拴在一起搭成的小棚子，内墙全部被敲空了。在这个庇护所下面，由煤块支撑起来的东西在我看来好像是一辆完整的汽车。至少，我从护栅上的标志认出来了。

“那是哪种大众？”我问道。

“是辆老式兔牌[1]——1986，经典车型。”

“进展得怎么样？”

“就快修好了。”他开心地说道。接着他压低音量说道，“我爸去年春天兑现了他的承诺。”

“啊。”我说道。

他好像理解我不愿意打开话题，我努力不去记起去年五月的舞会。雅各布的爸爸用钱和汽车配件贿赂他到舞会上给我捎过口信。比利要我与我生命中最重要的人保持安全距离，事实证明他的担忧最终是不必要的。我现在实在太安全了。

但是我打算看看我能改变什么。

“雅各布，你对摩托车了解吗？”我问道。

他耸耸肩：“了解一些，我的朋友安布里有辆越野摩托车。有时候我们一起修理。干吗问这个？”

“嗯……”我在想该怎么说的时候嘟起了嘴巴，我不确定他是不是会保密，但是我也没什么别的选择。“我最近弄到两辆摩托车，而它们目前的状况并不是很好，我想知道你能不能让它们跑起来？”

“酷！”他好像真的很高兴接受这一挑战。他的脸庞容光焕发，“我会试一试的。”

我抬起一根指头提醒他，“问题是，”我解释道，“查理根本不认同摩托车，老实说，要是他知道这件事情的话，会气得头脑发涨、暴跳如雷的，所以，你不能告诉比利。”

“当然，当然，”雅各布微笑着说，“我了解。”

“我会给你钱的。”我继续说道。

这冒犯了他：“不要，我想帮忙，你不要给我钱。”

“呃……那么，做个交换怎么样？”我强调着试图弥补这一切，但是我说的话有理有据，“我只需要一辆摩托车——我也需要别人教我骑。那么，这样如何？我给你另外一辆，不过你得教我骑车。”



① 兔牌（Rabbit），是大众汽车公司推出的一款车型，最初作为专供北美地区的标牌历史要回溯到1974年。

“好极——了。”他说这个词的时候拖长了音。

“等等——你还没到合法年龄吧？你的生日是什么时候？”

“你错过了，”他装成心怀怨气的样子，眯起眼睛开玩笑地说，“我已经十六岁了。”

“以前你也没因为年龄不骑车吧，”我小声说道，“很抱歉错过你的生日。”

“别有什么负担，我也错过你的了。你多大，四十了？”

我嗤之以鼻地说道：“差不多了。”

“我们可以一起过生日弥补一下。”

“听起来像约会似的。”

听到这个词语，他的眼睛中闪现出火花。





在我没让他产生错误的想法之前，我得控制一下这种热情——只不过是因为距我上次感到如此轻松活泼已经好久了。这种少见的感觉更难驾驭。

“或许等车修好了——作为给我们俩的礼物。”我补充道。

“成交。你什么时候把它们带过来？”

我咬着嘴唇，感到有些尴尬。“它们现在就在我的卡车里。”我承认道。

“好极了。”他很认真，似乎就是这个意思。

“要是我们把它们搬过来的话，比利会看到吗？”

他朝我眨了眨眼睛：“我们可以偷偷地搬进来。”

当我们出现在窗户的视野中的时候，我们轻松地从东边沿着树林走，装出一副轻松闲逛的模样，以防万一。雅各布迅速从卡车车厢里卸下摩托车，一个接一个地把它们推进我躲藏的灌木丛中。看起来这对他而言轻而易举——我还记得摩托车很重，很重。

“这些车并没有那么糟糕，”当我们把车推过树木覆盖的地方的时候，他这样评价道，“我推的这辆车在我修好之后会有些价值的——这是辆旧式哈雷·斯普林特[①]。”

---

① 哈雷·斯普林特（Harley Sprint）：摩托车品牌，是由哈雷·戴维森摩托车公司（Harley Davidson）推出的一款重型摩托车车型。

“那么，那辆就是你的啦。”

“你确定？”

“绝对确定。”

“不过，这些车要花些现金，”他俯视着变黑了的金属，皱着眉头说道，“我们首先要存钱买零件。”

“**我们**什么也不必做，”我不同意地说道，“如果你免费修车，我就付买零件的钱。”

“我不知道……”他轻声说道。

“我已经存了一些钱，大学基金，你知道的。”**大学、不管什么学校**，我暗自想着这些，我好像没办法为某个特别的目的攒够钱——除此之外，我无意离开福克斯。要是我不做优等生，这又会有什么不同呢？

雅各布只是点了点头，这些对他而言是极有道理的。

我们偷偷地回到临时车库的时候，我想着自己的运气。只有十几岁的男生才会同意这样做：欺骗双方的父母，用接受大学教育的钱来修理危险的摩托车，他看不到这幅画面的不妥之处。雅各布是上天赐予我的礼物。

# 朋　友

把摩托车放在雅各布的简陋车库里就不必再藏在其他地方了，比利的轮椅没法在屋子和车库之间凹凸不平的地面上转动。

雅各布立即开始把第一辆摩托车——红色的那辆，它注定是属于我的——拆成一块块的。他把兔牌汽车的副驾门打开，这样我就可以坐在座椅上面而不用坐在地上。雅各布修车的时候愉快地和我聊着天，我只需要稍稍鼓励一下，谈话就能不停地进行。他告诉我上高二时的新情况，从他上的课讲到他两个最好的朋友。

“奎尔和安布里？”我打断他问道，“这两个名字很少见。”

雅各布轻轻地笑着说：“奎尔是别人用过的意思，我想安布里的名字来源于一位肥皂剧的明星，不过，我也不确定。要是你取笑他们的名字的话，他们会很不高兴的——他们会联合起来对付你的。”

“好朋友。”我扬起眉毛。

“是的，他们是，只是不要拿他们的名字开玩笑。”

就在那时从远处传来一声呼喊。“雅各布？”一个人大叫道。

“是比利吗？”

“不是，”雅各布低着头，他的棕色皮肤好像羞红了似的，“说到魔鬼，”他咕哝道，“魔鬼就到了[①]。”

“杰克？你在吗？”大喊的声音现在离我们更近了。

“在！”雅各布叹了叹气，大声回答道。

---

① 说到魔鬼，魔鬼就到了：英语原文为“Speak of the devil，and the devil shall appear”，也译作“说曹操，曹操到”，这里为了保留原文意味保留了“魔鬼”的意象。

在短暂的沉默中我们等待着，直到两个身材高大、皮肤黝黑的男孩儿从角落里晃悠悠地来到车棚。

一个身材颀长，几乎和雅各布一样高，黑头发长及下巴，发线从中间分开，一侧塞在左耳后面，右边的头发滑落下来。身材较矮的那个男孩儿更结实一些，白色的T恤衫紧绷在他肌肉发达的胸口，他似乎满心欢喜地意识到这一点。他的头发很短，几乎是寸头。

两个人一看到我就立即停了下来。较瘦的那个男孩儿在雅各布和我之间迅速地看来看去，而那个肌肉结实的男孩子则一直看着我，笑容慢慢地爬上他的脸庞。

“嘿，伙计们。”雅各布敷衍地和他们打招呼。

“嘿，杰克。”矮个子男孩儿说话的时候都没把眼神从我身上移开。我不得不对他一笑，他顽皮地咧开嘴巴笑了起来。我冲他笑的时候，他对我眨了眨眼睛：“嘿，你好。”

“奎尔和安布里——这是我的朋友，贝拉。”

奎尔和安布里，我仍然不知道哪个是哪个，他们两个交换了一个满怀深意的眼神。

“查理家的小孩儿，对吗？”那个肌肉结实的男孩儿伸出手，问道。

“对。”我和他握了握手，确认了他的猜测。他握手的动作很坚定，好像他在伸展肱二头肌似的。

“我是奎尔·阿提拉。”还没松开我的手，他就盛情地宣布道。

“见到你很高兴，奎尔。”

“嗨，贝拉，我是安布里，安布里·康纳——不过，你可能已经猜出来了。”安布里不好意思地笑了笑，一只手挥了挥，接着就把那只手塞进牛仔裤的口袋里。

我点点头，说道：“我也很高兴见到你。”

“那么，你们两个人在干什么呢？”奎尔问道，他仍然看着我。

“贝拉和我准备修好这两辆摩托车。”雅各布并不准确地解释道。但是**摩托车**似乎是具有魔力的词语，两个人都跑过去检查雅各布的工程了，不停地向他询问一些专业的问题。他们用的许多词语对我来说都很不熟悉，我得有个 Y 染色体才能真正明白他们为什么这么兴奋。

我决定在查理出现在这里之前赶回家的时候，他们仍然沉浸在关于配件和零件的谈话中。我叹了叹气，从兔牌汽车里滑了出来。

雅各布抬头看着我，满怀歉意地说道："我们让你感到无聊了，是不是？"

"不，"这不是撒谎，我在这里很**开心**——这很奇怪，"我只是要回家给查理做晚饭。"

"哦……好吧，我今晚会把这些拆开，弄清楚我们还需要哪些配件，这样就可以着手把它们重新组装起来了。你什么时候想再继续修理它们？"

"我明天能来吗？"星期天对我的生存而言是个致命伤，从来都没有足够的作业令我一直忙个不停。



奎尔用肘轻轻推了推安布里的胳膊，两个人互相看了看对方，意味深长地咧着嘴巴笑了笑。

雅各布高兴地笑道："那样好极了！"

"要是你开张单子，我们可以一起去买配件。"我建议说。

雅各布的脸有些沉了下来："我仍然不确定是不是该由你来付所有东西的钱。"

我摇了摇头："没门，我为这个生日会赞助资金，你只需要提供劳动力和专业知识就够了。"

安布里朝奎尔转了转眼睛。

"这听起来有些不妥。"雅各布摇了摇头。

"杰克，要是我把这些东西送到技师那里，他会收我多少钱呢？"我指出这一点。

他笑了："好吧，你赢了。"

"更别说还有骑车的课程呢。"

奎尔张开嘴巴冲安布里大笑起来，轻声地对他说了些什么，我没听清楚。雅各布迅速地伸出手拍了拍奎尔的头。"就这样，你们出去。"他轻声说道。

"不用，真的，我得走了，"我一边反对一边朝门口走去，"我们明天见，雅各布。”

我一消失在他们的视线中，就听见奎尔和安布里一起欢呼道：“呜哦！”

接下来是一阵短暂的混战声，夹杂着“哎哟”和“嘿”的叫喊声。

“要是你们两个当中任何一个人明天有一个脚指头踏在我的地盘上……”我听见雅各布威胁着他们，一走进树林就开始听不见他的声音了。

我轻轻地笑了起来，发出来的“咯咯”声令我惊讶得睁大了眼睛。我在笑，实际上是大笑，甚至在没有人注意的时候。我感到如释重负，毫不费力地又大笑了起来，只是想让这样的感觉持续得更久一些。

我赶在查理回家之前到家了。他走进门的时候我正要把炸鸡盛出平底锅，把它放在一堆纸巾上。

“嗨，爸爸。”我飞快地朝他咧开嘴巴笑了笑。

在他还没来得及调整情绪之前错愕的表情就掠过了他的脸庞，“嗨，亲爱的，”他带着不确定的声音问，“你和雅各布在一起玩得开心吗？”

我开始把食物端上餐桌：“是的，我觉得很开心。”

“噢，那很好，”他仍然很谨慎，“你们两个干什么了？”

现在轮到我谨慎行事了：“我在他的车库玩，看他修理汽车。你知道吗，他在改装一辆大众？”

“是的，我想比利提到过这件事儿。”

查理开始咀嚼的时候我们的互相询问就不得不停下来了，但是他吃饭的时候继续端详着我的脸。

吃完晚饭，我收拾好桌上的东西，然后打扫了两遍厨房，接着在前屋里慢悠悠地做作业，而查理则在看曲棍球比赛。我一直等着，直到最后查理提到时间不早了。我没回答，他就站了起来，伸了伸懒腰，然后在身后关掉灯，离开了。我毫不情愿地跟着他。

我爬楼梯的时候感到下午不正常的良好感觉的最后时光就要在我

的身体系统中枯竭了，取而代之的是一种迟钝的恐惧感，一想到我就要不得不忍受的这一切我就感到害怕。

我不再麻木了，今晚无疑会和昨天晚上一样恐怖。我躺在床上，蜷缩成一团准备好痛苦再次向我袭来。我紧紧闭上双眼，然后……接下来的事情我所知道的就是早晨了。

我盯着从窗外射进来的苍白的银色阳光，惊呆了。

四个多月以来，第一次我睡觉的时候没有做梦。做梦**或**尖叫，我没法说清哪种情绪更强烈——安慰或是震惊。

我在床上一动不动地躺了几分钟，等待它回来，因为肯定有什么感觉会到来的。如果不是痛苦的话，那么就会是麻木的感觉。我等待着，但是什么也没发生。我觉得，比以往都安心。

我不信这样的感觉会持续下去。我正是靠站在这片难以捉摸、变幻莫测的边缘上保持平衡的，不费吹灰之力就能把我重新击落在地。我用这双突然变得清晰的眼睛环顾着我的房间——注意到它看起来很奇怪，太整洁了，就像我从未在这里住过一样——这很危险。

我把这样的念头赶出脑海，穿衣服的时候，我把注意力集中到今天会再见到雅各布这件事上。这个想法几乎使我感到……充满希望。也许会和昨天一样，也许我不必提醒自己看起来饶有兴致，在适当的间隔点头或是微笑，那是我和其他人在一起的方式。或许……我也不会相信这会持续下去的。不会相信今天会是相同的感觉——如此轻松——和昨天一样。我不打算用那样的方式让我自己感到失望。

吃早餐的时候，查理也很小心翼翼。他试图掩饰审视的表情，眼睛一直盯着鸡蛋，直到他认为我没看他。

“你今天打算干什么？”他问道，眼睛盯着手铐边上一根松松的线，好像他没注意我的回答一样。

“我打算再去找雅各布玩。”

他头也没抬就点点头，说：“哦。”

“你介意吗？”我假装担心地问，“我可以留在家……”

他飞快地向上看了一眼，眼睛里流露出焦急的神色：“不，不！你去吧，哈里会过来和我一起看比赛的。”

"也许，哈里还可以顺便过去接比利呢。"我建议道。看到的人越少越好。

"这主意不错。"

我不确定看比赛是否只是个把我赶出去的借口，但是他现在看起来够兴奋的了。我套上防雨夹克衫的时候他朝电话走了过去，我意识到我的支票簿在我的夹克衫口袋里晃动，这是我从未用过的东西。

屋外，雨从桶里瓢泼似的倾泻下来。我只得缓慢地开车，比我想要开的速度慢多了，我几乎看不清卡车前面一辆车的距离，但是最终我安全地来到了雅各布家门口泥泞的车道上。我还没熄火，前门就打开了，雅各布手里打着一把大黑伞跑了出来。

我开门的时候他把伞举在门上方。

"查理打过电话——说你在来的路上。"雅各布面带笑容解释着。

不需要有意识地要求我嘴角的肌肉做出回应，笑容就毫不费力地在我的脸上绽放开了。尽管冰冷的雨水拍打在我的脸颊上，我的喉咙里却涌现出一种奇怪的温暖感觉。

"嗨，雅各布。"

"打电话邀请比利过去真是太好了。"他举起手示意我和他击掌庆祝。

我不得不跳起来拍他的手掌，这让他大笑起来。

哈里几分钟后就来接比利过去了。我和雅各布在等没有人监督我们的时候，他简短地带我在他的小房间里参观了一下。

"那么我们去哪儿呢，古德伦奇先生那里吗？"门在比利身后一关上，我就这样问道。

雅各布从他的口袋里抽出一张折叠起来的纸，然后把它摊平。"我们首先要从这堆垃圾堆开始，看看我们是不是很幸运。这可能会有些贵，"他提醒我，"那些摩托车在重新跑起来之前很多地方需要修。"我的脸上并没有露出很忧心忡忡的表情，所以他继续说道，"我说大概一百多美元呢。"

我抽出我的支票簿，自己翻了起来，冲他转转眼睛说道："我们有足够的钱。"

这是非常奇怪的一天，我玩得很开心。尽管在大雨滂沱的天气里，我站在泥巴深及脚踝的垃圾堆里。我起初好奇是不是只是失去麻木感之后的余震，但是我认为那不足以解释这一切。

我开始认为这多半是因为雅各布，并不是他见到我总是那么高兴，也不是他没从眼角偷偷注视着我，等待我做些让我看起来很疯狂或很压抑的事情。这些现在都与我毫无关系了。

只是因为雅各布他自己。雅各布简直就是一个永远无忧无虑的人，他身上的那种快乐感就像头顶上的光环一样，与靠近他的人一起分享着喜悦，就像地球靠近太阳一样，无论何时有人在他的引力范围之内，雅各布都能温暖他们。这很自然，这是雅各布与生俱来的特点之一，难怪我会那么迫不及待地想见到他。



即使当他评论仪表盘上裂开的洞的时候，我也没有惊慌失措，这本应该让我产生这样的反应的。

“立体声音响坏了吗？”他好奇地问。

“是的。”我撒了个谎。

他把手伸进洞里，倒腾了几下问：“谁把它拿出去的？破坏可不小……”

“我拿的。”我承认。

他大笑起来：“或许你不该过多地接触摩托车。”

“没问题。”

在雅各布看来，我们的确很幸运在垃圾堆那里找到些东西。他为找到几片被油渍弄黑的变形金属片而兴奋，我只是对他能指出这些应该是些什么东西感到印象深刻。

从那里我们往南开往霍奎厄姆[①]的切克校验汽车零部件公司。开我的卡车要在蜿蜒崎岖的高速公路上行驶两个多小时，但是和雅各布在一起时间过得飞快。他聊起了他的朋友和学校，我发现自己也会问

---

① 霍奎厄姆（Hoquiam），美国华盛顿州西部城市。临霍奎厄姆河口的格雷斯（Grays）港，为距太平洋 19 公里（11.8 英里）的深水港。霍奎厄姆得名于当地土语，是“渴望木材”的意思，因为当地盛产木材。

些问题，甚至不需要假装，而是真的好奇听他要说的内容。

“都是我自己在说话，”他讲了个很长的故事，那是关于奎尔和他因为约会高三学长做女朋友而招惹麻烦的事情，讲完之后他抱怨道，“为什么你不接话呢？福克斯有什么有趣的事情吗？那里要比拉普西令人兴奋得多。”

“错，”我叹气道，“真没什么事情，你的朋友比我的要有趣多了。我喜欢你的朋友，奎尔很有趣。”

他皱了皱眉：“我想奎尔也喜欢你。”

我大笑起来：“他对我而言年纪太小了。”

雅各布的眉头皱得更深了：“他并不比你小多少，只不过是一岁零几个月罢了。”

我有种感觉，我们现在讨论的不再是奎尔了。我保持轻松的语调，打趣道：“当然，不过，考虑到男孩儿和女孩儿成熟的年龄不一样，也许你得按照计算小狗的年龄来计算，那样确实会使我老了十二岁，不是吗？”

他大笑起来，转动着眼睛说道：“好吧，要是我也像你似的那样挑剔的话，你也得平均计算尺寸，你那么娇小，我得从你的总年龄中除去十岁。”

“五英尺四英寸正好是平均身高了，”我不屑一顾地说道，“那不是我的错，你是个怪物。”

我们一路上就那样相互取笑直到来到霍奎厄姆，我们仍然在争论计算年龄的正确公式——我又被减去两年，因为我不知道如何换轮胎，但是因为在家里负责管理书籍又赢回了一年——直到我们来到切克，雅各布才不得不又集中精力了。我们找到了他的清单上剩下的所有东西，有了我们搜罗到的东西，雅各布很有信心能取得很大进展。

在我们回到拉普西之前，我已经二十三岁，而他已经三十岁了——他绝对偏袒自己。

我没忘记我所做事情的原因，而且，尽管我玩得很开心，程度超过了我想象可能的程度，然而我最初的愿望丝毫没有减退。我仍然想要背弃诺言，这毫无意义，而且我真的不在意。我要做些不顾后果的事情，只要在福克斯我能做到的我都要做。我不要当那个唯一遵守空头契约的那个人，和雅各布一起玩耍只不过比我预期的更令人精神振奋罢了。

比利还没有回来，因此我们没必要偷偷摸摸地卸载今天的战利品。雅各布和我把所有的东西摊在工具箱旁边的塑料地板上，紧接着他就立即开始干活了，他的手指头熟稔地检查摆在他面前的零件时，还在大笑着说话。

雅各布的动手能力太令人惊叹了。他的手掌看起来太大了，一点儿也不像能轻松灵活、准确无误地做这种细活的样子。他在干活的时候，差不多显得有些优雅。和他站立时不一样，站立时他的高度和大脚板使他几乎与我一样危险。



奎尔和安布里没有出现，所以他们可能认真地对待雅各布昨天的威胁了。

白天过得太快了，我还没想，车库门外就变得黑暗下来，接着我们就听见比利在喊我们。

我跳起来帮助雅各布把东西收拾起来，我有些犹豫不决，因为不知道该碰哪些东西。

“丢在一旁就好了，”他说，“我今晚迟些时候再继续干活。”

“别忘了你的作业，或其他的事情。”我说道，感到有些内疚，我不想让他陷入麻烦，那个计划都是为了我。

“贝拉？”

当查理熟悉的声音飘过树梢传过来的时候，我们两个猛地抬起头，他的声音比屋子里传来的声音要近一些。

“哎，”我低声说道，“来了！”我冲着房子叫道。

“我们走吧。”雅各布微笑着说，他倒是很享受这种惊险的间谍活动。他啪嗒一声关掉灯，一瞬间我感到眼前一片漆黑。雅各布抓住我的手，拉着我走出车库，穿过树林，他的脚能轻而易举地找到熟悉的路。他的手很粗糙，但却很温暖。

尽管路很宽，我们两个人在黑暗中还是踩到了对方的脚。看到房子的时候我们俩也都笑了起来。笑声并不是发自内心深处的，只是很轻松，那是表面上的反应，但是仍然很动听。我确定他不会注意到那种微弱的歇斯底里的暗示。我并不习惯大笑，笑起来既让人感到妙极了，又让人感到不对劲儿。

查理正站在屋后小小的门廊下，而比利则坐在他们身后的玄关那里。

“嗨，爸爸。”我们两个人异口同声地喊道，这又让我们俩笑了起来。

查理睁大眼睛盯着我们俩，眼神飞快地朝下划过，注意到雅各布挽着我的手。

“比利邀请我们过来吃晚饭。”查理心不在焉地对我们说。

“我的意大利面超级秘方，已经流传好几代人了。”比利严肃地说。

雅各布嗤之以鼻：“我可不觉得有那么长。”

屋子里挤满了人。哈里・克里尔沃特也在，还有他的家人——他的妻子苏，我儿时在福克斯的记忆中依稀记得她，以及他的两个孩子。里尔和我一样上高三了，但是比我大一岁。她有种异域风情的美——完美的古铜色皮肤，富有光泽的黑发，睫毛长得像羽毛掸子——也很全神贯注。我们进来的时候她在用比利的电话，她停都没停一下。塞思十四岁，他带着偶像崇拜的眼神听着雅各布的每一句话。

厨房的餐桌上人太多了，因此查理和哈里把椅子搬到院子里，我们把盘子放在膝盖上，在比利家露天的昏暗光线中吃意大利面。男人们谈论着比赛，哈里和查理计划着去钓鱼。苏则取笑着她丈夫的高胆固醇和疲劳，想让他羞愧，这样他就会去吃些绿叶的东西，没成功。雅各布大多数时候与我和塞思讲话。无论何时塞思发现雅各布似乎有忽视他的倾向，他就会迫不及待地插话。查理注视着我，眼里含着喜悦的神情，同时却也很警惕，他努力不引起我们的注意。

每个人都在跟其他人说话，声音很嘈杂，有时候也很混乱，一个笑话引发的大笑打断了正在讲另一个笑话的人。我没必要老讲话，但是笑了许多，只是因为我想笑。

我不想离开。

不过这里是华盛顿州，不可避免地会下雨，最后我们的聚会被破坏了，比利的客厅太小了，没办法容纳那么多人继续聚会。哈里载查理过来的，所以我们一起开车回家。他问了我今天的情况，我对他说的差不多都是实话——我和雅各布一起去看零件，接着在车库里看他干活。

“你想不久之后再去拜访他们吗？”他好奇地问，努力做出漫不经心的样子。

“明天放学后，”我承认，“我会把作业带过去，别担心。”

“你务必要带上。”他命令道，努力掩饰住满意的心情。

我们到家的时候我感到有些紧张，我不想上楼。雅各布带来的温暖正在消失，一旦消失，焦虑的感觉变得更加强烈了，我确定不可能一连两个晚上都会睡得很安宁。

为了推迟睡觉的时间，我检查了我的电子邮件，有一封蕾妮发给我的新邮件。

她写的是她的生活，新的读书俱乐部填补了她半途而废的冥想课的空白，她一个星期都在二年级做代课老师，想念着她当幼儿园老师的情景。她也写道，菲尔新的教练工作过得很开心，他们计划到迪斯尼乐园度第二次蜜月。

我注意到这一切读起来就像日记，而不是一封写给别人的信。自责像潮水一般涌遍我的全身，留下一根令人不舒服的刺。我还是某人的女儿呢。

我迅速地给她回信，评论着她信里的每个部分，自愿提供给她我自己的信息——我向她描述了在比利家的意大利面聚会和我如何观看雅各布把一片片小小的金属组装成有用的东西——我信中的口吻有些钦佩，也夹杂着些许羡慕。与过去几个月她收到的信相比，我无意改变这封信。我甚至差不多记不起来上个星期我给她写信的内容，但是我肯定这并没有引起共鸣。我考虑的越多，就越感到内疚，我真的必须担心她。

在那之后我又多熬了一会儿夜，做完了比严格意义上必须完成的还要多的作业。但是，被剥夺睡眠和与雅各布一起度过的时光——以某种微弱的方式令人感到快乐——都不能一连两个晚上驱走那个噩梦。

我颤抖着惊醒过来，尖叫声在枕头里变得模糊不清。

当清晨朦胧的阳光穿透窗外的薄雾照射进来的时候，我一动不动地躺在床上，试图摆脱那个梦。昨天晚上有些不一样，我把注意力集中在这一点上。

昨天晚上我不是一个人在树林里，山姆·乌利——在那个令我无法忍受去想的晚上，他把我从森林的地上拉了起来——这个男人出现在我的梦境里。这是个奇怪而出乎意料的改变。这个人乌黑的眼睛流露出令人惊讶的不友好的神情，充满某种他不想与人分享的秘密。我疯狂地搜寻着，同时尽量不断地紧紧盯着他，与往常一样我感到恐慌，而他的存在更让我感到不舒服。或许那是因为当我没有直视他的时候，他的身形在我的眼角抖动变化起来的缘故吧。然而，他什么都没做，只是站在那里看着我。和我们在现实中遇到的情况不一样，他并没有要帮我。

吃早饭的时候查理目不转睛地盯着我，我则努力地不去看他。我想我活该，我无法期望他不担心。自从我看完僵尸电影回来后，他可能已经有几个星期没停下手头的事情观察我了，我只是得努力不要让这件事情使我心烦意乱。毕竟，我也得注意僵尸再次归来，两天的时间几乎不能使我的伤口愈合。

学校正好相反，既然我已经注意到周遭的敌意，显而易见，这里没人关注我。

我还记得我来福克斯高中的第一天——我多么不顾一切地希望我能变成灰色的，像一个体形过大的变色龙一样消失在人行道湿漉漉的水泥地里。似乎我的愿望实现了，只不过是在一年后。

就好像我不在这里一样，甚至老师们的眼睛也会像我根本不存在似的扫过我的座位。

我整个早上都在聆听，再次听见周围的人们的声音，我尝试着去理解正在发生的事情，但是他们的谈话很杂乱，所以我放弃了。

上微积分的时候我在杰西卡身旁的座位上坐了下来，她都没有抬头看我一眼。

“嗨，杰西，”我装作冷漠地说道，“你周末的其他时间过得怎么样？”

她用怀疑的眼神看着我。难道她还在生气吗？或者她只是非常不耐烦，不和一个发疯的人打交道？

“好极了。”她说道，然后把注意力移回到课本上。

“那就好。”我低声咕哝说。

**“冷漠的肩膀——怠慢”**这个词的修辞手法在字面上似乎也是合乎事实的。我能感受到抽风机从地面吹来的温暖的空气，但是我还是很冷，我把夹克衫从椅背上取下来又穿上了。





第四节课下得有些晚，我来到餐厅的时候，我习惯坐的那张餐桌已经坐满了人。迈克在，杰西卡和安吉拉、康纳、泰勒、埃里克和劳伦都在。凯蒂·马歇尔，那个住在我家附近拐角处的红头发高二学生和埃里克坐在一块儿，奥斯汀·马克斯——那个给我摩托车的男孩儿的哥哥——坐在她旁边。我想知道他们这样坐在那里多久了，记不起来这是第一天还是已经是种惯例了。

我开始讨厌自己了，整整一个学期我就像微不足道的小人物一样被人忽视了，仿佛被打包装进了聚苯乙烯塑料里的花生一样。

即使当我把椅子向后拖出来时在油腻腻的地面上发出刺耳的响声，然后在迈克旁边坐下来时，也没人抬头看一看。

我试图理解他们的谈话。

迈克和康纳在谈论运动，因此我马上放弃了。

“本今天去哪里了？”劳伦问安吉拉。我昂起头，饶有兴趣地振作起精神，我想知道安吉拉和本是不是还在一起。

我几乎没认出劳伦来。她把满头像丝一样顺滑的玉米色金发都剪掉了——现在她把一头精灵似的头发剪得那么短，从后脑勺看简直剪得就像男孩子一样。她做那样的事情多么古怪啊，我希望我知道背后的原因。她头发上粘上口香糖了吗？还是把它卖了？还是那些她老是凶巴巴地对待的人在体育馆把她抓住，揪下她的头发了？我觉得现在我不能用先入为主之见来评判她的行为。就我所知的，她早已变成了一个很好相处的人。

“本得了肠胃炎，”安吉拉平心静气地说道，“希望只是二十四小时的事情，他昨天晚上真的病得很重。”

安吉拉也改变了发型，她的头发已经长出了层次。

“你们两个人周末做什么了？”杰西卡问道，听起来她似乎并不在意答案。我敢打赌这不过是她打开话匣子的方式，这样她就可以讲自己的故事了。她会讲起我和她在天使港隔着两个座位坐在一起看电影的事情吗？难道我就那样隐形，我在场的时候他们讨论关于我的事情会不会感到不安？

“我们本来打算星期六去野餐的，但是……我们改变主意了。”安吉拉说道。她声音里的不安引起了我的兴趣。

不过，杰西可没那么感兴趣，“那太糟糕了。”她说，准备开始讲她自己的事情，但是我并不是唯一注意到安吉拉的话的人。

“发生了什么事？”劳伦好奇地问。

“噢，”安吉拉说道，似乎比平时更加犹豫不定，尽管她总是很矜持，“我们一路向北开车，几乎快到温泉了——在野外的小路上大约一英里的地方有个很不错的风景区，但是当我开到半路上的时候……我们看见有个东西在那里。”

“看见有东西？什么东西？”劳伦苍白的眉毛紧锁到一起，就连杰西现在好像也在听了。

“我不知道，”安吉拉说，“我们**认为**那是只熊，总之，它很黑，而且看起来……很大。”

劳伦高声大笑起来轻蔑地说：“噢，你们不是也看见了吧！”她眼睛里闪烁着嘲弄的神情，我确定根本不必怀疑自己先前的判断，把她想得太好了，显然她的个性并没有发生像她的头发那样大的改变。“泰勒上个星期也想让我相信他看见熊了。”

“你们不可能在靠近风景区的地方看见熊。”杰西卡站在劳伦那边说道。

“真的，”安吉拉小声地争辩道，她低头看着餐桌，“我们确实看见了。”

劳伦偷偷地笑了起来，迈克还在跟康纳说话，根本没注意到女孩子们的谈话。

“不，她说得没错，”我不耐烦地插话说，“星期六我们正好有个徒步旅行者也看到熊了，安吉拉。他说，它很大而且毛皮乌黑，就在镇外，是不是，迈克？”

接下来是片刻的沉默，餐桌上的每双眼睛都震惊地盯着我。新加入的女孩儿凯蒂张大了嘴巴，就像她刚刚目睹了一次爆炸似的，谁都没有动一下。

“迈克？”我小声说道，有点儿受到侮辱的感觉，“还记得那个讲熊故事的家伙吗？”



“当，当然……”迈克结巴了一会儿说道，我不知道他为什么如此奇怪地看着我。我上班的时候跟他说话的，没有吗？有吗？我是这么想的……



迈克回过神来说道：“是的，有个人说他就在小道起点那里看见一头黑熊——比灰熊要大一些。”

“嗯哼。”劳伦转向杰西卡，肩膀僵硬，然后改变了话题。

“你收到南加州大学[①]的回音了吗？”她问道。

除了迈克和安吉拉，其他人也都把脸转过去了。安吉拉不确定地冲我笑了笑，我赶快对她也笑了笑。

“那么，你这个周末干什么了，贝拉？”迈克好奇地问道，但是还是带着奇怪的警觉。

除了劳伦之外其他人又把脸转向我，等着我回答。

---

① 南加州大学（University of Southern California）：简称 USC，创建于 1880 年，坐落于美国西岸洛杉矶市中心，是美国西部规模最大，也最古老的私立大学。作为洛杉矶当地的第一所全科大学，南加大至今已经走过了 120 多年的历程，不仅见证了 19 世纪美国西部的“淘金热”与 20 世纪信息革命的发展，也见证了洛杉矶这个美国仅次于纽约的第二大城市的崛起和发展。从 1880 年的 53 名学生和 10 名教师，到如今约 3 万名学生和 4000 多名教授，南加州大学已经从一所普通的地方学校发展成为一所国际化的知名学府。目前，南加大是获得联邦政府（研究与发展）经费最多的 10 所美国私立大学之一。

“星期五晚上，杰西卡和我到天使港看电影去了，接着我星期六下午和几乎整个星期天都在拉普西度过。”

所有的眼睛在杰西卡和我身上转来转去，杰西看起来很不耐烦。我不知道她是不是不想别人知道她和我一块儿出去了，或者她只是想由她自己来说这件事情。

“你们看了什么电影？”迈克问道，他开始微笑了。

“《死路》——那个讲僵尸的电影。”我带着鼓励的表情露齿一笑，或许我在过去像僵尸一样的几个月里造成的一些破坏是可以修复的。

“我听说那部电影很恐怖，你觉得呢？”迈克迫不及待地想继续聊下去。

“贝拉在最后不得不跑开，她被吓坏了。”杰西卡带着狡猾的微笑插话说。

我点点头，努力使自己看起来很尴尬：“是很恐怖。”

迈克直到午餐结束还在问我问题。其他人又逐渐开始了他们自己的谈话了，尽管他们还是不时地看看我。安吉拉多半时候与我和迈克说话，我站起身去倒盘子的时候，她跟在我身后。

“谢谢。”我们离餐桌较远的时候她对我说道。

“为什么？”

“开口说话，为我说话。”

“那没什么。”

她关心地看着我，但是并没有想要冒犯我的意思，或许，她可能感到迷茫了：“你还好吗？”

这就是我为什么挑选杰西卡而不选安吉拉——尽管一直以来我更喜欢安吉拉——去看女孩之夜的电影的原因。安吉拉的感觉太敏锐了。

“并不是完全没问题，”我承认，“但是我感觉好些了。”

“我很高兴，”她说，“我一直想念你。”

接着劳伦和杰西卡漫步经过我们身旁，我听见劳伦大声地嚷嚷道：“噢，**开心**的贝拉回来了。”

安吉拉冲她们转了转眼睛，带着鼓励的表情对着我微笑。

我叹了口气，好像我又重新开始了一样。

“今天几号？”我突然好奇地问。

“一月十九日。”

“嗯。”

“有什么事吗？”安吉拉问道。

“一年前的昨天是我来到这里的第一天。”我若有所思地说道。

“一切并没有发生多少改变。”安吉拉望着劳伦和杰西卡的背影轻声说道。

“我知道，”我附和着说，“我和你想的一样。”

# 重　复

我不确定我到底在这里干什么。我正**努力**把自己推回到僵尸的恍惚状态之中去吗？难道我变得自虐了——养成了一种喜欢受折磨的爱好吗？我本应该直接去拉普西的，和雅各布在一起的时候我感到健康得多，做**这样**的事情并不健康。

但是我继续缓慢地把车朝长满杂草的车道开去，弯弯曲曲的车道沿着树木延伸出去，树木在我头顶上就像有生命的绿色隧道一样。我的手在颤抖，所以我用手紧紧握住方向盘。

我知道我这样做的部分原因是因为那个噩梦，既然我真的清醒了，梦中虚无缥缈、空无一物的感觉咀嚼着我的神经，就像狗啃着骨头一样。

总**有**要搜寻的东西，那么难以获得，那么不可能，那么漠不关心，那么心烦意乱……但是**他**就在那儿，就在某个地方。我不得不相信这一点。

另一部分原因是今天我在学校感觉到的一种奇怪的重复感，日期是那么的巧合。那种我在重新开始的感觉——要是我真的是那天下午餐厅里最不平常的人的话，或许第一天的生活就会是这样。

这些话无声无息地穿过我脑海，就像我是在读它们而不是在听别人讲一样：

**就好像我从来都不曾存在过。**

我把我来到这里的理由一分为二只不过是自欺欺人，我不想承认最强烈的动机，因为从精神方面而言那种动机不健康。

事实上，我想再次听见他的声音，就像我星期五晚上听见的奇怪的幻觉一样。就在那短暂的一刻，当他的声音从我意识深处另一个地方传来的时候，他的声音像蜂蜜一样完美、甜蜜和安详，这与我记忆中一直产生的苍白回音完全不一样，我能够想起所有的一切而不觉得丝毫的痛苦。可惜那并不持久，痛苦将我攫住，正如我确定这次是个蠢差使一样。但是那些我能够听见他的声音的珍贵时刻是种无法抗拒的诱惑，我得找到某种重复这种经历的方法……或许更适合的词语应该是**插曲**。

我一直希望那种已经知道了的感觉是把钥匙。所以，我来到他家，自从我不幸的生日晚会之后我再也没来过这个地方，那是好多个月以前的事情了。

几乎像丛林一样茂密的植物慢慢地爬过我的车窗，一路上蜿蜒而上，我开始加速，有些心急火燎了。我开车开了多久了？我不是应该早就到了吗？车道上长满了野草，看起来一点儿也不熟悉。



要是我找不到呢？我颤抖了，要是根本没有确切的证据证明那一切呢？

接着我看到在树木中间有我在寻找的出口，只不过和以前相比不那么明显了。这里的植物群迫不及待地收回了那些没有防卫的土地。高高的蕨类蔓延到了屋子周围的草坪上，簇拥在雪松树干的周围，它们甚至爬上了宽敞的门廊，草坪好像被像羽毛一样的绿色波浪淹没了一样——它们有齐腰深。

那里**有**座房子，但是和以前的并不一样。尽管外部的一切都没有改变，空虚穿透了黯然失色的窗户，这令人感到恐怖。自从我看到这幢美丽的房子以来，我第一次觉得它看起来就是适合吸血鬼居住的地方。

我踩住刹车，把脸转过去，害怕继续往前开。

但是什么也没发生，我脑海中没有出现声音。

所以我让引擎继续发动，跳进蕨类的海洋，或许，就和星期五晚上一样，要是我继续往前走……

我慢慢向这张毫无生机、空洞无物的脸靠近，卡车的引擎发出轰隆隆的响声，在我身后发出一声令人安慰的咆哮。我在门廊下的台阶前面停了下来，因为这里什么也没有。没有任何残留的痕迹证明他们存在过……证明他存在过。房子坚实地立在这里，但是它毫无意义，它那混凝土结构的现实存在不会抵消噩梦中虚无缥缈的感觉。

我没有再走近，我不想往窗户里面看，我不知道看哪一个会更艰难。如果那些房间都是空的，那种空洞的声音在天花板和地面之间回荡，那肯定会令人备感受伤的。就像我奶奶的葬礼，我妈妈坚持让我在仪式的时候待在外面不要看，她说我没必要看到奶奶那个样子，记住她的那种模样。

但是，要是没有变化的话，难道不是更糟糕吗？如果那些长沙发就和我上次看到的那样摆放在那里，墙上还挂着油画——更糟糕的是，钢琴仍摆放在低平台上呢？这只会无异于房子完全消失，无异于看不见任何将它们联系在一起的有形财产。他们走了，留下了一切，没有任何改变却被人遗忘了。

就像我一样。

我转过身背对着这种吞噬一切的空洞感，匆匆忙忙地走向卡车。我差不多是跑过去的，焦躁不安地想离开这里，回到人类的世界。可怕的空虚感向我袭来，我想见到雅各布。或许，我又得了某种新的病，上了另一种瘾，就像以前的麻木感一样，我不在乎。我把车开得飞快，达到了最高时速，高速往预定的方向飞驰而去。

雅各布在等我，我一看见他心似乎就放松下来了，呼吸也没那么困难了。

“嗨，贝拉。”他喊道。

我如释重负地微笑道：“嘿，雅各布。”我朝比利挥挥手，他正从窗户里往外看呢。

“我们去干活吧。”雅各布低声说，语气中充满了迫不及待。

我不知怎的能够大笑了。“你真的还没厌烦我吗？”我感到好奇，他准是开始在内心疑惑着我是多么拼命地想要陪伴了吧。

雅各布带着我绕过屋子来到车库。

“没，还没呢。”

“要是我让你感到厌烦的话，请告诉我，我可不想成为让人痛苦的人。”

“好的，”他大笑起来，发出嘶哑的声音，“不过，我不会让你焦急地等待的。”

我走进车库惊讶地看见红色的摩托车立在地面上，看起来是辆摩托车而不是一堆破铜烂铁了。

“杰克，你真不可思议。”我惊叹道。

他又笑了起来，“我有活干的时候会非常沉迷其中的，”他耸耸肩，“要是我还有精力，我会一点儿一点儿地把它们拖出来的。”

“为什么？”

他低下头，停顿了很久，我以为他没听见我的问题。终于，他问我：“贝拉，要是我告诉你我没办法修好这些车，你会怎么想？”

我也没有马上回答，他抬头看了我一眼，审视着我的表情。



“我会说……那太糟糕了，但是我敢打赌我们会想到做其他事的。要是我们真的穷途末路，我们甚至可以做作业啊。”

雅各布笑了，肩膀放松下来，他在摩托车旁边坐了下来，拾起一把扳手：“那么，你认为完工之后你还是会过来的啰？”

“这才是你的本意吗？”我摇摇头，“你给自己的机械技术开价很低，我猜我在占你的便宜噢，不过，只要你让我过来，我会来的。”

“希望再见到奎尔吗？”他捉弄地问道。

“你猜对了。”

他轻声笑了起来。“你真的喜欢和我在一起玩儿吗？”他惊讶地问。

“非常非常喜欢，而且我会证明给你看的。我明天得上班，但是星期三我们可以做些与机械无关的事情。”

“比如？”

“我也不知道，我们可以到我家，那样你就不会受到诱惑，沉迷于修车了。你可以把作业带过来——你现在不得不落后了，因为我知道我自己有些掉队了。”

“作业可能是个不错的主意。”他扮了个鬼脸，我不知道他为了跟我在一起有多少作业没有做。

“是啊，”我同意他的看法，“我们偶尔也要有点儿责任心，否则比利和查理就不会那么好说话了。”我打了个手势暗示我们两个是一体的。他喜欢这样——瞧，他眉开眼笑了。

“一周一次作业？”他提议。

“或许我们最好一周两次。”想到今天布置的一堆作业，我建议道。

他深深地叹了口气。接着他伸手去拿工具箱里的食品纸袋，从中拿出两罐汽水，啪的一声打开一罐递给我。他打开另一罐，像举行仪式般地举起来。

“为责任干杯，”他提议，“一周两次。”

“然而，中间每天都不用顾及后果。”我强调说。

他露齿一笑，碰了碰我的汽水罐。

我比计划的时间晚回家，发现查理没等我就订了份比萨。他没等我开口道歉，就说道：“我不介意，”他让我放心，“不管怎么样，你应该偶尔休息一下，不用去做饭。”

我知道他只是因为看到我像个正常人一样生活而感到欣慰罢了，他不准备破坏现状。

我开始做作业之前查了查电子邮件，蕾妮给我写了一封长长的信。她对我提供给她的信息的方方面面写了许多，所以我给她回了封我今天生活的所有细节——除了摩托车以外的所有事情。就连逍遥自在、随遇而安的蕾妮也很可能被这件事儿惊动的。

星期二在学校的时候，好事坏事交替出现。安吉拉和迈克似乎随时张开双臂欢迎我回来——他们友善地忽略了我过去几个月不正常的行为举止。杰西则对此更加抗拒，我不知道是否需要为天使港事件给她写一封正式的道歉信。

迈克上班的时候兴高采烈，滔滔不绝，好像他攒了一个学期的话，现在一下子漫了出来似的。我发现我能和他一起微笑，甚至大声笑了，尽管这并不像和雅各布在一起时那么轻而易举。但这看起来没什么不好的。

直到快下班的时间，迈克在橱窗上挂上打烊的招牌，我则把工作服折叠起来，放在柜台下面。

“今晚很开心。”迈克高兴地说。

“是的。”我也觉得是这样，尽管我宁愿下午是在车库里度过的。

“上个星期你没法看完电影真是太糟糕了。”

我对他的思路有些迷惑不解。我耸耸肩：“我很没用，我想。”

“我的意思是，你应该看部更好看的电影，看一部你会喜欢的。”他解释说。

“噢。”我低声说道，还是有些迷惑不解。

“比如，或许这个星期五，和我一起，我们可以去看一部一点儿也不恐怖的电影。”

我咬了咬嘴唇。

我不想搞砸我和迈克的关系，特别是他是少有的几个随时原谅我疯狂的举动的人之一。但是这样又让人太熟悉了，就像去年什么都没发生一样，我希望这一次我能拿杰西当挡箭牌。



“像约会一样吗？”我问。就这点而言，诚实可能是最好的美德，一不做二不休。

他掂量着我的语气：“要是你想的话，但是不必像那样的。”

“我不要约会。”我缓慢地说道，这一刻我意识到我真的是这么想的。整个世界离我那么遥远，这段距离简直是无法想象的。

“就像朋友一样呢？”他建议道。他明亮的蓝色眼睛现在没那么急切了，我希望他真的想和我做普通朋友。

“那很好，但是实际上这个星期五我有安排了，或许下周五怎么样？”

“你要做什么？”他漫不经心地问道，只不过比我觉得他想要的语气稍微弱了一点儿。

“做作业，我有……和一个朋友计划了学习时间。”

“噢，好吧，或许下周吧。”

他送我到车旁，不再像先前那么活力充沛了。这情形使我清晰地想起我到福克斯的头几个月。我总是经历着一些轮回的事情，现在我感到所有的一切相互呼应起来——一种空洞的呼应，只不过以前所拥有的兴致都缺失了。

隔天晚上，查理发现雅各布和我趴在客厅的地板上一起做作业，地板上到处都是书，他根本没有露出一丝惊讶的表情，我猜他和比利肯定在背后谈起我们了。

"嗨，孩子们。"查理说道，眼睛看着厨房那边。我花了一个下午做意大利千层面——雅各布看着我做，偶尔会尝一尝——散发出一阵阵香味飘向大厅；我装成很乖巧的样子，努力补偿上次他订的那个比萨。

雅各布留下来吃晚饭，还带回家一盘给比利。因为我饭做得不错，他吝啬地给我的协议年龄加了一岁。

星期五在车库。星期六我从牛顿商店下班后，又要做作业。查理对我心智健全的状态够放心的了，所以下午他和哈里去钓鱼了。他回家的时候，我们已经做完了作业——我们感到非常有理智，也很成熟——而且我们一起看探索频道[①]的《怪物车库》[②]。

"我可能得走了，"雅各布叹了口气，"已经比我想象的要晚了。"

"好，好吧，"我嘟囔着说，"我送你回家。"

他嘲笑我不情愿的表情——这似乎让他很开心。

"明天，重新干活，"我们上了卡车就安全了，我马上说道，"你明天希望我几点过来？"

他回答的笑容中有种无须解释的兴奋："我先给你打电话，好吗？"

"当然。"我对自己皱了皱眉头，不知道有什么事。他笑得更



① 探索频道（Discovery Channel）：探索传媒公司是一家全球领先的专注于真实世界的传媒娱乐公司。公司由1985年在美国开播的其核心产业探索频道开始，发展到目前业务遍及全球160多个国家和地区，观众累计达12亿。探索传媒公司的90多个知名的节目网络包括了21个娱乐节目品牌，例如：学习频道、动物星球、旅游生活频道、探索健康频道、探索儿童频道、探索时代频道、科学频道、军事频道、探索家庭频道、探索西班牙、探索高清晰剧院以及FitTV。此外，探索传媒公司的其他产业还包括探索教育和探索商业，通过120个探索频道零售店进行运营。

② 《怪物车库》（*Monster Garage*）：是由探索频道Jesse G.James主持的一个颇受欢迎的电视游戏节目，这个节目给那些对建造、改装或制作汽车很有热情的人提供机会，让他们创造出一辆可以完全变形成其他东西的汽车。

欢了。

我第二天早上打扫了房屋——等待雅各布打电话过来，努力摆脱最新的噩梦。梦中的场景发生了变化，昨天晚上我迷失在宽阔的蕨类海洋里，它们当中点缀着巨大的铁杉树。那里没有其他东西，我迷路了，漫无目的、独自一人徘徊在那里，不知道在寻找什么。我想把这个梦从我的意识中抖出去，希望把它锁在某个地方，不再让它逃出来。

查理在外面洗巡逻车，所以电话一响，我就放下扫帚，跑下楼接电话。

"喂？"我气喘吁吁地问。

"是贝拉吗？"雅各布说，声音有些奇怪，还有些正式。



"嘿，杰克。"



"我相信……我们有个**约会**。"他说，语气中饱含深意。

我想了一会儿才理解他的意思："它们修好了？我不敢相信这是真的！"多么完美的时间选择啊！我正好需要用什么东西来把注意力从噩梦和虚无缥缈的感觉中转移开。

"是的，它们可以跑起来了，一切正常。"

"雅各布，你绝对——毫无疑问——是我认识的人当中最有才华、最了不起的人。你因此可以加十岁。"

"酷！我现在是个中年人了。"

我大笑起来："我马上就过来！"

我把打扫工具放在卫生间洗手台的下面，一把抓过夹克衫。

"去见杰克。"我从查理身边经过时他问，这其实并不是个问句。

"是。"我跳上车的时候回答道。

"我一会儿去警察局。"查理在我身后喊道。

"好的。"我向他叫道，一边转动钥匙。

查理说了些别的，可是由于引擎的咆哮声盖过了他的声音，我没能听清楚他说的话，听起来有点儿像"炉子在哪里？"

我把车停在离布莱克家的房子一侧较远的地方，挨着树林，这样我们俩就能更容易地把摩托车偷偷推出来。我下车的时候，一抹色彩映入眼帘——两辆闪亮的摩托车，一辆是红色的，另一辆是黑色的，藏在一棵云杉下面，从房子那里看不到。雅各布已经整装待发了。

摩托车的左右把手上都系着一条蓝色的缎带结，雅各布跑出房屋的时候，我高兴得大笑起来。

“准备好了吗？”他压低音量问我，眼睛兴奋得发亮。

我朝他背后望了望，没看见比利的影子。

“是的。”我说，但是没有觉得像以前那样兴奋。我努力想象着自己骑在摩托车上的情景。

雅各布轻轻松松地把摩托车放在卡车车厢里，小心翼翼地把它们放倒，以免它们露出来被人家看见。

“我们走吧，”他说，声音比平时要大一些，充满了兴奋，“我知道一个绝佳的去处——那里没人会发现我们的。”

我们朝南开出了小镇。泥泞的公路在森林里忽隐忽现，蜿蜒崎岖——有时候除了树之外什么都没有，接着，太平洋会突然闪现在眼前，让人惊心动魄、兴奋不已，它浩瀚无垠，连接着地平线，海水在云朵下呈现出黑灰色。我们在海岸上方，在与这里的海边相交的悬崖上，前方的景色似乎无边无际，延伸至天边。

我开得很慢，这样当公路弯曲着向海边的悬崖靠近时，我就能安全地时不时地凝视着窗外的海洋。雅各布谈论着修完摩托车的事情，但是他的描述变得越来越技术化，所以我没有特别仔细地听。

就在那时我注意到站在岩石边缘上的四个人影，他们离崖边太近了。从远处看，我没法判断他们有多大，但是我猜想他们是男性。尽管今天天气寒冷，但他们好像只穿了短裤。

我看他们的时候，个头最高的那个人往悬崖边缘又迈了一步。我机械地减速，我的脚犹豫着要不要踩刹车。

接着，他纵身一跃，跳下悬崖。

“不要！”我大声喊道，一脚重重地踩在刹车上。

“出了什么事？”雅各布警觉地对我喊道。

“那个人——他刚刚**跳下悬崖**了！为什么他们不制止他呢？我们得叫救护车！”我一把推开门，准备下车，这显然毫无意义。打电话最快的方法应该是把车开回比利家，但是我不敢相信我刚刚看到的一切。或许，下意识里要是没有挡风玻璃阻碍视线的话，我希望我能看见不一样的东西。

雅各布大笑起来，我倏地转过身愤怒地盯着他，他怎么可以这么无情，这么冷血？

“他们只不过是在悬崖跳水，贝拉，娱乐而已。拉普西没有商业街，你知道的。”他在嘲弄我，但是他的声音里夹杂着奇怪的焦躁语气。

“悬崖跳水？”我重复了一遍，头有点晕。第二个人朝悬崖走去，停了片刻，接着优雅地跳向空中，我不相信地盯着这一切。他下落的时候让我觉得那是种永恒，最后他平稳地钻进了下面黑灰的海浪里。



“哇，那么高，”我顺其自然地坐进座位，仍然睁大眼睛盯着剩下的两个跳水的人，“肯定有一百英尺。”

“嗯，是的，我们大多数人都是从低一些的地方往下跳的，就是悬崖半山腰那块突出的石头，”他从车窗里往外指去，他指出的那个地方的确看起来要合理得多，“**那些**家伙疯了，或许他们想要炫耀自己有多么强壮。我的意思是，真的，今天冷极了，水温不会很舒服。”他满脸不高兴，好像惊险的那一幕是针对他个人似的，冒犯了他。这让我有些惊讶，我本以为雅各布几乎是不可能心烦的。

“**你**从悬崖上跳下去？”我没有放过“我们”这个词。

“当然，当然。”他耸耸肩，露齿一笑，说，“那很有意思，有些恐怖，有某种快感。”

我往回看了眼悬崖，第三个人正向边缘走去。在我生命中我从未亲眼见过这么不顾后果，莽撞行事的事情。我的眼睛睁得大大的，微笑着说：“杰克，你得带我去悬崖跳水。”

他冲我皱了皱眉，满脸不赞同的表情。“贝拉，你刚刚还想给山姆叫救护车呢。”他提醒我说。我很惊讶他居然能从那么远的地方辨认出他们是谁。

“我想试试。”我坚持，又准备下车了。

雅各布抓住我的手腕：“今天不要，好吗？我们至少要等到天气暖和一点，好吗？”

“好的，太好了。”我答应道。车门敞开着，冰冷的风吹得我胳膊上直起鸡皮疙瘩，“但是我想尽快去试试。”

“不会很久的，”他翻了翻眼睛，“有时候，你真有些奇怪，贝拉，你知道这点吗？”

我叹气道：“知道。”

“不过，我们不从悬崖顶上跳下去。”

第三个男孩儿跑着冲过去，把他自己抛出比另外两个更远，我注视着这一切，有些着迷了。他坠落的时候在空中旋转，翻筋斗，就像在跳伞一样。他看起来绝对自由，无拘无束——既没有思虑，也没有完全不负责任。

“好极了，”我答应道，“第一次别这样做，不管怎么样。”

现在轮到雅各布叹气了。

“我们还要不要试摩托车？”他命令道。

“好，好。”我说道，把视线从等在悬崖上的最后一个人身上移开。我重新系上安全带，关上车门。引擎仍然在运转，空转的时候发出轰隆隆的吼叫声，我们又往南上路了。

“那么，那些人是谁——那些疯狂的家伙？”我好奇地问。

他在喉咙里发出一声厌烦的声音：“拉普西帮。”

“你们有帮派？”我问道。我意识到这给我留下了印象。

他嘲笑了一下我的反应。“并不是那样的。我保证，他们像变坏了的纪律督导员[①]，他们不打架斗殴，他们维护和平，”他不屑地说，“有个从马卡保留地[②]附近来的家伙，他个头也很高，看起来很吓人。呃，有人谣传说他卖甲基安非他明[③]给小孩子，山姆·乌利和他的门

---

① 纪律督导员（a haul monitor），是学生志愿者，负责维持学校走廊里的秩序。

② 马卡保留地（Makah rez），是 Makah Reservation 的缩写，它位于华盛顿州克拉拉姆县内的奥林匹克半岛（Olympic Peninsula）最西北部的马卡印第安人保留地，占地面积 46.451 平方公里。

③ 甲基安非他明：原文中是 meth，全称为 methamphetamine，一种兴奋剂，美国俚语。

**徒**们就把他赶出我们的地盘了。事关**我们的地盘**上，那是**部落的荣耀**……这变得有些滑稽可笑。最糟糕的是委员会实际上把他们很当一回事儿，安布里说委员会事实上已经见过山姆了。”他摇了摇头，满脸都是憎恨的表情。“安布里也从里尔·克里尔沃特那里听说他们称自己为‘保护者’之类的。”

雅各布紧握拳头，好像他想击打什么东西一样，我从未见过他这样的一面。

听见山姆·乌利的名字让我很惊讶。我不想这个名字把我噩梦中的一幕幕带回来，所以我迅速地察探了一下他的脸色以分散注意力：“你不是很喜欢他们。”

“那么明显吗？”他嘲讽地问道。



“呃……听起来倒不像他们在做坏事。”我试图抚慰他，让他再度开心起来，“只不过，对帮派而言，他们是那种让人心烦的爱炫耀的好人罢了。”



“是的，让人心烦，这个字眼用得好。他们总是炫耀自己——就像悬崖跳水一样。他们的行为就像……就像，我不知道，就像恶棍一样。有一次我和安布里、奎尔在商店附近玩，那是上个学期的事情，山姆和他的追随者杰莱德和保罗一起走过来。奎尔说了些什么，你知道他嘴巴很大，这让保罗很恼火。他的眼睛全黑了，像在笑一样——不，他只不过露出了牙齿，但并没有笑——仿佛就要发飙。山姆一把按住保罗的胸膛，摇摇他的头。保罗看了他一会儿，然后平静下来了。老实说，好像是山姆阻止了他一样——就好像要是山姆不制止保罗的话，他会把我们撕成碎片似的。”他痛苦地说道，“就像西部坏蛋一样。你知道，山姆个头非常大，他二十岁了。但是保罗也只有十六岁，比我要矮，也不如奎尔强壮。我想我们两个中的任何一个都可以打败他。”

“恶棍。”我认同地说，他描述的时候仿佛那一切就在我眼前一样，这也让我想起了什么事情……我爸爸的客厅里一起的三个人，他们一动不动，紧紧地站在一起。画面倾向一侧，因为我的头靠在沙发上，而杰兰迪医生和查理身体斜靠在我上方……难道那就是山姆帮？

我急忙开口说话，让自己不要想起那些令人沮丧的记忆："做这类事情山姆的年龄是不是太大了一些？"

"是的，他本应该上大学的，但是他留下来了，也没有人对此废话连篇。整个委员会都兴师动众地企图说服我姐姐不要放弃部分奖学金而结婚。但是，噢，不，山姆·乌利不会做坏事的。"

他的脸愤怒地皱了起来，这倒是不常见的——有愤怒，也有某种我起初无法弄明白的东西。

"这听起来真的很烦人，也……很奇怪，但是我不理解为什么你要把它当成自己的事情呢。"我偷偷看着他的脸，希望我没冒犯他。他突然平静下来，从侧窗眺望出去。

"你刚刚错过转弯了。"他平静地说。

我转了个非常大的U形弯，卡车一侧的车轮滑到路边时几乎撞在一棵树上。

"多谢你的提醒。"我在路旁重新发动引擎的时候轻声说道。

"对不起，我没注意。"

有一会儿我们都没说话。

"你在这一带任何地方都可以停下来。"他温柔地说道。

我停下车，熄掉引擎，我的耳朵在接下来的沉默不语中嗡嗡作响。我们俩都下了车，雅各布径直走向后面的车厢去拿摩托车。我试图读懂他的表情，有其他的东西令他不安，我正好点中了要害。

他把红色的摩托车推到我这边的时候，心不在焉地笑了笑。"迟到的生日快乐，你准备好骑车了吗？"

"我想是的。"当我意识到我很快就要骑上摩托车的时候，它突然看起来很有威慑力，令人恐惧。

"我们慢慢来。"他保证。他去推自己的摩托车时，我小心翼翼地把摩托车斜靠在卡车的挡泥板上。

"杰克……"他绕过卡车回来的时候，我犹豫地叫了他一声。

"有事吗？"

"什么事情真的让你很烦恼？我的意思是，关于山姆的事情吗？

还有其他的事吗？”我注视着他的脸。他扮了个鬼脸，不过看起来一点儿也不生气。他看着泥土，一次又一次地用鞋踢他摩托车的前轮，好像在打拍子一样。

他叹了口气。“只是……他们对待我的方式，让我不安。”这一下打开了他的话匣子，他开始娓娓道来，“你知道，委员会本应该是由平等的人组成的，但是如果有领袖的话，应该是我爸爸。我从来都没弄明白人们为什么要以他们现在的方式对他，为什么他的意见最重要。这与他的父亲，他父亲的父亲有关。我的曾祖父伊弗列姆·布莱克，好像是我们的最后一任酋长，而他们仍然听比利的，可能是因为这个吧。

“但是，我只不过和其他人一样，没有人对**我**特别优待……直到现在。”



这让我感到很意外：“山姆对你很特别？”

“是的，”他承认，满眼忧虑地仰视我，“他看着我就像在等待某种东西一样……好像某一天我也会加入他那愚蠢的帮派一样。比起其他人，他更关注我，我讨厌帮派。”

“你不必加入任何组织。”我生气地说。这真的让雅各布很烦恼，这一点让我很恼火。这些“保护者”以为他们是谁啊！

“是啊。”他的脚仍然有节奏地踢着轮胎。

“是什么？”我敢断定还有别的事情。

他皱了皱眉，眉毛紧蹙在一起，看起来很伤心，也很担忧，但不是生气：“还有安布里，他最近在逃避我。”

这些想法好像没有关联，但是我想知道是不是因为我让他和他的朋友们之间出了问题。“你最近跟我在一起的时间比较多。”我提醒他，感到自己有些自私，我在独自占用他的时间。

“不是，不是因为这个。不仅仅是我——还有奎尔，和其他所有人。安布里已经有一个星期没上学了，但是我们去看他的时候他不在家。他回来后，看起来……他看起来吓坏了，受到惊吓。奎尔和我都想让他说出到底出了什么事，可是他不愿意跟我们两个中的任何一个人说。”

我盯着雅各布，焦虑地咬着嘴唇——他真的吓坏了。但是他没有看我，他看着自己的脚踢着橡胶，好像脚是别人的一样。他的节奏加快了。

“接着，这个星期，不知道什么原因安布里和山姆及其他一些人一起出去玩了，他今天就在悬崖上。”他的声音低沉而紧张。

他终于看着我说道：“贝拉，他们找上他，这比他们找上我还要令人痛苦。他不想跟他们有任何关系，但是现在安布里跟随着山姆就像他加入了某种邪教一样。

“而保罗也是那个样子，完完全全一样，他根本不是山姆的朋友。接着，他几个星期不来上学，回来后突然就归山姆所有了。我不知道这是什么意思，我没法弄明白，我感到我得弄清楚，因为安布里是我的朋友……山姆很奇怪地看着我……而且……”他的声音逐渐变小了。 

“你和比利谈过此事吗？”我问道。他的恐惧感开始传染给我，我的后颈开始打起冷战。



他的脸上露出生气的表情。“谈过，”他不屑地说，“那倒很有用。”

“他说了些什么？”

雅各布的表情有些挖苦，他开口学着他爸爸的口吻说：“雅各布，你现在没什么好担心的，再过几年，如果你不……好吧，我以后会解释的。”接着，他用自己惯用的语气说，“我从这些话里该**得到**什么信息呢？他是不是在说这是愚蠢的青春期，成长过程中的事情呢？这涉及其他的事情，这有问题。”

他咬着下嘴唇，握紧拳头，看起来像要哭似的。

我本能地伸出双臂抱着他，环抱住他的腰，把脸贴在他的胸口。他那么高大，我觉得自己就像小孩子搂住成年人一样。

“哦，杰克，一切都会好的！”我保证，“要是情况恶化了，你可以搬来跟我和查理住，别害怕，我们会想出办法的。”

他僵硬了片刻，接着用长长的胳膊犹豫着搂住了我。“谢谢你，贝拉。”他的声音比平时更沙哑了。

我们就这样站了一会儿，这没让我感到难过，实际上，这样的近距离接触让我感到欣慰，和上一次别人像这样拥抱我的感觉不一样。

这是友谊，而雅各布非常温暖。

和另一个人类之间的这种靠近对我而言很陌生——是感情上的，而不是身体上的，尽管身体上的也让我感到陌生。这不是我一贯的作风，正常情况下我不太容易与人亲近，特别是在基本的层次上。

不是人类。

“如果你会这样反应的话，我会更频繁地受惊吓的。”雅各布的声音又变得轻松正常了，他的笑声在我的耳鼓里嗡嗡作响。他用手指抚摸着我的头发，非常温柔，也非常小心。

好吧，这对我而言是出于友谊。

我迅速地脱身，和他一起大笑起来，但是我下决心立刻让事情恢复到原来的状态。

“很难相信我比你大两岁，”我说，特别强调了“大”这个词，“你让我觉得自己是个小矮人。”和他站得如此靠近，我真的得伸长脖子看他的脸。

“当然，你忘记了我已经四十多岁了。”

“哦，你说对了。”

他拍拍我的头。“你像个洋娃娃，”他打趣着说，“一个瓷娃娃。”

我翻了翻眼睛，后退一步说道：“我们还是不要说有关‘白化病’的俏皮话了吧。”

“严肃一点，贝拉，你确定你不是吗？”他向我伸过来他黄褐色的手臂，这种不同并不讨人喜欢，“我从没见过有谁比你更苍白的……好吧，除了——”他突然打住，而我则转过脸，努力不去理会他原本想要说什么。

“那么我们准备骑摩托车，还是做其他的？”

“我们骑车吧。”我赞同地说道，我的反应比我半分钟前可能的反应更加热情了，他没说完的话使我想起我为什么来这儿了。

# 肾上腺素

“好，你的离合器在哪儿？”

我指着左边把手上的离合器。松开紧握的手是个错误，沉重的摩托车在我身下摇晃不定，险些把我撞向一边。我再次抓紧把手，努力使它立稳。

“雅各布，它立不稳。”我抱怨道。

“你跑起来的时候它就会很平稳了，”他向我保证，“现在告诉我，刹车在哪儿？”

“在我右脚后面。”

“错。”

他抓住我的右手，卷起我的手指放在右边把手上的前刹车控制杆上。

“但是你说过——”

“这是你需要用的刹车，现在不要用后刹车，等你知道你在做什么之后再用。”

“这听起来不对头，”我怀疑地说，“两个刹车不是都很重要吗？”

“忘掉那个后刹车，好吗？这里——”他用手包住我的手，让我向下挤压刹车控制杆，“你要**那样**刹车，别忘了。”他又捏了一下我的手。

“好的。”我同意他的观点。

“油门在哪儿？”

我旋转了一下右边的把手。

“变速杆呢？”

我用左小腿肚轻轻推了推。

“很好，我想你已经认识了所有的部件，现在你只需要让它跑起来了。”

“嗯哼。”我小声低语道，不敢说太多话。我的胃奇怪地扭曲在一起，我想我的声音可能也失去控制了，我很害怕。我试图告诉自己害怕没用。我已经经受过可能最糟糕的事情了。和那相比，现在还有什么事情能吓倒我？我应该能够正视死亡，还能够大声笑呢。

但我的胃不信这一套。

我盯着一直延伸到远处的布满尘土的公路，公路两边都是茂密的树木，郁郁葱葱，朦朦胧胧的。路面上都是沙，而且很潮湿，但总比泥泞好。

“我想你该抓紧离合器。”雅各布讲解道。



我用手握住离合器。



“现在非常关键，贝拉，”雅各布强调着说，“不要松手，好吗？我想你装作我给你递过来一只引爆的手榴弹。引信已经拔出来了，你正紧握着手柄。”

我捏得更紧了。

“好，你觉得你能踩脚踏板发动引擎了吗？”

“如果我移动一下脚的话，我就会摔倒的。”我咬紧牙关告诉他，我的手指紧紧地握住那个“引爆的手榴弹”。

“好的，让我来，别松开离合器。”

他往回走了一步，接着突然用脚往踏板上一踩。传来一阵噼啪的噪声，他猛踩油门的力气让摩托车晃动起来。我开始朝一侧倒下去，但是杰克一把抓住摩托车没让我着地。

“坐稳了，”他鼓励着我，“你还抓着离合器吗？”

“还抓着。”我喘着气说道。

“固定你的**脚**——我又要试了。”不过，安全起见，这次他把手放在了座椅上。

又踩了四次脚踏板才打着火，我能感觉到摩托车就像发怒的野兽一样在我身下隆隆作响。我紧紧抓住离合器，直到手指疼痛起来。

“试试油门，”他建议道，“要非常轻，而且别放开离合器。”

我犹犹豫豫地转动右边的把手，尽管运动的幅度很小，摩托车还是在我身下咆哮起来。现在听起来它好像既生气又饥饿，雅各布极为满意地笑了。

“你还记得如何调到一挡吗？”他问道。

“记得。”

“好，那就直接调到一挡吧。”

“好的。”

他等了几秒钟。

“左脚。”他提示道。

“我**知道**。”我说，深吸了一口气。

“你确定你要这么做吗？”雅各布问道，“你看起来吓坏了。”

“我很好。”我打断他说，接着踩下变速排挡把它调到一挡。

他后退了一步，离摩托车远一点儿。

“你让我放开手榴弹吗？”我不相信地问道，难怪他在往后退呢。

“摩托车就是这样跑起来的，贝拉，只要一步步来就好了。”

当我开始松开把手时，一个不属于站在我身旁的男孩儿的声音打断了我，这让我感到很震惊。

“这样做很鲁莽，很孩子气，也很愚蠢，贝拉！”天鹅绒般的声音发怒了。

“啊！”我喘着气，我的手从离合器上滑下来。

摩托车突然一跃，猛地摇晃起来，把我向前抛去，接着一半压倒在我身上，咆哮的引擎噗噗地停了下来。

“贝拉？”雅各布轻松地把摩托车从我身上移开，“你受伤了吗？”

但是我没听见他说的话。

“我跟你说过的。”那个完美的声音低声嚷嚷道，像水晶般剔透清晰。

“贝拉？”雅各布摇晃着我的肩膀。

“我很好。”我喃喃自语道，头有点儿晕。

不仅仅是很好。我脑海中的声音回来了，它仍在我的耳鼓里——温柔地回响，像天鹅绒一样。

我飞快地在脑海里想着各种各样的可能性，这里没有任何熟悉的东西——在一条我从来没有见过的公路上，做我以前从来都没做过的事情——没有已经知道了的事情。那么幻觉肯定是被其他的东西激活的……我感到肾上腺素又在我的血管里流淌起来，而且我认为我找到答案了。那是种肾上腺素与危险的事情相结合的东西，或者可能只是愚蠢的举动罢了。

雅各布扶着我站起来。

“你撞到头了吗？”他问道。

“我想没有，”我来回地摇晃着头，检查是不是受伤了，“我没撞伤摩托车吧，是不是？”这个想法令我担忧，我迫不及待地想再试一次，现在。孤注一掷，莽撞行事比我想的更划算。别背叛，或许我已经找到了产生幻觉的方法——这一点更重要。





“没有，你只是停了引擎，”雅各布打断我急切的想入非非说道，“你放开离合器的速度太快了。”

我点点头：“我们再试一次吧。”

“你确定？”雅各布问道。

“我确定。”

这一次我试着自己用脚踩动引擎。这很复杂，我得跳起来，这样才能产生足够的力量撞击脚踏板，每次我这样做的时候，摩托车都会差点把我摔下去。雅各布的手悬在把手上方，在我需要的时候随时准备接住我。

有几次做得还不错，不过做得不好的时候更多。引擎终于发动了，在我身下发出咆哮声。我还记得要紧紧握住手榴弹，我实验性地加速旋转油门，只要轻轻一碰它就会怒吼起来，我在雅各布充满笑意的眼神里看见我的笑容。

“放松离合器。”他提醒我。

“那么，你**想**杀死你自己吗？这就是你做这一切的原因吗？”另一个声音又说话了，他的语气很严厉。

我坚定地微笑着——这种方法仍然奏效——忽略了那些问题。雅各布不会让严重的事情发生在我身上的。

“回家，到查理身边去。”那个声音命令道。它纯粹的美让我着迷，我不能让我的记忆失去它，无论付出什么样的代价。

“慢慢地松开。”雅各布鼓励着我。

“我会的。”我说道。我意识到我是在回答他们两个人的时候，这让我有些烦恼。

我脑海中的声音与摩托车的咆哮声一起吼叫起来。

这一次我努力集中注意力，不要再次让这个声音把我吓呆了，我一点点地松开我的手，突然，车轮转动起来，猛地把我朝前拉。

我飞起来了。

有以前没有的风，吹着我头上的皮肤，用尽全力把我的头发往后吹，就像有人在拉它一样。我感到我的胃又回到了最初的地方，肾上腺素在我的身体里流淌，在我的血管里产生麻麻的刺痛感。树飞快地奔驰而过，形成一道模糊的绿墙。

但是这只是一挡，当我旋转着加速的时候，脚则迫不及待地在变速排挡上向前移。

“不要，贝拉！”那个甜美如蜜的声音在我耳畔生气地命令道，“注意，你在干什么！”

它足以把我的注意力从速度上转移开，以致我意识到路开始慢慢地向左转弯，可我仍然在笔直地开，雅各布还没教我怎么转弯呢。

“刹车，刹车。”我自言自语地咕哝着，本能地用右脚往下踩，就像我在开卡车转弯一样。

摩托车突然在我的胯下摇晃起来，从一侧晃到另一侧。它正把我朝绿色的墙上甩出去呢，我开得太快了。我试图把把手转向相反的方向，但身体的重心突然改变方向使得摩托车朝地面撞去，尽管它仍然往树的方向飞奔而去。

摩托车又倒在我身上了，大声地咆哮着，把我甩进潮湿的沙子里，直到我撞到某个固定的东西上。我看不见，我的脸扑向苔藓，弄得满脸都是。我试着抬起头，但是什么东西挡在那里了。

我头昏眼花，迷惑不解。听起来好像有三个东西在咆哮——我身上的摩托车，我脑海中的声音，还有其他的……

“贝拉！”雅各布大叫起来，我听见另一辆摩托车的声音停了下来。

摩托车不再把我钉在地上，我滚了一圈开始呼吸，所有的咆哮声都安静下来了。

“哇。”我低声咕哝着，我感到很刺激。就得这样，这就是幻觉的配方——肾上腺素加上危险的事情再加上愚蠢的事情。不管怎么样，就是某种接近这样的东西。

“贝拉！”雅各布忧心忡忡地扑到我身上，“贝拉，你还活着吗？”

“我好极了！”我热情地说。我伸一下胳膊和腿，一切似乎都很正常，“我们再来一次吧。”

“我想不行，”雅各布的声音听起来还是很担心，“我想我最好先送你去医院。”

“我很好。”

“嗯，贝拉？你额头上有个很大的伤口，血正往外涌呢。”他告诉我。

我用手拍拍头，千真万确，那里又湿又黏。除了脸上潮湿的苔藓味道之外我闻不到其他的味道，这就防止了恶心的感觉。

“哦，我非常抱歉，雅各布。”我紧紧地按住深深的伤口，好像这样就能把血挤回去一样。

“为什么你要因为流血而道歉呢？”他用长长的胳膊抱住我的腰，搀扶我起来的时候好奇地问道，“我们走吧，我来开车。”他伸出手拿钥匙。

“摩托车怎么办？”我把钥匙递给他的时候问道。

他想了一会儿，说道：“等在这儿，接着！”他脱下T恤衫——上面已经沾上了血迹——扔给我。我把它卷成一团，用它按住额头。我开始闻到血的味道了，我用嘴巴深深地吸着气，努力把注意力集中在其他事情上。

雅各布跳上黑色的摩托车，一下就踩住油门发动了，沿着公路飞奔回去，身后扬起一阵阵沙子和卵石。他看起来像个职业运动员，他伏在把手上，低着头，脸朝前，闪亮的头发拍打着后背赤褐色的皮肤。我妒忌地眯上了眼睛，我骑摩托车时看起来肯定不是这个样子。

我惊讶地发现自己开了多远。雅各布终于回到卡车停的地方时，离我很远，我几乎看不清楚。他把车丢进车厢里，飞奔着跑到驾驶座那侧。

他耐心地让车发出震耳欲聋的吼声，匆忙地赶回到我身边的时候，我真的一点儿也没觉得很糟糕。我的头有点儿刺痛，肚子有点儿不舒服，但是伤口并不严重。只不过头上的伤比其他地方的伤口流的血多些罢了，他没必要那么着急。

雅各布跑到我身边时没有熄火，他又用胳膊抱住我的腰。

"好了，让我把你扶上车。"

"我真的很好，"他扶着我上车的时候我宽慰他说，"不要太激动，只是一点血而已。"

"可是很多血。"他走回去推我的摩托车时我听见他低声咕哝着。

"现在，我们得好好想一会儿，"他回到车上时我说道，"要是你把我像这样送到急诊室，查理肯定会听说这件事情的。"我往下看了一眼沾到牛仔裤上的沙子和尘土。

"贝拉，我觉得你需要缝针，我不想让你流血而死。"

"我不会的，"我向他保证，"我们先把这些摩托车弄回去，然后在我家停留一下，这样在我们去医院之前就可以处理掉证据。"

"查理在干吗？"

"他说他今天得工作。"

"你真的确定吗？"

"相信我，我很容易流血，伤口并没有看起来那么可怕。"

雅各布一点儿也不开心——他整张嘴巴耷拉下来，奇怪地皱在一起——但是他不想让我陷入麻烦。他开车把我送回福克斯的时候，我望着窗外，用那件废掉了的T恤衫紧紧按住额头。

摩托车比我想象的要好一些，我达到了最初的目的。我背叛了——打破了我的承诺。我毫无必要地孤注一掷。既然双方都打破了承诺，我现在感觉就没先前那么悲惨了。

而且还发现了打开幻觉的钥匙！至少，我希望我找到了。我会尽可能快地验证这一推论的，或许他们在急诊室里会很快帮我缝好针，那么我今天晚上就可以再试试了。

像那样沿着公路奔驰真是令人惊叹，风吹在我脸上的感觉，速度，还有自由……这使我想起过去的生活，**他**背着我奔跑，在没有路的丛林里飞驰而过——我就在那一刻停止了思考，放任记忆闯进来，突然让我感到痛苦不堪。我退缩了。

“你还好吗？”雅各布确认道。

“还好。”我努力像先前一样令他信服。



“顺便说一下，”他补充道，“今天晚上我要把你的后刹车拆开。”



回到家后，我做的第一件事情就是照镜子，看起来很恐怖。血像小溪流一样流过我的脸颊和脖子，凝固在满是泥巴的头发上。我冷静地检查着自己的伤势，装作血是油漆，这样我就不会反胃。我用嘴巴吸着气，告诉自己没事儿。

我尽可能地彻底地洗掉这些，接着把我弄脏的带血的衣服藏在洗衣篮的底下，尽可能小心翼翼地穿上一条新牛仔裤和扣纽扣的衬衣（那样我就不必从头部把它脱下来了）。我用一只手成功地做到了，两件衣服都没沾上血。

“快点儿。”雅各布叫道。

“好啦，好啦。”我朝他喊道。确认没留下任何罪证之后，我就径直下楼了。

“我看起来怎么样？”我问他。

“好多了。”他承认道。

“但是我看起来像是在你的车库里摔倒了，头撞在锤子上的样子吗？”

“当然像，我想是的。”

“那么我们走吧。”

雅各布催促着我赶快出门，而且坚持还是由他来开车。直到我们已经在去医院的路上，我才意识到他没穿上衣。

我内疚地皱了皱眉头："我们本来应该帮你拿一件夹克衫的。"

"那会出卖我们的，"他打趣道，"另外，一点儿也不冷。"

"你开玩笑吧？"我打了个冷战，伸手去开暖气。

我注视着雅各布，看他是不是为了不让我担心而扮酷，但他看起来倒很舒服的。他把一只胳膊放在我的椅背上，尽管我得蜷缩在一起取暖。

雅各布看起来超过十六岁——根本不像四十岁，但是他看起来或许比我老。在他身上看不到像奎尔那样的肌肉组织，因为雅各布看起来根本就是根钓鱼竿，他的肌肉瘦长而结实，但是在光滑的皮肤下肯定有肌肉，他的肤色那么好看，让我满心羡慕。

雅各布注意到我在打量他。

"看什么？"他突然害羞地问道。

"没什么，只不过我以前没意识到，你知道吗，你有点儿漂亮？"

这些话一脱口而出，我就担心他会误解我脱口而出的话。

但是雅各布转了转眼睛："看来你的头撞得不轻，是不是？"

"我是说真的。"

"那么，好吧，谢谢你啦，有点儿。"

我咧着嘴巴笑了起来："你有点儿客气了。"

缝了七针才把额头上的伤口缝合，在打了局部麻醉药之后，我在缝针过程中没感到疼。斯诺医生给我缝针的时候，雅各布握着我的手，我努力不要去想其中令人感到讽刺的事情。

我们一直在医院待了很长时间。我缝好针之后，先送雅各布回到家，然后才匆匆忙忙地赶回来给查理做晚饭。我对查理说我在雅各布的车库里摔倒了，他似乎相信了。毕竟，我看起来不像是在没有别人的帮助下，就不能凭借自己的双脚走到急诊室的样子。

今天晚上没有像第一天晚上那么糟糕，那天晚上我在天使港听见了那个完美的声音。我心中的缺口又出现了，在我离开雅各布的时候它总是会出现，但是伤口的边缘不再疼得那么厉害了。我总是事先做好准备，期望有更多错觉，这会让我分心。而且，我知道明天当我和雅各布再在一起的时候就会感觉好多了，这让这个空洞的缺口和熟悉的痛苦更容易忍受，解脱就在眼前了。那个噩梦也失去了一些力量，我和以前一样对那种虚无缥缈的感觉感到恐惧，但是我也奇怪地感到焦躁不安，等待着使我尖叫惊醒的那一刻的到来，我知道噩梦终究会结束的。

接下来的星期三，我还没能从急诊室回到家，杰兰迪医生就打电话来提醒我爸爸我可能会有脑震荡，建议他晚上每隔两个小时就把我叫醒，确保不会太严重。查理满腹狐疑地眯起眼来，重新思考着我经不起考验的摔跤的解释。

“贝拉，也许你该离车库远一点。”那天晚上吃晚饭的时候他建议我。



我感到一阵恐慌，担心查理就要发出某种警告禁止前往拉普西，随之而来的就是我的摩托车，但我没打算放弃——我今天才经历过最令人惊叹的幻觉呢。当我过于急切地踩下刹车把自己抛出去撞在树上之前，那个天鹅绒般声音的错觉朝我大叫了足足有五分钟，我愿意无怨无悔地接受今晚可能产生的任何痛苦。



“不是在车库，”我迅速地辩解道，“我们那时正在徒步旅行，我踩在石头上摔倒了。”

“你们从什么时候起开始徒步旅行了？”查理怀疑地问。

“在牛顿户外用品商店工作，肯定会对我有影响，”我指出，“每天都在推销户外活动的好处，结果你会变得很好奇的。”

查理瞪着我，不相信我说的话。

“我会更小心的。”我答应他，在餐桌下面偷偷摸摸地交叉手指祈祷。

“我不介意你们在拉普西附近徒步旅行，但是不要离镇上太远，好吗？”

“为什么？”

“噢，我们最近接到很多关于野生动物的投诉。林业部打算调查此事，但是暂时……”

“噢，是大熊，”我如梦方醒，“对，一些来牛顿商店的徒步旅行者看见过，你认为那里真的有变异的大灰熊吗？”

他眉头皱起：“有些东西，离镇子近一点，好吗？”

“当然，当然。”我轻快地说道，他看起来并没有完全满意。

“查理开始训话了。”我星期五放学后去接雅各布的时候向他抱怨道。

“或许我们该把骑摩托车的事情放一放，”看到我反对的表情后，他补充说，“至少一个星期左右吧。你能一个星期不到医院，对吗？”

“你打算干什么？”我抱怨。

他高兴地笑着说：“你想干什么就干什么。”

我想了一会儿——我所想要的。

我讨厌远离令我受伤的记忆的想法——那些记忆是自己产生的，不需要我有意识地去想它们。要是我不能拥有摩托车，我就打算去找通往危险和肾上腺素的其他途径，这就需要认真地想一想，还需要些创造力了，与此同时什么事情都不做对我毫无吸引力。假设即使与杰克在一起，我又变得很压抑呢？我总得找些事情做。

或许还有其他的方法，其他的诀窍……或其他地方。

去那幢房子是错误的，这毫无疑问，但是**他的**存在必定印在某个地方，除我心中的某个地方。总有那么一个地方，与所有那些充满着其他人类记忆、熟悉而有意义的地方相比，在那里他显得更真实。

我能想到一个可能的地方，一个永远只属于**他**而不属于其他任何人的地方。那是个有魔力的地方，四周都洒满了阳光，那是在我的生命里我只看见过一次的美丽草地，那里被灿烂的阳光和他闪闪发光的皮肤照亮了。

这个想法具有产生相反效果的巨大潜力——这可能会令我受伤，使我痛苦万分，哪怕只是想一想就会令我的胸口疼痛起来。很难让我诚实面对而不出卖我自己。但是，当然啦，无论在哪里，我都能听见他的声音，而且我已经跟查理说了我在徒步旅行……

“你这么认真地在想什么？”雅各布问道。

“呃……”我慢慢地对他说，“我有一次在森林发现这个地方——我在，呃，在徒步旅行的时候我碰巧遇到的。是一个小草地，那是最美丽的地方。我不知道我是不是能自己重新找到它，肯定要试好几次才行……”

“我们可以用罗盘和坐标，”雅各布很有信心，他满心希望地说，“你知道你从哪里开始的吗？”

“知道，就在小道开始的地方，一百一十英里正好到那里。我多半是往南走的，我想。”

“酷！我们会找到的。”总是那样，雅各布总是对我想要做的事情很执着，不管那有多么奇怪。

接着星期六下午，我系上崭新的徒步旅行靴的鞋带——那天早上，我第一次用员工享有的八折的折扣买下了这双鞋——带上崭新的奥林匹克半岛地形图，驱车开往拉普西。



我们并没有马上开始，首先，雅各布趴在客厅地板上——占据了整个房间的空间——花了整整二十分钟的时间画了一张复杂的网络，上面标示着地图上的关键部分，而我则坐在厨房椅子上和比利说话。比利似乎对我们提出的徒步旅行计划毫不担心。特别是人们现在正对看到熊而小题大做的情况下，我很惊讶雅各布已经告诉他我们要去哪里了。我想请比利别跟查理提起这件事儿，但我担心提出这样的请求反而会产生相反的效果。

“或许我们会看见大黑熊呢。”雅各布开玩笑地说道，眼睛还是盯着他的设计图。

我飞快地看了一眼比利，担心他会和查理的反应一样。

但是比利只是嘲笑起他的儿子来：“也许你该带上一罐蜂蜜，以防万一。”

杰克轻声笑道：“希望你的新靴子跑得很快，贝拉，一小罐蜂蜜让饥肠辘辘的大黑熊吃不了多久。”

“我只需要比你快一些就行了。”

“那就祝你好运啰！”雅各布一边重新折起地图，一边转了转眼睛说，“我们走吧。”

“玩得开心。”比利声音深沉地说道，一边把轮椅朝冰箱转去。

查理不是个不好相处的人，但是在我看来，雅各布好像跟他相处得更好，和他更合得来。

我把车开到那条泥巴路的尽头，在标示着小道起点的路标附近停了下来。离上次来这儿的时间已经很久了，我的胃紧张地抽搐起来。这可能是件非常糟糕的事情，但是，要是我能听见**他的声音**，一切都是值得的。

我下车看着浓密的绿墙。

“我走的是这条路。”我低声咕哝道，笔直地指向前方。

“嗯。”杰克喃喃低语道。

“什么？”

他看着我指的方向，接着再看看有标记的小路，然后又往后看了看。

“我还以为你是那种随大溜的女孩子呢。”

“不是吧，”我苍白地笑着说，“我很叛逆。”

他大笑起来，然后展开地图。

“等我一会儿。”他熟练地拿着罗盘，旋转着地图，直到罗盘指到他期望的位置。

“好——坐标上的第一条线，我们现在就出发。”

我可以确定我让雅各布放慢了脚步，但是他毫无怨言。和一个非常不一样的同伴一起，我努力不要让自己的思绪停留在上次来这片森林时的记忆，这是很危险的。如果我让自己遭遇不幸，我最终会用双臂紧紧握住我的心，完整地保留这些记忆。我大口地喘着气，不知道该如何向雅各布解释。

让自己只关注当下，并没有我想象的那么困难。森林看起来和半岛上其他地方很像，雅各布怀着一种截然不同的心情。

他欢快地吹着口哨，那是支不熟悉的曲子，他挥动着双臂在杂草丛生的灌木丛中轻松地大踏步往前走。这里的树影不像平常那么阴暗了。

雅各布每隔几分钟就检查一次罗盘，使我们的方位与他的坐标

上覆盖的地方保持一条直线。他看起来真的知道自己在干什么，我打算表扬他，但是我控制住自己。毫无疑问，他会给自己另外再加上几年，以让他的年龄膨胀更多的。

我边走边天马行空地想心事，逐渐变得好奇起来。我还没有忘记我们在海边悬崖附近的谈话——我等待着他再次谈起这个话题，但是看起来这样的事情不会发生。

“嘿……杰克？”我犹豫不决地问。

“嗯？”

“事情……安布里现在怎么样啦？他还没恢复正常吗？”

雅各布沉默了一会儿，仍然大步地朝前走，当他在我前面差不多十英尺的时候，他停下来等我。


“还没，他还没恢复正常。”雅各布在我赶上他的时候说道，嘴唇拉到嘴角边，他没有再走，我立即后悔不该提起这件事。



“还是和山姆在一起？”

“是的。”

他用手臂搂住我的肩膀，我并没有开玩笑似的挣脱他的臂弯，他看起来很不安，要不是这样的话我会这么做的。

“他们仍然奇怪地看着你吗？”我几乎耳语般地轻声说道。

他的目光穿透树木，说道：“有时候。”

“那么比利呢？”

“和平时一样很有帮助。”他酸楚而气愤的语气令我不安。

“我们的沙发永远向你开放。”我主动提出来。

他大声笑起来，爆发出不正常的忧伤：“但是想想那样会让查理陷入什么样的境地——要是比利打电话到警察局报告我被绑架的话。”

我也大笑起来，很高兴看到雅各布又恢复正常了。

雅各布说我们已经走了六英里的时候我们停了一会儿，接着穿过树林往西走，然后沿着坐标上的另一条线路往回走。周围的一切和进来的时候一模一样，我有种感觉，那就是我愚蠢的探险注定要失败了。当天色开始变暗，没有阳光的白天逐渐隐退变成没有星星的夜晚时，我同样接受了这个事实，但雅各布更加确信了。

“只要你确定我们是从正确的地点出发的……”他低下头匆匆地扫视了我一眼。

“是的，我确定。”

“那么我们会找到的。”他向我保证，抓住我的手，拉着我穿过一簇蕨类，另一边停着我的卡车。他朝我骄傲地打了个手势：“相信我。”

“你真棒！”我赞同道，“不过，下一次我们还是带上手电筒来吧。”

“从现在开始，我们星期六就留下来徒步旅行，我不知道你走得那么慢。”

我一把抽回我的手，跺着脚跑到驾驶座那边，他看着我的反应却低声笑了起来。

“那么明天你会过来再试试吗？”他一骨碌钻进副驾座位的时候问我。

“当然啦，除非你不想带上我，这样你就不会因为我像瘸子一样的步伐而放慢脚步了。”

“我会经受得住的，”他宽慰我，说道，“不过，如果我们再来徒步旅行，你可能应该带上包足绷带，我打赌你现在肯定可以体验到新靴子的感觉了。”

“有一点儿。”我承认，感觉到我脚上的水泡多得已经没有地方让它们藏身了。

“我希望明天我们能看见熊，我有点失望。”

“是的，我也是，”我同意他的看法，挖苦地说道，“说不定明天我们会幸运些的，什么东西会吃掉我们的！”

“熊不会吃人的，我们的味道可没那么好，”他在漆黑的驾驶室里朝我笑着说，“当然了，你**可能**是个例外，我打赌你的味道不错。”

“十分感谢啊。”我说道，把头转向一边，他不是第一个跟我说这些的人。

# 三人约会

日子比以前过得更快。学校、工作、雅各布——尽管不一定按照这种先后顺序——构成了我所遵循的简单而有序的模式。查理的愿望实现了：我不再郁郁寡欢，但是，我不能完全欺骗自己。我总是忍不住要停下来思考我的人生，虽然我尽量不常想并且无法对我所作所为的意义视而不见。



我就像迷茫的月球——周围的行星在类似灾难片情节的大爆炸中被摧毁——而我一如既往地在固定的小小轨道上运行着，在空洞的宇宙中运行着，无视重力的存在。

我骑摩托的水平有所提高，这意味着查理不必惦记着要准备好创可贴，但也意味着我脑海里的某个声音正渐渐远去，直到我再也听不到它。不知不觉中，我开始感到惶恐。我带着略显癫狂般的热情去寻找那片草地，将自己置身于一些激动人心的活动中。

对于一天天流走的时光，我从未有任何记忆——无法解释这一点，因为我努力使自己活在当下，不去想消逝的昨日，不去想临近的明天。因此，当雅各布提到某个日期的时候，我着实有些吃惊。那天，我把车停在他家门口，他正在那儿等我到来。

“情人节快乐。”雅各布微笑着说，向我打招呼时低下了头。

他掏出一个小小的粉红色盒子，平稳地放在手掌中心。是情人节糖果。

“哦，我像个傻瓜，”我咕哝道，“今天是情人节吗？”

雅各布假装伤心地摇摇头。“有时候你真是不食人间烟火。没错，今天是二月十四日。你会成为我的情人吗？既然没有为我准备五十美分一盒的糖果，你唯一能做的事情就是成为我的情人了。”

我开始觉得不自在，这些话听起来是在说笑，其实不然。

“情人究竟要做什么呢？”我避而不答他的问题。

“通常来说——终身仆人，就是这类事情。”

“哦，如果是这样的话……”我接过糖果，并试图用某种方式划清我们之间的界限。可是，只要界限那头的人是雅各布，它就模糊掉了。

“我们明天做什么呢？徒步旅行，或者急诊室？”

“徒步旅行吧，”我做了决定，“你可不是唯一为之着迷的人。我开始觉得是自己想象出来那个地方……”我皱眉沉思。

“我们会找到那个地方的，”他向我保证，“星期五去骑摩托车吧？”他建议道。

我发现机会来了，便毫不犹豫地抓住不放。

“星期五我要去看电影。我已经答应了那些朋友，我要不停地找乐子。”如果迈克听到这话一定很高兴。

但是雅各布沉下了脸，在他低头看地之前，我从他的黑眼睛中察觉到了不悦。

“你也会来的，对吗？”我马上补充道，“也许你觉得跟一帮乏味的高三学生在一起很无聊？”划清界限的时机我把握得很好，但我又不忍心伤害雅各布。我们之间似乎以一种奇妙的方式连接着，他受伤我也会感到疼痛。况且我**老早**就答应迈克，却没有太大的热情和他约会，让雅各布陪着我一起去，实在是不错的主意。

“你想让我去？和你的朋友们在一起？”

“是啊，”我如实地回答，明白我很有可能是在作茧自缚，“你在的话，我会更开心。叫上奎尔吧，我们可以一群人同去。”

“奎尔会疯掉的，和高三女生一起。”他得意地笑着，转动着眼睛。我没有提起安布里，他也没有。我也笑了起来：“我会给他挑个满意的女生。”

我在英语课上向迈克谈到了这件事。

“嘿，迈克，”下课时我对他说，“星期五晚上有空吗？”

他抬头看我，蓝色的眼睛里充满期待：“当然有空，你想出去玩玩吗？”

我小心翼翼地回答，“我想策划一次**集体活动**。”我特别强调了最后四个字，“大家一起去看《瞄准射击》吧。”这次我提前完成了家庭作业，甚至阅读了剧透①，不至于毫无准备。这部电影从头到尾都是血腥场面，我还没有复原到可以完整地看一部爱情电影。“你觉得有意思吗？”

“当然。”他满口答应，但显然热情减半。

“太好了。”

过了一会儿，他又恢复了最初的兴奋：“我们叫上安吉拉和本怎样？或者埃里克和凯蒂？”

显然，他有意将这次活动变成几对情侣间的聚会。



“把他们都叫上，怎么样？”我建议道，“当然，还有杰西卡，还有泰勒和康纳，也许还可以叫上劳伦。”我绞尽脑汁地数着人名，我**已经**答应奎尔要多找些伴儿。

“好吧。”迈克垂头丧气，小声地嘀咕着。

“还有，”我继续说，“我邀请了一些从拉普西来的朋友。如果大家都来的话，你得把你那辆萨伯曼开过来。”

迈克眯缝着眼睛，怀疑地看着我。

“这些朋友是每天和你一起学习的同学吗？”

“是啊，就是他们，”我高兴地说，“你还可以把这次活动看作是辅导课——他们都是二年级的学生。”

“哦。”迈克惊讶地说，寻思了一会儿，他笑了起来。

结果，根本就不需要迈克的萨伯曼。

迈克一提起是我安排了这次活动，杰西卡和劳伦就声称没有时间参加。埃里克和凯蒂已经有了自己的安排——庆祝他们的交往三周纪念日。劳伦在迈克之前把活动安排告诉了泰勒和康纳，这两个人也说没空参加。就连奎尔也来不了——他因为在学校打架被留在家里受

---

① 剧透：指在读者或观众还没有读到或看到剧情结尾的时候，提前告知后面的内容或最后的结果。

罚。最后，只有安吉拉和本，当然还有雅各布可以出席。

人数的减少并没有影响迈克翘首以待的心情，他谈论的所有话题都跟星期五有关。

“你确定不想看《永恒的爱》吗？”吃午饭时他问我，提出一部目前占据票房榜首的爱情喜剧。“‘烂番茄[①]’上对这部电影的评价还不错。”

“我想看《瞄准射击》，”我坚持道，“我现在的心情适合看动作片，拿出点胆量来吧！”

“好吧。”迈克转过身去，不过还是让我瞟见了他脸上的表情，他分明在想：她一定是疯了。

从学校回到家里，我发现有辆熟悉的小汽车停在家门口。雅各布靠在引擎盖上，咧开嘴笑了起来。

“不会吧！”我从车里跳出来，大叫着，“你把它修好了！真不敢相信！你把‘兔子’修好了！”

他笑着说：“昨晚完工的，这可是它第一次上路。”

“难以置信。”我举起手想和他击掌庆祝。

他拍了拍我的手掌，却没有立即收回去，而是紧紧握住了我的手。“那么今晚让我开车吧？”

“当然。”我说，叹了口气。

“怎么了？”

“我认输——这次我赢不了。你获胜，你最大。”

他耸耸肩，对我的投降也不感到吃惊：“本来就是。”

转角处传来迈克的萨伯曼的声音，我从雅各布的手中抽出我的手，他扮了个鬼脸。

“我记得这个小子，”迈克在街对面停车时，雅各布轻声对我说，“就是那个以为你是他女朋友的家伙，他还没弄明白你们的关系吗？”

① 烂番茄（Rotten Tomatoes）：美国著名影评网站，由电影迷 Senh Duong 于 1998 年创建，为其用户提供了有趣而翔实的在线影评，如今已成为电影消费者和影迷的首选。

我挑起眉毛："有些人是不会轻易放弃的。"

"那么，"他若有所思地说，"有时候，坚持终会胜利。"

"但大多数时候，坚持只会让人烦恼。"

迈克下了车，穿过马路。

"嘿，贝拉。"他向我打招呼，一看到雅各布，他的目光中流露出警惕。我匆匆瞥了一眼雅各布，试图在他们之间保持中立。雅各布看上去真不像是个二年级的学生，他的块头大——迈克才刚到他的肩膀，我的个子就更没法比了——他的脸庞看上去比以前更加沧桑，甚至一个月以前都比现在看上去年轻。

"嘿，迈克！你还记得雅各布·布莱克吗？"

"不大记得。"迈克伸出手。



"他们家的老朋友了。"雅各布自我介绍，和迈克握手。俩人都使出比平常更大的力气握住对方的手，松开后，迈克活动了一下手指。

我听到厨房的电话响了。

"我去接——可能是查理。"我告诉他们，然后飞奔进屋。

是本打来的电话，安吉拉染上了胃肠感冒，他不能扔下她不管，并为缺席感到抱歉。

我一边慢慢地朝着在外等待的两个人走去，一边摇摇头。我由衷希望安吉拉能早日康复，但不得不承认事态的发展让我感到失望。今晚成了迈克、雅各布和我的三人约会——安排得多完美啊，我挖苦着自己。

看得出来，我不在场的时候，雅各布和迈克没怎么互相搭理，俩人间隔数米远，面朝不同方向等着我。迈克阴沉着脸，而雅各布还像平常一样神情愉悦。

"安吉拉生病了，"我闷闷不乐地对他们说，"她和本都不能来了。"

"我想这感冒又开始流行了，奥斯汀和康纳今天也病倒了，也许我们应该换个时间再聚。"迈克提议道。

没等我开口，雅各布就说：

"我还是想去，如果迈克你不愿意去的话……"

"不，我想去，"迈克打断雅各布，"我只是为安吉拉和本着想，我们走吧。”他朝萨伯曼走去。

“嘿，让雅各布开车行吗？”我问道，“我答应他了——他刚把车修好，是从一堆废铁中修好的，全凭他自己一个人。”我吹嘘着，就像一个母亲炫耀自己成绩优秀的孩子。

“行。”迈克打了个响指。

“好吧。”雅各布应声道，似乎所有的问题都不成问题，他看上去比任何人都轻松自如。

迈克坐到“兔子”的后座，露出厌恶的表情。

雅各布依旧快活开朗，滔滔不绝地说笑着，让我几乎忘记后座还有一个正生着闷气的迈克。

不一会儿，迈克改变策略，他靠上前来，把下巴搁在我的座椅靠背上，他的脸几乎贴到我的脸。我转过身，背对着车窗。

“这车里没有收音机吗？”迈克使性子似的问道，故意打断雅各布的话。

“有，”雅各布答道，“但是贝拉不喜欢音乐。”

我惊讶地盯着雅各布，我从没对他说过这话。

“贝拉，真的吗？”迈克不解地问。

“他说得没错。”我小声应道，仍然盯着雅各布平静的侧脸。

“你怎么会不喜欢音乐？”迈克追问着。

我耸了耸肩：“我不知道，音乐让我烦躁不安。”

“哼。”迈克将身子缩了回去。

到了电影院，雅各布递给我十美元。

“干吗？”我拒不接受。

“我年龄太小，还不够格看这部电影。”他提醒我。

我大笑起来，“别提什么年龄限制了。如果我偷偷带你进去，比利是不是会杀了我？”

“不会。我告诉他你打算玷污我年轻而纯洁的心灵。”

我窃笑，迈克加快了脚步跟上我们。

我真希望迈克自动退出，他始终阴沉着脸——根本不像我们中的一分子，但我又不想和雅各布单独约会，这样也解决不了问题。

电影情节和预告中完全一样，还在播放片头字幕的时候，就有恐怖画面。坐在我前面的女孩儿用手捂住眼睛，把头埋在男朋友的怀里。男孩儿轻拍她的肩膀，自己也有些害怕。迈克根本就不像在看电影，他面部僵硬，盯着银幕上方露出来的幕布边缘。

我坐定下来忍受两个小时的煎熬，只注意到银幕上的色彩和动作，却没留意人物外形、汽车和房子。这时，雅各布偷偷笑了起来。

“怎么了？”我低声问道。

“噢，得了吧！”他不屑地说，“这些也太假了吧？”

当放到下一个画面时，他又笑了起来。

我也开始认认真真地看电影，银幕上的暴力情节越来越荒谬，我跟着雅各布一起笑起来。我这么享受和他在一起的时光，又怎么能够划清我们之间的模糊界限呢？

雅各布和迈克都把手臂靠在我座椅两旁的扶手上。他们的手都轻轻地搁着，手心朝上，姿势很不自然，就像张开的捕兽夹。雅各布总是一有机会就会牵住我的手，但是在漆黑的影院里，加上迈克在旁边，这个动作有着不同的意义——我确定他明白这一点。我想迈克并没有同样的想法，但是他的手和雅各布摆得一模一样。

我双臂交叉紧靠在胸前，希望他们的手都静止不动。

迈克首先放弃了。电影放到一半，他收回手臂，倾身向前，用手托住脑袋。刚开始我以为他是受不了某些画面，但后来他发出几声呻吟。

“迈克，你还好吗？”我轻轻问道。

他又发出几声呻吟，坐在我们前排的情侣回头看了看他。

“不行了，”他气喘吁吁地说，“我想我是生病了。”

借着银幕的光线，我看到了他脸上的汗珠。

迈克再次发出几声呻吟，接着朝门外冲去。我站起来跟着他，雅各布也立刻站了起来。

“不用了，别动，”我低声说，“我能照顾好他。”

雅各布还是跟着我出来了。

“你真不必出来，你的八美元就这样泡汤了。”在过道上我仍劝他。

“没关系。有很多电影可供选择，贝拉，这部电影实在是糟透了。”走出影院，他从窃窃私语恢复到正常的声音。

大厅里没看见迈克，我庆幸雅各布和我一起出来了——他跑进男士洗手间，看看迈克是不是在里面。

雅各布很快就出来了。

“哦，他在里面，没事，”他转动眼珠，说道，“真是个没用的家伙。你应该和一个拥有更健壮胃的人在一起，这样的人看到血块会放声大笑，不会像虚弱的人那样呕吐。”

“我会擦亮眼睛寻找这样的人。”

大厅里只有我们两个人。放映厅里的电影还没结束，所以大厅空荡荡的——静得只听到柜台里炸爆米花的声音。

雅各布走到靠墙的长椅旁坐下，拍了拍他旁边的空位。

“他可能要在里面待上一段时间。”他一边说，一边伸直了长腿，等着迈克。

我叹了口气，坐了过去，他似乎正在想办法模糊我们之间的界限。果然，我刚坐下，他就靠了过来，搂住我的肩膀。

“杰克。”我拒绝道，挪开了身子。他放下手臂，看上去没有因为小小的拒绝而气馁。他伸手紧紧握住我的手，另一只手揽着我的腰，不让我再次逃开，他的这份自信是从哪儿来的呢？

“贝拉，就让我握一小会儿，”他平静地说，“告诉我一件事。”

我愁容满面，我不想这样，不仅现在不想，而且永远都不想。在我现在的生活中没有什么比雅各布·布莱克更重要了，但是他却执意要毁坏这一切。

“什么事？”我漠然地问道。

“你喜欢我，对吗？”

“你知道我喜欢你。”

“胜过那个把胃都快吐出来的家伙？”他指了指洗手间。

“是的。”我叹了口气。

“胜过你所认识的其他男人？”他神色沉着平静——似乎我的答案并不重要，或者他已经知道答案。

“还胜过所有女孩子。”我补充道。

“但仅此而已。”他说道，这并不是一个问句。

我不知如何回答或接话。他会受到伤害而避开我吗？我怎能忍受这种折磨？

“是的。”我低声说道。

他咧着嘴冲我一笑：“没事的，只要你最喜欢的人是我，**而且**你觉得我长得帅——有那么一点帅吧，我准备好坚持‘骚扰’你。”

“我不会改变想法的。”我说道，尽管我尝试着正常地表达，但还是在话语中流露出一丝伤感。

他若有所思，不再开玩笑：“还是因为另一个人，对吗？”

我畏缩了。他故意不去指名道姓，真是有趣——就像刚才在车里发生的事，他真了解我，即使我不说，他也知道我不喜欢音乐。



“你不必和我谈这些。”他告诉我。

我充满谢意地点点头。

“但是，不要因为我常出现在你身边而生气，好吗？”雅各布拍拍我的手背，“我不会放弃的，我有的是时间。”

我叹了口气。“你不该把时间浪费在我身上。”我说道，但心里却希望他如此，尤其是当他愿意接受这样一个我——就像受损货品一样的我。

“这就是我想要做的，只要你还喜欢和我待在一起。”

“无法想象我怎么可能**不**喜欢和你待在一起。”我诚恳地对他说。

雅各布又恢复了笑脸：“这句话对我很受用。”

“只是别期望更多。”我警告他，试图拿开我的手，但他紧紧抓住不放。

“这样并不算烦扰你，对吧？”他问道，轻轻地捏着我的手指。

“不算。”我叹了口气。说实话，这种感觉很好。他的手比我的暖和多了，这些日子我总感到很冷。

“你不会介意**他**的想法。”雅各布跷起大拇指，指向洗手间。

“我想我不会。”

“那么，还有什么问题呢？”

“问题是，”我说，“我们这个样子，对于你和我有着不同的意义。”

“哦，”他的手更用力了，“那是**我的**问题，不是吗？”

“好吧，”我咕哝着，“只是别忘了这一点。”

“不会的。现在，手榴弹要炸的人是我，嗯？”他戳了戳我的肋骨。

我转了转眼睛，我想他有权利拿这事开个玩笑。

他笑了一会儿，手指无意识地沿着我的手侧游走。

“你这里的一道疤真有意思，”他突然说，扭过我的手仔细查看，“这是怎么弄的？”

他的食指抚过那道长长的银月牙似的伤痕，这伤痕在我的白色皮肤上几乎看不见。

我皱起眉头：“你真的希望我记住所有伤疤的由来吗？”



我等待着往事来袭——击出一道裂开的口子，但是，和往常一样，雅各布的存在让我完好无损。

“真冷。”他喃喃自语，轻轻地按着那道伤疤，那道詹姆斯咬过后留下的伤疤。

这时，迈克踉踉跄跄地从洗手间出来了。他脸色苍白，满头大汗，看上去可怕极了。

“噢，迈克。”我深吸一口气。

“你介意早点儿回家吗？”他有气无力地说。

“不，当然不介意。”我抽出手，上前扶着迈克，他走起路来东倒西歪。

“电影让你受不了了吧？”雅各布漠然地问道。

迈克的眼神里充满敌意。“我根本就没怎么看，”他嘟哝道，“电影开始之前我就想吐了。”

“你怎么不早说呢？”我责备他，两个人摇摇晃晃地向着出口走去。

“我以为能忍过去。”他说。

“等等。”我们走到大门时听到雅各布说，他迅速走到售货柜台前。

“能给我一个空的爆米花桶吗？”他问售货员。她看了一眼迈克，然后塞给雅各布一个空桶。

“快点把他带走吧。”她恳求道。显然，她是负责清扫地面的人。

我拖着迈克到了凉爽、潮湿的室外，他深吸一口气。雅各布就在我们身后，他帮我把迈克扶到后座上，将空桶递给迈克，严肃地注视着他。

“请吧。”雅各布就说了这一句。

我们摇下车窗，让夜晚冰凉的空气吹进车里，希望能让迈克舒服点，我用手抱着两腿取暖。

“又觉得冷了吗？”雅各布问我，我还没来得及回答，他就用手搂住我。

“你不冷吗？”

他摇摇头。

“你一定是发烧了，或者有其他什么病。”我嘀咕着。外面天寒地冻，我摸了摸他的前额，他的额头很烫。

“哇，杰克——你烧得厉害！”

“我感觉很好，”他耸耸肩，“非常健康。”

我皱起眉头，又摸了摸他的额头，他的皮肤好像在我手指下燃烧。

“你的手简直像冰块。”他抱怨道。

“也许是我的原因。”我承认。

迈克在后座呻吟着，向桶里呕吐。我也面露苦相，但愿我的胃经受得住这声音和气味。雅各布扭过头去检查一番，担心他的车被弄脏。

回来的路好像比去的时候更长。

雅各布没说话，想着事情。他始终搂着我，他的臂膀很温暖，连冷风吹进来我都感觉很舒服。

我盯着窗外，深感内疚。

真不应该那样鼓励雅各布，简直就是自私。不管我是否明确表态过，只要他感到有一线希望能使我们的关系超越友情的界限，那么我的态度就不够明确。

我要如何解释他才能明白呢？我就像一个空壳，就像一间空房——不适合居住——数月来完全无人问津。现在，我有点好转，房子的大门被修好了，但是，仅此而已——只有这么一小块愈合。他应该拥有更好的——比起摇摇欲坠的单间房来更好的房子，他的投资并不能让我这间空房恢复原貌。

但是，我知道我无法离开他。我非常需要他，我太自私了。也许我应该坚定立场，这样他才会离我而去。这种想法让我一震，雅各布搂得我更紧了。

我开着萨伯曼送迈克回家，雅各布开车跟在我们后面，然后送我回家。雅各布一路无语，我猜他是不是和我想着同样的事情。也许，他正在改变主意。

"我们回来得很早，我本想进屋坐坐，"我们到家时他对我说，"但是，可能被你说中了，我发烧了。我感觉有点……怪怪的。"

"噢，不，你也病了！需要我开车送你回去吗？"

"不，"他摇摇头，眉头紧锁，"我还没病呢，只是……觉得有点儿不对头。如果实在不行了，我会把车停在路边。"

"你一到家就打电话给我，好吗？"我着急地问。

"当然，当然。"他皱着眉头，盯着前方的黑暗，咬着嘴唇。

我打开车门准备下车，但是他轻轻抓着我的腰，把我留在车里，我又一次感觉到他发烫的皮肤。

"怎么了，杰克？"我问道。

"有件事我想告诉你，贝拉……但是，听上去一定有些肉麻。"

我叹了口气，一定又是在电影院里说的那些话："说吧。"

"是这样的，我知道你非常的不开心，但是，我想让你明白，我会一直陪着你，尽管这样做也许并不能帮上什么忙。我永远不会让你伤心——我保证你可以永远依赖我。哇，听上去真肉麻。但是，你明白，对吗？你明白我永远都不会伤害你。"

"是的，杰克，我明白。其实，我已经非常依赖你了，也许比你想象的更加依赖。"

他的脸上露出笑容，像阳光染红了云朵。我真后悔说了这些话，虽然句句属实，但我应该编个谎话。实话是不合适的，会伤害到他，而我不想让他失望。

一种奇怪的表情浮上他的脸庞。“我想我现在最好回家去。”他说。

我立即下了车。

“给我打电话！”他离开时我大声叫道。

我看着他离去，至少车开得还算稳当。望着他走后的空荡街道，我自己也感到有点儿不舒服，但不是因为生病。

我多么希望雅各布·布莱克是我的哥哥，是我血肉相连的亲哥哥，那么，我就可以毫无顾忌地依赖他，而不会像现在这样感到内疚。老天爷知道我并不想利用雅各布，但是我现在的内疚感恰恰证明我利用了他。

更重要的是，我并无意去爱他。有一点我非常明白——这一点是我从心底、从骨子里头知晓的，是我彻头彻尾领悟到的，它深藏在我空落的内心中——爱拥有伤人的力量。

而我已经遍体鳞伤，无法痊愈。

我需要雅各布，就像病人需要药物。我把他当成拐杖拄了好久，没办法再和其他人同行。如今，我不愿看到他受伤害，但是又忍不住伤害了他。他以为时间和耐心终会改变我，尽管我知道他的想法完全错误，但还是任他这样以为。

他是我最好的朋友，我会永远地、无止境地爱他。

我走进屋里，在电话旁坐下，咬着手指甲。

“电影已经结束了吗？”查理看到我回来，吃惊地问道。他坐在离电视很近的地板上，一定是在欣赏一场精彩的比赛。

“迈克病了，”我解释道，“染上了肠胃感冒。”

“你还好吧？”

“现在还行。”我怀疑地说。显然，我有可能被传染。

我靠在橱柜旁，一伸手就能握到电话。在不安的等待中，我想起了雅各布离开前奇怪的表情，手指开始不停地敲着橱柜，我当时应该坚持送他回家。

我盯着时钟，时间一分钟一分钟地过去。十分钟，十五分钟。即便是我开车，也只要十五分钟就能到他家，而雅各布比我开得要快。

十八分钟过去了，我拿起电话，拨通他家的号码。

电话响了好久也没人接，也许比利睡着了，也许是我拨错了号码。我重新拨了一遍。

电话响到第八下的时候，我正准备挂断，那头传来了比利的声音。

“喂？”他说。他的声音显得谨慎小心，好像在等待什么坏消息。

“比利，是我，贝拉——杰克到家了吗？他大概二十分钟前从我这儿走的。”

“他在家。”比利有气无力地说。

“他应该给我打个电话，”我有些生气，“他走的时候不太舒服，我很担心。”

“他……病得厉害，没法打电话，他现在感觉不太好。”比利的声音冷淡，我意识到他一定是想去陪着雅各布。

“如果需要帮忙，请告诉我，”我说，“我可以去你们那儿。”我想象比利坐在轮椅上，雅各布得自己照顾自己的情景……

“不，不必了，”比利立刻说，“我们很好，你就待在家吧。”

他说话的方式简直有些粗鲁。

“好吧。”我答应道。

“再见，贝拉。”

电话挂断了。

“再见。”我自言自语道。

好吧，至少他已经到家了，但奇怪的是，我的担心一点也没消退。我心烦意乱地拖着沉重的双腿爬上楼梯，也许明天上班前我可以去他家看看，我可以带点汤去——家里好像还有一罐坎贝尔罐头汤[①]。

当我一大早——四点半钟——醒来时，我直奔向洗手间，计划泡汤了。半个小时后，查理发现我躺在洗手间的地板上，脸贴在冰凉的浴缸边上。

---

① 坎贝尔罐头汤公司(Campbell)：一译金宝汤公司，全球最大的罐头汤生产商，其总部位于美国新泽西州的甘顿(Camden)。19世纪末，美国化学家约翰·多兰斯为约瑟夫·坎贝尔罐头公司制造的罐头里加入水，加热后即可食用。除了罐头汤外，该公司还开拓了其他类型的浓缩食品。

他看了我一会儿。

“肠胃感冒。”他说道。

“是啊。”我呻吟着。

“需要点什么吗？”他问道。

“请帮我向牛顿那边打个电话，”我嘶哑着嗓子告诉他，“跟他们说我染上了和迈克一样的病，今天没办法去了，告诉他们我很抱歉。”

“好的，没问题。”查理向我保证。

我一整天都躺在洗手间的地板上，头搁在一条折起来的毛巾上睡了几小时。查理说他要加班，但我猜他是觉得上厕所不方便。他放了一杯水在我身边的地板上，让我不至于脱水。

他回来的时候吵醒了我，我看到自己房间里黑漆漆的——天黑了，他爬上楼梯看看我。



“还活着吗？”

“也许吧。”我说。

“需要点什么？”

“不用了，谢谢。”

他犹豫了一下，显然有些束手无策。“那么，好吧。”他说，然后下楼到厨房去了。

几分钟后我听到电话铃声，查理轻声跟人交谈了一会儿，然后挂了电话。

“迈克好多了。”他朝我喊道。

太好了，真是鼓舞人心的消息。他比我提前大概八个小时生的病，还有八个小时。想到这儿，我的胃里又一阵翻江倒海，我直起身子靠到马桶边。

我又枕着毛巾睡着了，醒来时发现自己躺在床上，窗外微亮。我不记得自己挪动过身体，一定是查理把我抱进房间的——他还把一杯水放到我床边的桌子上。我口渴极了，将杯里的水一饮而尽，尽管隔夜水的味道有点儿怪怪的。

我慢慢地起身，努力不去引发呕吐。我很虚弱，嘴里有股怪味，但感觉胃好多了。我看看时钟。

二十四小时过去了。

我不想让胃难受，早餐只咽下几块咸味饼干。查理看到我康复也就放心了。

我确信自己不必再在洗手间的地板上躺一天，便立即打电话给雅各布。

这次是雅各布接的电话。我一听到他的声音，就知道他的病还没好。

“喂？”他的声音嘶哑、病恹恹的。

“噢，杰克，”我同情地说道，“你的声音听上去糟透了。”

“我感觉糟透了。”他低声说。

“对不起，让你陪我出门，太糟了。”

“我乐意去。”他的声音仍然很低沉，“别责备自己了，这不是你的错。”

“你会好起来的，”我承诺道，“我今天早上起来就好多了。”

“你病了吗？”他无精打采地问。

“是的，我也病了，但我现在康复了。”

“太好了。”他的声音死气沉沉。

“所以说，你也会很快好起来的。”我鼓励着他。

我几乎听不到他的回答声：“我想我和你们得的不是一种病。”

“你染上的不是肠胃感冒吗？”我疑惑地问道。

“不是，是另一种病。”

“怎么回事？”

“所有，”他轻声说，“我全身上下所有部位都在痛。”

他声音里流露出的痛苦是如此真切。

“我能做些什么呢，杰克？我给你带点什么过去吧？”

“不用了，你不能来这里。”他有些粗鲁，这让我想起那天夜里比利的态度。

“我已经得过病了，不会再被传染了。”我指出。

他没理会我：“我会给你打电话的，我会告诉你什么时候可以来我这儿。”

“雅各布——”

“我得挂了。”他突然急匆匆地说。

“你好些了就给我打电话。”

“好的。”他答应道，声音奇怪又痛苦。

他沉默了一会儿，我等他道别，而他等着我先道别。

“那再见吧。”我终于开口了。

“等我电话。”他又重复了一遍。

“好的……再见，雅各布。”

“贝拉。”他轻声唤着我的名字，挂断了电话。

## 草　　地

雅各布没给我打电话。

我第一次打电话过去是比利接的，他说雅各布还躺在床上。我追问比利有没有带他去看医生，比利说去过了，但是我总有些不确定，我不太相信他。接下来的两天，我每天都打好几个电话过去，却没有人应答。

星期六，我决定去看看他，不管他们欢迎不欢迎，但是小红房里空无一人。我感到害怕——难道雅各布病得这么严重，不得不去医院了吗？回家路上，我顺便去了一趟医院，值班护士说雅各布和比利都没有来过。

查理一下班，我就让他给哈里·克里尔沃特打电话。查理和他这位老朋友聊着天，我在一旁焦急地等待。他们的谈话似乎根本扯不上雅各布。听上去哈里好像是在医院里……做心脏检查什么的。查理愁容满面，哈里却和他开着玩笑，逗得查理又笑了起来。这时，查理才问到雅各布的情况，但他只是嗯嗯啊啊地回应几句，让我很难猜出他们到底在说些什么。我用手指不停地敲着他旁边的橱柜，直到他用手按住我的手指。

查理终于挂了电话，他转向我。

“哈里说电话线出了故障，所以一直没人接你的电话。比利领雅各布去看过医生了，说他好像是单核细胞增多症。他非常憔悴，比利说谢绝访客。”他说道。

“谢绝访客？”我怀疑地问道。

查理抬起一边的眉毛。“别瞎操心了，贝儿，比利知道什么对杰克有益。他很快就会康复的，耐心点。”

我没再问下去。查理很担心哈里，这显然是更严重的问题——我不应该再拿我的烦恼去打扰他。于是我上楼打开了电脑，上网查到了一个医学网站。我在搜索栏里键入了“单核细胞增多症”字样。

我对“单核细胞增多症”唯一的了解就是这种病症是通过接吻传染的，杰克当然不是这种情况。我快速浏览了症状——他确实发烧了，但是怎么没有其他症状呢？没有喉咙疼，没有极度疲劳，没有头痛，至少在他回家之前还没有表现出这些症状，况且他自己还说他“非常健康”。难道这种病来得这么快？网上的文章好像说最初症状应该是喉咙疼。

我盯着电脑屏幕，不明白自己究竟为什么会这样想。为什么我会如此……如此**怀疑**，好像我不相信比利的话？比利为什么要对哈里撒谎呢？



也许是我在犯傻。我只是太担心了，更坦诚地说，我是因为见不着雅各布而担心——这让我感到不安。

我略读了文章的其他部分，寻找更多信息。当我看到文中提到单核细胞增多症会持续一个多月的时候，我又停了下来。

**一个月**？我张大了嘴巴。

但是比利不可能这么长时间地“谢绝访客”。当然不能，杰克也不可能这么长时间地待在床上，不跟任何人交谈。

比利到底在担心什么呢？文章说患者最好不要进行剧烈运动，但是没说不让人去探病，这种病的传染性又不强。

我决定在我采取行动之前给比利一个星期的时间，一个星期已经够长了。

这个星期太**漫长**了。到了星期三，我确信自己熬不到星期六。

我决定给比利和雅各布一个星期时间的那一刻，我还不相信雅各布能遵守比利的规定。每天从学校回到家，我都会跑到电话前查听留言，但每次都一无所获。

时间期限还没过，我就给他打了三次电话，但一样没人接听。

我在家里待得太久了，也太孤单了。没有雅各布，没有激动人心的时刻，没有分散注意力的消遣，我那些被强压下去的念头又开始悄悄滋生。梦境变得晦涩可怕、毫无止境，只有恐怖的空寂——一半时间在森林里，一半时间在空空如也的蕨类丛中，而那间白色房子已不复存在。有时候，山姆·乌利在森林里看着我。我不理会他——他的存在并不能带给我丝毫慰藉，我还是觉得自己孤零零的。每天夜里，我都惊叫着从梦中醒来。

我胸膛的伤口比从前恶化。我以为我已经痊愈，但每天我都会蜷缩着身子，紧紧抱住双肩，吃力地喘着气。

我实在没法一个人应付。

一天早上醒来时——当然，是惊叫着醒来——我感到格外的愉快，因为我记得这一天是星期六。今天，我可以给雅各布打电话。如果电话线还没好，我就去一趟拉普西。不管怎么样，今天比过去寂寞的一周强多了。

我拨通了电话，不抱什么希望地等待着。

电话响了两声后传来比利的声音，我一下子没回过神来。

"喂？"

"噢，嘿，电话线修好了！嗨，比利，我是贝拉。我想问问雅各布怎么样了，能去探望他吗？我想顺路——"

"抱歉，贝拉，"比利打断我的话，我猜他正在看电视，因为他听上去有些心不在焉，"他不在家。"

"哦，"我顿了一下，"那他好多了？"

"是的，"比利犹豫了半天才开口，"结果根本不是单核细胞增多症，是其他病毒。"

"哦。那……他在哪儿呢？"

"他载几个朋友去天使港了。我想他们会连看两场电影，今天一天都不会在家。"

"好吧，这下我就放心了，我一直都很担心他，真高兴他已经能够外出了。"我说道，声音里透露了我的口是心非。

雅各布康复了，却没给我打电话。他和朋友们一起外出，而我坐在家里，对他的想念越来越强烈。我感到孤独、焦虑、无聊……伤心——现在又增添了一份凄凉感，因为我发现在过去的一个星期里，他并没有和我相同的感受。

“还有其他事情吗？”比利礼貌地问。

“没有了。”

“好吧，我会告诉他你打过电话来，”比利保证道，“再见，贝拉。”

“再见。”我回了一句，可是他已经把电话挂了。

我握着电话站了好久。

正如我所担心的一样，雅各布肯定是改变主意了。他接受了我的建议，不再把时间浪费在不能回报他的感情的人身上，我能感觉到自己此时已是面无血色。

“怎么了？”查理从楼上下来，问道。

“没什么，”我放下电话，对他撒了谎，“比利说雅各布好多了。不是单核细胞增多症，太好了。”



“他要来这里吗？还是你要去他那里？”查理漫不经心地问道，打开冰箱找吃的东西。

“他不来，我也不去，”我回答道，“他和一些朋友出去了。”

查理终于发现了我的异常，他警觉地抬起头看着我，手里握着一包奶酪片。

“现在吃午饭太早了吧？”我尽量轻声地问道，想要分散他的注意力。

“不是吃午饭，我要带些吃的到河边……”

“哦，要去钓鱼吗？”

“是的，哈里打电话过来……今天正好没下雨。”他一边说话，一边给食物打包。突然，他又抬起头看着我，好像意识到什么事情，“对了，既然杰克不能来，你想让我在家陪你吗？”

“不必了，爸爸，”我说，装出无所谓的样子，“天气好的时候，鱼儿更容易上钩。”

他盯着我，明显有些犹豫不决。我知道他是在担心我，他害怕留我一个人在家，我又会变得“抑郁”。

“真的，爸爸，我会给杰西卡打电话，”我又对他撒了个谎，我宁可一个人待着，也不愿他整天在家监视我，“我们要准备微积分考试，我需要她辅导辅导我。”这是实话，但我必须自己应付过去。

“这是个好主意。你和雅各布待在一起的时间太久，其他的朋友会以为你把他们给忘了。”

我笑着点点头，好像我很在意其他朋友的看法。

查理正准备转过身去，突然又掉过头来，面带担忧地对我说：“嘿，你要么就在家，要么就在杰西卡家，对吗？”

“当然了，还能去哪儿呢？”

“哦，我只想告诉你别去森林里，我以前也对你说过。”

我想了半天才弄懂他是什么意思。“森林里又有熊了？”

查理皱起眉头，点点头。“有个游人不见了——护林员早上发现了他的帐篷，但没找到他本人。他们还发现了一些动物足印……当然，熊也有可能是在游人失踪以后出现的，它一定是闻到了帐篷里的食物……不管怎样，他们正在安装捕获装置。”

“哦。”我茫然地说，其实并没怎么听他的警告。我更关心的是我和雅各布现在的状况，而不是被熊吞食掉的可能性。

好在查理是在赶时间，他没来得及等我给杰西卡打电话，我就不必自说自话一番。我没精打采地把课本搬到餐桌上，然后一本本装进书包，我装的书太多了，他如果不是正赶着赴约，一定会起疑心。

我装作很忙的样子，可是看着他开车离去后，我才发现这一天其实相当空闲。我盯着厨房里的电话看了一会儿，马上决定不能待在家里，我想了想可供选择的去处。

我不会给杰西卡打电话，我敢说，她不想理我。

我可以开车去拉普西，去取我的摩托车——这个点子很不错，但是有一个小问题：如果我又受伤的话，谁送我去急诊室呢？

或者……我的卡车里有地图和指南针，而且我确信自己对路线足够熟悉，一定不会迷路。也许今天我可以排除两条线路将远足的计划提前完成一部分，剩下的等到雅各布想见我的时候再说。我不去想他什么时候才会想见我，也许他永远都不想见我了。

意识到查理知道会怎么想。我感到一阵内疚，但很快便忘记了，反正今天我不会再待在家里。

几分钟后，我已经行驶在熟悉的泥土小路上，这条路似乎没有尽头。我摇下车窗，加快车速，让风吹着我的脸庞。天气多云却相当干燥——对于福克斯来说算得上一个好天气。

我在准备工作上花的时间要比雅各布长，在老地方停好车后，我足足用了一刻钟来研究指南针的指针和地图上的记号。确信自己对路线已经了解，我才向森林出发。

森林里到处都是小动物，它们都出来享受这短暂的干燥天气。小鸟在头顶叽叽喳喳，昆虫在耳旁嘤嘤嗡嗡，田鼠在脚边窸窸窣窣，尽管如此，我仍觉得今天的森林格外恐怖，这让我联想到最近做的噩梦。我知道这是因为雅各布不在身边，我想念他无忧无虑的口哨声，我想念另一双脚踏在潮湿的土地上的声音。



越往森林深处走去，这种恐怖的感觉就越强烈。呼吸开始有些困难——不是因为我没了力气，而是胸膛的裂口在作怪。我用手臂紧贴在身体两侧，努力不去想心里的疼痛。我几乎想打道回府，但又不甘心半途而废。

我吃力地向前走着，均匀的脚步声逐渐平息了我的愁思和疼痛，呼吸也舒坦多了。我很高兴自己没有放弃。我在丛林徒步方面的长进不少，比起以前行走得更快了。

我并不知道走了多远，我原以为会走四英里左右，但中途并没留意自己究竟走到了什么地方。突然间我好像失去了方向，我穿过由两棵藤枫树搭成的拱门——推开齐胸高的蕨草——竟然到达了那片草地。

我一眼就能确定，这正是我要找的地方，没有哪一块草地能比这里更匀称优美。这是一片完美的圆形草地，似乎有人刻意创造了这个无瑕的圆，他们拔了树木却没有在随风起伏的草丛中留下任何痕迹，我听见东面的泉水在静静流淌。

没有阳光的照射，这草地并不是那么引人入胜，但它依旧美丽、安宁。在这个季节里没有野花开放，满地厚厚的草丛在微风的轻抚下摇摆起来，就像湖面上泛起的涟漪。

就是这个地方……但是它已经不再拥有我要找寻的一切。

失落感几乎在发现草地的那一刻就遍布全身，我身子一沉，跪在草地边上，喘着粗气。

还有什么意义往下走呢？这里什么都没有了，除了回忆。只要能忍住回忆带来的痛楚，我随时都能将这里发生的往事召回——而此时此刻，痛楚正侵蚀着我，让我浑身冰冷。**他**不在，这草地就毫无意义。虽然我不确定自己究竟想在这里感受到什么，但是这草地了无生气、空无一物，与别处无甚区别，甚至与我的噩梦雷同，我感到一阵眩晕。

还好我是一个人来的，我暗自庆幸着。如果我是和雅各布一起发现了这片草地……那么，我就无法掩盖我正坠入其中的深渊。怎样才能向他解释我裂成碎片的样子？如何才能向他说明蜷缩成球的身子是为了减缓裂口的伤痛？还好没有人目睹这一切。

同样，我也没有必要向人解释为什么要匆匆离开草地。雅各布一定会以为，我花费了这么多精力来寻找这片草地，肯定想在这里多待上一小会儿。但是，我已经使出全力立起蜷缩的身子准备离开。这片空旷的草地带给我无法承受的痛苦——就算是爬，我也要赶快离开。

幸好我是一个人来的！

**一个人**。我自我安慰地重复着这三个字，强忍疼痛直起了身子。就在这时，一个人影从北面的树丛中冒出来，站在离我大概三十步远的地方。

我顿时百感交集。一开始觉得吃惊，在这个远离人烟的地方，根本没料到会碰上其他人。接着，我注视着那个一动不动的身影，看到那僵硬的躯干和苍白的皮肤，强烈的希望开始穿透我的心。我抑制住强烈的激动，继续打量着黑发遮掩下的脸庞。那并不是我渴望见到的脸庞，我的心里又涌上一股苦水。随之而来的是恐惧。这不是我朝思暮想的人，但我清楚地看到，站在我眼前的这个人也并非迷路的旅行者。

最后，我终于恍然大悟。

“劳伦特！”我惊喜地叫出来。

这一反应简直失去理智，也许我的情绪应该停留在恐惧的阶段。

我们初次见面时，劳伦特是詹姆斯家族的一员。他没有参加后来的追捕——追捕的猎物正是我——原因是他害怕，因为我被一个更强大的家族保护着。如果不是这样的话，情况可能大不相同——他当时会毫不犹豫地把我当作美食下咽。当然，现在的他一定改变了不少，因为他后来去了阿拉斯加，和一些文明的家族居住在一起，这些家族由于道德原因从不吸食人血，比如……我没法让自己去回想这些家族的名字。

没错，恐惧才应该是此刻最正常的反应，但我感到的只有无法抑制的满足。草地又恢复了以往的神奇，比我预料中更加令人难以理解，但它始终是个神奇的地方。这才是我要找寻的一切，它向我证明了，无论距离我多么遥远——在我生活的这个世界上——**他**仍然存在着。



劳伦特简直和以前一模一样，也许只有人类才会在一年的时间里有很大变化吧。但是，他总有点儿不对劲的地方……我也说不上到底哪里不对劲。

“贝拉？”他问道，看上去似乎比我更惊讶。

“你记得我。”我笑了。因为一个吸血鬼能记住我的名字而喜出望外，真是荒唐。

他也笑了：“没想到会在这儿遇见你。”他慢慢地向我走过来，露出疑惑的表情。

“我也没想到会在这里见到你，我就住在这附近。我还以为你去了阿拉斯加。”

他在距离我十步远的地方停下来，把头转到一边。他有一张我所见过的最美丽的脸庞，从他的脸上似乎能体会到永恒的感觉。我端详着他的面容，有一种奇怪的解脱感。在他面前，我没有什么可隐藏的——他知道我所有的秘密。

“是的，”他赞同道，“我确实去过阿拉斯加。我还是没想到……卡伦家的房子空荡荡的，我以为他们已经走了。”

“哦。”我咬着嘴唇，一提到这个名字就好像往我的伤口上撒了把盐，过了好久我才镇静下来。劳伦特好奇地看着我。

“他们的确走了。”我告诉他。

“嗯，”他嘟哝着，“他们竟然把你一个人留在这里，你不是变成他们的宠物了吗？”他丝毫没有故意冒犯的意思。

我苦笑着：“大概是吧。”

“嗯。”他说道，又一次陷入沉思。

就在这时，我终于意识到他为什么和以前一模一样——**简直**丝毫不差。自从卡莱尔告诉我劳伦特和坦尼娅一家住在一起后，我偶尔想起他时，总会想象他有一双金色的眼睛，和卡伦——想到这个名字又让我浑身颤抖——的眼睛一样。所有**善良的**吸血鬼都拥有金色的眼睛。

我不自觉地向后退了几步，他那双警觉的深红色眼睛盯着我的一举一动。

“他们还经常回来吗？”他问道，还像刚才那样轻松自然，但他的身体渐渐向我靠近。

“别说实话。”一个动听的温柔的声音从我的记忆深处向我低语。

听到**他的**声音我吓了一跳。我不应该如此吃惊，我现在所面临的处境难道不是最危险的吗？骑摩托车跟这个比起来简直是小巫见大巫。

我按照他教我的去做。

“有时候回来。”我试图让我的声音听上去轻柔、放松，“对我来说，时间间隔显得长一些。你知道他们总是到处游荡……”我开始胡言乱语，好不容易才闭上了嘴。

“嗯，”他又说，“他们的房子闻起来好像很久没住人了……”

“你必须装得像点，贝拉。”那个声音催促道。

我努力照做。“我会告诉卡莱尔你路过这里，他一定会因为没见到你而感到失望。”我假装停顿了一下，“但是，也许我不会告诉……爱德华，我想——”我几乎没法说出这个名字，一提到他我的表情变得怪异，将我的谎言暴露无遗，“他的脾气不太好……你肯定还记得。他还在为詹姆斯的事耿耿于怀。”我转了转眼珠，随意地挥挥手，就好像说的都是些陈年往事，但是我的声音显得很不正常，不知道他有没有察觉到什么。

“是吗？”劳伦特愉快地……怀疑地问道。

我用简短的回答掩饰内心的惊恐：“嗯。”

劳伦特不经意地朝一边挪了一步，警觉地盯着草地。我发现他离我更近了一步，脑子里的那个声音变得低沉而愤怒。

“德纳利那里怎么样？听卡莱尔说你和坦尼娅住在一起？”我提高了声音。

他沉默了片刻。“我非常喜欢坦尼娅，”他想了想，“更喜欢她的姐妹艾瑞娜……我以前从来没在一个地方待这么长时间，那里的优越和新鲜让我着迷。只是，对我们的要求太苛刻了……他们能遵守如此之久，真是让我吃惊，”他不怀好意地冲我笑了笑，“有时候，我会打破这些约束。”



我再也坚持不住了，开始向后挪动脚步，但是，当他那双红色的眼睛捕捉到我的举动时，我吓得停下了脚步。

“噢，”我胆怯地说道，“贾斯帕和你的想法一样。”

“别动。”那个声音轻声地说。我尽量按他说的去做，但很困难，想要逃跑的本能简直无法抑制。

“是吗？”劳伦特似乎对这个话题很感兴趣，“他们是因为这个理由才离开的吗？”

“不是，”我如实地说，“贾斯帕在这里时很遵守规则。”

“是的，”劳伦特赞成道，“我也一样。”

他又朝我靠近了一步，这一次的动作非常明显。

“维多利亚找到你了吗？”我紧张得几乎没法呼吸，想方设法分散他的注意力。这是我最先想到的一个问题，但一说出口我就后悔莫及。维多利亚——和詹姆斯一道追猎我，后来不见了踪影——并不是我在这个特殊时刻应该想到的人。

但是这个问题果然令他止住步子。

“是的，”他停下脚步，“实际上，我到这里来倒帮了她一个大忙。”他扮了个鬼脸，“她可能会不高兴。”

“为什么？”我迫切地问，希望他继续说下去。他将视线从我身上转移到树丛中，我抓住这个机会，偷偷地向后挪了一步。

他又看着我，笑了起来——这表情让他看上去就像是一个黑发天使。

“因为我会杀了你。”他用诱人的嗓音说道。

我摇晃着向后退了一步，脑子里的声音发狂似的咆哮着，根本听不清在说些什么。

“她想亲手杀了你，”他兴冲冲地说，“她想除掉你，贝拉。”

“我？”我尖声叫道。

他摇了摇头，轻声笑着说：“我理解，我一开始也不太相信。但是，詹姆斯是她的爱人，而你的爱德华杀死了他。”

即使是死到临头了，我一听到他的名字还是感到心如刀割。

劳伦特没有察觉到我的反应：“她认为杀你比杀爱德华本人更合适——公平交易，以牙还牙。她让我来打探一下情势，没想到这么容易就找到你了。也许她的计划有漏洞——很明显，这并不是她所预期的报复。爱德华让你一人待在这里，显然你对他来说并没有太大意义。”

我的胸口又感到一阵剧痛。

劳伦特稍稍朝我移动，我向后退了一步。

他皱了皱眉头：“但她还是会很生气的。”

“那为什么不再等等她呢？”我从喉咙里挤出一句。

他又露出不怀好意的笑脸：“你现在遇到我真不是时候，贝拉。我到**这里**来并不是执行维多利亚的命令——我是来猎食的。我饿极了，而你闻上去……简直令人垂涎欲滴。”

劳伦特满意地看着我，就好像他的话是对我的赞美。

“吓吓他。”那个美好的幻影命令道，他的声音因为焦虑变得不一样。

“他会知道是你杀了我，”我顺从他的意思，“你逃不掉的。”

“不可能。”劳伦特咧嘴而笑，他环视着这一小片空地的四周，“一场雨就能把所有的气味冲洗掉。没有人能找到你的尸体——你会像其他人一样失踪。**如果**爱德华想调查整件事的话，他也没理由怀疑我。

我对你没有任何偏见，贝拉，这是真的，我只是太饿了。”

“求求他。”我的幻影乞求着。

“求你了。”我屏住呼吸。

劳伦特摇摇头，面色温和：“换个角度想想吧，贝拉。找到你的人是我，你已经很幸运了。”

“是吗？”我随便应付了一句，摇晃着又向后退了一步。

劳伦特跟了过来，体态轻盈而优雅。

“是的，”他向我保证，“我的动作很快，你不会感到任何痛苦，我保证。哦，事后我会对维多利亚撒个谎，安抚一下她。如果你知道她的报复计划的话，贝拉……”他慢慢地摇摇头，似乎还带着一丝厌恶的神情，“我发誓你会感谢我的。”



我惊恐万分地盯着他。

一阵微风穿过我的发丝吹向他那边，他嗅了嗅。“垂涎欲滴。”他重复了一句，使劲地吸了口气。

我紧张得向后退缩，几乎不敢睁开眼睛。爱德华愤怒的咆哮声在我的脑中回响。我再也忍不住了，一遍又一遍呼唤着他的名字。**爱德华，爱德华，爱德华。**我快要死了，现在就让我毫无顾忌地想念他吧，**爱德华，我爱你。**

我眯缝着眼睛，发现劳伦特屏住了呼吸，突然将头转向了左边。我始终看着他，不敢顺着他的目光看向别处，尽管他并不需要任何东西来分散我的注意力或者玩什么把戏来控制我。当我发现他在慢慢地后退时，我简直不敢相信。

“难以置信。”他说，他说得很慢，我几乎听不见。

我不得不向四周望去，双眼扫视着草地，寻找使我的生命又多延续了片刻的插曲。一开始我什么也没看见。我又看了看劳伦特，他正迅速地后退，两眼直勾勾地盯着树丛。

这时，我也看到了，一个巨大无比的黑影从宁静的树丛中缓缓地移动出来，径直朝着吸血鬼走去。真是个庞然大物——同一匹马差不多高，但是比马要壮实得多。它张开大嘴，露出一排如利刃般的门牙。令人发怵的咆哮声穿过门牙，响彻整片草地，好似雷声阵阵。

是一头熊，但它根本就不是熊，这个巨大的黑家伙一定和最近的失踪事件有关。从远处看，任何人都会以为这是头熊，还有其他什么动物能这么庞大、结实呢？

我真希望自己是从远处看着它，但事实上，它就在离我仅有十英尺远的草地上缓慢地移动着。

“别动。”爱德华的声音轻声说道。

我注视着这个庞然大物，绞尽脑汁地想着它到底是种什么动物。从它的形态和移动的样子来看，应该属于犬科动物。我只想到了一个可能性，这个答案让我感到恐怖。我从没意识到，狼竟然能长得如此**巨大**。

它又发出一声咆哮，我吓得浑身发抖。

劳伦特已经退到了树丛边。我一动不动地站在那里，觉得有些莫名其妙。劳伦特为什么会害怕呢？虽然这匹狼看上去的确很吓人，但它毕竟只是动物。吸血鬼怎么会害怕动物呢？劳伦特**确实**害怕了。他的眼睛和我的一样充满恐惧，瞪得大大的。

接下来发生的事情解释了我的疑问。突然间，巨狼的身后又跟出了两匹狼，它们尾随在巨狼的两侧，静静地走上草地。其中一匹是深灰色的，另一匹是棕色的，它们都不如第一匹巨狼高大。深灰色的那匹离我只有几步远，它死死地盯住劳伦特。

我还没来得及反应，又有两匹狼出现了。它们像南飞的大雁一样，排成了一个 V 字。刚从树丛中出来的一匹红棕色的狼离我最近，我几乎一伸手就能摸到它。

我下意识地深吸一口气，向后跳了一步——这也许是我有史以来做过的最愚蠢的事情。我愣在那里，等着这群狼转向我这边，显然，我是更加容易到手的猎物。一时间，我很希望劳伦特能抓住机会，趁势铲除狼群——这对他来说应该易如反掌。我想，与其被一群狼分食，倒不如死在劳伦特手下。

听到我的喘息声后，离我最近的那一匹红棕色的狼微微地转过头来。

它的眼睛颜色很深，接近黑色。它盯着我看了一会儿，那双眼睛十分有神，简直不像是野兽的眼睛。

当它看着我的时候，我忽然想到了雅各布——又一次感到万幸。至少我是一个人来到这个野兽出没的魔幻草地，至少雅各布不会死，至少他不会因我而死。

领头的巨狼又发出一声低嚎，红棕色的狼迅速地扭过头去，再次盯住劳伦特。

劳伦特瞪着这群狼，震惊和恐惧暴露无遗。我能理解他的震惊，但是，我完全没有预料到他会转过身钻进树丛。

**他逃跑了。**

狼群疾跑追了上去，一下子就穿过草地，震耳欲聋的咆哮声和脚步声令我本能地捂住了耳朵。它们匿迹于树丛中，巨大的声响也随之消失。

又只剩下我一个人了。

我的腿一软倒在地上，用手支撑着身子，禁不住哭了起来。

我知道我必须马上离开。狼群会花多长时间追劳伦特？它们会回来找我吗？或者劳伦特是不是已经把它们都解决了？他会是那个回来找我的人吗？

但是我完全不能动弹，我的胳膊和腿不停地颤抖，我不知道如何才能站立起来。

我的思绪还停留在害怕、恐惧或者疑惑之中，我完全不能理解所看到的一切。

吸血鬼见到狼是不会逃跑的，狼的牙齿再锋利也没法对付吸血鬼那花岗岩般的皮肤。

狼群应该和他保持距离才对。尽管它们体形庞大、无所畏惧，但它们去追劳伦特一点也不合理。他那冰冷的大理石的皮肤闻上去根本就不是什么珍馐佳肴。那么，它们为什么放弃活生生的柔弱的我，而去追逐劳伦特呢？

我实在弄不明白。

一阵凉风吹过草地，草儿随风摇摆，就好像有什么东西在草地上移动。

我吃力地从地上爬起来，尽管风不大，我还是被吹得站不稳脚。我踉跄着转过身，在惊惶中一头冲进了树丛。

接下来的几个小时简直是痛苦的煎熬。我花了来时三倍的时间才穿过树丛。

刚开始的时候我根本没留意自己正去向何处，只顾着回想刚刚逃离的那个地方。当我意识到必须使用指南针的时候，我已经深陷陌生而险恶的深山老林。我的双手抖得厉害，我只好把指南针放在泥地上寻找方位。每过几分钟，我都会停下来，放下指南针，检查我行进的方向是否是西北方，听见——当我停下慌张的脚步时——树丛中似乎有什么东西正在悄悄地耳语。

一只松鸦的鸣叫声吓了我一跳，我跌入一片厚厚的云杉丛中，擦破了手臂，头发缠在了树枝上。有只松鼠突然蹿了出来，我吓得尖叫起来，声音大得连我自己的耳朵都受不了。

最后终于找到了一个出口，我回到了空荡荡的道路上，停车的位置还要向北走大概一公里。我已经是精疲力竭，一路步履蹒跚，终于找到了我的车。我爬进车里，忍不住又哭了起来。我使劲按下车栓，从口袋里摸出钥匙。汽车的引擎声让人恢复了神志，我努力控制住眼泪，以最快的速度朝大路开去。

回到家时，我清醒了许多，但还是心绪烦乱。查理的车停在车道上——我没意识到时候不早了，天色已经暗下来。

我砰的一下关上大门，随即将门反锁。“贝拉？”查理叫道。

“是我。”我的声音颤动。

“你去哪里了？”他从厨房出来，一脸不满，对我大声地嚷道。

我想了想，他也许给斯坦利家打过电话了，我最好实话实说。

“我去徒步旅行了。”我承认道。

他的目光变得十分严厉：“为什么不去杰西卡那里？”

“我今天不想看微积分。”

查理将手臂在胸前交叉：“我警告过你不要去森林。”

“是的，我明白。放心吧，我不会去了。”我浑身哆嗦起来。

查理似乎是第一次这么认真地看我。我想起了在树丛中的遭遇，我现在的样子一定很狼狈。

"怎么了？"查理追问道。

这一次，我还是决定实话实说，至少透露一部分实情。此刻，我的样子实在不适合假装享受过了一天美好的森林时光。

"我看到熊了。"我努力说得镇定些，但是声音尖锐而颤抖，"但又不是熊——是一种狼，一共有五匹。黑色的那匹最大，还有灰色的、红棕色的……"

查理瞪圆了眼睛，眼神中满是恐慌。他大步走到我面前，一把抓住了我的双肩。

"你还好吧？"

我无力地点点头。

"告诉我发生了什么。"

"它们并没有注意到我。它们离开后，我跑出森林，但摔了好多跤。"

他松开我的双肩，把我搂在怀里。过了好久，他一句话也没说。

"狼。"他喃喃自语道。

"什么？"

"护林员说那些足迹不像是熊留下的——但是狼的脚印不可能那么大……"

"那些狼**奇大无比**。"

"你刚才说你看到了几只？"

"五只。"

查理摇摇头，忧虑地皱起眉，他最后用没商量的口气说道："以后再也不许徒步旅行了。"

"没问题。"我满口答应。

查理打电话给警局报告了我看到的一切。我捏造了看到狼群的具体地点——声称我当时是在通向北面的一条小道上。我不想让父亲知道我走了多远。更重要的是，我不希望任何人在劳伦特可能搜寻我的地方出现，一想到这一点我就感到不舒服。

"你饿了吗？"他挂了电话，问我。

尽管我一天没吃东西，已经饥肠辘辘，但我还是摇了摇头。

“只是有点儿累。”我告诉他，然后朝楼梯走去。

“嘿，”查理说道，他突然又变得疑虑重重，“你不是说雅各布今天外出了吗？”

“这是比利说的。”我向他解释，不知道他为什么会提这个问题。

他观察着我的表情，似乎对我的反应比较满意。

“嗯。”

“怎么了？”我问道。他提问的时候仿佛是在暗示说我早上对他撒谎了，而且不是和杰西卡一起学习这件事。

“是这样的，我去接哈里的时候，看见雅各布和一帮朋友站在商店门口。我向他挥手打招呼，但是他……好吧，也许他没看见我。我想他是在和朋友们争执什么。他看上去怪怪的，好像有些心烦意乱，而且……跟以前不同，就像你看着这个孩子在长大！每次见到他，他都长得更长。”

“比利说杰克和朋友们去天使港看电影了，他们也许是在那儿等其他人。”

“哦。”查理点点头，朝厨房走去。

我站在客厅里，想象着雅各布和朋友争执的样子。也许他正在质问安布里关于山姆的事情，也许这正是他今天没找我的原因——如果这意味着他能从安布里那里问出个究竟，我很高兴他没来找我。

回房间之前我又检查了一遍门锁。真是可笑的行为，对于我下午所见到的庞然大物来说，这把区区小锁又算得了什么呢？我猜它们没有大拇指就拧不开门把。但如果劳伦特来了……

或者……**维多利亚**。

我躺在床上，浑身使劲地颤抖，根本没有睡意。我蜷缩成一团，想着自己所面临的可怕事情。

我什么也不能做，没有任何预防措施，没有任何藏身之地，也没有任何人能够帮得上忙。

情况也许比我预计的更糟，因为所有这些可怕的事情都有可能发生在查理身上，想到这里，我的胃里就一阵翻江倒海。我的父亲就睡

在隔壁，距离我这个危险人物如此之近。不管我在不在家，我的气味都会把他们引到这里。

我颤抖得更厉害了，连牙齿也开始打战。

为了让自己平静下来，我幻想着不可能的情形：我想象狼群在树丛中捕获了劳伦特，然后像对待普通人一样将这个死不了的吸血鬼碎尸万段。尽管这个景象荒唐至极，但这个景象还是让我安慰。如果狼群抓到了他，他就没法告诉维多利亚我一个人在这里。如果他不去找维多利亚，她一定以为卡伦一家还在保护着我。如果狼群能抓到他……

那些善良的吸血鬼再也不会回来了，如果**另一类**吸血鬼同样能消失的话，该是多么称心的事啊。

我紧紧闭上双眼，等待着梦境的到来，甚至期盼着噩梦的开始。总比合上眼后还能看到那张苍白、美丽的脸庞正冲着我微笑好。

在我的想象中，维多利亚的眼睛是黑色而明亮的，充满饥渴且满怀期待，她的牙齿闪着银光，嘴唇蜷起在牙齿之上，红色的头发像一团烈火，乱糟糟地蓬松在粗蛮的脸颊两旁。

劳伦特的话在我耳边回荡：**如果你知道她的报复计划的话……**

我用手捂住了嘴巴，不让自己喊出声来。

# 信　徒

每天早上当我睁开眼睛，发现自己又安然地度过了一夜就觉得欣喜。一阵短暂的欣喜过后，心跳开始加速，掌心冒出冷汗，我赶紧起身去看看查理，确定他也安然无恙后我才能真正安下心来。

我看得出来他很担心——我一听到任何响声都会惊跳起来，脸色总是会无缘无故变得苍白。从他偶尔的询问中，我知道他是在责怪雅各布太久没有出现。

恐惧打消了我心里所有的念想，我几乎没有意识到一个星期又过去了，而雅各布还是没有给我打电话。当我的生活恢复正常——如果我的生活还算是正常的话——这件事让我感到伤心。

我非常想念他。

在经历恐惧和惊吓之前，我已经忍受不了一个人独处。而现在，我比从前更想念他轻松愉快的笑声和打动人心的笑脸，想念他那间简单却安全、宁静的车库，想念他温暖的手掌握住我冰冷的双手。

星期一，我期待他打个电话过来。如果他与安布里一切进展顺利的话，他是不是希望告诉我一声呢？我宁可相信他是为了朋友的事情忙碌操心，而不是有意疏远我。

星期二，我给他打了个电话，但是没有人应答。难道电话线路又出故障了？或者比利申请了来电显示？

星期三，我每隔半小时就往他家打一个电话，直到晚上十一点后才作罢，我急于听到雅各布温暖的声音。

星期四，我坐在门口的卡车里——按下车栓——手里握着车钥匙，整整坐了一个小时。我艰难地做着思想斗争，想要说服自己开车去一趟拉普西，但是我不能这么做。

劳伦特现在肯定回到维多利亚那里了。如果我去拉普西，我也许会把他们也引过去。如果杰克看到我被他们捉住怎么办？尽管看不到雅各布让我伤心，但是他离我越远就会越安全。

可惜我没办法保证查理的安全。夜晚是他们最有可能来寻找我的时刻，但是我要如何向查理解释才能让他离开屋子呢？如果我告诉他实情，他肯定会把我关进精神病院。如果这样做能确保他的安全的话，我可以忍受，甚至欣然接受。但是维多利亚还是会先到家里来找我的。如果她在这里找到我，也许所有问题就此解决，她会在杀了我以后满足地离开。

所以，我不能逃走。即使我可以逃，又能逃到哪里呢？去蕾妮那儿吗？一想到把死亡的阴影带到母亲安定、快乐的世界，我不禁打了个寒噤。我永远都不能让她受到伤害。



忧虑似乎吞噬着我的胃，也许不久我就会患上胃穿孔。

晚上，查理又帮了我一个忙。他给哈里打了个电话，询问布莱克一家是否搬出小镇了。哈里说比利星期三晚上还参加了委员会会议，根本没提离开的事情。查理让我不要自寻烦恼——雅各布如果有时间，一定会打电话过来的。

星期五下午，在开车从学校回家的路上，我突然意识到了一件事。

我当时一点也没留意熟悉的路况，只是麻木地听着汽车的引擎声，以此驱散所有的愁绪。突然间，我下意识地领悟到一个道理，好像它在我心里酝酿已久，直到现在才被我察觉。

我埋怨自己没有早一些认识到这一点。当然，我最近的确心事重重——伺机报复的吸血鬼、巨型怪异的狼群，还有胸口的伤痛——但是，当我把所有的事情联系起来，一切都是那么显而易见，而我竟然到现在才发现。

雅各布回避我。查理说他变得怪怪的，看上去心烦意乱……比利模棱两可、毫无意义的回答。

天啊，我知道雅各布到底是怎么回事了。

是因为山姆·乌利，就连我的噩梦都曾暗示过这件事，是山姆改变了雅各布。发生在其他男孩身上的情形蔓延开来，如今正在影响我的朋友，他一定是卷入了山姆的小帮派。

他根本就没有放弃我，我激动地想着。

我在家门口停下车，我现在应该做些什么呢？我衡量着各种举措的利弊。

如果我去雅各布家，就有可能把维多利亚或者劳伦特带到那里。

如果我不去，山姆会让他深陷可怕的强制性小帮派不能自拔。再不采取任何行动的话，他很可能变得无可救药。

过去的一个星期里，还没有任何吸血鬼来找我。如果他们真的想取我的性命，绝不会等一个星期这么长的时间，所以我不是他们的首要目标，更何况我认为他们只有在晚上才会出现。对比之下，失去雅各布的可能性远远大于吸血鬼跟踪我到拉普西的可能性。

冒险行驶在偏僻的森林公路上是值得的，这一次并不是去无谓地打探究竟发生了什么事，我清楚地知道发生了什么，这是一场营救行动。我要去和雅各布谈谈——万不得已的话，我会挟持他。我看过公共广播公司的一档节目，讲的是如何解救被洗脑者，我必须采取一些措施来拯救他。

我决定先给查理打个电话，也许应该通知警方拉普西发生的事情。我冲进屋里，一刻也不想耽搁自己的计划。

查理接了电话。

“斯旺警长。”

“爸爸，是我，贝拉。”

“出了什么事？”

这次我并没有责怪他总是假设我会出事的态度，我说话的声音在颤抖。

“我很担心雅各布。”

“为什么？”他问道，并没有想到我会谈论这个话题。

“我觉得……我觉得保留区发生了些不寻常的事情。雅各布曾告诉我，和他差不多大的男孩儿身上发生了奇怪的事。现在他也和他们一样奇怪，我有些害怕。”

“是什么样的事情呢？”他显出了职业警方查案时的语气。这样也好，起码他是在认真对待我所说的话。

“一开始，他受了惊吓；接着，他开始回避我；现在……我担心他加入了那个怪异的帮派，山姆的帮派，山姆·乌利的帮派。”

“山姆·乌利？”查理吃惊地重复了一遍。

“是的。”

查理的语气变得轻松起来：“我想你是弄错了，贝儿。山姆·乌利是个好孩子。对了，他现在应该是个男子汉了，一个听话的儿子，你应该听比利谈起过他。他和其他的年轻人相处得不错。他是——”查理突然停了下来，我猜他打算提及我在树丛中走丢的那个晚上。我立即插上话。



“爸爸，并不是这样的，雅各布**害怕**他。”

“你对比利说过这件事吗？”他尝试着安慰我。一提到山姆，我就没办法让他警惕起来。

“比利并不关心。”

“好吧，贝拉，我确信一切正常，雅各布还是个孩子，也许他只是想多花点时间和朋友们在一起。我相信他一切正常，毕竟，他不可能每分每秒都和你待在一起。”

“这事和我无关。”我坚持道，但我已经在这场口水战中败下阵来。

“我认为你不必担心，让比利照顾雅各布吧。”

“查理……”我显得急躁不安。

“贝儿，我手头有一大堆棘手的事情。又有两个游人在月牙湖边失踪，”他焦虑地说道，“狼群造成的问题越来越难处理了。”

我一下子被他的话吸引住了——确切地说，是被怔住了。狼群的对手是劳伦特，它们没理由能免于一死……

“你确定是狼群造成的失踪吗？”我问道。

“恐怕是的，亲爱的。有一些……”他犹豫了一下，“又有一些脚印，还有……这次还有血迹。”

“噢！”这样看来，劳伦特和狼群并没有交手，他只是比它们跑得更快些。但是，为什么呢？我在草地上目睹的一切变得越来越奇怪，越来越难以理解。

“我得挂了。别担心杰克，贝拉，我相信他没事。”

“好吧。”我简单地回答了一句，思绪又转回到眼前最急迫的事情上来，“再见。”我挂了电话。

我盯着电话看了许久，**无论如何**我也要解决好这件事，我拨通了雅各布家的电话。

响了两声后，电话那头传来了比利的声音。

“你好。”

“嘿，比利，”我强忍住对他大吼的冲动，尽可能友好地问道，“能让雅各布听电话吗？”

“杰克不在。”

真是出乎意料：“你知道他去哪里了吗？”

“他和朋友们出去了。”比利小心翼翼地说道。

“哦，是吗？是我认识的朋友吗？奎尔？”我知道自己问这话是别有用心。

“没有，”比利慢慢地说，“他今天没和奎尔在一起。”

我最好不要提到山姆。

“安布里？”我问道。

比利似乎很乐意回答这个问题：“对，他和安布里在一起。”

知道这个已经够了，安布里是其中一员。

“好吧，他回来了让他给我打个电话，好吗？”

“当然，没问题。”**电话断了。**

“再见，比利。”我对着挂断的电话自言自语道。

我开车去拉普西，决定等待雅各布的出现。我会在他家门口等上一夜，即使逃课我也要等着他。总有一天他会回家，等他回来了，我要和他说个明白。

我一心想着雅各布的事情，原以为危险重重的路途似乎变得特别短。还没等我反应过来，森林就消失在视野之中，很快我就能看到保留地上那一排排房屋。

一个戴着棒球帽的高个子男孩儿在马路左边走着。

我一时激动得几乎无法呼吸，幸运之神终于眷顾我了，让我这么容易就撞见了雅各布。但是，这个男孩儿比他更魁梧，帽下的头发也比他的短。尽管只看到了背影，但我确定这个人是奎尔，他比我上次见到他时更高大了。这些奎鲁特男孩儿怎么长得这么快？难道他们吃了什么成长激素？

我在他身边停下车，他听到汽车声后抬起了头。

奎尔的表情不仅让我吃惊，更让我害怕。他面色阴郁，垂头丧气，眉头紧锁。

“噢，嘿，贝拉。”他无精打采地打了个招呼。

“嗨，奎尔……你还好吗？”

他忧郁地看着我：“还好。”



“我能载你一程吗？”我提议道。



“当然。”他绕到车门前，坐到了副驾驶的位置上。

“去哪里？”

“我家在北边，商店后面。”他告诉我。

“你今天见到雅各布了吗？”他的话音刚落，我就迫不及待地问道。

我充满期待地看着奎尔，等着他的回答。他望着车窗外，过了很久才说道：“从远处看到他了。”

“从远处？”我重复着。

“我想跟着他们——他和安布里在一起。”他的声音很小，差不多被引擎的声音盖住。我朝他靠得更近一些，“我知道他们看到我了，但是他们转身钻进树林里。我想一定还有其他人——山姆那帮人一定都在那里。

“我在树林里转悠了一个小时，大声地呼唤他们。你碰到我的时候，我刚从树林里出来。”

“看来真是山姆改变了他。”我咬牙切齿，连话都说不清楚。

奎尔盯着我：“你也知道这件事？”

我点点头：“杰克以前……告诉过我。”

“以前。”奎尔叹了口气。

“雅各布现在的情况是不是和其他男孩儿一样糟？”

“总是待在山姆身边。”奎尔扭过头去，朝窗外吐了口唾沫。

“在这之前——他是不是避开所有人？是不是心烦意乱？”

他的声音低沉而粗哑：“也许有一天是这个样子，不像其他人一样经历了很长时间，然后山姆找到了他。”

“你觉得是怎么回事呢？是毒品吗？还是其他什么？”

“我想雅各布和安布里不会碰那玩意儿……可我又能知道什么呢？还有其他的可能吗？为什么大人们一点都不着急呢？”他摇摇头，眼神中闪现出一丝恐惧，“雅各布不想成为这个……帮派的一分子，我真搞不懂是什么改变了他。”他盯着我，惊恐万分地说，**“我不想成为下一个。”**

我看出了他的恐慌，这是我第二次听到有人称它为帮派，不禁一阵哆嗦：“你的父母帮得上忙吗？”

他沮丧地说：“我的祖父和雅各布的父亲都是委员会成员。在我祖父眼里，山姆·乌利是这一带最值得骄傲的人物。”

我们对视良久，在空无一人的道路上，我的车几乎是在爬行。我们到了拉普西，镇上唯一的一家商店就在不远处。

“我就在这里下车，”奎尔说道，“我家就在那边。”他指了指商店后面一座小小的木头房子。我在路边停了下来，他跳下车。

“我去等雅各布。”我坚定地对他说道。

“祝你好运。”他关上车门，慢吞吞地朝前面走去。他耷拉着脑袋，肩膀无力地垂下来。

我掉转车头，朝布莱克家开去。一路上，奎尔的愁容在我的脑海里挥之不去。他如此惧怕成为下一个目标，这里究竟发生了什么事？

我在雅各布家门口停住车，关上电源，摇下车窗。天气很闷，一点风也没有。我把脚搁到仪表盘上，开始等待。

一个黑影突然在眼前晃了晃——我转过头看见比利正站在窗户边满脸疑惑地看着我。我向他挥挥手，不自然地笑了笑，仍待在车里没有出去。

他皱了皱眉头，拉下了窗帘。

不管多久我都会等下去，但我得做点事情打发时间。我从背包里掏出一支笔和一张废试卷，心不在焉地在上面乱画起来。

我刚画完一串菱形的图案，突然听见有人叩响车门。

我吓了一跳，抬起头来，以为是比利。

“你在这儿干吗，贝拉？”雅各布抱怨着。

我惊愕地盯着他。

雅各布在这几个星期里简直像变了一个人。我第一眼注意到的是他的头发——漂亮的头发全部剪掉了，一层短短的平头就像是盖在头上的深色缎子。脸部的线条僵硬、紧绷……看上去老了许多。他的颈和肩也有些不同，似乎比以前壮实了许多。他双手抓着窗框，手掌厚实宽大，筋腱和血管在深褐色的皮肤下清晰可见，但是，外表上的改变还不算明显。



让人感到陌生的是他的表情。那张开朗、友善的笑脸消失得无影无踪，以前温和的眼神变成了充满怨恨的仇视，令我无所适从。眼前的雅各布完全是一个阴郁的人，我的太阳如今也被阴霾取代。

“雅各布？”我低声说道。

他瞪着我，目光中带着一丝紧张和愠怒。

我意识到他身后还有四个人，他们无一例外的都是高高的个头、深色的皮肤，黑发就像雅各布一样剃得短短的。他们就像是同胞兄弟——我甚至看不出哪一个是安布里，眼光中的敌意使他们更加相似。

只有一个人的眼光与众不同。他们中最年长的山姆站在最后面，他看上去平静而自信。我按捺住内心的愤怒，我真想上前揍他一拳，不，我还有其他事要做，更重要的事。我想变得残暴凶狠，没有人敢与我对抗，这样，我就能镇住山姆·乌利。

我想变成吸血鬼。

我简直被怒火烧坏了脑袋。这是一个绝对不能许下的愿望——即使是为了报复，为了打倒敌人——因为实现这个愿望是痛苦的，它意味着我的未来将永远暗无天日，而这是我无法承受的代价。我努力使自己从愤怒的情绪中摆脱出来，胸口的伤微微作痛。

“你想干吗？”雅各布质问道。看到我神情多变，他愈发显得不耐烦了。

“我想和你谈谈。”我轻声说道。我试图集中注意力，但是脑海里不断闪现出噩梦中的情景。

“说吧。”他从牙缝里挤出两个字，目光变得恶毒。我从没见过他用这样的眼神看人，特别是在看我的时候。我感到一阵强烈的疼痛——是身体上的疼，是头脑中的刺痛。

“单独谈！”我坚持道，语气十分强硬。

他朝身后看了看，我知道他在看谁，所有人都转过身看着山姆。

山姆点点头，仍然是一副泰然自若的样子。他用一种我完全陌生的语言简单地说了几句——我只知道他说的既不是法语也不是西班牙语，可能是奎鲁特语。他转过身走进雅各布家，另外三个人也跟了进去。我猜他们是保罗、杰莱德和安布里。

“说吧。”其他人走开后，雅各布似乎平和了一些。他的面色镇定了一些，但却更加无助，他似乎再也不会露出那种嘴角上扬的笑脸。

我深吸了一口气：“你知道我想说什么。”

他什么也没有说，只是痛苦地盯着我。

我也盯着他看，两个人沉默了许久。他脸上难受的表情让我不知如何应对，我心头一阵酸楚，觉得喉咙有点儿哽。

“我们走走吧。”趁着自己还能说话，我向他建议道。

他没有任何反应，表情也没有任何改变。

我从车里出来，感觉房间的窗户后有几双眼睛正注视着我。我朝北边的树丛走去，在湿草和泥地上踩出咯吱的脚步声。这是路上唯一的声响，一开始我怀疑他没有跟上来。当我向四周望去时，发现他就在我身边，只不过他的脚步很轻，让人察觉不到。

走在树丛边的感觉很好，因为山姆不可能监视我们。我一边走，一边绞尽脑汁地想着应该说的话，但还是无话可说。我心中的怒火又被点燃了，我气雅各布竟然加入了帮派……我气比利竟然对此不闻不问……我气山姆竟然能够如此心安理得地站在那里……

雅各布突然加快了脚步，他大步轻松地走到我的前头，转过身来面对着我，挡住了我的去路。

我惊讶于他行动的迅速敏捷。雅各布身材疯长，他以往的动作差不多和我一样迟缓，他是什么时候开始改变的呢？

雅各布没给我时间思考这个问题。

“我们把话说清楚吧。”他的声音僵硬、沙哑。

我等他往下说，他知道我在想什么。

“并不是你想的那样，”他突然失去了耐性，“也不是我曾经想的那样——我以前简直是大错特错。”

“那么，究竟是怎样一回事呢？”

他盯着我，沉思良久，眼中的愤怒从来没有离开过。“我不能告诉你。”他终于说道。



我咬紧牙，说道：“我以为我们是朋友。”

“我们曾经是朋友。”他有意强调了过去时。

“你现在根本不需要朋友，”我酸酸地说，“你有山姆，不是挺好嘛——你不是一直都很崇拜他吗？”

“我以前不了解他。”

“如今你找到光明了，感谢上天。”

“我以前的想法不对。山姆没有错，他在尽最大的努力帮助我。”他的声音变得尖刻。他不再看着我，而是越过我的头顶怒气冲冲地盯着我的身后。

“他真的是在帮你吗？”我怀疑地问道。

但是雅各布根本不理会我，他深呼吸使自己平静下来，双手不停颤抖。

“雅各布，拜托，”我低声说道，“告诉我发生了什么，好吗？也许我能帮帮你。”

“现在没人能帮我。”他的声音变得低沉而痛苦。

“他对你做了什么？”我问道，眼里噙着泪水。我像从前一样张开双臂走上前，想要拥抱他。

他往后退了几步，抬起双手拦住我。“别碰我。”他压低嗓门说道。

“担心山姆发现吗？”我几乎说不清话，不争气的眼泪夺眶而出。

我用手背擦掉脸上的泪水，交叉双臂搁在胸前。

“不要责怪山姆。”他条件反射一般脱口而出，他举起手想去抓头发，但长发已经不复存在，他无奈地放下双手。

“那我应该怪谁呢？”我反驳道。

他突然笑了笑，这笑容是那么的阴冷、陌生。

“你不想知道答案。”

“谁说我不想知道！”我大声嚷道，“我想知道，我现在就想知道。”

“你错了。”他也嚷了起来。

“你竟然说我错了——我不是那个被洗脑的人！告诉我，如果不怪罪你的宝贝山姆，究竟应该怪谁？”

“你这是自讨没趣，”他对我喊道，眼睛闪烁着怨恨，“如果你真想怪谁的话，为什么不去指责那些你深爱的肮脏、**腐臭**的吸血鬼？”

我张大嘴巴，**呼呼的**喘气声听得格外清楚。我愣在那里一动不动，他的话像利刃般插入我的身体。这是我所熟悉的疼痛，胸口的裂缝几乎将我的整个身体一分为二，但是肉体上的痛楚无法抑制烦乱的心绪。我简直不敢相信自己的耳朵，他的脸上除了愤怒什么表情也没有。

我的嘴巴仍然张得大大的。

“我说过你不会想知道。”他说。

“我不明白你在说谁。”我低语道。

他扬起一边的眉毛，根本不相信我的话：“你明明知道我说的是谁。你想让我说出名字，是吗？我可不想伤害你。”

“我不明白你在说谁。”我机械地重复了一遍。

“卡伦一家。”他慢慢地说道，每一个字都说得清清楚楚，一边说一边观察我的脸色，“我看出来了——我说出他们的名字时你的反应，我从你的眼睛里看出来了。”

我拼命地摇头否认，同时也尽力让自己理清思绪。他怎么会知道这些？这跟山姆的帮派有什么关系呢？难道帮派里的成员都是憎恶吸血鬼的人？可是，福克斯已经没有吸血鬼存在了，组织这样一个帮派又有什么意义呢？如今，卡伦一家也消失了，再也不回到这里，为什么雅各布会在这个时候相信他们的存在呢?

我想了很久都不知道应该说什么好。“你竟然相信比利说的那些无聊的迷信话。”我假装嘲笑他。

“有些事情他比我更清楚。”

“认真点，雅各布。”

他批评地盯着我。

“不管是不是迷信，”我接着说道，“我不明白你为什么责怪卡伦……”——提到这个名字，我又退缩了——“一家，他们半年前就离开了。你怎么能把山姆的责任推卸到他们身上呢？”

“山姆什么也没**做**，贝拉。我也知道他们离开了，但是有些事情……一旦开始了，就太迟了。”

“什么开始了？什么太迟了？你到底怪他们什么呢？”

他突然直勾勾地看着我，眼里燃烧着一团怒火。“他们根本就不应该存在。”他咬牙切齿地说道。

这时，爱德华警告的声音吸引了我的注意力，让我惊诧。在我丝毫没有恐惧感的时候，他竟然又出现了。

“静下来，贝拉，不要逼他。”爱德华劝告我。

自从爱德华这个名字又一次出现在我的生活中，我就再也无法将他埋藏在心底深处。现在，这个名字不会让我伤心——至少在能听到他声音的宝贵时刻，我不会感到伤心。

雅各布怒火中烧，身子气得不停抖动。

我不清楚爱德华的幻觉为什么会在这时出现。雅各布确实非常生气，但他只是雅各布而已，他不会带给我任何危险。

“给他点时间让他平静下来。”爱德华的声音坚持道。

我疑惑不解地摇摇头:“你太荒唐了。”这话是对他们两个人说的。

“好吧，”雅各布回了一句，又深吸一口气，“我不想和你吵，争下去也毫无意义，伤害已经无法弥补了。”

**“什么伤害？”**

即使我冲着他大喊大叫，他也丝毫没有动摇。

“我们回去吧，没什么可说了。”

我喊道："还有好多话要说！你根本什么都还没说！"

他从我身边擦过，迅速地朝屋子走去。

"我今天碰到奎尔了。"我在他身后大声叫道。

他止住步子，但是没有转过头来。

"你还记得你的朋友奎尔吗？告诉你吧，他现在很害怕。"

雅各布转身对着我，露出痛苦的表情。"奎尔"是他说的唯一一句话。

"他也很担心你，他被你吓坏了。"

雅各布绝望的眼神又游离到我身后。

我又刺激他道："他担心他会成为下一个目标。"

雅各布抓住身旁的一棵树支撑自己，红棕色的脸庞变得铁青。"他不会成为下一个，"雅各布自言自语道，"他不可能是下一个。一切都结束了，这件事不可能仍在持续。为什么？为什么？"他举起拳头捶着树。那棵树并不算高大，只比雅各布高出几英尺，但没想到，在他的重捶之下，树干竟然折断，发出一声巨响，着实让我吃了一惊。

雅各布自己也惊讶地盯着树干断裂的位置，脸上的惊讶很快化为了恐惧。

"我得回去了。"他转过身快速地向回走，我不得不跑着跟上他。

"回到山姆那儿！"

"只能这样。"他的脸侧向一旁，声音含混不清。

我跟着他到了停车的地方。"等等！"他进屋前我叫住了他。

他转过来面对我，我看到他的双手又在颤抖。

"回去吧，贝拉，我再也不能和你一起玩了。"

一阵莫名的疼痛又遍及全身，泪水随之涌出眼眶。"你是要……和我分手吗？""分手"显然不恰当，但这是我能想到的最好的表达方式。毕竟，杰克和我的关系胜于校园里的恋人，更强烈的感情。

他苦笑着说道："不是，要是那样，我会说'让我们继续做朋友'，可我现在连这句话都说不出来。"

"雅各布……为什么？山姆不让你交其他朋友吗？求求你，杰克。

你发过誓，我需要你！”之前空虚而迷茫的生活——在雅各布注入些许理性之前的生活——又回来了，强烈的孤独感令我窒息。

“对不起，贝拉。”雅各布故意用那种本不属于他的冰冷语气说道。

我不相信这是雅各布的本意，他愤怒的目光中似乎还有其他的含义，但是我不能理解他想要传达的信息。

也许这一切与山姆无关，也许这一切与卡伦一家无关，也许他只是想以此为借口逃避我们之间的窘境。也许我应该放手，这对他来说是最好的结果。我应该放手，这才是正确的决定。

但是，我听见自己轻柔的声音。

“对不起，我以前……不能……我希望现在能改变对你的感觉，雅各布。”我绝望至极，这句真心话听上去就像是想方设法捏造出来的谎言，“也许……也许我能改变，”我低声说道，“也许，如果你再给我一点时间……请不要放弃我，杰克，我会受不了。”

他的脸色一瞬间由愤怒转变为痛苦，仍在颤抖的一只手向我伸过来。

“不，别这样想，贝拉。不要责怪你自己，不要认为这是你的错。这次**全是**我的错，我发誓，跟你无关。”

“不是你，是我，”我说道，“是我的错。”

“说真的，贝拉，我不再……”他努力控制自己的情绪，声音愈发显得嘶哑，眼神痛苦不堪，“我不再配做你的朋友或者其他什么人。我已经不是从前的我，我不是好人。”

“什么？”我惊恐地盯着他，“你**说**什么？你比我强多了，杰克。你很好！谁说你不是好人？山姆说的吗？这是恶毒的谎话，雅各布！别让他就这样说服你！”我突然间又嚷了起来。

雅各布的脸色恢复了起初的僵硬：“不需要别人这样说，我知道我是怎样一个人。”

“你是我的朋友，这才是你！杰克——不要走！”

他渐渐退后。

“对不起，贝拉。”他又一次道歉，这次，声音变得断续而含糊。

他转过身，迅速地跑进屋。

我站在原地一动不动，盯着眼前这所小小的房子，这么小的一所房子竟然能容纳四个身材魁梧的男孩和两个男人。屋子里没什么动静，没有人撩起窗帘，没有说话声，没有脚步声，就好像是一间空屋子。

天空开始下起毛毛细雨，雨滴像针一样叮着我的肌肤，我目不转睛地盯着房子。雅各布会出来的，他必须出来。

雨越下越猛，风越刮越凶。雨滴似乎不是从天而降，而是从西面飘过来，风中夹杂着海水的咸味。我的头发拍打着脸庞，湿漉漉地贴在脸上，和睫毛粘在一起。我等待着。

终于，门开了，我欣喜地走上前。

比利滑着轮椅出来了，就他一个人而已。

“查理打来电话，贝拉，我告诉他你在回家的路上。”他用同情的眼光看着我。

他用同情来表示一切就此打住。我什么也没说，机械地转过身，钻进了车里。我之前没有关车窗，座椅已经被雨水浸得透湿。无所谓，反正我已经浑身湿透。

**不算太糟**！**不算太糟**！我安慰自己。的确，事情还不算太糟，至少不是世界末日，只不过是结束了原本就很短暂的宁静生活，仅此而已。

**不算太糟**，我承认，但是，也已经**够糟了**。

我原以为杰克能治愈我胸口的洞——至少能填补这个空缺，不让它继续伤害我，我错了。他在我的胸口又凿开了一个洞，现在的我已经千疮百孔，就像是一片瑞士干酪，总有一天我会碎裂开来。

查理在门廊上等我，一看见我停车，他就奔上前来。

“比利打来电话，他说你和杰克吵架了——说你非常伤心。”他边说边给我打开车门。

他瞧了瞧我，脸上立刻露出震惊的表情。我真想看看自己现在的模样，看看到底是什么让他如此诧异。我能感觉到脸上的茫然和冰凉，一定是这种表情又让他回想到什么。

“事情不是这样的。”我低声说道。

查理搂着我的肩膀，将我从车里扶出来，他也没问我怎么会弄得像只落汤鸡。

“发生了什么事？”一进屋他就问道。他拉下沙发靠背上的一条阿富汗毛毯盖在我的肩上，我发现自己还在打着冷战。

我有气无力地说道：“山姆·乌利说雅各布不能和我做朋友。”

查理疑惑地看着我：“谁告诉你的？”

“雅各布。”虽然他原话不是这么说的，但这是明摆着的事实。

查理紧皱着眉头：“你真觉得山姆有问题？”

“真的，但是雅各布不肯告诉我是怎么回事。”我听见衣服上的水滴落在地毯上的声音，“我去换件衣服。”

查理若有所思。“好吧。”他心不在焉地应了一句。





我冷得要命，决定先洗个澡，但是热水似乎也不能让我感到暖和。我仍然浑身冰冷，干脆关掉水不洗了。四周安静下来，我听见查理在楼下说话，我裹着浴巾悄悄地走出浴室。

我听出查理很生气：“我才不会相信呢，根本就不可能。”

四周又安静下来，我意识到他是在打电话，一分钟过去了。

“不要把责任推到贝拉身上！”查理突然叫起来。

我吓了一跳。他再次说话时，尽量压低了嗓门，担心让我听到。“一直以来，贝拉都很清楚地表示她和雅各布只是朋友……好吧，如果是这样的话，你为什么不早说？不，比利，我认为她是对的……因为我了解我的女儿，如果她说雅各布之前受到惊吓——”他的话被中途打断，过了一会儿，他又控制不住嚷了起来。

“你说我不了解自己的女儿是什么意思！”他停了下来，听着电话那头的人说话，接着，他用我几乎听不到的声音说道，“你想让她回想起以前的事情，别想了。她刚刚熬过了所有的痛苦，我知道雅各布帮了不少忙。如果雅各布和山姆搞出什么名堂让她又回到从前的样子，我绝对饶不了雅各布。你是我的朋友，比利，但是这件事伤害了我的家人。”

他又停下来听比利说话。

“你听清楚——那帮小子做任何事我都会知道。我们会盯着他们，这一点你不用怀疑。”他不再是查理，而是斯旺警长。

“好吧，就这样，再见。”他狠狠地挂上电话。

我踮起脚快速地穿过走廊回到房间，查理在厨房里气呼呼地自言自语。

比利肯定会责怪我，是我误导了雅各布，令他越陷越深，终于忍无可忍。

但我觉得有些奇怪。以前我也这样担心过，但是，即使雅各布说了很多绝情的话，我仍不相信这是真的。这件事远非单恋这么简单，而且比利也没有必要出面说是雅各布一厢情愿。我敢肯定，他们是在保守什么秘密，而且这个秘密远远超出我的想象。不管怎样，查理现在站在我这一边。

我穿上睡衣爬到床上。此刻的生活阴沉黑暗，而我自欺欺人，那个洞——如今应该是两个洞——正隐隐作痛，怎么会不疼呢？我回忆着过去发生的点点滴滴——不是那些**深深**刺痛我的过去，而是下午出现在我脑海中的爱德华的声音——我的脑子就像录音机一样反复播放着他的声音，直到我渐渐入睡，泪水仍止不住地滑落脸颊。

晚上我做了一个不同以往的梦。天下着雨，雅各布在我身边不声不响地走着，而**我的**脚步声却嘎吱嘎吱作响。他不是我的那个雅各布，这个新雅各布，面露愁容，动作优雅，他轻盈平稳的步态令我联想到另一个人。渐渐地，他的容貌开始改变，深褐色的皮肤褪了色，脸上苍白如骨；眼睛是金色的，一会儿又变成了血红色，一会儿又恢复成金色；头发缠绕在一起，在微风吹拂下变成了青铜色。他的脸蛋十分俊俏，让我怦然心动。我朝他伸出手，他却向后退了一步，抬起了双手像盾牌一样拒绝我。然后，爱德华就消失了。

当我在一片漆黑中醒来时，眼角满是泪水。我不清楚自己是梦醒哭泣还是哭到梦醒，我盯着黑乎乎的天花板，此刻已经是深夜时分——我半梦半醒、昏昏欲睡。我疲惫地闭上眼睛，祈求一个无梦的夜晚。

就在这时，我听到一阵声响，刚才一定就是这个声音打断了我的梦境。我房间的窗户被尖锐的东西刮出刺耳的响声，就像是手指甲在玻璃上划过的摩擦声。

# 闯 入 者

尽管此刻我已经精疲力竭、头脑昏沉，甚至不确定自己是在现实中还是在梦境里，我仍然惊恐万分地睁开了双眼。

窗户上又一次响起了尖锐刺耳的声音。

我笨拙地从床上爬起来，踉踉跄跄地朝窗台走去。我眨了眨含泪的双眼，让视线变得更加清晰。

一个高大的黑影在玻璃窗外摇晃，它朝我这边倾斜过来，好像要破窗而入。我吓得往后一个趔趄，几乎要尖叫出来。

维多利亚。

她来找我了。

我死定了。

查理不能死!

我强忍住堵在喉咙口的尖叫。我必须保持安静，不管发生什么，不能把查理卷进这个危险地带……

黑影发出熟悉的嘶哑的声音。

“贝拉！”他叫道，“哎哟！见鬼，开开窗！哎哟！”

我过了一会儿才从惊恐中回过神来，快速走到窗台边，推开了玻璃窗，窗外微弱的亮光足以让我看清楚黑影的模样。

“你在这里**做**什么？”我喘着粗气说。

雅各布趴在前院栽种的云杉上，树枝被他压得倒向房子这边，他在树顶上来回摆荡——他的双脚悬在离地二十多英尺的半空中——离我不过一码的距离。纤细的树枝摩擦着房子的墙壁，发出刺耳的声音。

“我来履行，”他气喘吁吁地说着，在树顶上不断调整着姿势，“我的诺言。”

我眨了眨湿润的眼睛，突然间确信自己是在做梦。

“你什么时候承诺过要从树上掉下来摔死？”

他哼了一声，样子非常严肃，不停地摆动着双腿保持平衡。“让开。”他命令道。

“什么？”

他前后摆动着双腿，为自己增加冲力，我终于明白他想干什么了。

“不，杰克！”

但是已经来不及了，我闪到一旁，他憋足劲朝着敞开的窗户跳过来。

我几乎又要叫出声来，我会眼睁睁地看着他摔死，或者看着他撞到墙壁上受伤。出乎意料的是，他敏捷地跳进了我的房间，脚掌落在地上发出沉闷的一响。

我们同时朝房门望去，屏住呼吸，看看查理会不会被这噪声吵醒。一阵沉寂过后，我们隐约听到查理的鼾声。

雅各布咧嘴一笑，他似乎十分满意自己的身手。那不是我所熟悉和喜爱的笑容——这是一张不同的笑脸，在这张属于山姆的脸上已经看不到以往的真诚。

我受够了。

我整晚以泪洗面，因为这个男孩儿而辗转难眠。他冷酷地拒绝了我，在我胸口又开了个洞。他留给我的噩梦挥散不去，就像伤口引发的感染——就像遭人侵犯后感到的羞辱。而现在，他在我的房间里看着我傻笑，似乎什么事情都没有发生过一样。更糟糕的是，尽管他闯入时的动静很大、动作笨拙，还是让我想起了爱德华，他也曾在深夜时分穿过窗户来到我的房间。回忆又一次狠狠地刺痛了我尚未愈合的伤口。

想到这些，再加上沉沉的倦意，我的心情就好不起来。

“出去！”我愤愤地说道，语气中满是怨恨和不满。

他眨了眨眼睛，露出吃惊的表情。

“不，”他坚持道，“我是来道歉的。”

"我不接受！"

我拼命把他往窗外推——反正这是梦境，他不会真正受伤，但是，我的努力是徒劳的，他仍一动不动地站在原地。我放下双手，退到远离他的位置。

吹进房间的冷风让我打了个冷战，而他连衬衫都没穿。我的手碰到他胸膛时的感觉很不舒服，他的皮肤像在燃烧一样发烫，就跟我最后一次触摸他前额时的感觉相同，难道他还没退烧？

他看上去不像生病的样子，身体壮实得很。他朝我弯下身子，几乎挡住了整扇窗户，对我暴怒的反应他一言不发。

突然间，我再也撑不住了——好像所有不眠之夜的疲乏都在这一刻向我袭来。我觉得天昏地暗，整个人就快要崩溃倒地。我左右摇摆了两下，挣扎地睁着双眼。



"贝拉？"雅各布焦急地喊着我。他抓住我的胳膊肘，扶我回到床上。我刚到床边腿就软了，一头倒在软绵绵的床垫上。

"嘿，你没事吧？"雅各布问道，担心地皱起眉头。

我抬头望着他，脸上还挂着泪水："我怎么可能没事呢，雅各布？"

他倔强的脸上露出一丝痛苦。"对，"他赞同道，然后深吸一口气，"我问了句废话。好吧……我——我对不起你，贝拉。"他的道歉是真心的，这点毫无疑问，尽管他的脸上仍带着些许怒色。

"你来这里做什么？我不想听你道歉，杰克。"

"我知道，"他低声说道，"但是我不能原谅自己今天的所作所为，简直太伤人了，对不起。"

我疲倦地摇摇头："我什么都不明白。"

"我知道，我想对你解释——"他突然停了下来，张着嘴巴，好像有东西止住了他的呼吸。过了一会儿，他又深吸一口气。"但是，我不能解释，"他气愤地说道，"我也希望自己能解释。"

我把头埋入手掌心，说话声变得模糊不清："为什么？"

他沉默不语。我扭过头——实在没力气抬起头来——看着他，他的表情让我惊讶。他半眯着眼睛，咬紧牙关，眉头紧锁。

"怎么了？"我问道。

他大口地喘着粗气，我这才发现他一直都凝神屏息。“我不能说。”他心灰意冷地说道。

“说什么？”

他不理会我的问题：“贝拉，难道你就没有不能说的秘密吗？”

他看着我，眼神中带着某种暗示，我一下子就想到了卡伦一家，但愿他没有察觉到我的心虚。

“难道你就没有瞒着查理、瞒着你母亲的事情？”他追问道，“甚至是不愿对我提及的事情？即使到现在也不愿提及的事情？”

我睁大眼睛，没有回答他的问题，但我知道他把沉默当作认同。

“我现在也有同样的……处境，你能理解吗？”他断断续续地说着，似乎在寻求最恰当的字句来表达，“有时候，诚实反倒会坏事。有时候，你保守的也许不是你一个人的秘密。”





我没法同他争辩，因为他说的完全正确——我隐藏的不是我一个人的秘密，我必须守住它，而他似乎已经对我的这个秘密了如指掌。

我始终不明白这跟他、山姆还有比利有什么关系。既然卡伦一家已经走了，他们又何必在意这件事呢？

“如果你来是为了让我猜谜，而不是澄清问题，雅各布，我认为你根本没必要来这里。”

“对不起，”他轻声说，“实在是叫人难受。”

我们在黑暗的房间里对视许久，两个人都心灰意冷。

“最要命的是，”他突然说道，“其实你早就**知道**了一切，我曾把所有的事都**告诉**了你！”

“你说什么？”

他猛吸一口气，然后朝我靠过来，脸上又重燃起希望。他直勾勾地盯着我的眼睛，说话声迅速、急切。他正对着我的脸，我能感受到他的呼气就和他的皮肤一样火热。

“我想到一个办法解决所有问题——因为你什么都知道，贝拉！虽然我不能对你说，但你自己可以**猜**到！这样我也能摆脱困境！”

“你想让我猜？猜**什么**呢？”

“**我的**秘密！你能猜到——你知道答案！”

我眨了眨眼，让头脑保持清醒。我太困了，根本想不通他说的话。

他注意到我一脸茫然，努力振作起来。“等等，也许我能帮帮你。”他说道。我不知道他到底要做什么，只听到他急促的喘息声。

“帮我？”我硬撑着睁大眼睛，拼命抵抗着睡意。

“对，”他喘着粗气说道，“给你一些线索。”

他用那双厚实、温暖的双手捧起我的脸，直视着我的眼睛，压低嗓音就好像暗示我他的话里有话。

“还记得我们第一次见面的那天吗——在拉普西的海滩上？”

“当然记得。”

“跟我说说。”



我深吸一口气，让自己集中精神：“你问了一些关于我的卡车的问题……”

他点点头，鼓励我往下说。

“我们谈论你的‘兔子’车……”

“接着说。”

“我们在海滩边散步……”我的脸在他的手掌下越来越热，几乎和他滚烫的皮肤一样热，但他一点不在意。我回忆当初邀请他同我一道散步，还为了从他那里获取更多的信息，笨拙地同他调情，结果相当成功。

他又点点头，焦急地等待下文。

我的声音几乎轻得听不见：“你给我讲了恐怖故事……奎鲁特传奇。”

他闭上双眼，然后睁开。“对。”他紧迫而激动地说道，好像正等着做什么至关重要的事情。接着，他放慢语速，让每一个字都听得清清楚楚：“还记得我说了些什么吗？”

即使身处黑暗中，他也一定能察觉到我脸色的变化。我怎么可能忘记他的话呢？当时，雅各布无意中说出了我正想要知道的事情——爱德华是吸血鬼。

他会意地看着我。“使劲想想。”他说道。

“是的，我记得。”我喘喘气。

他深吸一口气，艰难地问道：“你还记得**所有**的故——”他问不下去了，嘴巴张得大大的，好像嗓子眼儿被堵住了。

“所有的故事？”我问道。

他默默地点点头。

我在脑海里快速地搜寻。对我来说，只有那一个故事很重要。我记得刚开始的时候他讲了好几个故事，但是我记不清这些无关紧要的内容，更何况我现在精疲力竭、一头雾水。我摇了摇头。

雅各布叹了口气，从床上跳起来。他用拳头抵着前额，急促而生气地喘息着。“你一定知道，你一定知道。”他对自己低语道。

“杰克？杰克，拜托，我现在**累极了**，没精力去回想这些，也许早上……”

他调整呼吸使自己镇静下来，点了点头：“也许你会回想起来。我想我理解你为什么只记得那一个故事。”他的语气充满讽刺和挖苦，他又在我身边坐下，“你介意我提一个问题吗？”他问道，还是用那种讥讽的口气，“我一直都想知道。”

“关于什么的问题？”我小心地问道。

“关于我告诉你的那个吸血鬼的故事。”

我用警惕的眼神盯着他，不置可否，他还是提出了问题。

“你之前确实不知道吗？”他问我，声音变得沙哑，“我说了以后你才知道他的真实身份，对吗？”

**他怎么知道这些事**？他为什么会相信这些事？为什么**现在**才信？我咬紧牙齿，瞪着他，没打算回答他，他也看出了我的反应。

“明白我所指的诚实是什么了吧？”他低声说道，声音变得更加沙哑，“我的状况也一样，甚至更糟，你想象不到我被约束得多么紧……”

我不喜欢他这个样子——不喜欢他说到约束时紧闭双眼痛苦的模样。不只是不喜欢，甚至是**憎恶**，我憎恶一切让他感到痛苦的东西，强烈地憎恶。

山姆的脸出现在我脑海中。

我的所作所为都是自愿的，是因为爱而守住卡伦一家的秘密，心甘情愿、发自内心，而雅各布却不一样。

“有没有办法解脱出来？”我轻声问道，摸着他扎手的短发。

他紧闭眼睛，手开始颤抖。“没有，我一辈子都被约束，终身监禁，”他苦笑着说道，“也许更久。”

“不，杰克，”我痛苦地说道，“我们逃走吧？只有你和我，我们离开这里、离开山姆吧？”

“这不是逃脱就能解决的问题，贝拉，”他低声说，“如果可以，我也愿意跟你一起逃走。”他的肩膀开始颤抖，他深深地吸了一口气，“好了，我得走了。”

“为什么？”

“你看上去随时都会昏倒，你得睡觉——我需要你养精蓄锐。你会回想起一切的，你必须想起来。”

“还有其他原因吗？”

他皱起眉头。“我是溜出来的——我不应该来见你，他们一定会猜想我在哪里。”他咬了咬嘴唇，“我想我应该回去告诉他们一声。”

“你没必要什么事情都对他们说。”我不满地说道。

“我还是会说的。”

一腔怒火在我身体里燃烧：“我**恨**他们！”

雅各布吃惊地睁大眼睛看着我：“别这样，贝拉，别恨他们。这并不是山姆或者他们中任何人的错。我对你说过——是我的错。实际上，山姆这个人……好极了。杰莱德和保罗也很好，尽管保罗有一点……还有安布里，他永远都是我的朋友。什么都没有改变——这是**唯一**不变的事实。我后悔以前误解了山姆……”

“山姆好极了？”我怀疑地盯着他，但没有问他理由。

“那你为什么不应该来见我？”我追问道。

“因为不安全。”他压低嗓门，眼睛看着地上。

他的话吓得我浑身一颤。

他连**那件事**也知道了吗？除了我之外没有其他人知道那件事，但他的话是对的——现在正值深夜，是吸血鬼觅食的最佳时刻。雅各布不应该在我的房间里，他们有可能来这里找我，不能让其他人受到牵连。

“如果我认为非常……非常危险，”他轻声说，“我不会来。可是，贝拉，”他看着我，“我对你承诺过。我不知道履行诺言这么艰难，但是，这并不代表我会食言。”

他看出了我脸上的疑惑。“那天看完电影，”他提醒我，“我向你保证永远都不会伤害你……但是我今天下午确实伤害到你了，对吗？”

“我知道你不是故意的，杰克。没关系。”

“谢谢你，贝拉，”他握住我的手，“我会尽我所能守护你，就像我承诺的那样。”他忽然朝我咧嘴一笑。这张笑脸不属于曾经的他，也不属于现在的他，而是两者奇怪的结合，“你最好能自己解开谜团，贝拉。努力地想想吧。”

我微微露出痛苦的表情：“我会尽力的。”

“我会想办法来看你，”他叹了口气，“他们肯定会劝我不要来。”

“别听他们的。”

“我尽力。”他摇摇头，似乎在怀疑自己能否成功，“你一知道答案就来告诉我。”他突然意识到什么，双手抖动了一下，“如果你……你还**愿意**见我的话。”

“我为什么不愿意见你？”

他的神色变得僵硬而冷酷，百分之百是那张属于山姆的脸。“噢，我知道原因，”他的声音变得粗暴，“好了，我必须离开。你能为我做件事吗？”

我点点头，他的转变让我有些害怕。

“如果你不愿意见我，至少给我打个电话，让我知道你的答案是不是正确。”

“我不会……”

他抬起一只手打断了我的话：“记得告诉我一声。”

他朝着窗户走去。

“别傻了，杰克，”我抱怨道，“你会摔断腿的。从大门出去，查理不会发现你的。”

“我不会受伤。”他说道，但还是转身朝房门走去。他在我身边停下脚步，转过来盯着我，脸上露出难以忍受的痛苦表情，就好像有利刃正刺入他的身体。他朝我伸出一只手。

我抓住他的手，他突然使劲拉住我——力气特别大——把我拉下床，我撞到他怀里。

“也许再也不能这样。”他贴着我的头发说道，他的拥抱几乎要把我的骨头挤碎。

“喘——不过气！”我气喘吁吁地说。

他立刻松开手，一只手扶在我的腰上防止我摔倒。他推着我回到床上，这一次动作更温柔一些。

“好好睡吧，贝儿。你要动脑筋想想，我知道你一定会想到的。我**需要**你的理解，我不想因为这件事失去你，贝拉。”



他一步跨到房门边，轻轻地打开门，然后消失在门口。我竖起耳朵听他下楼梯时的咯吱声，但是什么声音也没有。

我躺到床上，觉得头昏脑涨，一切都是那么混沌，那么伤脑筋。我闭上眼睛，想理出一个头绪，但是很快就被睡意吞噬，失去了方向。

这并不是我所渴望的安宁的无梦的睡眠——当然不是。我又一次来到森林里，像从前一样开始漫步。

不久我就意识到这并非往常的梦境。因为，我并不觉得自己是在找寻什么，我只是习惯性地散着步，就像一般人在森林里漫步一样。事实上，这片森林也不是从前的那个，气味和光线都有所改变，闻上去不是树丛中湿土的味道，而是海洋的咸腥味。我看不到天空，但是，一定有艳阳高照——头顶的树叶都是亮闪闪的碧绿色。

这是拉普西周围的森林——就在海滩附近，我敢确定。我想，如果找到海滩，我就能看到太阳，于是，我加快步伐，向着远处隐约的海浪声走去。

这时，雅各布出现了。他抓住我的手，把我拉回到森林中最黑暗的地方。

“雅各布，怎么回事？”我问道。他的脸就像一个受到惊吓的小男孩，长发还像从前一样漂亮，在颈背处扎成一个马尾。他使出浑身的力气拉着我，而我不停地反抗，我不想去黑暗的地方。

“快跑，贝拉，你必须跑！”他惊恐地对我耳语道。

一种似曾相识的感觉强烈地冲击着我，几乎要把我唤醒。

我知道自己为什么会有这种感觉，因为我以前来过这个地方，在另外一个梦境中。那是一百多万年前的生活，与现在完全不同。我和雅各布在海滩散步的那一天夜里，我做了这个梦，也正是在那一天，我知道爱德华是吸血鬼。一定是刚才在雅各布的要求下回忆海滩散步的情景，把这个埋藏在我记忆深处的梦境又挖掘出来。

我清楚接下来会发生什么。海滩上的一道亮光朝我照射过来，不久，爱德华会穿过树林，他的皮肤发出微光，黑色的眼睛透着杀气。他会微笑着向我打招呼，他的脸庞就像天使一样美丽，牙齿尖锐锋利……

但是，事情并不是按照我的想象发生。

雅各布甩开我的手，发出痛苦的尖叫。他浑身剧烈地抽搐着，倒在了我的脚边。

“雅各布！”我惊叫着，但是他消失不见了。

在我脚边的是一匹巨大的红棕色的狼，黑色的眼睛机警灵敏。

梦境完全超出了预计，就像脱轨的列车。

这并不是我曾梦到过的狼。这匹红棕色的巨狼正是一个星期前我在草地上看到的离我不到半尺远的那匹。它体形庞大、相貌怪异，比起熊来更加威猛。

它直勾勾地盯着我，敏锐的眼睛似乎想向我传达重要信息。这双深棕色的眼睛我再熟悉不过了，正是雅各布·布莱克的。

我尖声惊叫着从梦中醒来。

这一回我倒希望查理进来看看。我的叫声与平常不同，我把头埋在枕头下，想压抑住尖叫触发的歇斯底里。我用枕头紧紧地压住脸，似乎这样就能消除我刚刚恍然明白的事实。

但是查理没有进来，我终于能控制住嗓子眼冒出来的刺耳声音。

我全都想起来了——雅各布那天在海滩边对我说的字字句句，甚至是吸血鬼、“冷血种族”之前的部分，特别是他最开始说的那段话。

**“你知道和我们有关的古老故事吗？关于我们来自何方——我是**

说奎鲁特人？”他问道。

“不太清楚。”我承认。

“有好多传说，其中一些甚至可以追溯到大洪水时期——传说，远古的奎鲁特人为了求生，把他们的小船绑在山顶上最高的那些树的树顶上，像诺亚方舟的故事。”他说完笑了笑，表明他对历史不在行，“还有一个传说声称我们是狼的后代——至今狼仍是我们的兄弟，杀害它们是违背部落规定的行为。

“还有一些关于冷血种族的传说。”他的声音压得很低。

“冷血种族？”

“是的。有些关于冷血种族的传说和我们的传说一样历史悠久，还有一些就不是那么久远了。根据传说，我的曾祖父了解这些冷血种族。他设立条约不让冷血种族接近我们的地盘。”雅各布转了转眼珠。



“你的曾祖父？”

“他是部落里的长老，和我父亲一样。冷血种族是狼群的天敌——其实不是狼，而是狼演化来的人，比如我们的祖先，应该称他们为狼人。”

“狼人也有天敌？”

“只有一种。”

似乎有东西堵住了我的喉咙，让我喘不过气来。我试图把它吞咽下去，但是它堵在那里，一动不动。我又试图把它吐出来。

“狼人。”我喘着粗气说。

是的，就是这个词令我窒息。

整个世界似地轴消失般天翻地覆。

这是怎样一个世界啊？一个小得不起眼的城镇里流传着古老的传说、居住着神秘的怪兽，这样的世界真的存在吗？这是否意味着所有难以置信的神话故事实际上都确凿无疑？到底有没有正常、健全的东西？或者说，一切都只是魔幻的故事？

我用手拼命抓着快要爆炸的脑袋。

头脑中一个冷静的声音轻声地问：这又有什么大不了？我不是很早以前就接受了吸血鬼的存在吗？那时候一点惊惶的反应都没有。

但是，我想冲这个声音还击。对于一个人来说，一辈子有一次传说故事的亲身经历不就已经足够了吗？

而且，我从一开始就完全明白爱德华·卡伦是不同寻常的，知道他的真实身份对我来说并不算什么惊人之事，因为他显然是**异族**。

而雅各布？雅各布？就是雅各布，不是别的什么，雅各布，我的朋友？雅各布，唯一和我心灵相通的人类……

可是他根本不是人类。

我又一次强压住尖叫的冲动。

这一回的事情说明了什么呢？

我知道答案，上一回完全是我自己的问题。不然，我的生活里怎么会出现恐怖电影里的人物？不然，在他们神秘离开的时候，我怎么会悲恸欲绝、久久不能痊愈？

我在脑海中将往事扭转、交替、重置，把上一回和这一回区分开来。

没有什么帮派。自始至终都没有什么小团体，没有什么帮派。不，事实更恐怖，他们是**一群**。

一群过目难忘、身材壮实、颜色不一的狼人，他们在爱德华的草地上与我擦肩而过……

我突然意识到什么，看了看钟——时间还太早，但我顾不上这么多。我**现在**必须去拉普西，我必须去见雅各布，他会证明我还清醒。

我随手抓起几件衣服穿上，不去理会搭配起来是否合适，三步并作两步地跨下楼梯。从走廊奔向大门的时候，我差点跟查理撞了个满怀。

“你去哪儿？”他问道，我们俩人都被对方吓了一跳，“知道现在几点钟吗？”

“知道，但我必须去见雅各布。”

“我认为山姆的事……”

“不重要了，我必须马上跟他谈谈。”

“太早了。”看到我一意孤行，他皱了皱眉头，“不吃早饭吗？”

“不饿。”这两个字脱口而出。他在门口挡住了我的去路，我想从他身边闪过去，然后迅速地跑开，但我知道事后必须跟他解释半天。“我很快就回来，好吗？”

查理皱着眉：“是直接去雅各布家，对吗？不去别的地方？”

“当然，我能去哪儿？”我急匆匆地回答他。

“我不知道，”他说道，“只是……又发生了失踪案——和狼群有关。这一次离温泉边的度假村特别近——而且有一个证人，受害者失踪的时候离马路只有十几码远。几分钟后，他的妻子在找寻他的途中看到了一匹巨大的灰狼，她立刻报了警。”

我的心猛地一沉，好像坐在飞驰而下的过山车上：“是狼袭击了他吗？”

“找不到他——只有一点血迹，”查理苦恼地说，“护林员已经全副武装，还有一些有枪支的猎人，他们自愿加入到搜捕之中——抓到狼可以获得丰厚的奖金。森林里会有一场混战，我非常担心。”他摇了摇头，“人们兴奋的时候最容易发生事故了……”

“他们会朝狼群射击？”我的声音一下子提高了八度。

“还能有什么办法？怎么了？”他问道，警觉的眼睛观察着我的脸色。我感到虚弱无力，脸色一定比平常苍白许多，“你不会是要给我讲环境保护的大道理吧？”

我没法回答。如果不是他正看着我，我早就昏倒在地了。这样，我就会彻底忘记失踪的游人、带血的脚印这档子事情……我就不会把它同我不久前意识到的事情联系在一起。

“亲爱的，别吓着自己。好好地待在镇里或者大马路上——别去其他的地方——好吗？”

“好的。”我虚弱地回答道。

“我得走了。”

我第一次仔细地打量了他一番，发现他的腰间别着一把枪，脚上穿着旅行靴。

“你不会去追捕那群狼，对吗，爸爸？”

“我得帮忙，贝儿，有人失踪了。”

我又提高了声音，这一次几乎是歇斯底里地叫起来：“不！不，别去，太危险了！”

“这是我的工作，孩子。别这么悲观——我会没事的。”他转过身打开大门，“你不走吗？”

我犹豫不前，胃里一阵翻江倒海。怎样才能把他留下呢？我的脑袋里一片混乱，想不出任何法子。

“贝儿？”

“也许现在去拉普西还太早了。”我低声说。

“我同意。”他说道，然后关上大门，走进雨中。

他刚消失在视线之外，我就坐倒在地上，把头放在两个膝盖中间。

我应该去追查理吗？我怎么对他解释呢？

雅各布怎么办？雅各布是我最好的朋友，我应该去警告他。如果他真是——我身子一抖，逼着自己想出这个词——狼人（我知道他的确是，我能感觉得到），他们会朝他开枪！我必须告诉他和他的朋友们，如果他们这群巨狼总在附近出没，人们会想方设法杀死他们，我必须告诉他们住手。

他们必须住手！查理如今也在森林里，他们会在意他吗？我不知道……到现在为止，失踪的都是陌生人。这是否意味着什么？或者仅是偶然？

我得相信至少雅各布会在意的。

无论如何，我必须去警告他。

但是……我真的必须去吗？

雅各布是我最好的朋友，但他不也是一只怪兽吗？一只名副其实的怪兽，一只凶恶的怪兽。如果他和他的朋友们是……是**凶手！我有必要**去警告他吗？如果是他们无情地杀害无辜的游人呢？如果他们真像恐怖电影里的怪兽一样凶残，保护他们岂不是大错特错？

我无可避免地将雅各布和他的朋友们同卡伦一家比较。一想到后者，胸口的伤口又隐隐作痛，我只好用手臂挡在胸前。

我对狼人知之甚少，只是通过电影有所了解——他们体形巨大、毛发茂密、半人半兽——仅此而已。因此，我不知道他们为什么要觅食，是因为饥饿、干渴，还是仅仅为了满足杀生的欲望。没弄清这个问题，就很难对他们的行为定罪。

但不管怎样，卡伦一家对善的追求所付出的代价要比他们大得多。我想到了埃斯梅——想起她那善良、美丽的脸庞，我的泪水不禁掉了下来——她慈祥、温柔，但是当我流血的时候，她总是捏住鼻子，不得不弃我而去，狼人所要忍受的痛苦不可能超过这个。我想到了卡莱尔，几百年来，他一直努力告诫自己无视血液的存在，这样，他才能做一名救死扶伤的医生。没有什么比**这个**更难忍受了。

狼人选择了一条不同的道路。

而现在，我又应该如何抉择呢?

# 凶　手

我开车前往拉普西，高速路旁是茂密的森林。我摇摇头，**暗自思忖，如果不是雅各布，那该多好啊。**

我仍不确定自己这样做到底对不对，但我对自己妥协了。

我不能饶恕雅各布和他那群朋友的所作所为。现在我终于明白他昨晚说的话——也许我再也不想见他——我可以像他说的那样打个电话，但那是胆小鬼的行为。至少，我欠他一次面对面的交谈，我要当面对他说我不会对发生的一切不闻不问。我不可能和杀人凶手交朋友，放任他们胡作非为，让杀人案无休止地发生……不然，我同残忍的怪兽又有什么两样？



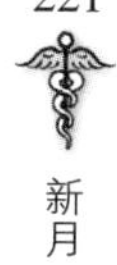



但是，我不可能**不去**警告他，我要尽我所能地保护他。

我在布莱克家门口停住车，紧紧地抿着双唇。我最好的朋友是狼人，这已经让人无法接受，难道他就不能做个善良的狼人吗？

屋子里漆黑一片，没有灯光，但我不在乎把他们从睡梦中唤醒。我怒气冲冲地用拳头捶打着大门，声音在屋子里回响。

“进来。”一分钟后我听到比利的喊声，里面亮起了一盏灯。

我转动门把，门没锁。比利没有坐在轮椅上，而是倚靠在厨房门口，肩上搭着一条浴巾。他看到进来的人是我，一下子瞪大了眼睛，但很快恢复了平常的漠然。

“早上好，贝拉，这么早有什么事吗？”

“嘿，比利，我要和杰克谈谈——他在哪儿？”

“嗯……我不知道。”他显然是在撒谎。

“你知道查理今天早上去干吗了吗？”我为他的遮遮掩掩感到恼怒。

“我怎么知道？”

“他和镇上一半的男人都到森林去了，带着枪，去抓那群巨狼。”

比利的脸上闪过短暂的讶异。

“如果你不介意的话，我想同杰克谈谈这件事。”我说道。

比利噘着嘴，过了好久才说：“我想他还在睡觉。”他朝狭窄的走廊点点头，“最近几天他都很晚才回来。这孩子需要休息，也许你不应该叫醒他。”

“轮到我打扰他休息了。”我嘟哝道，怒冲冲地朝走廊走去，比利叹了口气。

雅各布的卧室是个狭小的储藏室，是一码长的走廊上唯一的房间。我没敲门，狠狠地将门推开，房门撞到墙上发出砰的响声。





雅各布——还穿着昨晚那套黑色的运动服——斜躺在双人床上。这张床占据了房间的大部分空间，床边和墙壁之间留着一点空隙。尽管他是斜躺着，但床还是不够长，他的头和脚都撑到了床外。他睡得正熟，张着嘴巴，微微地打鼾，根本没听到房门撞击墙壁的声响。

他的脸在沉睡中显得特别平静，愤怒时显出来的线条没有了。我从没注意到他的眼睛下有黑眼圈。虽然他身材高大魁梧，但现在看上去很年幼、很疲倦，我的心一下子软了下来。

我退了出来，轻轻地关上身后的房门。

比利好奇而警惕地盯着我走回到客厅。

“我还是让他多休息一会儿吧。”

比利点点头，我们注视着对方。我很想质问他在整件事中承担的责任。

他对儿子的变化有什么想法呢？但是，我知道他从一开始就站在山姆一边，对于杀人犯他一定也不以为意，我无法想象他如何能够坦然面对这件事。

我从他的黑眼睛中看出他有很多问题想问我，但他也没有吱声。

“好吧，”我打破了沉默，“我到海滩去待一会儿。如果他醒了，告诉他我在等他，好吗？”

“当然，当然。”比利满口答应。

我对他的回答表示怀疑。管他呢，如果他不告诉雅各布，我就再来一趟这里，对不对？

我把车开到第一海滩，停在空无一人的泥地上。天还是灰蒙蒙的——阴天天亮前的阴郁——我关了车灯，几乎什么也看不见。我的眼睛逐渐适应了四周的黑暗，在杂草丛生的荒地上寻找道路。海滩边很冷，海风一阵阵刮过来，我把手塞进外套口袋，所幸的是雨已经停了。

我沿着海滩向北面的海堤走去。我望不见圣詹姆斯岛和其他岛屿，只能隐隐约约地看到海上的波浪。我小心翼翼地穿过岩石，生怕被浮木绊倒。

终于到了，我没意识到自己是在寻找这个地方。在不远处的昏暗之中，它朦胧可见：一根高大、灰白的浮木深深插入岩石中，朝向大海的树根纠结在一起，好像无数脆弱的触角。我不确定这就是雅各布和我第一次交谈的地方——从那次谈话以后，我的生活发生了翻天覆地的变化，变得错综复杂——但是，大概就是在这附近。我在我曾经坐过的地方坐下，望着若隐若现的大海。

回想起雅各布的模样——熟睡时无辜、柔弱的模样——我的憎恶和愤怒全都烟消云散了。我不能像比利一样对发生的一切视而不见，但我也不能将所有的过错都怪罪到雅各布身上。爱不是这个样子的，如果你在乎一个人，就没有办法理性地对待他的所作所为。不管雅各布有没有杀人，他始终都是我的朋友，我自己也不清楚应该如何是好。

一想到他安然沉睡的样子，我就有一股要**保护**他的强烈冲动，我就完全失去理性。

不管理性与否，我完全沉浸在对他的回忆之中，也许想着他那张安宁的脸庞，就能想出庇护他的法子。天这时渐渐亮起来。

"嗨，贝拉。"

灰暗中传来雅各布的声音，我吓了一跳。他的声音温柔，甚至带有一丝羞怯，但他靠近时没发出一点声响，着实吓坏了我。借着日出前的光亮，我看见了他的轮廓——高大壮实。

“杰克？”

他在离我几步远的地方，紧张地交叉着双脚站立。

“比利告诉我你去过家里——没花你多长时间，对吗？我就知道你会猜出来的。”

“是的，我记起来了。”我轻声说道。

我们沉默了许久。尽管四周很暗，什么也看不清楚，但我觉得他似乎在仔细察看我的脸色，我感到浑身不自在，针刺般的难受。他一定是看清楚了我的表情，因为他再次开口说话时，声音突然变得尖酸。

“你可以打个电话过来。”他粗鲁地说道。

我点点头：“我知道。”





雅各布朝我走过来。我竖起耳朵听他的动静，在海浪声下，只微微听见他轻触岩石地的脚步声。而刚才我走过的时候，岩石地就像响板一样咔嗒作响。

“那你为什么还来找我？”他问道，没有停下怒冲冲的脚步。

“我想，面对面地谈谈会更好。”

他哼了一声：“好得多。”

“雅各布，我得警告你——”

“关于护林员还有那些狩猎人？不用担心，我们已经知道了。”

“不用担心？”我不相信自己的耳朵，“杰克，他们有枪！他们设了陷阱，还提供奖金，还——”

“我们能照顾好自己，”他愤愤地说，仍朝我走着，“他们什么也抓不到，他们只会让事情越来越糟——不久，他们自己也会失踪。”

“杰克！”我哑着嗓子叫道。

“怎么了？这只是事实。”

我冷冷地说：“你怎么能……这样想？你认识这些人。查理也在其中！”一想到这一点，我的胃里就一阵不舒服。

他突然停住脚步。“我们还能做些什么？”他反问道。

太阳出来了，我们头顶的云彩被染成了粉色的彩带。我能清楚地看到他的表情，他的脸上写满了愤怒、失落、叛逆。

“你能不能……**不要**做……狼人？”我低声地试探道。

他抬起一只手。“我别无选择！”他叫道，“既然你担心人们失踪，我不做狼人就能解决问题吗？”

“我不明白你的意思。”

他怒视着我，眯起眼睛，大声吼道：“你知道是什么让我愤怒到恨不得破口大骂吗？”

我被他充满敌意的样子怔住了。他似乎在等我的答案，我摇了摇头。

“你真是个伪君子，贝拉——你坐在那里，被我**吓到**！这样公平吗？”他的手抖得厉害。

“**伪君子**？我被怪兽吓到，这也算伪君子？”

“啊！”他痛苦地呻吟着，颤抖的双拳使劲按住太阳穴，眼睛紧紧地闭着，“听听你自己说的话吧！”

“什么？”

他朝我走了两步，俯下身子，恶狠狠地盯着我。“好吧，抱歉，我不是那种**适合**你的怪物，贝拉。我没有吸血鬼那么伟大，对吗？”

我跳了起来，同样愤怒地盯着他。“对，你没有他们伟大！”我嚷道，“不是因为你**是什么**，笨蛋，而是因为你**做了什么**！”

“你这话是什么意思？”他咆哮着，气得浑身发抖。

爱德华的声音这时候突然出现，我惊讶不已。“千万小心，贝拉，”他温柔地提醒我，“不要逼迫他，你得让他冷静下来。”

即使是他的话，在今天也同样让人费解。

但我还是照他说的话做了，我会为了这个声音做任何事情。

“雅各布，”我恳求道，语气温柔、平和，“真的非得**杀**人吗，雅各布？就没有别的什么方法？我是说，如果吸血鬼可以不杀人而活下来，你为什么不能试试呢？”

他突然直起身子，我的话仿佛电击令他一震。他扬起眉毛，眼睛瞪得圆圆的。

“杀人？”他问道。

“你认为我们在谈什么呢？”

他不再颤抖，用解脱之后满怀希望的眼神看着我：“**我**以为，我们在谈你对狼人的憎恶。”

“不，杰克，不。不是因为你是一匹……狼。这一点问题都没有。”我向他承诺，这句话完全发自肺腑。我的确不在乎他会变成一匹巨狼——他仍是雅各布。“如果你可以不再伤人……这是让我心烦的事。他们都是无辜的人，杰克，像查理这样的人，我也无法忍受他们抓捕你——”

“仅仅是因为这样？真的吗？”他打断了我的话，脸上顿时露出了笑容，“你只是因为我是杀人凶手而害怕？仅此而已？”

“难道这个理由还不充分吗？”

他笑出声来。



“雅各布·布莱克，这件事**并**不可笑！”



“当然，当然。”他赞同道，还是咯咯笑着。

他朝前跨了一大步，把我紧紧地揽入怀中。

“你真的一点也不介意我会变成一匹巨狼？”他在我耳边问道，声音中充满欣喜。

“不介意，”我喘着粗气说，“喘不——过气——杰克！”

他松开胳膊，握住了我的双手：“我不是凶手，贝拉。”

我盯着他的脸，看得出他说的是实话，我立刻松了口气。

“真的吗？”我问道。

“真的。”他严肃地回答。

我张开双臂搂住了他。这让我想起了第一次骑摩托车的那一天——他比那时更加高大，我觉得自己此刻比当时更像个小孩子。

他和从前一样轻抚我的头发。

“对不起，我刚才不该叫你伪君子。”他抱歉地说。

“对不起，我刚才不该叫你杀人犯。”

他笑了起来。

我突然想起了什么，轻轻推开他，盯着他的脸，焦急地皱起眉头。“那山姆呢？还有其他人？”

他摇了摇头，如释重负般笑着：“当然不是，记得我们怎么称呼自己吗？”

往事历历在目——我正在回忆那天的谈话：“保护者？”

“没错。”

“但是我不明白，森林里到底发生了什么事？失踪的游人，还有血迹？”

他的脸色立刻变得严肃、焦虑：“我们在尽力完成我们的使命，贝拉。我们设法保护他们，但是每次都迟了一步。”

“为什么要保护他们？难道森林里真的有熊吗？”

“贝拉，亲爱的，我们对抗的目标只有一个——我们唯一的敌人，这是我们存在于世界上的原因——因为他们也存在。”

我茫然地看了他一会儿，终于缓过神来。我的脸变得煞白，一声微弱的惊叫声从嗓子眼里冒出来。



他点点头：“我想只有你明白究竟发生了什么事。”

“劳伦特，”我轻声说，“他还在这里。”

雅各布眨了眨眼，把头歪向一边：“谁是劳伦特？”

我理了理纷乱的头绪，回答道：“你知道的——你在草地上见过他，你当时在场……”我的声音越来越小，几乎听不见，“你当时在场，保护我不被他伤害……”

“哦，是那个黑头发的吸血鬼吗？”他咧嘴一笑，笑容里带有一丝凶恶，“那是他的名字？”

我浑身一抖。“你不害怕吗？”我低语道，“他有可能要你的命！杰克，你不知道当时有多危险……”

他又笑着打断我的话：“贝拉，一个吸血鬼势单力薄，根本不是我们这么一大群狼人的对手。一切易如反掌，我们都还没体会到其中的乐趣呢！”

“什么事情易如反掌？”

“杀死了那个想要杀死你的吸血鬼。我认为这算不上是杀人案，”他马上补充道，“吸血鬼压根儿就不是人。”

我简直说不出话：“你……杀了……劳伦特？”

他点点头。“对啊，其实是集体努力的结果。”他更正道。

“劳伦特死了？”我自言自语道。

他变了脸色：“你不会是为他的死伤心吧？他当时想杀了你——他确实想杀你，贝拉，我们对此确信无疑才会袭击他。你知道的，对吗？”

“我知道。不是，我不是伤心——我是……”我实在站不住了，向后退了一步，小腿碰到了浮木，一下子坐在上面，“劳伦特死了，他再也不会来找我了。”

“你疯了吗？难道他也是你的朋友？”

“我的朋友？”我抬起头盯着他，感到一阵眩晕，但内心充满了被解救后的欣喜，我开始有些语无伦次，眼睛渐渐湿润，“不是，杰克，我很……很放心。我以为他会找到我——每天夜里我都担心他会来找我，我只希望他放过查理。我真的很害怕，雅各布……但是，怎么可能？他是个吸血鬼！你们怎么可能杀死他？他那么强壮，那么坚硬，像顽石一样……”



他在我身边坐下，结实的手臂温柔地搂着我：“这是我们的使命，贝儿，我们也很强壮。你应该早点告诉我你的恐惧，其实你没必要感到害怕。”

“那段时间我找不到你。”我陷入沉思中。

“哦，是的。”

“等等，杰克——我以为你知道我的害怕。昨天晚上，你说在我的房间不安全。我以为你知道吸血鬼有可能来找我，难道你指的不是这件事？”

他露出疑惑的表情，过了一会儿，他埋下脑袋：“不是，不是这件事。”

他充满愧疚地看着我：“不安全的那个人不是指**我**，而是指你。”

“什么意思？”

他眼睛望着地上，脚踢着旁边的岩石：“我不能和你在一起是有许多原因的，贝拉。我不应该告诉你我们的秘密，这是其一。另外，我和你在一起对**你**来说非常危险。如果我太生气……太烦乱……也许会伤害到你。”

我仔细地想着他的话："你生气的时候……我朝你大吼大叫的时候……你在发抖……"

"是的，"他又低下头，"我当时真是太傻了，我应该努力控制好自己的情绪。之前我还发誓，无论你对我说什么我都不能生气，可是……一想到我会失去你……一想到你不能接受我是……我就心烦意乱。"

"如果你太生气……会发生什么事情？"我轻声地问道。

"我会变成一匹狼。"他也轻声地回答道。

"你们不是在月圆的时候才会变成狼吗？"

他转了转眼珠。"好莱坞的电影不太现实。"他叹了口气，神情严肃，"你不用这么紧张，贝儿，我们将会处理好一切。我们会特别留意查理还有其他人——不会让他受到任何伤害。相信我。"

有一件显而易见的事情我早该察觉，但是我一直想象着雅各布和他的朋友们同劳伦特进行殊死搏斗的情景，一点也没有留意，直到听到他话里的将来时，我才如梦初醒。

**我们将会处理好一切。**

这一切都还没有完结。

"劳伦特死了。"我喘着粗气，全身冰凉。

"贝拉？"雅各布紧张地问道，轻抚我苍白的脸颊。

"如果劳伦特一个星期前……死了……那么**现在**仍在行凶的一定另有其人。"

雅各布点点头，他咬牙切齿地说道："他们是一对。我们以为他的伴侣会来报仇——传说中说，如果有人杀死了他们的伴侣，他们会非常生气——但是她却躲躲闪闪，不找我们寻仇。要是我们知道她到底想要什么，事情会变得容易得多。她不露痕迹，总是在边缘地带活动，似乎在伺机突破我们的防守，进入某个地方——但是**进入**哪里呢？她的目的到底是什么呢？山姆认为她是企图调虎离山，把我们分开，她就有机可乘……"

他的声音渐渐变得模糊，仿佛来自一条深远的隧道，我一个字也听不清楚，额头上冒出粒粒汗珠，好像又染上了肠胃感冒一样难受。

没错，就像染上了肠胃感冒。

我迅速地转过身，靠在树干上，发出声声呻吟，身体不断地抽搐。我因为惊吓过度而感到一阵恶心，尽管胃里空无一物却想要呕吐。

维多利亚在这里。她在寻找我，她在森林里杀害无辜的人们，查理也在森林里……

我头晕目眩。

雅各布伸手抓住我的肩膀——我就快倒在旁边的岩石上。我的脸颊感觉到他温暖的鼻息。“贝拉！怎么了？”

“维多利亚。”我喘着粗气，强忍住身体的抽搐和胃部的痉挛。

一听到这个名字，脑海里爱德华的声音开始愤怒地咆哮。



我的身体逐渐下沉，雅各布支撑着我。他拉我坐到他腿上，将我耷拉的脑袋靠在他肩膀上。他尽力让我保持平衡，不再左摇右晃，又伸手抚开我脸颊上被汗水浸湿的头发。

“谁？”雅各布问道，“能听见我说话吗？贝拉？贝拉？”

“她不是劳伦特的伴侣，”我靠着他的肩膀无力地说道，“他们只是老朋友……”

“想喝水吗？去看医生吧？告诉我应该做些什么。”他惶恐地问道。

“我没生病，我只是害怕。”我轻声地向他解释。**害怕**这个词似乎不足以形容我此刻的感受。

雅各布轻柔地拍拍我的后背：“害怕维多利亚？”

我点点头，身子一抖。

“维多利亚是不是一个红头发的女人？”

我又是一阵颤抖，呜咽地说：“是的。”

“你怎么知道她不是他的伴侣？”

“劳伦特告诉我詹姆斯是她的爱人。”我解释说，那只带着伤疤的手不自觉地抖动了一下。

他用厚实的手掌稳稳地捧着我的脸，目不转睛地注视着我的双眼：“他还对你说过什么，贝拉？这太重要了。你知道她想要什么吗？”

“当然知道，”我低语道，“她想要**我**。”

他突然瞪大眼睛，然后又眯缝着眼问道：“为什么？”

“爱德华杀死了詹姆斯。”我轻声说，雅各布紧紧地抓着我，我根本不用去捂住胸前的伤口——他强而有力的支撑就是我的止痛剂，“她确实……非常生气。但是劳伦特说，她觉得杀我比杀爱德华更公平。这叫以牙还牙，爱人换爱人。她不知道——至今都不知道——我们……我们……”我哽咽地说，“我们已经不是以前那种关系了，至少对于爱德华来说已经不是了。”

雅各布听得心烦意乱，脸上露出不同的表情：“就是这样一回事吗？卡伦一家是因为这个理由而离开的吗？”

“毕竟我是个普通人，没有什么与众不同的地方。”我解释道，虚弱地耸耸肩。

似乎有一阵低嚎——那是一种类似于人类咆哮时发出的声音——在雅各布的胸膛里回荡：“那个白痴吸血鬼真是太愚蠢了……”

“不，”我伤心地说道，“不，别这样说。”

雅各布犹豫片刻，点了点头。

“这件事太重要了，”他的脸色变得十分严肃，“这正是我们想要知道的事情，我们必须马上通知其他人。”

他站了起来，搀扶我站稳。他用双手搂着我的腰，保证我不会再倒下。

“我没事。”我撒了谎。

他腾出一只手握住我的手：“走吧。”

他扶着我向卡车走去。

“我们去哪儿？”我问道。

“我还不确定，”他说道，“我会召集一个会议。嘿，在这里等我一下，好吗？”他让我靠在卡车边上，松开了我的手。

“你去哪里？”

“我很快就回来。”他承诺道，然后转过身，快速地穿过停车场，接着穿过马路，窜进了路边的森林。他在树丛中轻快地穿梭，像只鹿一样敏捷、迅速。

"雅各布！"我扯着嗓子喊着，但他已经无影无踪。

这个时候单独待在这种地方实在不是明智之举。雅各布刚刚消失在视线之外，我就感到呼吸加速。我吃力地爬进车里，使劲按下车栓，但是一点安全感也没有。

维多利亚一直在找我。她没找到只不过是因为我运气好——运气好再加上五个年轻狼人的保护，我喘着粗气。不管雅各布怎么安慰我，一想到他靠近维多利亚就让我毛骨悚然。不管雅各布在愤怒时会变身成什么样子，我满脑子都是维多利亚可怖的形象，野蛮的脸，似火的发，杀人不眨眼，无人能匹敌……

但是，雅各布说，劳伦特死了。这是真的吗？爱德华——我下意识地捂住胸口——曾告诉我杀死吸血鬼是件很难办到的事，只有另外一个吸血鬼才有这个能力，可杰克却说狼人生来就是为完成这个使命……



他说他们会特别留意查理——应该相信狼人能保证我父亲的安全，但是，我怎么可能相信呢？我们每一个人都不安全！特别是雅各布，如果他介入维多利亚和查理之间……介入维多利亚和我之间。

我又感到一阵恶心。

车窗上突然响起急促的敲打声，我吓得尖叫起来——是雅各布，他回来了。我松了口气，用颤抖的手指打开车门。

"你吓坏了，是吗？"他边问边钻进车里。

我点点头。

"别怕。我们会照看好你——还有查理，我保证。"

"让你发现维多利亚比让她发现我更恐怖。"我轻声说。

他笑了起来："你应该对我们多点信心，别太小瞧我们。"

我摇了摇头，凶狠残暴的吸血鬼我见得太多了。

"你刚才去哪里了？"我问道。

他噘起嘴，什么也不说。

"怎么了？难道是个秘密？"

他皱着眉头："不是，但是听上去有些不同寻常，我不想吓着你。"

“我现在已经习惯了不同寻常的事情。”我想笑但却笑不出来。

雅各布轻松地冲我咧嘴一笑：“我想你也应该习以为常了。好吧，告诉你，我们这些狼人变成狼以后，可以……听见对方。”

我疑惑地皱了皱眉。

“不是指听见对方的声音，”他继续说，“而是……**内心的想法**——彼此都能听见——不管我们相隔多远。当我们追踪敌人时，这一点确实帮了不少忙，但在其他时候，它却带来了不少麻烦。有时候真叫人难堪——连一点秘密都藏不住。不同寻常，是吗？”

“昨天晚上，你说，虽然你不愿意告诉他们你见过我，但不得不向他们坦白。你当时就是指的这回事，对吗？”

“你真聪明。”

“谢谢。”

“你竟然能够接受这些不同寻常的事情，我以为说出来会让你害怕。”

“不会……其实，你不是我所遇见的第一个有这种特异功能的人，所以我并不觉得奇怪。”

“真的吗？等等，你说的不会是你家那些视血如命的家伙吧？”

“我希望你不要这样称呼他们。”

他笑了笑：“好吧。卡伦一家，可以吧？”

“不是……只是爱德华而已。”我假装自然地抬起一只胳膊挡在胸前。

雅各布看上去有些吃惊——面露愠色：“我以为这些只不过是传说而已，我听说有些吸血鬼拥有……特异功能，但我以前以为这些只不过是传说，并非事实。”

“如今还有什么传说不是事实呢？”我不太高兴地问他。

他皱了皱眉：“也许没有了吧。好了，我们去以前骑摩托车的地方和山姆还有其他人碰头。”

我发动了卡车，朝大路上开去。

“你刚才是不是变成了一匹狼，为了和山姆说话？”我好奇地问道。

雅各布点点头，显得有点尴尬："我只简短地说了几句——我试着不去想你，这样他们就不知道发生了什么事。不然，山姆肯定不会让我带你一起去。"

"他阻止不了我。"我始终没有摆脱坏蛋山姆的印象，一听到他的名字，我还是会感到深恶痛绝。

"但是，他可以阻止**我**，"雅各布忧郁地说道，"还记得昨晚我说话时吞吞吐吐吗？我多想说实话啊？"

"记得，你看上去就像被什么东西哽住了喉咙。"

他苦笑了一下："形容得真贴切。山姆告诉我任何事都不能对你说，他是……狼群之首，是老大。当他告诉我们要做什么事情，或者不能做什么事情——如果他决意已定，那么，我们就必须照做。"

"真奇怪。"我咕哝道。

"非常奇怪，"他赞同道，"这就是狼群的特性。"

"嗯。"这是我能想到的最好的回答。

"是啊，还有很多类似的规矩——狼群的特性，我仍在学习。我无法想象山姆是如何独自渡过难关的。即使有一群狼人陪在我身边，我都无法忍受其中的痛苦。"

"山姆是独自一个人？"

"对，"雅各布压低声音，"第一次……变身的时候，我觉得这是我所经历的最……**恐怖**，最**可怕**的事情——简直超乎我的想象。但我不是孤单一个人——我的脑子里有很多声音，它们告诉我发生了什么事，我应该怎么做。正是这样，我才不至于惊慌失措。但是山姆……"他摇了摇头，"没有人帮山姆。"

我脑海中对山姆的一贯印象渐渐转变。听着雅各布如此诉说，很难不动恻隐之心。我不断提醒自己，没有理由再继续憎恶山姆。

"我和你一起去，他们不会生气吗？"我问道。

他扮了个鬼脸："也许会。"

"也许我不应该——"

"不，没关系，"他向我保证，"你知道许多能够帮助我们的事情，并不像其他人一样一无所知。你像是一个……我不知道应该怎么说，间谍之类，你曾经深入敌人内部。”

我紧锁眉头。难道这就是雅各布想从我这里得到的东西吗？帮助他们战胜敌人的内部消息？我不是间谍。我从没有刻意搜集过他们想要的信息，但是，他的话还是让我感到自己像个叛徒。

可我希望他能消灭维多利亚，不是吗？

不是。

我**确实**希望维多利亚被消灭掉，最好是在她折磨我至死之前，或者撞上查理之前，或者杀害其他无辜者之前被消灭掉，但我不希望是雅各布去追踪她、去消灭她，我不希望雅各布靠她太近。

“比如吸血鬼也会心灵感应这类事，”他继续说着，没有发现我正陷入沉思，“这就是我们想要知道的信息。**那些**传说竟然是事实，真让人沮丧，我们面临的问题更加棘手了。嘿，你认为维多利亚也有特异功能吗？”

“我不这么想，”我想了想，叹了口气，“如果有的话，他应该会提起。”

“他？哦，你是说爱德华——哎呀，对不起，我忘了，你不喜欢说起或者听到他的名字。”

我轻轻地揉了揉肚子，尽量不去想胸前的抽痛：“不太喜欢。”

“对不起。”

“你怎么这么了解我，雅各布？有时候，我觉得你似乎也能读懂**我的**心思。”

“不，我只是比较留心而已。”

我们到了雅各布第一次教我骑摩托车的泥路上。

“停在这里？”我问道。

“可以，可以。”

我开到路边，关掉发动机。

“你还是非常不开心，对吗？”他低声问道。

我点了点头，茫然地盯着阴郁的森林。

“你有没有想过……也许……现在的生活比从前更好？”

我慢慢地吸了口气，然后缓缓地呼了出来：“没有。”

“因为他不是最适合……”

“求你了，雅各布，”我打断了他，轻声地请求道，“我们能不能不谈这个？我受不了。”

“好吧，”他深吸了口气，“抱歉我说了不该说的话。”

“别自责了。能够找人诉说苦恼是再好不过的事情，只是我的情况不同。”

他点点头：“的确如此，向你保守秘密的那两个星期实在不好过。找不到**任何人**倾诉，就像在地狱里受煎熬一样。”

“确实是煎熬。”我赞同道。

雅各布猛吸一口气：“他们来了，我们走吧。”

“你确定吗？”他推开车门时我问道，“也许我不应该来这里。”

“他们会接受的，”他说道，接着咧嘴一笑，“你是不是害怕这群巨狼？”

“哈哈。”我笑了笑。我从车里下来，快速地绕过车头，紧挨在雅各布身边站着。在草地上见到的巨型怪兽的样子至今历历在目。我的双手同之前雅各布的手一样颤抖不停，不同的是，我是因为恐惧而不是愤怒。

杰克握住我的手轻轻地捏着：“我们走吧。”

# 家　　人

我缩在雅各布身后，目光扫过森林，等待其他狼人出现。当他们从树丛中大步走出来的时候，并不是我想象中的样子。巨狼的形象深深印刻在我的脑海中，而眼前只是四个身材高大、上身赤裸的男孩。

我又一次联想到四胞胎兄弟。他们步伐整齐地走出森林，站在路的另一边。清一色的红棕色皮肤下是一块块结实的肌肉，黑发剪得短短的，就连脸上的表情也是如出一辙。

他们行动时小心翼翼，一看到躲在雅各布身后的我，他们一下子全都变得怒气冲冲。

山姆仍是他们中最魁梧的一个，尽管雅各布就快要和他差不多了。山姆其实不算是个男孩，他看上去更成熟——倒不是指他脸上刻有岁月的痕迹，而是他的神色中带有几分稳重和镇静。

“你都做了些什么，雅各布？”他质问道。

其中一个人我没认出是谁——杰莱德或者保罗——从山姆身边冒出来，没等雅各布开口解释就嚷了起来。

“你为什么不守规矩，雅各布？”他喊道，抬起双臂举到空中，“你到底怎么想的？难道她比一切都重要——比整个部族都重要吗？比那些无辜的死者更重要吗？”

“她能帮助我们。”雅各布平静地说。

“帮助我们！”愤慨的男孩儿叫道，他的臂膀有些颤抖，“噢，太对了！我相信吸血鬼的情人宁**死**都要帮助我们！”

“不许你这样说她！”雅各布被他的话激怒，也大声叫了起来。

那男孩像被电击中一样，从肩膀顺着脊柱浑身抖动。

“保罗！放松！”山姆命令道。

保罗不停地摇着头，不是反抗山姆的命令，而是在努力使自己集中精神。

“天哪，保罗，”另一个男孩——好像是杰莱德——嘟哝道，“管好你自己。”

保罗朝杰莱德扭过头去，愤怒地咬着嘴唇，接着，他又把视线转回到我这边。雅各布向前走了一步，挡在我身前。

战争终于爆发了。

“好啊，你护着**她**！”保罗狂吼道，身子跟着一颤，像痉挛一样抽搐着。他仰起头，对着天空一声长啸。

“保罗！”山姆和雅各布同时叫道。

保罗像是要扑倒在地，身体剧烈地颤动，快要着地的时候，传来响亮的爆裂声，他变身了。



银灰色的软毛从他身上冒出来，他的体形一下子比刚才增大了五倍多，变成了一个巨大的蹲伏着的形状，似乎正准备一跃而起。

他的牙齿外面长出了狼的嘴鼻，又一声长啸从宽大的胸腔里咆哮而出，那双黑色的杀气腾腾的眼睛死死地盯着我。

就在这时，雅各布跑过马路，向怪兽狂奔过去。

“雅各布！”我尖叫出来。

雅各布浑身颤抖，他迅速地朝前跃起，头朝下俯冲过去。

又传来一声刺耳的爆裂，雅各布也变身了。他的皮肤一寸寸裂开——黑色和白色的衣服碎片散落在空中。他的转变太快了，似乎我眨眨眼就会错过这一切。前一秒钟他还是奔跑的雅各布，现在却变成一匹巨大的红棕色的狼——我实在搞不清雅各布的身体里怎么可能容下这样一个庞然大物——它和那匹蹲伏着的灰狼对峙。

雅各布正面迎击另一个狼人的进攻，他们凶狠的嗥叫似雷鸣一样在森林里回荡。

黑色和白色的碎片——雅各布撑破的衣服——飘落在他变身时的那块地上。

“雅各布！”我又尖声叫着，踉踉跄跄地朝前走去。

“站在那儿别动，贝拉。”山姆命令道。在两匹狼的搏斗中的吼声下，我几乎听不清他在说什么。他们互相咬扯，锋利的牙齿直冲对方的颈项咬去。雅各布变成的那只狼似乎占了上风——他比起另一只狼来更加高大，看上去也更壮实。他不断用肩胛猛撞那只灰狼，想把对方撞进森林里。

“带她去艾米莉那儿。”山姆朝另两个男孩儿叫道，他们正出神地看着眼前的搏斗。雅各布成功地将灰狼推进森林，他们消失在树丛之中，但愤怒的咆哮声依然清晰。山姆踢掉脚上的鞋，跟着他们跑了进去。奔入树丛的那一刻，他从头到脚都在颤抖。

咆哮和咬扯的声音逐渐远去，突然，所有杂声戛然而止，路上又恢复了平静。

一个男孩笑了起来。

我回过头盯着他——我的眼睛瞪得圆圆的，一下都不敢眨。

他好像是因为我脸上的表情发笑。“瞧瞧，这可不是你每天都能看到的好戏。”他傻笑着。他的脸有些熟悉——比其他人更瘦削……安布里·康纳。

“我能，”另一个男孩儿杰莱德说道，“每天都能看到。”

“噢，保罗可不是**每天**都会发脾气，”安布里笑着表示反对，“也许隔三岔五吧。”

杰莱德从地上捡起一块白色的东西，递到安布里面前，那东西从他手上软塌塌地悬吊下来。

“完全撑破了，”杰莱德说，“比利说过他再也买不起新鞋——看来雅各布从此要光着脚了。”

“这里还幸存一只，”安布里说道，捡起一只白色帆布运动鞋，“杰克可以单脚跳着走路。”他边笑边补充道。

杰莱德收拾着散落在地上的碎布：“拿上山姆的鞋，好吗？剩下这些都扔进垃圾箱。”

安布里抓起鞋子，一路小跑进了森林，山姆刚才就是在那一带消失的。过了一会儿，他跑了出来，手臂上搭着一条运动牛仔裤。杰莱德拾起雅各布和保罗的碎衣服，把它们揉成了团。突然间，他似乎意识到我还站在一旁。

他仔细打量着我。

“嘿，你不会昏倒或者呕吐吧？”他问道。

“我**想**不会。”我喘着粗气。

“你好像不大舒服，也许你应该坐下来。”

“好的。”我有气无力地说道。这是我今天上午第二次把头放在两个膝盖之间。

“杰克应该提前跟我们说一声。”安布里抱怨道。

“他不应该把女朋友牵扯进来，他想做什么呢？”

“唉，狼人的秘密被泄露了，”安布里叹了口气，“你干的好事，杰克。”

我抬起头盯着这两个男孩，他们似乎对刚才发生的一切漠不关心。“你们难道不担心他们吗？”我问道。

安布里惊奇地眨了眨眼：“担心？为什么？”

“他们会伤害到对方！”

安布里和杰莱德哄然大笑。

“我**希望**保罗咬他一口，”杰莱德说，“给他点教训。”

我吓得脸色发白。

“那可不一定！”安布里反对道，“你刚才没**看见**吗？就连山姆都不可能像杰克那样飞跃起来。他看出保罗必败无疑，还击不过是一瞬间的事情，不是吗？他有天赋。”

“可是保罗的经验更丰富。我和你赌十美元，保罗赢。”

“就这么定了。杰克是个天才，保罗一点希望都没有。”

他们握了握手，怪笑着。

我想借着他们轻松的谈话安慰自己，但是狼人搏斗时的残忍场面始终萦绕在我心头，空荡荡的胃和昏沉沉的脑袋都疼得厉害。

“我们去艾米莉那儿吧，她肯定做了好吃的东西。”安布里低头看着我，“不介意开车带我们过去吧？”

“没问题。”我慢吞吞地说。

杰莱德翘起一边的眉毛。“还是你来开车吧，安布里。她看上去像是要吐的样子。”

“好主意，钥匙在哪里？”安布里问我。

“在点火开关上。”

安布里拉开靠近副驾驶座位的车门。“进去吧。”他愉快地说道，一只手把我从地上拉起来，塞进车里。他看了看车里剩下的空间，“你得坐在后面的拖车板上了。”他对杰莱德说道。

“没关系。我可不想坐在前面看着她吐，我会受不了的。”

“我赌她不会吐，她可是和吸血鬼待在一起的人。”

“五美元？”杰莱德问道。

“成交。就这么拿走你的钱，我深感惭愧。”

安布里上了车，发动引擎，杰莱德也敏捷地跳上拖车板。刚关上车门，安布里就悄声地对我说：“别吐，好吗？我刚赌了十美元，如果保罗真的咬了雅各布……”

“好的。”我轻声地回答。

安布里带着我们朝村庄开去。

“呃，杰克为什么会违背禁令呢？”

“什么……令？”

“呃，禁令，就是，不能散播我们的秘密。他怎么会对你说起呢？”

“哦，原来是这件事，”我说道，想起了雅各布昨晚欲言又止、吞吞吐吐的模样，“他没有泄密，是我自己猜到的。”

安布里噘起嘴，看上去有点儿吃惊：“嗯，似乎有道理。”

“我们现在去哪儿？”我问道。

“艾米莉家，她是山姆的女朋友……不，现在应该是未婚妻了。等山姆解决好那两个小子的问题，等保罗和杰克找到新衣服穿上，如果保罗那家伙还有新衣服的话，他们会到艾米莉家同我们会合。”

“艾米莉知不知道……”

“知道。对了，别盯着她看，山姆会不高兴的。”

我朝他皱了皱眉：“我为什么要盯着她看？”

安布里显得有些心神不宁：“你刚才也看到了，和狼人待在一起是非常危险的。”他很快转换了话题，“嘿，你不会在意我们把草地上那个黑发吸血鬼除掉了吧？他看上去不像是你的朋友，但是……”安布里耸了耸肩。

“不是，他不是我的朋友。”

“那太好了。我们不想惹任何麻烦，不想违反条约。”

“噢，是的，杰克很早以前向我提起过条约这回事，为什么杀死劳伦特就违反了条约呢？”

“劳伦特，”他哼着鼻子重复道，好像觉得吸血鬼也有名字是件好玩的事，“我们杀死他的时候其实是在卡伦家的地盘上。我们不可以在不属于自己的地盘上攻击他们，至少不能攻击卡伦一家——除非是他们首先违反条约。我们不知道那个黑发吸血鬼是不是他们家的亲戚或者别的什么。你好像认识他。”

“那他们怎样做算是违反了条约呢？”



“如果他们咬了人类，就违反了条约，杰克可没那份耐心等着他先违约。”



“哦。谢谢，幸亏你们没有多等。”

“不用谢。”他略带自豪地说道。

安布里开过高速路最东面的房子，转弯绕进一条狭窄的泥路。“你的卡车真慢。”他说道。

“抱歉。”

泥路的尽头是一所小房子，房屋上灰色的油漆几乎脱落殆尽。褪了色的蓝色大门旁只有一扇窄窄的窗户，窗台下种了一排鲜艳的橘黄色金盏花，花给这个地方添了些明亮的色彩。

安布里推开车门，深深吸了口气：“嗯，艾米莉在做饭。”

杰莱德跳下车，朝大门走去。安布里用一只手拦在他胸前，意味深长地看着我，清了清嗓子。

“我没带钱包。”杰莱德说道。

“没关系，我不会忘记的。”

他们跨上门口的一层台阶，没有敲门就走了进去，我怯生生地跟在他们后面。

这房子和比利家的差不多，客厅几乎是当厨房用。一个年轻女子站在水槽旁的餐桌边，取出罐子里的松饼，把它们一个个摆在纸盘子上。她的铜色皮肤光滑细腻，乌黑的长发直直的。我顿时明白了安布里为什么不让我盯着她看，因为这个女孩儿实在太漂亮了。

“你们饿了吗？”她的声音温柔动听。她转过身正对着我们，只有左边的脸蛋上挂着笑容。

右边的脸蛋上，从前额到下巴，有三道深深的红色伤痕。尽管伤口早已愈合，但印记看上去还是很刺眼。其中一道伤痕从她那杏仁般的黑色圆眼睛边划下来，另一道扯住右边的嘴角，使她的右脸永远都是一副苦相。

好在有安布里事先的警告，我赶紧把目光转移到她手中的松饼上。松饼的味道闻上去棒极了——像是新鲜蓝莓的。

“噢，”艾米莉吃惊地问，“这位是谁？”

我看着她，尽量把视线集中在她左边脸蛋上。

“贝拉·斯旺。”杰莱德告诉她，耸耸肩。很显然，他们曾经谈论过我，“还能是谁？”

“一定是雅各布泄露了秘密。”艾米莉自言自语道。她盯着我，曾经楚楚动人的脸上没有丝毫友善，“那么，你是那个吸血鬼女孩儿。”

我直起身子：“是的，你是巨狼女孩儿吗？”

她笑了起来，安布里和杰莱德也笑了。她的左脸蛋看上去友好了许多。“我想我是的。”她转过身对着杰莱德，“山姆呢？”

“贝拉，嗯，刚才让保罗受惊了。”

艾米莉转了转她那双漂亮的眼睛。“啊，保罗，”她叹了口气，“你觉得他们还要多久才回来？我正准备煎鸡蛋。”

“别担心，”安布里安慰她，“如果他们赶不上吃饭，我们也不会浪费任何粮食。”

艾米莉咯咯笑着，打开了冰箱。“毫无疑问，”她赞同道，“贝拉，你饿了吗？去吃点松饼吧。”

“谢谢。”我从纸盘子上拿起一块松饼，一点点地吃起来。松饼的味道好极了，我那虚弱的胃立马恢复了元气。安布里一口气吃掉了两个松饼，他又拿起一个，整个吞了下去。

“给你的兄弟们留一些。”艾米莉责怪道，她用木勺把儿敲了一下他的脑袋。她的话让我有些惊讶，但其他人都满不在乎。

“真是头猪。”杰莱德责骂道。

我靠在料理台边，看着他们三个人像一家人一样相互逗弄。艾米莉的厨房很温馨，白色的橱柜和浅色的地板将这个地方映衬得亮堂堂。小小的圆桌上摆着一个带裂纹的蓝白相间的瓷水罐，罐子里插满了五颜六色的野花，安布里和杰莱德在这里显得特别自在。

艾米莉将好几打鸡蛋在一个黄色的大碗里打碎。她卷起淡紫色衬衣的袖子，我这才看到那几道伤痕一直从她的胳膊延伸到她的右手手背上。和狼人待在一起是非常危险的，安布里说得太对了。

大门打开了，山姆走了进来。

“艾米莉。”他唤道，声音里满是浓浓的爱意。我看着他大步穿过客厅，用宽厚的手掌捧起了她的脸，我感到有些尴尬，觉得自己似乎打扰到他们的二人世界。他弯下身子，亲吻了她右脸上的伤痕，又吻了吻她的唇。

“嘿，别这样，”杰莱德抱怨道，“我在吃东西呢。”

“那就闭上嘴好好吃。”山姆回应道，又亲吻了艾米莉受伤的嘴唇。

“哎哟。”安布里叫道。

这一切比任何爱情电影里的情节都完美，那么真实，充满了快乐、生命和真爱。我放下手中的松饼，在胸前抱着双臂。我盯着桌上的野花，不去在意他们正在享受的安宁，也不去理会伤口难忍的抽痛。

我很庆幸雅各布和保罗走了进来分散了我的注意力，让我震惊的是他们俩竟然有说有笑。我看到保罗朝雅各布的肩上打了一拳，雅各布朝他的腰上回击了一拳，俩人开心地笑起来，好像什么事也没发生过。

雅各布将屋里扫视了一番，他的视线停在我身上。我笨拙地靠在厨房一角的料理台边，同周围的气氛格格不入。

“嘿，贝儿，”他高兴地向我打招呼，从桌上抓起两个松饼，走到我的身边，“刚才真抱歉，”他轻声地说，“你还好吧？”

“别担心，我很好，这松饼的味道不错。”我拿起我的那块松饼，又一点点地咬起来。有雅各布在身边，我的胸口不再那么痛。

“噢，天哪！”杰莱德喊了起来，打断了我们的谈话。

我朝他那边看去，他和安布里正在察看保罗前臂上的一道红印。安布里得意扬扬地笑了起来。

“十五美元。”他欢叫道。

“是你干的吗？”我低声地问雅各布，记起了安布里和杰莱德的赌注。

“只是轻轻地碰了他一下，日落时伤口就会愈合。”

“日落时？”我看着保罗手臂的伤痕。奇怪的是，这伤口似乎已经好得差不多了。

“这也是狼群的特性。”雅各布低语道。

我点点头，尽量不让自己显出大惊小怪的样子。

“你没事吧？”我轻声地问他。

“一点伤也没有。”他得意地答道。

“嘿，小伙子们，”山姆高声喊道，打断了屋子里所有人的谈话。艾米莉站在炉子旁，将打碎的鸡蛋倒在平底锅里，山姆的一只手自然地抚摸着她的后背，“雅各布有事情对我们说。”

保罗看上去一点也不吃惊。雅各布肯定已经对他和山姆解释过了，或者……他们听到了雅各布内心的想法。

“我知道那个红头发的家伙想要什么。”雅各布冲着杰莱德和安布里说道，“这正是我刚才想要告诉你们的事情。”他踢了踢保罗坐着的椅子。

“什么事？”杰莱德问道。

雅各布的脸色变得十分严肃：“她**正**想方设法替他的爱人报仇——但不是**我们**杀死的那个黑发吸血鬼。去年，卡伦一家除掉了她的爱人，所以她现在想要的是贝拉。”

这对我来说已经不是什么新鲜事了，但我还是忍不住一阵颤抖。

杰莱德、安布里和艾米莉张大了嘴巴，惊讶地盯着我。

“她只是个小女孩儿。”安布里抗议道。

“我知道有些不可理喻，但这正是那个吸血鬼不断避开我们的原因，她的目的地是福克斯。”

他们张大嘴巴盯着我看了好久，我低下了头。

“太好了，”杰莱德终于开口说话，嘴角渐渐露出一丝笑容，“我们现在有诱饵了。”

雅各布极其迅速地拿起料理台上的开罐器，朝杰莱德扔过去。杰莱德的反应速度简直超乎我的想象，他抬起手，在开罐器快要打到他脸上的那一刻一把抓住了它。

“贝拉**不是**诱饵。”

“你知道我是什么意思。”杰莱德镇定地说。

“所以我们得改变方式，”山姆没有理睬他们的争吵，“我们可以在地上挖些陷阱，也许她会掉进去。我们不得不分头行动，虽然我不太喜欢这个主意。但是，如果她的真正目标是贝拉，她也许不会趁机袭击我们。”



“奎尔就快要加入我们了，”安布里低声说，“这样我们就能平均分成两队。”

所有人都低下了头。我瞥了一眼雅各布，他的脸上露出绝望的神情，就跟昨天在他家门口时一个样。在幸福、融洽的厨房里，这群狼人乐观、豁达地接受命运的安排，但是无论如何，他们都不希望自己的朋友也变成狼人。

“算了，我们先不这么想。”山姆压低嗓门说道，接着，他又恢复了平常的声音，“保罗、杰莱德和安布里负责外围防守，雅各布和我负责内线。如果她落入陷阱，我们就马上会合。”

我注意到艾米莉不太愿意山姆待在更加危险的内线，她担心的样子让我也着急地朝雅各布看了一眼。

山姆发现了我的不安：“雅各布认为你最好大部分时间都待在拉普西。虽然她不会这么容易就找到你，但我们以防万一。”

“查理怎么办？”我问道。

“森林里的疯狂搜捕仍在继续，”雅各布说道，“我想比利和哈里有办法让查理下班后待在我们这里。”

“等等，”山姆抬起一只手，他看了看艾米莉又看看我，“这是雅各布认为最好的办法，但是你必须自己做决定，你应该认真地衡量两种选择的危险性。你上午也看到了，待在这里也很危险，他们很容易就失去控制。如果你选择和我们在一起，我不能保证你百分之百安全。”

“我不会伤害她。”雅各布嘟哝道，他低下脑袋。

山姆就好像没听见他说的话：“如果你觉得有其他更安全的地方……”

我咬着嘴唇。我去哪里才不会使任何人卷入危险之中呢？一想到蕾妮会牵扯进来，我就打了个冷战——把她拽进我所在的目标圈内……“我不想把维多利亚引到其他任何地方。”我轻声说。

山姆点点头：“的确如此。最好让她待在这里，我们就地了结。”

我又被吓得一阵颤抖。我不希望雅各布或者他们中的任何一个去同维多利亚做了结。我看了一眼杰克，他一脸轻松的样子，似乎又回到了那个变成狼人之前的雅各布，他对于追捕吸血鬼一点也不担心。

“你会小心的，对吗？”我声音哽咽地问道。

这群男孩哄堂大笑，每个人都在笑我——除了艾米莉。她和我四目相对，我突然看到她毁容的那半边脸的真实面貌。她的脸是那么美，脸上流露出来的不安和焦虑甚至比我的更强烈。我逼自己移开视线，因为那种关心所掩盖的爱意刺痛了我。

“开饭啦。”她叫了一声，关于作战方案的讨论就此打住。男孩们都快速地围坐到餐桌边——餐桌显得太小了，似乎要被他们压垮——大口地吃着艾米莉放在他们中间的一大锅煎蛋。艾米莉和我靠在炉台边上吃——避开餐桌上的混战——她深情地看着他们，那表情分明在说这些男孩儿就是她的家人。

总的说来，我从没料想过狼人的生活是这个样子的。

我在拉普西待了一天，大部分时间是在比利家。他给查理的电话和警局留言，查理在晚饭时间带来了两个比萨饼。幸好他买的是尺寸最大的比萨饼，雅各布一个人就吃下了一个。

查理整晚都用怀疑的眼光看着我们俩，特别是变化明显的雅各

布。他问了问头发的事，雅各布耸了耸肩，告诉他这种发型更方便。

我知道我和查理一回家，雅各布就会开始行动——变成一匹狼，在周围奔跑，他在白天偶尔也会这样。他和他的兄弟们毫不松懈地监视四周的动静，寻找维多利亚的蛛丝马迹。昨天晚上，他们已经把她赶出了温泉区——雅各布说把她赶往了加拿大——她还没开始新一轮的突然袭击。

我根本就不指望她打消进攻的念头，我没这么好运。

晚饭后，雅各布送我上了我那辆卡车，他在车窗边迟迟不肯离去，等查理先把车开走。

“今晚别害怕。”雅各布说道，查理还没发动他的车，假装安全带出了问题，“我们会在那儿守卫。”



“我不是为我自己担心。”我答道。

“你真傻。追捕吸血鬼是件乐事，这可是一堆乱摊子中最顺人心意的一部分了。”



我摇了摇头：“如果我傻，那你就是头脑不正常。”

他咯咯笑了起来：“好好休息，贝拉，亲爱的，你看上去精疲力竭。”

“我会的。”

查理不耐烦地按了按喇叭。

“明天见，”雅各布说，“明天一大早就过来。”

“知道了。”

查理开车跟在我后面，他的车灯照在我的后视镜上，我却没留意到。我心里想的是山姆、杰莱德、安布里、保罗他们晚上会在哪里，雅各布会不会同他们在一起。

一回到家里，我就匆匆朝楼梯走去，但查理紧跟在我身后。

“发生了什么事，贝拉？”他在我逃开之前问道，“我以为雅各布参加了什么帮派，你们两个吵得很凶。”

“我们和好了。”

“那个小团体是怎么回事？”

“我不知道——谁能了解这些男孩呢？他们总是神秘兮兮的。我今天见到山姆·乌利和他的未婚妻艾米莉，他们对我很好，”我耸耸肩，“以前的事也许都是些误会吧。”

他变了脸色：“我倒没听说他和艾米莉订婚的事，真是件喜事，那女孩太可怜了。”

“你知道发生了什么事吗？”

“她被一头熊抓伤，在靠北面的地方，那时正是大麻哈鱼产卵的季节——恐怖的意外事故。到现在差不多一年多了，我听说山姆为了这事心情一团糟。”

“太恐怖了。”我重复道。一年多以前，我敢说那时候拉普西只有一个狼人。一想到山姆每次看到艾米莉时的心情，我就不寒而栗。

那天夜里，我躺在床上久久不能入睡。我想着白天发生的事情：和比利、雅各布、查理共进晚餐，在布莱克家焦急等待雅各布的漫长午后，艾米莉家的厨房，可怕的狼人之战，与雅各布在海滩边的谈话。

我想起了雅各布早上所说的话，关于伪君子的那部分。我想了好久，我不愿意把自己认作伪君子，可是，自欺欺人又有什么意义呢？

我蜷缩成一团。不，爱德华不是杀人凶手，即使他有着灰暗的过去，他至少从不伤及无辜。

但是，如果他曾伤及无辜，我会怎么办？如果我和他在一起的那段时间里，他和其他吸血鬼一样杀人不眨眼，我会怎么办？如果那时也有人在森林里失踪，就像现在一样，我会怎么办？我会因为这些原因离他而去吗？

我伤心地摇摇头。爱是没有理智的，我提醒自己。你越爱一个人，你就越缺乏理智。

我翻了个身，试着想想其他事情——我想到雅各布和他的兄弟们正在黑暗中奔跑。我想象隐匿在夜色中的狼群正在守护着我，我渐渐入睡。梦里，我又一次来到了森林中，但这一次我没有走动，而是静静地站在那里。我牵着艾米莉那只伤痕累累的手，我们眼望着面前阴郁的森林，焦急地等待着我们的狼人归家。

# 气　压

福克斯的春季休假又到来了。星期一早上，一觉醒来，我躺在床上思绪万千。去年春假时，我也被一个吸血鬼追逐着，真不希望这种追逐成为每年一次的惯例。

我已经习惯了拉普西的生活。周日的大部分时间我都在海滩度过，查理和比利则待在布莱克家的房子里。我应该同雅各布在一起，但是雅各布有其他事情要做。我只能一个人在海滩上漫步，对查理保守所有秘密。

雅各布偶尔会到海滩来看我是否安全，他为冷落了我而抱歉。他告诉我，他从没像现在这样忙碌过，在除掉维多利亚之前，所有的狼人都处于红色警备状态。

当我们有机会一起散步的时候，他总是会牵着我的手。

这让我想起了杰莱德的话，他曾说雅各布不应该把"女朋友"牵扯进来。我想，在外人看来，我们的确是男女朋友关系。只要杰克和我清楚我们之间的关系，我大可不必在意外人的看法。要不是雅各布总喜欢叫别人误解，别人也不会这么想，但是，他的手是那么暖和，握着他的手让我感到温暖，我无法抗拒。

星期二下午我要工作——雅各布骑着摩托车跟在我的车后，确保我安全到达——迈克看见我和他在一起。

"你在和拉普西的那个男孩约会吗？二年级的那个？"他问道，语气中带着明显的反感。

我耸耸肩："严格地说，没有，虽然我大部分时间和雅各布在一起，他是我最好的朋友。"

迈克狡黠地眯缝着眼睛："别骗自己了，贝拉，那家伙都被你弄得神魂颠倒了。”

“我知道，”我叹了口气，“生活太复杂了。”

“女孩太残忍了。”迈克低声说道。

我们俩都做了简单的论断。

这天晚上，山姆和艾米莉也来到比利家，他们同我和查理一起吃甜点。艾米莉带来了蛋糕，即使是比查理更难应付的人也会被她的蛋糕征服。我们一桌人轻松、自然地闲聊着，我看得出，查理对拉普西小团体的忧虑完全消散了。

杰克和我走到屋外，想单独待一会儿。我们来到他的车库，坐进“兔子”车里。雅各布仰头倚靠在座椅背上，一脸疲惫不堪的样子。

“你应该睡一觉，杰克。”

“有时间我会睡的。”

他握住我的手，他的皮肤像是在燃烧一样发烫。

“这也是狼的特性吗？”我问他，“我是说体温。”

“对。我们比一般人的体温要高一些，大概四十二摄氏度或者四十三摄氏度，我再也不会感冒了，我可以”——他指了指半裸的上半身——“像这个样子站在暴风雪中，而且一点事也没有，雪花落在我周围都会化作雨点。”

“你们有很强的复原能力——这也是狼的特性，对吗？”

“对，想见识一下吗？简直太酷了。”他兴奋地睁大眼睛，咧嘴大笑。他打开仪表盘下的储物柜，在里面摸索了半天，掏出了一把折叠刀。

“不，我不想看！”我意识到他要做什么，叫了起来，“拿开！”

雅各布咯咯地笑着，把折叠刀又扔回原处：“好吧，不过，能够自我复原确实是件好事。我们的体温这么高，是正常人的话早就死了。如果去看医生，医生肯定会被吓坏的。”

“没错。”我想了想，“……还有，体形魁梧——这也是特性之一吗？所以你们才会担心奎尔？”

“不仅是因为奎尔身材高大，他祖父说这孩子的额头烫得可以煎鸡蛋。”雅各布露出绝望的神色，“要不了多久了。虽然没有确切的年龄期限……但是，能量在不断地积累，然后，突然间——”他停了下来，半晌才开口说话，“如果时常感到特别伤心或者心情不太好，变身会提前发生，但是我从没觉得伤心——我向来很**快乐**，”他苦笑了一下，“主要是因为你而快乐，所以我的变身来得更晚一些，但是，我体内的那股能量一直在积蓄——我就像是定时炸弹。你知道我是怎样被引爆的吗？看电影的那天，我回到家里，比利说我看上去怪怪的，就这样，我发作了。接着，我——我就变身，我几乎要把他的脸给撕烂——我的父亲！”他身子一抖，脸色惨白。

“真的这么糟糕吗，杰克？”我不安地问道，希望自己能有法子帮帮他，“是不是特别痛苦？”

“不，不痛苦，”他说道，“再也不会痛苦。你现在已经知道真相了，而在此之前，日子确实不好过。”他朝我靠过来，脸贴在我的头上。



他沉默了半天，我不知道他在想些什么，也许我不想知道。

“什么时候最难熬？”我轻声地问道，仍希望能帮上忙。

“最难熬的就是觉得……完全失控，”他慢慢地说，“觉得连自己都无法相信自己——觉得你**不应该**待在我身边，任何人都不应该待在我身边，我是一个会伤人的怪兽。你看到艾米莉的样子了，山姆只失去控制一小会儿……而她当时离他太近。如今，他无论如何也无法挽回一切。我听到他的心思——我了解这是一种什么感觉……

“谁愿意变成魔鬼、变成怪兽呢？

“变身对于我来说是件轻而易举的事情，我在这方面比他们任何一个都娴熟——这是不是意味着我比起安布里或者山姆更没人性？有的时候，我很害怕我会迷失自己。”

“变回自己很难吗？”

“刚开始时，”他说道，“需要多多练习，但是，这个过程对我来说比较容易。”

“为什么？”我问道。

“因为伊弗列姆·布莱克是我父亲的祖父，奎尔·阿提拉是我母亲的祖父。”

“奎尔？”我疑惑地问道。

“他的曾祖父，”雅各布解释道，“你认识的那个奎尔是我的第二代表弟。”

“你的曾祖父是谁跟变身有什么关系呢？”

“因为伊弗列姆和奎尔都曾是狼人，利瓦伊·乌利也是。我身上有两个家族的血统，所以命中注定要成为狼人，奎尔和我一样也摆脱不了。”

他一脸沮丧。

“做狼人最大的好处是什么？”我问道，想让他振作起来。

“最大的好处，”他突然笑了起来，“就是**速度**。”

“比摩托车还要快吗？”

他激动地点点头：“简直没法比。”

“你们能跑多……”

“快？”他接过我的问题，“足够快。怎么说呢？我们追到了……他叫什么来着？劳伦特吗？我想你就能明白我们究竟有多快了。”

我确实明白了。我没想到——狼人竟然比吸血鬼跑得还要快。卡伦一家人跑起来就像阵风似的，速度快得惊人。

“好了，告诉我一些**我**不知道的事情吧，”他说，“关于吸血鬼的事情。你怎么敢和他们在一起？难道不觉得心惊胆战吗？”

“不。”我简单地回答道。

我的语气让他迟疑了片刻。

“那么，你的吸血鬼到底为什么除掉那个詹姆斯？”他突然问道。

“詹姆斯想杀了我——这对他来说就像是玩游戏，但他失败了。你还记得去年春天我住进了凤凰城的医院吗？”

雅各布深吸了口气：“那他岂不是快要得手了？”

“他差一点点就得手了。”我摸了摸伤疤。雅各布注意到我的动作，因为他正握着我移开的那只手。

“这是什么？”他握住我的右手，仔细地看着，“是你的伤疤，冰冰凉的伤疤。”他又凑近了一些，睁大眼睛盯着那道疤，喘着粗气。

“是的，你想得没错，”我说，“詹姆斯咬了我。”

他的眼睛瞪得圆圆的，深褐色的脸变成了奇怪的蜡黄色，他看上去像是要吐。

“如果他咬了你……你不就是……”他哽咽得说不出话来。

“爱德华救了我两次，”我轻声说，“他帮我把毒液吸出来——像处理毒蛇咬的伤口那样。”我的胸口一阵剧痛，整个身子抽搐起来。

身体颤抖的人不止我一个。我能感到身旁的雅各布也在不停抖动，连车身也跟着颤动起来。

“小心，杰克，放松，冷静下来。”

“好，”他大口地喘着气，“冷静。”他的脑袋迅速地前后晃动着。过了一会儿，只有他的手还在抖动。

“还好吗？”

“是，好多了。说点别的什么吧，让我想想其他事情。”

“你想知道什么？”

“我也不知道。”他闭上眼睛，使自己集中精神，“说说特异功能吧。卡伦家的其他人有……特异功能吗？比方说心灵感应？”

我犹豫了一下。这个问题似乎是对间谍而不是对朋友提出的，但是，隐瞒我所知道的事情又有什么意义呢？一切都不重要了，况且说出事实还能帮助他平静下来。

于是我很快回答了他。脑子里一想到艾米莉那张毁容的脸，我就觉得毛骨悚然。我无法想象“兔子”车如何容纳一匹深褐色的狼——如果雅各布此刻变身，整个车库都会被他摧毁。

“贾斯帕可以……控制周围人的情绪。当然不是用这个本领来干坏事，而是帮助人们镇定下来，诸如此类。也许这招对保罗很有用。”我开玩笑地补充了一句，“爱丽丝能够预见将来发生的事情，就是预见未来，但也不是那么准确。如果当事人中途改变了原有的想法，她所预见的事情会改变……”

比如，她曾预见我会死去……我会成为他们中的一分子。这两件事都没有发生，而且其中一件永远都不会发生。我有点儿头晕目眩——似乎没办法吸入足够的氧气，我的肺似乎消失不见了。

雅各布完全恢复了镇定，静静地坐在我身边。

“你为什么总是这个样子？”他问道，轻轻地拉着我压在胸前的手臂，但是我紧紧按着胸口，迟迟不肯松开，他只好作罢。连我自己也没意识到我是什么时候抬起手臂的，“你伤心的时候就会这个样子，为什么？”

“一想到他们，我的胸口就疼痛难忍，”我轻声说，“好像不能呼吸……好像就要粉身碎骨……”此时此刻，我竟然对雅各布敞开心扉，我们之间再也没有秘密了。

他抚摸着我的头发：“没事，贝拉，没事。我不会再提起他们，对不起。”

“我没事，”我喘着粗气，“总是这个样子，不是你的错。”

“我们俩真是糟糕的一对，不是吗？”雅各布说道，“我们都不能控制自己的身体。”

“可怜。”我赞同道，仍然上气不接下气。

“至少我们拥有彼此。”他欣慰地说道。

我也感到莫大的安慰：“至少是这样。”

我们待在一起的时候，一切都风平浪静，但雅各布肩负着一个必须去完成的危险使命，这样，我不得不经常一个人独处。为了安全，我只能留在拉普西，整天无所事事，那些愁情烦绪终日缠绕着我。

在比利家，我觉得尴尬。我复习功课，准备下周的微积分考试，但我不可能长时间地思考这些数学题。手头上没有事情可做的时候，我觉得应该和比利聊聊天——这似乎是社会潜规则造成的强制性行为。可是，比利并不是个善谈的人，我们的谈话常常陷入僵局，于是，我总是很尴尬。

每个周三下午我会去艾米莉那儿换换心情。刚开始我还觉得很愉快，艾米莉性格开朗，总也坐不住。我跟在她身后来回于房间和院子之间，她擦洗看上去一尘不染的地板，拔除刚刚冒出来的野草，修理坏掉的门铰链，在一台老式织机上费力地纺线，其余的时间她都用来做饭。她抱怨男孩们因为整天奔跑而大大增加的食欲，但看得出来，她非常乐意照顾他们。和她在一起我感到舒心——毕竟，我们俩现在都是狼人的女孩了。

可是，我在她家刚刚待上几个小时山姆就来了。我总是简单地向他打听雅各布是否安全，然后就匆匆地离去。他们两人之间的浓情蜜意让我觉得自己是个多余的人。

就这样，我只能一个人在海滩漫步，在岩石地上徘徊。

独处对于我来说毫无益处。自从向雅各布坦白了心声，我再也无法停止对卡伦一家的谈论和回忆。不管我怎样努力去分散自己的注意力——还有很多事情值得操心：我为雅各布和他的狼人兄弟们而牵肠挂肚；我为查理和其他在森林中狩猎的人们而担惊受怕；虽然我没有同雅各布发展下去的打算，但我却越来越离不开他，我不知应该如何处理我们之间的关系——所有这些真实迫切的想法和急需解决的问题都无法令我忘却胸口的伤痛。最后，我连走路的力气都没了，只感到呼吸困难。我在一片潮湿的岩石地上坐下来，将身子蜷缩成一团。



雅各布在这个时候来到我身边，我从他的眼神中可以看出，他完全了解我的心情。

“对不起。”他一见我就说道。他把我从地上拉起来，用双臂紧紧地搂住我的肩膀。直到此时，我才觉得冷。他温暖的身体让我打了个寒噤，有他在我身边，我又能自如地呼吸了。

我们一起沿着海滩散步。“是我破坏了你的春假。”雅各布自责道。

“不，你没有。我本来就没有什么安排，反正我本来就不太喜欢春假。”

“明天上午我休息，他们没有我也能应付，我们可以做点有趣的事。”

“有趣？”这个词似乎与我现在的生活毫不相干，听上去都让人觉得奇怪。

“你现在最需要的就是有趣的事。嗯……”他望着远处灰蒙蒙的海浪，仔细地考虑着。他扫了一眼海平线，突然有了主意。

“有了！”他欢叫道，“履行另外一个诺言。”

“你说什么？”

他松开我的手，指向海滩的最南角，一堵陡峭的海崖截住了弯月形的海岸线。我盯着那座悬崖峭壁，还是不理解他的意思。

“我不是答应过要带你悬崖跳水吗？”

我身子一抖。

“确实，会很冷，但是不会像今天这么冷。你没感觉到天气的变化吗？气压的变化？明天会更暖和。你想不想去？”

昏暗的海水看上去一点也不适合跳水，而且，从我们站立的角度望去，那些绝壁似乎比平常更高一些。

但是，我有好些日子没听到爱德华的声音了。这也许正是所有愁情烦绪的源头。我太痴迷于这个幻想中的声音，如果太久没有听到，心情就会越来越糟，从悬崖上跳下来肯定能解决这个问题。

“好，我去，有意思。”

“这算是个约会。”他说道，手臂绕上我的肩膀。

“好，但现在你必须去睡一觉。”他的黑眼圈似乎是要永远留在他的脸上，而这不是我所希望看到的。

第二天我很早就起床，悄悄地将备用衣服装进卡车里。我猜想查理对我们今天的计划的态度会像学骑摩托一样。

我想到将要暂时摆脱所有的烦恼就觉得兴奋，也许这**将会**是件乐事。与雅各布约会，与爱德华约会……我暗自高兴。杰克有理由说我们是糟糕的一对——而我才是那个真正糟糕透顶的人，狼人都比我正常。

我以为雅各布会在他家门口等我，每次一听到卡车的声音，他都会出来接我，但这次他没有，我想他应该还在睡觉。我可以等——让他拥有充足的睡眠。他需要休息，而且晚一点出发天气会更暖和。杰克对天气的判断很准确，气温的确升高了许多。厚厚的云层压在头顶，像一床灰色的毛毯，让人感到格外闷热。我脱掉毛衫放在车里。

我轻轻地敲了敲门。

“进来吧，贝拉。”比利说道。

他坐在餐桌边吃着凉的麦片粥。

“杰克还在睡觉吗？”

“嗯，没有。”他放下勺子，眉头紧锁。

“发生了什么事？”我急切地问道。从他的表情可以看出，一定有**什么事情**发生了。

“今天一大早，安布里、杰莱德和保罗发现了一些新的足迹。山姆和杰克过去帮忙了。山姆希望——她躲在山边，他们就有很好的机会结束这一切。”

“噢，不，比利，”我轻声说道，“噢，不。”

他笑了起来，声音低沉：“难道你舍不得拉普西，想要延长在此监禁的时间？”

“别开玩笑了，比利，这么恐怖的事情实在开不得玩笑。”

“你说得对。”虽然他嘴上表示赞成，但脸上仍是一副毫不担心的样子。我简直无法从他那双深邃的眼睛里读懂他的意思，“这一次有点棘手。”



我咬了咬嘴唇。

“但也不是你想象的那么危险。山姆知道自己在干什么，你应该担心的人是你自己。吸血鬼的目标不是他们，她只是在想法子绕过他们找到……你。”

“山姆怎么会知道自己在干什么？”我追问道，完全漠视他对我的关心，“他们只杀过一个吸血鬼——而且很有可能是凭运气。”

“我们非常严肃地对待自己所做的事情，贝拉。他们学到的东西都是祖祖辈辈传下来的，没有一点疏漏。”

他可能想要安慰我，但是我还是放不下心。维多利亚凶残、狡猾、野蛮的形象一直深深印刻在我脑海里。如果她没法绕过狼群，她**肯定**会跟他们一决高下。

比利继续吃早餐，我坐在沙发上，心不在焉地调换电视频道。没过多久，我就感到自己被困在这个狭小的房间里，窗帘遮住了视线，让我觉得恐惧而不安。

“我去海滩。”我突然对比利说道，然后匆匆奔向门外。

但是，来到户外情况并没有好转。厚厚的云层有一种无形的力量往下压，似乎要将我包围。我朝着海滩走去，森林里出奇的空荡，我看不见任何动物——没有小鸟，也没有松鼠，我也听不见鸟鸣声。这种寂静叫人发怵，就连风吹过树丛都没有任何声响。

我知道这是天气的原因，但还是抑制不住内心的烦躁不安。厚重的暖气团连我这个不太敏感的人都能感觉到，似乎预示着一场暴风雨即将到来。我抬头望了望天空，尽管没有风来吹动，云朵仍在空中缓缓地翻滚着。最低的云层像烟雾一样灰蒙蒙的，透过低云层的缝隙，我能看到另一层可怕的紫色云朵。天空中正孕育着一个危险计划，动物们一定都躲藏起来了。

一到海滩，我就后悔不该来——我来了太多次，几乎每天都到这里漫无目的地散步。这里同噩梦中的海滩又有什么区别呢？但是，我还能去哪里呢？我又走到那棵浮木旁坐下，倚在纠缠的树根上。我仰望着云海翻腾的天空，等待着第一颗雨滴坠落，打破所有的寂静。

我不愿去想雅各布和他的朋友们身处的险境，雅各布不可能有事的。可是，这种想法让我受不了。我已经失去了太多——难道命运还要将仅存的一点安宁打破？这样也太不公平，太不合理了。也许是因为我犯了天条、受了诅咒，也许是因为我身陷传说、神话中不能自拔，也许……

不，雅各布不会有事的，我一定要相信这一点，不然，我再也没法支撑下去了。

“啊！”我呻吟着，跳了起来。我不能坐着一动不动，这比漫步更让人难以忍受。

我原本期待着今天能听到爱德华的声音，这是让我熬过漫长的一天的唯一动力。胸口的疼痛变本加厉地折磨着我，似乎是在报复雅各布前些日子带给我的片刻欢愉，伤口火辣辣的疼。

我沿着海滩走着，海浪渐渐汹涌起来，冲击着岸上的岩石，但始终无风。我觉得自己被暴风雨前的强气压钉在原地，所有事物在我周围旋绕，只有我站立的地方静止不动。空气中带着微弱的电荷——我能感受到头发上的静电。

海上的波浪比岸边的更加汹涌。海水拍打着崖壁，激起巨大的白色浪花。空气中一丝风也没有，云层却翻滚得更加迅速。云朵看上去怪怪的——它们好像完全按照自己的意志移动着。我为之一颤，虽然

我知道出现这种景象不过是气压在作怪。

悬崖峭壁映衬在青灰色的天空下像是黑色的刀刃，我盯着它们，想起了雅各布对我说起山姆和“帮派”的那一天。我回想起那些男孩——狼人——在空中跃起的样子。还有他们急速下落的模样，至今仍历历在目。我想象着他们下落时的无拘无束……我想象着脑海中爱德华的声音——愤怒的、温柔的、完美的……胸口的伤痛似火燃烧。

一定有法子熄灭胸口的这团火，疼痛每分每秒都在加剧，我呆呆地看着陡峭的山峰和澎湃的海水。

对了，为什么不在此刻就将它熄灭呢？为什么不呢？

雅各布承诺过要带我悬崖跳水，不是吗？仅仅因为他不在，我就应该放弃这一次摆脱所有烦扰的机会吗？我是多么渴望得到这样的机会啊——正**因为**雅各布随时都有生命危险，我就更加迫切地需要机会来赶走心头对他的担忧。事实上，雅各布是在为我铤而走险。如果不是因为我，维多利亚不会在这里杀害无辜的人们……她会到一个狼人们遥不可及的地方。如果雅各布有什么闪失，全都是我的错。想到这里，我感到一阵钻心的痛，我朝着比利家走去，朝着我的卡车走去。



去往悬崖的近道我非常熟悉，但我还得找寻通往跳水点的小道。我摸索着，研究每一个转弯和岔口，我知道，杰克计划带我从半山腰而不是从崖顶跳水，但是，蜿蜒曲折的小路一直把我引到了崖顶。我没时间再返转下山了——暴风雨马上就要来临。风终于刮了起来，云层似乎抬手可及。我沿着泥路到达崖顶的时候，雨水开始滴落在我脸颊。

其实我根本就不用说服自己再折返回去——我**就想**从崖顶跳下去，这是我蓄谋已久的计划，我想体验长时间待在空中的飞翔般的感觉。

这是我做过的最愚蠢、最鲁莽的事情，意识到这一点，我不禁笑了起来。胸口的疼痛已经减轻了许多，似乎我的身体也意识到马上能听到爱德华的声音。

海浪声听上去非常遥远，比起我在山间小道上听到时要远得多。想到海水的温度，我撇了撇嘴，但我不会因此退缩。

风越刮越猛，雨水在我身旁形成了一个个小旋涡。

我走到悬崖边上，盯着前方的一片空白。我盲目地向前挪动着脚步，脚趾不停摩挲着岩石的边缘，直到无路可走。我深深地吸了一口气，屏住呼吸……等待着。

“贝拉。”

我笑了，吐了口气。

“怎么了？”我轻声地回答道，生怕我的声音会破坏这个美丽的幻影。他听上去那么真实，那么亲近。只有当他像现在这样阻止我的时候，我才能切切实实地感受到他的声音——温柔音质和动听语调所构成的最完美的声音。

“别这样。”他恳求道。

**你要我做个凡人**，我提醒他，**好了，看着我跳吧。**

“求你了，为了我，别这样。”

**可是，无论怎样，你都不会和我在一起。**

“求你了。”雨声几乎掩盖了他的声音。风雨吹打着我的头发和衣服，我浑身湿漉漉的——好像刚从海里潜水出来。

我踮起脚。

“不，贝拉！”他生气了，而生气时的声音显得更加迷人。

我笑了笑，伸直的手臂，仰起脸迎着雨水，摆出潜水前的姿势。但是，多年来在公共游泳池养成的习惯动作根深蒂固——第一次游泳的时候，是脚朝下入水的。我朝前倾，躬起身子，争取更强的弹力……

我猛地跃了出去。

我像流星一样在空中坠落，我尖叫起来，不是因为恐惧，而是因为极度兴奋。空气无力地抵抗着不可战胜的万有引力，它将我螺旋转动，我仿佛是即将撞击地球的火箭。

**棒极了！**落入水中的一刹那，这句话在我脑中回荡。海水冰凉，比我预想的更冷，但是，这寒意令我更加兴奋。

我在冰凉的海水里越沉越深，我为自己感到骄傲，因为我一点也不害怕，只有按捺不住的激动。真的，从峭壁上跳下来一点也不可怕。悬崖跳水的挑战性究竟在哪儿呢？

当海水把我包围的时候，我终于明白了。

之前，我只留意到陡峭的悬崖，只担心它的高度和峻峭带来的显而易见的危险，丝毫没有意识到等待着我的海水。我从没想过真正的威胁来自下方，来自汹涌的海面之下。

一波波的海水似乎为了争夺我而搏斗着，它们把我拉过来扯过去，像是要将我撕成几块，共同分享我这个战利品。我懂得如何应付激流：沿着与海岸平行的方向游，而不是拼命朝海岸游，但是，我现在无法判断海岸在什么方向，这点知识压根儿就帮不上忙。

我甚至无法判断海面在哪个方向。

四周是黑乎乎的海水，没有光亮指引我向上。引力在空气中是万能的，但面对海水，它却束手无策——我觉察不到向下的重力，没有向任何方向下沉的感觉。澎湃的海水把我当作玩具皮球一样翻转、投掷。

我强憋住一口气，紧紧地闭上双唇，锁住仅存的一点氧气。

爱德华的声音再次出现时我一点也不觉得意外。他早该出现了，因为我正在垂死挣扎。让我**觉得**意外的是，我竟然如此确定自己必死无疑。我将会被淹死，我正在被淹死。

“接着游！”爱德华急切地恳求我。

**游向哪里**？漆黑一片，无处可游。

“不许这样想！”他命令道，“不许你放弃！”

冰凉的海水使我四肢麻木，我隐约觉得自己仍在游动，头昏眼花只是在水里无力和无助地旋转。

但是，我听从了他的命令。我使劲伸开双臂、踢动双腿，但是每一次我都游向不同的方向。一点用都没有，再努力下去又有什么意义呢？

“游！”他嚷道，“见鬼，贝拉，继续游。”

**为什么**？

我不想再游了。我乐意待在这里，倒不是因为我觉得头晕目眩，也不是因为海水冰凉，更不是因为我四肢无力、精疲力竭，而是因为我庆幸，一切都将画上句号。比起我所面临的其他死亡方式，这一种更舒服、更轻松，也更安宁。

我突然想起人们常说的一句话：临死前，你的一生将在你眼前闪现。我幸运得多，什么也没有看见，谁愿意看重播的情节呢？

但是，在我放弃的时候，我看到了**他**。他的形象那么清晰，比以往任何一次回忆中的印象都分明。我在潜意识里保留了一个完美无缺的爱德华，直到最后关头他才会出现。我望着他那张精致的脸，好像他就在我的面前；我看着他冰冷的皮肤、他嘴唇的形状、他下颌的线条、他那双金色眼睛里的愤怒。他因为我的放弃而怒气冲冲，紧紧地咬着牙齿，连鼻息都带着怒气。

“不！贝拉，不！”

我的耳朵里灌满了冰凉的海水，但是他的声音却比任何时候都清楚。我不去管他说了些什么，全神贯注地聆听他的声音。既然我乐意待在这里，又何必挣扎求生呢？尽管我的肺急需空气，我的腿痉挛不止，但是，我很满足，我已经很久没有体会到真正的幸福了。

幸福，是它让死亡的过程不那么痛苦。

海水完全征服了我，将我猛推向一个坚硬的东西，我估摸是黑暗中的一块岩石。它像坚硬的铁棒一样狠狠地撞击我的胸膛，仅存的一口气迅速涌出胸腔，化成了许多银色的小气泡。海水冲入我的喉咙，让人感到窒息、刺痛。那铁棒似乎在用力拽我，硬拖着我离开爱德华，深入黑暗之中，潜入大海之底。

**再见了，我爱你**，是我最后的念想。

# 帕 里 斯[1]

就在这个时候，我的头冒出了水面。

多么不可思议啊，我一直确信自己是在下沉。

海水一刻也不停歇，将我推向更多的岩石，一块块的岩石猛烈而有节奏地直撞我的后背，把我肺里的水击了出来。大量的海水如湍流般从我的嘴巴和鼻子里涌了出来。海盐刺激着我的嘴鼻，肺里火烧火燎，喉咙被水堵住简直不能换气，岩石还在不停地撞击我的后背。尽管周围波浪起伏，我却停留在原地。除了朝我拍打过来的海水，我什么也看不见。

“呼吸！”一个急切、焦虑的声音命令道。我认出了这个声音，心里一阵刺痛——因为这不是爱德华的声音。

我没法照他说的做，从我嘴里源源不断流出的水根本不给我机会呼吸，胸腔里满是冰凉的海水。

岩石又一次猛撞我的后背，正好撞在两片肩胛骨之间，肺里的海水又涌出了许多。

“呼吸，贝拉！快！”雅各布着急地说。

我的眼前出现了无数个黑点，它们越变越大，几乎挡住了所有的光亮。

岩石再次撞击我。

这岩石不像海水那么冰凉刺骨，它撞到我的皮肤时，我感到它是热乎乎的。我这才意识到，是雅各布的手在帮我把肺里的水拍击出

① 帕里斯（Paris）：莎士比亚名剧《罗密欧与朱丽叶》中的角色。朱丽叶的父亲欲将她许配给帕里斯伯爵，并强令他们结婚。

来。那个拽我离开大海的铁棒也是……热乎乎的……我一阵眩晕，黑点终于遮挡了一切……

我是不是又要死了？我不喜欢这一回的感觉——比不上刚才那一回。眼前黑漆漆一片，没有什么值得看。轰鸣的海浪声渐渐消失于黑暗之中，变成了宁静的、轻柔的**流水**声，这声音似乎是从我耳朵里发出来的……

“贝拉？”雅各布叫道，他的声音还是那么焦虑，但没有先前那么急切，“贝儿，亲爱的，能听见我说话吗？”

我的头天旋地转，脑袋里就像注入了汹涌的海水一样翻腾着……

“她晕过去多长时间了？”另一个人问道。

这个不属于雅各布的声音让我一惊，我的神志逐渐清醒。

我这才意识到自己是静止不动的，没有海水推动我——有波涛起伏的感觉是因为我头晕目眩。身下是平展、静止的地面，我的胳膊能触到地面上的沙砾。

“我不知道。”雅各布着急地回答，他的声音非常近，有一双手——这么温暖的手一定是他的——抚开了我脸颊上的湿发，“几分钟吧？把她拖上岸没花多长时间。”

之前听见的宁静的**流水**声并不是海浪发出的声音——是我大口地呼吸音。每一次呼吸都是煎熬——呼吸道像是被钢丝球摩擦过一样皮破肉绽，接触到空气就是一阵揪心的刺痛，但至少我能呼吸了。

我浑身冰凉，刺骨的冰雨从天而降，击打着我的脸和手臂，真是雪上加霜。

“她在呼吸，她会醒过来的。我们不能让她待在这么冷的地方，她的脸色有些吓人……”这一次我认出了山姆的声音。

“你觉得可以移动她吗？”

“她跳下来的时候有没有伤到背或者其他什么地方？”

“我不知道。”

他们犹豫了片刻。

我尽力睁开眼睛，费了好大的劲总算成功。我看见暗紫色的云层向我投来无数冰冷的雨滴。“杰克？”我低哑地说。

雅各布的脸立即出现在我眼前。“噢！”他喘着粗气，如释重负，他的眼角挂着雨水，“噢，贝拉！你还好吗？能听见我说话吗？有没有哪里受伤？”

“只有——我的——喉咙。”我结结巴巴地说道，嘴唇瑟瑟发抖。

“我们带你离开这里。”雅各布说道。他把胳膊伸到我背下，轻松地将我抱了起来——就像抬起一个空箱子。他赤着的胸膛十分温暖；他耸起肩，为我挡住雨水。我没精打采地将头倚靠在他的手臂上，茫然地盯着汹涌的海水，看着海水冲击他身后的沙滩。

“好了吗？”我听到山姆问道。

“好了，这里交给我吧。你回医院去，我过一会儿到那里找你。谢谢，山姆。”



我的脑袋里还是一阵眩晕，完全不理解他在说些什么。山姆没有回答，周围一点声响也没有，我想他可能已经走了。

雅各布抱着我离开，海水卷起了我们身后的沙石，似乎因为我的逃脱而怒不可遏。我疲乏地盯着海面，一点亮色吸引了我游离的目光——在海湾深处，黑色的海水之上跳跃着一团火焰。这个景象简直不合常理，我怀疑自己仍处在神志不清的状态。我的脑海里想的尽是漆黑、翻滚的海水——还有那个迷失方向、不分上下的我，我迷失在深海中……但是，雅各布却能……

“你是怎样找到我的？”我嘶哑地问道。

“我在搜索你，”他说道，他抱着我在雨中一路小跑，沿着海滩朝大路跑去，“我跟着轮胎印找到了你的卡车，然后听到了你的尖叫……”他身子一抖，“你为什么要跳呢，贝拉？你没有发现暴风雨来了吗？难道你就不能等等我？”他的语气显得有些恼怒，如释重负后的轻松感消失不见了。

“对不起，”我小声说道，“我太蠢了。”

“对，**确实**蠢。”他点点头赞同道，头发上的雨水滴落下来，“你能不能等我在你身边的时候再做这些蠢事？如果知道你会背着我跳悬崖，我根本没法集中精神干自己的事情。”

“当然，”我满口答应，“没问题。”听上去我就像一个嗓音沙哑的烟鬼，我清了清嗓子——露出痛苦的表情，似乎有把匕首插入了喉咙，“今天发生了什么事？你们……找到**她**了吗？”尽管紧挨着他温暖的身体，我并不觉得太冷，但一提到这件事，我还是忍不住打了个寒噤。

雅各布摇了摇头。我们到了大路上，他仍然朝着他家慢跑。“没有，她逃到海里了——吸血鬼在水里比较有优势。这是我赶回来的原因——我担心她会游上岸，而你总是待在海滩边……”他的声音越来越小，喉咙有些哽咽。

“山姆和你一起回来的……其他人也都到家了吗？”我不希望他们还在外面搜寻她。

“对，也许吧。”

我在大雨中眯缝起眼睛，仔细观察着他的表情，他的眼神中充满忧愁和痛苦。



我突然间明白了刚才没有理解的那些话。“你说过……医院，刚才对山姆说的。有人受伤了吗？她和你们搏斗了？”我的嗓音陡然抬高了八度，再加上喉咙的嘶哑声，听上去怪怪的。

“不，没有。山姆和我回来的时候，安布里在家里等着告诉我们一个消息。是哈里·克里尔沃特在医院，哈里今天早上心脏病发作。”

“哈里？”我摇了摇头，不愿相信他的话是真的，“噢，不！查理知道了吗？”

“知道了，他和我爸爸都在医院。”

“哈里不会有事吧？”

雅各布的眼神又流露出一丝忧郁：“现在的情况很不妙。”

突然间，我的内心充满了负罪感——为了愚蠢的悬崖跳水而深感内疚。这个时候大家担心的人不应该是我，我在不恰当的时间做了不恰当的事情。

“我可以做些什么？”我问道。

这时，雨停了。直到雅各布穿过屋子的大门，我才意识到我们已经回到他家，暴风仍在猛烈地击打着屋顶。

“你可以待在**这里**，”雅各布边说边把我放在沙发上，“我不是开玩笑——就待在这里，我去给你拿些干衣服。”

雅各布在卧室粗手笨脚地找着衣服，我让眼睛逐渐适应屋里的黑暗。比利不在，狭小的客厅显得空荡荡的，甚至有些荒凉，似乎带着什么不祥的预兆——也许是因为知道他在医院里，我才会有这种感觉。

雅各布很快就回到客厅，他扔给我一堆灰色的棉布衣服。“你穿肯定太大，但这些是我能找到的最好的了。我，嗯，出去一下，这样你可以换衣服。”

“哪里也别去，我现在太累，还不想换，和我待在一起。”

雅各布在我身旁的地板上坐下，背倚靠着沙发。我怀疑他很长时间没睡过觉，他看上去疲惫不堪。

他把头靠在我旁边的坐垫上，打了个呵欠：“也许我可以休息一下……”

他闭上眼睛，我也合上双眼。

可怜的哈里，可怜的苏。我想，查理一定会受不了，哈里是他最要好的朋友之一。尽管杰克已经做了消极的判断，我仍迫切地希望哈里能恢复健康。为了查理，为了苏，为了里尔和塞思……

比利家的沙发正靠近暖气，我觉得暖和多了，虽然衣服还是湿漉漉的。我的肺疼痛不已，让我一直处于半睡半醒的状态，而不是令我保持清醒。我模糊地想也许现在不应该睡觉……难道溺水造成了脑震荡？雅各布开始轻轻地打鼾，他的鼾声像温柔的摇篮曲抚慰人心，我很快便进入梦乡。

很长一段日子里，我都没有做过这样一个平平常常的梦，仅仅是模糊地回忆往事片段——凤凰城耀眼的阳光、妈妈的脸庞、摇摇欲坠的树上小屋、褪了色的被褥、挂满镜子的墙壁、黑色海水上的火焰……每一个景象都转瞬即逝，我一个也没记住。

唯一留在我脑海中的是最后一个景象，它毫无意义——只是个舞台布景。深夜的阳台，一轮描画的圆月挂在天空，我看见一个女孩穿着睡衣倚靠在阳台栏杆上，自言自语。

毫无意义……但是，当我渐渐回过神来的时候，我的脑中闪现出朱丽叶这个名字。

雅各布还在熟睡，他整个人倒在地板上，呼吸均匀而有力。屋子里比刚才更暗了，窗外也是一片漆黑。我身子僵硬，但却觉得温暖，衣服差不多快干了。我每吸一口气，喉咙里就像被火灼烧。

应该起身走走——至少去拿杯水喝。但是，我的身体只希望毫不费力地躺着，再也不想动弹。

我没有起身，而是又想起了朱丽叶。

如果罗密欧离开了她，不是因为被放逐他乡，而是因为对她失去了兴趣，朱丽叶会怎样呢？如果罗莎琳德[1]对他痴心不改，他们俩重修旧好，朱丽叶会怎样呢？如果他没有娶朱丽叶，而是从此消失不见，朱丽叶又会怎样呢？

我想，我完全明白朱丽叶的感受。

她不可能再回到从前的生活，恐怕再也不能了。她不可能再开始正常的生活，我对此确信无疑。即使她一直活到年迈体衰、两鬓斑白的年纪，每当她合上双眼，她一定还是会看到罗密欧的脸庞，她最终会接受这个事实。

她会不会为了取悦父母、维持和睦而嫁给帕里斯。不会，不太会，我这样猜想着，可是，故事并没有过多地讲述帕里斯。他只是个配角——是一个仗势欺人者、危险分子，也是她的死敌。

但是，如果帕里斯是另外一种人呢？

如果帕里斯是朱丽叶的朋友呢？如果他是她最好的朋友？如果他是她唯一的倾吐对象，能倾听她诉说罗密欧的一切？如果他是她唯一的知己，能帮助她点燃重生的希望？如果他既耐心又友善？如果他保护着她？如果朱丽叶发现自己离开他就无法生存？如果他真心深爱她，衷心希望她幸福快乐？

还有……如果她也爱帕里斯？当然不是像爱着罗密欧那样，但是，这份爱足以令她也由衷地企盼他幸福快乐？

屋子里只有雅各布舒缓、有力的呼吸声——像哼唱给小孩子听的

① 罗莎琳德（Rosalind）:《罗密欧与朱丽叶》中的人物，是罗密欧以前的情人。

摇篮曲，像摇椅的轻摇声，像老钟不紧不慢的嘀嗒声……这声音听上去让人心安神宁。

如果罗密欧真的走了，再也不回来，朱丽叶能不能接受帕里斯还重要吗？也许她应该试着习惯没有他的日子，重新开始正常的生活。也许只有这样，她才能得到最大的幸福。

我叹了口气，叹息又刺痛了喉咙，我忍不住呻吟。我完全曲解了故事情节，罗密欧永远都不会变心，正因如此，人们才会记住他的名字，才会将他们两个人的名字成双地摆在一起：罗密欧与朱丽叶。这才是值得千古传唱的动人故事。“朱丽叶被抛弃，与帕里斯终成眷属”一定不可能成为热门的戏剧。

我闭上眼睛，又开始浮想联翩。我不再去想那出毫无意义的戏剧，而是回到现实之中——我想到了跳崖这件事，多么愚蠢的错误啊。不只是跳崖，还有骑摩托，还有所有不负责任的冒失行为。如果我出了事怎么办？查理怎么办？哈里的心脏病发作突然让我把一切事情看得透彻。而这种透彻不是我想要的，因为——如果我接受了它——这就意味着我不得不改变现在的生活状态，但是，我真的能改变吗？

也许能。虽然改变不是那么容易，实际上，放弃幻想、学会成熟对于我来说简直是痛苦的煎熬。但是，也许我应该试试，也许我能做到，只要有雅各布陪着我。

这个问题实在令人苦恼，我现在没法做出决定。于是，我又回想起其他事。

我想回忆一些令人愉快的画面，但是，下午惊心动魄的场面一直在我脑海中挥散不去……坠落时空气的阻力、一片漆黑的海水、汹涌的水流……爱德华的脸庞……我舍不得把思绪从他的身上移开。雅各布温暖的双手，拼命地把我从死亡线上拉回来……紫色云层投下的刺骨的雨滴……海面上奇怪的火焰……

海面上的这点光亮似曾相识，当然，它不可能真是火焰——

屋外传来汽车的声音，我回过神来。我听见车在屋前停了下来，接着传来开关车门的声音。我想坐起来，但很快打消了这个念头。

我一下子就认出了比利的说话声，但他的声音压得很低，听上去沙哑而阴郁。

大门开了，灯亮起来。我眨了眨眼，被亮光照得视线模糊。杰克惊跳起来，喘着粗气。

“抱歉，”比利深沉地说，“吵醒你们了吧？”

我盯着他的脸，渐渐读懂了他脸上的表情，我的眼睛顿时被泪水浸湿。

“噢，不，比利！”我呜咽道。

他慢慢地点点头，神情悲伤痛苦。杰克赶快朝父亲走过去，握住他的一只手。因为伤心至极，老人的脸看上去像个孩子——脸庞和身体似乎不属于同一个人。

山姆站在比利的身后，推着轮椅穿过大门。他以往镇定的脸色全然消失，只留下痛苦的表情。



“很抱歉。”我轻声说道。

比利点点头：“所有人都会觉得难以接受。”

“查理呢？”

“你父亲在医院陪着苏，还有好多……事情要安排。”

我说不出话来。

“我回医院去了。”山姆低声说，匆匆朝门外走去。

比利从雅各布手中抽出手，转动着轮椅穿过厨房，进了他的房间。

杰克盯着他的背影看了许久，接着又回到我身旁的地板上坐下。他用手捂着脸，我轻抚他的肩膀，想找些话来说却又开不了口。

过了很长时间，雅各布抓起我的手，贴到他的脸边。

“你感觉怎么样？还好吗？也许我应该带你去看医生。”他叹了口气。

“别为我担心。”我的声音嘶哑。

他扭过头看着我，眼眶红红的：“你看上去不太舒服。”

“我的确觉得不太舒服。”

“我开车送你回家——等查理回去了，最好能有你陪陪他。”

“对。”

我无神地躺在沙发上，等他去开我那辆卡车。比利在房间里一声不响，我仿佛是一个偷窥者，从裂缝中偷看别人的心事，偷看不属于我的伤心事。

杰克很快就把车开了出来，卡车发动机的响声打破了沉寂。他将我从沙发上扶起来，什么也没说。他的胳膊搂着我的肩膀，门外的寒气让我瑟瑟发抖。他主动坐到驾驶座上，拉我紧挨着他，胳膊依旧紧紧地搂着我，我的头倚靠在他的胸膛。

“你待会儿怎么回家？”我问道。

“我不回家了，我们还没抓到那个吸血鬼，不是吗？”

我浑身一阵颤抖，这次决不是因为寒冷。

一路上我们都很安静。冰凉的空气令我睡意全无，我的头脑格外清醒，努力而快速地思考着问题。



怎么办？我应该怎么办？

我无法想象失去雅各布的生活，甚至连想象到这一点都让我心寒。他已经成为我生命中不可或缺的一部分。但是，继续保持这样的关系是不是……太残忍了，就像迈克指责的那样？

我记得曾希望雅各布是我的兄长。如今我意识到，我所要做的是向他表明我的真实想法。他这样搂着我的时候一点不像是兄长。我觉得这个样子很舒服——温暖、安宁、熟悉，还有安全，雅各布是安全的港湾。

我可以表明一切，我应该这样做。

我得告诉他我的感受，我知道，这样才算对他公平。我得对他好好解释，这样他才会明白我不适合他，我远远配不上他。他已经知道我受过伤，但他不了解这伤到底有多深。我得向他承认我有些痴狂——因为我总能听到某个人的声音，我必须在他做出决定之前表明这一切。

尽管我觉得有这个必要，但我确信，不管我说什么，他都会接受我，他会毫不犹豫地接受我。

但我得坚持向他表明一切——将这样一个残缺不全的我毫无掩饰地展现给他，这是唯一对他公平的方式。我会这样做吗？我能这样做吗？

我希望雅各布幸福快乐错了吗？我对他的爱丝毫比不上我先前所付出的爱，我的心仍在远处游荡，痛苦地追随着我的那个狠心的罗密欧。难道真错了吗？

雅各布在黑漆漆的房子前停了车，关闭发动机。四周突然安静下来。跟从前一样，他似乎又一次读懂了我的心思。

他的另一只胳膊也揽住了我，将我紧紧地拥在他胸前，似乎要把我和他黏在一起。这种感觉一如既往的舒服，我好像又恢复为一个完整无缺的人。

我以为他在想着哈里的事，但他开口说话时，语气里满是歉意："对不起，我知道你和我的感受不同，贝儿。我发誓，我不介意。我只是非常高兴你愿意让我唱歌——而其他人根本不愿听。"我的耳边响起他独有的笑声。

我的呼吸加快，喉咙里像有千万颗沙砾摩擦。

爱德华会不会希望我此时此刻陶醉于幸福感之中呢？我们之间尚存的一点朋友情谊够不够让他如此希望呢？我想他会的。他不可能妒忌：他只不过是把自己不想要的一点点爱送给我的朋友雅各布。况且，这份爱已不同于从前。

杰克暖暖的脸紧贴着我的头发。

如果我转过脸——如果我的双唇触到他赤裸的肩膀……我完全清楚接下来会发生什么事。一切都将自然而然地发生，不需要任何解释。

但是，我会这样做吗？尽管我不是全心全意，但为了拯救自己可悲的生活，我就可以背叛自己的心吗？

我心神不宁地犹豫着要不要转过头去。

就在这时，爱德华温柔的声音在我耳边响起，同我遇到危险时听到的声音一样清晰分明。

"要快乐。"他对我说。

我愣住了。

雅各布察觉到我的身体变得僵硬，不由自主地松开胳膊，伸手去开车门。

**等等**，我想说，**等一会儿**。但是，我什么也没说，一动不动地坐在那里，脑袋里回响着爱德华的声音。

一阵暴风雨过后的冷风吹进了驾驶室。

“噢！”雅各布猛地吐出一口气，就好像有人在他肚子打了一拳，“真**见鬼**！”

他砰地关上车门，使劲地拧着点火开关上的车钥匙。他的双手抖动得厉害，我简直不相信他用这双手拧动了钥匙。

“怎么了？”

他加速过快，引擎噼啪作响，车身跟着抖动了几下。

“吸血鬼。”他狠狠地说。

我的脑袋里一片空白，整个人觉得头晕目眩：“你怎么知道的？”

“我闻得到！该死！”

雅各布的眼神充满杀气，他扫视着车前黑暗的道路，一点都没有意识到他的身子颤动得厉害。“变身还是带她离开这里？”他低声地自言自语。

他转过头迅速地看了我一眼，发现了我惊恐的双眼和惨白的脸色，他又调过头去扫视着前方的道路。“对，带你离开。”

发动机怒号着启动了。他掉转车头，转向唯一的逃生之路，轮胎摩擦地面发出刺耳的声响。车灯的光柱一直从公路延伸到黑压压的森林，最后落在了一辆小轿车身上，它就停在我家门口的马路对面。

“停车！”我喘着粗气喊道。

这是一辆黑色的车——我认识这辆车。我绝不是个车迷，但是我对这部车了如指掌。这是梅赛德斯 S55 AMG 型轿车，我熟悉它的马力和车内的颜色；我熟悉它强大引擎的振动声；我熟悉它皮座椅的浓浓气味；我熟悉它车窗的暗色，让白天看上去都像是傍晚。

这是卡莱尔的车。

“停车！”我又喊道，声音比刚才更大，因为雅各布正不顾一切地朝前方驰去。

“什么？！”

“不是维多利亚。停车，停车！我要回去。”

他用力踩住刹车，我牢牢地抵住仪表板，才不至于让整个身子冲向前去。

“你说什么？”他惊讶地问道，直勾勾地盯着我，眼神中充满恐惧。

“是卡莱尔的车！是卡伦一家人！我认得。”

他看着我如梦初醒的样子，浑身剧烈地颤动着。

“嘿，镇定下来，杰克。没事，没有危险，明白吗？放轻松。”

“是的，镇定。”他气喘吁吁地说，低下头闭上了眼睛。当他努力克制自己不变身为狼的时候，我朝车窗外那辆黑色的轿车望去。

只有卡莱尔而已，我对自己说，别指望还有其他人。也许还有埃斯梅……**别再往下想了**，我警告自己。只有卡莱尔而已，这已经足够了，已经超越了我的预想。

“你家里有个吸血鬼，”雅各布不满地说，“你却**想**回去？”

我看了看他，极不情愿地将视线从梅赛德斯身上挪开——生怕我一看向别处，它就消失不见了。

“当然。”我答道，对他提出的质疑我一点也不觉得奇怪，我当然想回去。

我盯着雅各布，他的表情变得僵硬，那种带有敌意的神情又凝结在他的脸上，我还以为再也不会看到这种样子的他，我发现他的眼神中闪过一丝遭人背叛的痛楚。他的双手仍在不停颤抖，整个人看上去老了十岁。

他深吸一口气。“你确定这不是个圈套？”他用低沉的声音问道。

“这不是圈套，是卡莱尔，带我回去！”

他宽厚的双肩猛地抖动，但他的眼神却冷淡、漠然：“不。”

“杰克，没事——”

“不。你自己回去吧，贝拉。”他的话如此冷酷无情——我的身子向后退缩，仿佛被他的话击中，他用力地咬着牙齿又松开。

“你知道的，贝拉，”他的声音一点也没变，“我不能回去。不管条约里怎么规定，他们都是我的敌人。”

“不是这样的——”

“我得马上通知山姆，情况有变，我们不能在他们的地盘上出没。”

“杰克，这不是打仗！”

他不理睬我，把换挡器挂到空挡，跳出车门，跑着离开。

“再见，贝拉。”他回过头喊道，“我真希望你不会死。”他冲进了黑暗深处，身子剧烈抖动，甚至连背影都变得模糊，我还没来得及叫他，他就已经消失得无影无踪。

我呆坐在车里，深感内疚，我刚才对雅各布做了些什么啊！

但是，我没时间自责下去了。

我换到驾驶座上，发动了卡车。我的双手就同杰克的一样抖动着，过了好久我才镇定下来。我小心翼翼地掉转车头，朝家里开去。



我熄灭车灯后，四周一片漆黑。查理走的时候太匆忙了，忘记打开走廊上的灯。我迟疑地盯着黑暗中的房子，如果这是个圈套怎么办？

我又回过头看了一眼那辆黑色的车，它几乎隐匿在夜色之中。不，我认得这部车。

但是，当我伸手去取门框上的钥匙时，双手忍不住又抖了起来。我握住门把，轻轻一扭便打开了大门。我没有关门，门道里黑乎乎的。

我想打个招呼，但是嗓子又干又痛，我连大气都不敢喘一下。

我向屋里走了一步，摸索着电灯开关。屋里真黑——就像海里一样黑……开关究竟在哪儿呢？

黑漆漆的海水，海面上还不可思议地跳跃着橙色的光亮。那光亮不可能是火，那会是……我的手指沿着墙壁摸索着，依旧抖动不止——

突然间，今天下午雅各布对我说的一段话在脑海中回响，变得越来越清晰……**她逃到海里了，**他说，**吸血鬼在水里比较有优势。这是我赶回来的原因——我担心她会游上岸。**

我的手停住了，整个身子呆立在那里，我明白为什么我会觉得海面上奇怪的红色光亮很眼熟了。

维多利亚的头发，被风吹散，火一样的颜色……

她当时就在那里。她就在海湾，同我和雅各布在一起。如果山姆不在那儿，如果只有我和雅各布两个人……我觉得呼吸困难、四肢僵硬。

灯亮了，尽管我麻木的手指根本没有摸到开关。

在陡然出现的亮光下，我眨了眨眼睛，看见有人在等我。

# 访　客

我的访客一动不动地站在门厅中央，黑色的大眼睛直直地盯着我的脸。她显得异乎寻常的安静而白皙，美得超乎人们的想象。

有那么几秒钟，我双膝打战，险些跌倒，于是便迅速倒向她。

砰然倒向她的同时我不禁叫道："爱丽丝，啊，爱丽丝！"



我忘了她的身体是很**硬实**的，碰到她就像一头撞到了水泥墙上。

"贝拉？"她开口了，声音中好似有些解脱又有些迷惑，这种混合甚是奇怪。

我双手搂着她，大口大口地喘气，贪婪地感受她的体香。她的皮肤有着特别的香味——既不是花香、辛香，也不是柑橘或麝香。这奇香就是举世的香水亦无法比拟，比我记忆中她的香味还要美妙。

不知何时我从喘气变成了抽泣——直到爱丽丝费力地把我扶到客厅的沙发上，让我躺在她膝头，我才意识到自己在抽泣。我感觉像蜷缩在清凉的石头上，躺得很舒适，因为这石头极好地贴着我的身体。她反复轻抚着我的背，等待我冷静下来。

"我……对不起……我只是……见到你……太高兴了！"我一边抽噎一边说。

"没事，贝拉，一切都好了。"

"我知道。"说着便大哭起来。这一刻，一切似乎的确都好了。

爱丽丝叹了口气："唉，我忘了你是情感多么丰富的人。"语气中有些责备的意味。

我抬起头，流泪的双眼望着爱丽丝。她直挺着脖子，离我很远，双唇紧闭，眸子像树脂一般黝黑。

"哦，"我意识到出了什么问题，紧跟着透了一口气。她很饥渴了，而我闻上去令她更有胃口。我已经有很久不用想这种事情了。“对不起。”

“是我自己不好。我已经很长时间没有捕猎了。不该让自己饿到这种程度的，可我今天太匆忙了。”说着，她瞪了我一眼，问道，“说到这事，能解释一下你是怎么还活着的？”

这话使我一下清醒起来，也停止了哭泣。我立刻意识到发生了什么，明白了爱丽丝为什么会在这里。

我大声叫道：“你看到我跌倒了。”

“不，”她眯起双眼说，“我看到你**跳**下去。”

我噘起嘴唇，感觉像是在努力寻找合理的解释，一个听上去不至于太蠢的解释。

爱丽丝摇摇头说：“我跟他说过这事迟早会发生，可他就是不信。‘贝拉保证过。’”她在模仿他的语气，声音像极了，这突然的震动令我的血液猛然凝固了，一阵剧痛穿透全身。她又接着模仿他：“‘也别去看她的未来了，我们造成的伤害已经够多了。’”

“但是我不看并不意味着我不会**看见**，”她继续道，“我并没有监视你，贝拉，我发誓。和你在一起是那么舒心……看到你跳的那一刻，我想也没想，就上飞机了。我知道一定赶不及，但是要我**什么**都不做，我做不到，于是我就到这儿来了，心想也许可以帮帮查理。然后你就开车回来了。”说完，她迷惑地摇摇头，声音变得焦虑起来，“看到你沉没到水里后，我就等啊等啊，等你的头冒出来，但一直没等到。发生了什么事？你怎么能这样对待查理呢？还有我哥哥？你知不知道爱德华他……”

一提到他的名字，我就打断了爱丽丝。我已经明白她其实是误会了，刚才没有打断她，是因为喜欢听她风铃般美妙的声音，不过现在不得不这样做了。

“爱丽丝，我不是自杀。”

她疑惑地瞪着我：“你是说你没有跳下悬崖？”

“我是跳了，不过……”我扮了个鬼脸，说，“只是娱乐而已。”

她的表情突然变得僵硬了。

“我以前看过雅各布的一些朋友从悬崖上跳水，”我继续解释，“看起来好像……很有意思，而且我当时又有些无聊……”

她一言不发，等着我继续说。

“我并没想到暴风雨会对水流造成什么影响。事实上，我当时压根儿就没多想水的问题。”

爱丽丝不信我的话。看得出来，她还是认为我是想自杀。我决定换个角度，说：“对了，既然你看到我跳了，为什么没看到雅各布呢？”

她的头扭到一边，显得心烦意乱。

我又说：“要是雅各布没有跟着跳下去，我的确很可能会被淹死的。好吧，不是可能，是肯定会被淹死。但是他跳下去了，把我拉上来，我猜他又把我拖到了岸上，虽然那时我已经没有了知觉。从我被淹到他抓住我，最多不过一分钟，你怎么没看见这些？”

她困惑地皱着眉头，问道：“有人把你拉出来了？”

“对啊，雅各布救了我。”

我好奇地看着她的脸上掠过高深莫测的表情，不知是什么令她如此不安——是她不够完美的透视能力？我不能确定。这时她特意低头靠近我，闻了闻我的肩膀。

我顿时僵住了。

“别这么荒唐。”她低声抱怨道，又闻了闻。

“你干吗呀？”

她没有回答我：“刚才和你在一起的是谁？听起来你们像是在争吵。”

“雅各布·布莱克。他可以说是……我最好的朋友，我觉得。他至少……”我想着雅各布生气的神情，遭到背叛的样子，不知现在他对于我而言到底算是什么呢？

爱丽丝点了点头，露出若有所思的神色。

“什么？”

“我不知道，”她答道，“我不知道这意味着什么。”

“这么说吧，至少我没有死。”

她眼珠子转了转，说："他还以为你一个人可以生还，真是个傻瓜，我从未见过这么不要命的白痴。"

"可我的确活下来啦。"

她在想别的事情："对了，如果水流湍急，你无法应付，雅各布怎么就能应付呢？"

"雅各布他……很健壮。"

她感觉到了我语气中的迟疑，眉毛向上挑了起来。

我紧抿着嘴唇，脑子里在打转：这算是秘密呢还是不算？要是的话，我该对谁推心置腹，雅各布，还是爱丽丝？

保守秘密太难了。我决定了，既然雅各布知道了一切，为什么就不能告诉爱丽丝。

"是这样的，他是……是个狼人，"我急切地说道，"如果周围有吸血鬼，奎鲁特成员就会变成狼。他们早就认识卡莱尔，你那时是和卡莱尔一起回来的吗？"

爱丽丝呆呆地盯着我，过了一会儿才回过神来，眨了下眼。"我猜这解释了我闻到的气味，"她自言自语地说，"但是这能解释我没看到的一切吗？"她眉头紧锁，光洁的额头皱了起来。

"气味？"我重复道。

"你身上的气味很难闻，"她心不在焉地说，眉头依然紧锁着，"狼人？你确定吗？"

"很确定，"我回答道，想起保罗和雅各布在路上打架的情景我不禁畏缩了，"我猜上一次狼人来到福克斯的时候你并没有和卡莱尔在一起吧？"

"不在一起，我还没有找到他。"爱丽丝还是沉浸在深思中。突然，她双眼睁大，看着我，惊讶地说，"你最好的朋友是个狼人？"

我羞怯地点点头。

"有多久了？"

"没多久，"我答道，语气中有辩解的意思，"他成为狼人也不过几个星期。"

她愤怒地看着我："**年轻**的狼人？这样更糟！爱德华没错——你就

像是引来各种危险的磁铁，不是说要你别自找麻烦吗？”

受她这一刺激，我不禁抱怨说：“狼人又没什么错。”

“可是狼人一发怒就是另外一回事了。”她猛烈地摇着头说，“随你了，贝拉。吸血鬼一走，这个城里其他的人都会更好，可是你就不得不和你最先能找到的怪物待在一起了。”

我不想和爱丽丝争吵——我还在为她的到来而兴奋得发抖。我很高兴她真的在身边，我可以抚摸她大理石般的皮肤，听她风铃般的声音——可是她所想的全错了。

“不，爱丽丝，吸血鬼没有真正离开——反正不是所有的都离开了，问题就在这里。要不是有狼人，维多利亚这会儿保准已经抓住我了，或者说，要不是因为杰克和他的朋友，劳伦特可能会抢在维多利亚之前抓住我，我觉得是这样的，所以——”



“维多利亚？”她问道，“劳伦特？”

我点点头，她黑色的双眼中透露的神情令我有点儿吃惊。我指了指自己，说：“我是吸引危险的大磁铁，没忘吧？”

她又摇摇头，说：“告诉我这一切——从头说起。”

我掩盖了开头，省去了摩托车和脑中声音的那段，但是之后直到今天的一切都一五一十告诉她了。爱丽丝对我说无聊和到悬崖边这些轻描淡写的解释很不满意，所以我就急着告诉她在水上看到了奇怪的火苗以及我以为那意味着什么。听到这里，她眼睛几乎眯成了一条线。她这个样子很怪……很危险的样子——像个吸血鬼。我努力压制着自己的感情，继续讲述我经历的折磨。

她一言不发地听我讲述，偶尔她会摇摇头，眉头一直深锁着，直到后来，她的额头看上去就像大理石似的皮肤上刻了几道痕一样。她没有说话，最后我感到很安静了，又一次为哈里的去世感到难过。我想起了查理，他很快就会回家了，不知他的情况怎样？

“我们离开对你一点好处也没有，对吗？”爱丽丝低声问。

我笑了——这笑稍微有点儿歇斯底里的味道：“关键不在这里，对吗？这和你为了我好而离开不一样。”

爱丽丝板着脸盯着地板。过了一会儿说：“好吧，我觉得自己今天行事有些冲动，也许我不该介入的。”

我感觉到自己脸上的血液仿佛被抽干了，胃部有向下跌落的感觉。“别走，爱丽丝，”我轻声地说道，我的手指紧紧抓住她白衬衣的领子，呼吸开始加快，“求你，别离开我。”

她双眼睁大了。“好吧，”她说，然后一字一顿地说，“今晚我哪儿也不去。你深呼吸一下。”

我想按她说的去做，可这会儿却好像找不着肺部在哪儿似的。

我集中注意力在呼吸，这时她紧盯着我，直到我情绪稳定下来才开始说话。

“你神情很糟，贝拉。”

“我今天差点被淹死了。”我提醒她。

“不止这个，你看上去比这个还糟。”

我有些退缩了：“你瞧，我这不是在努力嘛。”

“什么意思？”

“这可不容易，我正在努力。”

她皱了皱眉，自言自语地说：“我告诉过他的”。

“爱丽丝，”我叹了口气，“你以为你会发现什么？我是说，除了发现我死了还有什么？你期待我会上蹿下跳，吹口哨表演？你知道我不是那样的。”

“我知道，但我本来是期待的。”

“这么说来我不是唯一的傻瓜。”

电话铃响了。

“一定是查理。”说着，我摇摇摆摆地站了起来，抓住爱丽丝石头般冰冷的手，拖着她和我一起到了厨房。我不能让她离开我的视线。

“查理？”我接起电话。

“不，是我。”雅各布说。

“杰克！”

爱丽丝审视着我的表情。

“就是打个电话确认一下你还没死。”雅各布酸溜溜地说。

“我没事，我告诉过你不是——”

“嗯，明白了，再见。”

雅各布挂了我的电话。

我叹了口气，仰起头，望着天花板。“这会出问题的。”

爱丽丝握紧我的手说：“我来了，他们并不兴奋。”

“不是特别兴奋，不过这本身也和他们没关系。”

爱丽丝一手揽着我，若有所思地问：“咱们现在干什么呢？”她似乎在自言自语，“有事要做，还有很多没处理完。”

“什么事要做？”

她的脸色突然变得小心翼翼：“我也不确定……我必须见见卡莱尔。”

她这么快就要走？我的胃开始有向下跌落的感觉。



“你能留下来吗？”我请求道，“求你！就一会儿嘛。我一直很想你。”我的声音开始变得断断续续。



“你要是觉得这主意不错，我就留下来吧。”她的双眼露出不快的神情。

“我觉得不错。你可以待在这里——查理一定会喜欢的。”

“我有房子，贝拉。”

我点点头，虽然有些失望，不过也不再强求，她犹豫地看着我。

“不过，我至少得回去拿一箱子衣服过来吧。”

我一把抱住她：“爱丽丝，你最好了！”

“还有我觉得必须马上觅食。”她声音中略带压抑。

“哦。”我退了一步。

“给我一小时吧？”她疑惑地问。我还没来得及作答，只见她举起一个手指，闭上眼睛。有几秒钟，她的脸变得很光滑而毫无表情。

然后她睁开眼睛，回答着自己的问题：“好吧，你会没事的，无论如何，至少今晚不会有事的。”她皱了皱眉，甚至向我做鬼脸，看起来像个天使。

“你会回来吗？”我小声问道。

“我保证——一个小时。”

我看了一眼厨房里的钟。她笑了起来，靠近我迅速地在我脸上亲了一下，然后离开了。

我深吸了一口气，想着爱丽丝会回来的，感觉好多了。

等她的这段时间里，我必须让自己忙起来，首先得冲个澡。我脱下衣服，闻了闻自己的肩膀，只闻到盐水和海藻的味道，不知道爱丽丝说我身上很难闻是指什么。

冲好后我回到厨房，厨房的迹象表明查理最近没怎么吃东西。他回来时可能会饿。我一边哼着不成调子的音乐，一边在厨房里走动。

我把星期四的焙盘食物放进微波炉里转热，把沙发铺上垫单，放了个旧枕头。爱丽丝倒用不着这个，但是查理得看看。我小心翼翼地保持着不去看钟，免得让自己惊慌，爱丽丝保证过会回来的。

很快吃完了饭，没什么胃口——只是感觉到吞下食物时喉咙里很痛。最主要是口渴，到饭吃完的时候，我喝了足有半加仑的水，是体内的盐分引起了严重脱水。



我尝试着边等边看电视。

爱丽丝已经到了，坐在为她临时准备的床上，双眸像液体的奶油糖果。她微笑着拍拍枕头说："谢谢。"

"你早到了。"我兴高采烈地说。

我在她身边坐下，头靠在她肩膀上。她用冰冷的手臂挽着我，叹了口气。

"贝拉，我们**该**对你怎么办呢？"

"我不知道，"我老实地说道，"我真的很努力地尝试过了。"

"我相信你。"

我们沉默了。

"他——他是不是……"我深吸了口气。虽然此刻我已经能想起来了，但是要叫出他的名字很困难。"爱德华是不是知道你在这儿？"我忍不住问道，毕竟这是我心中永远的痛。我对自己承诺说等她走了，我会解决这个问题，想到这个我又有些不舒服了。

"不知道。"

那么只有一种可能了："他没有和卡莱尔和埃斯梅在一起？"

"他每几个月回来一次。"

“哦。”他一定还在外面享受他的生活，我转向另外一个更安全的问题，“你说你是飞过来的……从哪儿飞来的呢？”

“从德纳利过来的，我在那儿拜访坦尼娅一家。”

“贾斯帕在这儿吗？他没和你一块儿来吗？”

她摇摇头：“他不赞成我介入。我们保证过……”说到这儿，她声音逐渐变小，然后一改口吻，“你觉得查理不介意我在这儿吗？”她略带担忧地问道。

“查理觉得你很棒呢，爱丽丝。”

“这个嘛，我们得慢慢看了再说呢。”

几秒钟之后，我听到巡逻车开进车道上的声音，跳了起来，去开门。



查理迈着沉重的步子慢慢走过来，双眼看着地面，肩膀无力地耷拉着。我走上前去迎接他，直到我抱住了他的腰他才注意到我，然后猛地抱住了我。



“哈里的事我很难过，爸爸。”

“我会很想念他的。”查理轻声说。

“苏怎么样？”

“她有些茫然，好像还没有接受事情的真相。山姆陪着她……”他的声音忽大忽小，“那些可怜的孩子，里尔比你大一岁，塞思只有十四岁……”他一边说一边摇摇头。说着，我们又向门口走去，他搂紧了我。

“对了，爸爸？”我想最好先给他打打预防针，“你怎么也想不到谁来了。”

他面无表情地看看我，转过头去，看到街对面的梅赛德斯。走廊上的灯反射出黑色汽车的亮光。他还来不及做出反应，爱丽丝已经站在门口了。

“嗨，查理，”她用柔和的声音说道，“不好意思，我来得不是时候。”

“爱丽丝·卡伦？”他眯起眼看着面前的人，似乎不确定自己的眼睛，“爱丽丝，是你吗？”

“是我，”她说，“我从附近过来的。”

“卡莱尔他……”

“不，我是一个人来的。”

我和爱丽丝都明白其实他想问的不是卡莱尔，他的手臂把我搂得更紧了。

“她可以待在这里，是不是？”我央求道，“我已经跟她说了。”

“当然可以，”查理机械地答道，“我们很高兴你能来，爱丽丝。”

“谢谢，查理，我知道这个时候不太合适。”

“不，没关系，真的。接下来，我会很忙，要尽量为哈里家做些力所能及的事，贝拉有你做伴很好。”

“桌上给你留了饭，爸爸。”我说。

“谢谢，贝拉。”说着，他又搂了搂我，然后向厨房走去。

爱丽丝回到沙发上，我跟着她走过去。这次是她主动揽着我，让我把头靠在她的肩膀上。

“你看上去有些累。”

“是啊，”我答道，耸耸肩，“是因为在死亡边界挣扎所致……对了，卡莱尔知道你来是什么态度？”

“他不知道，他和埃斯梅一起去捕食旅行了。等到他几天后回来，应该能收到他的消息。”

“你不会告诉**他**……等他回你们那里时？”我问道，她知道我说的这个“他”不是指卡莱尔。

“不，他非得把我杀掉不可。”爱丽丝害怕地说道。

我不禁笑了，然后叹了口气。

我不想睡觉，想这样整晚和爱丽丝聊天。整天坐在雅各布的沙发上当然不会累，但是险些被淹死的经历的确令我筋疲力尽，我的双眼已经睁不开了。我靠在她冰冷的肩膀上，头脑不再思考，享受着最美好的寂静。

我睡得很好，没有做梦，早早地醒来了，睡得很满足，只是身体有些僵硬了。我睡在铺着毯子，原本准备给爱丽丝用的沙发上，听到她和查理在厨房里聊天，好像查理在给她准备早餐。

“情况到底有多坏，查理？”爱丽丝温和地问道。一开始我以为他们是在谈论克里尔沃特家。

查理叹了口气：“情况很糟糕。”

“告诉我吧，我想知道我们走后到底发生了什么。”

这时我听到关橱柜的声音和炉子的计时表走动的声音，他们的谈话暂停了。我在等待，心里有些害怕。

“我从来没觉得这么无助，”查理慢慢说道，“当时我不知该怎么办。第一个星期——我觉得必须送她到医院去。她不吃不喝，也不走动。杰兰迪医生说是‘紧张性精神症[①]’，但是我没让他来看她，我怕会吓到她。”

“不过她振作起来了？”



“我让蕾妮带她去佛罗里达，我不希望自己……如果她不得不去医院或者发生什么别的事情。我希望和她母亲在一起会好一些。但是我们开始打点衣服行装时，她醒来了，很愤怒。我从没见过贝拉这样大发脾气。她从来不发脾气，但是天哪，她那天非常生气。她把衣服扔了一地，尖叫着说我们无论如何也不能让她离开——最后她开始哭泣，我想这是个转折点。既然她希望待在这里，我也不和她争执，一开始，她看上去的确好起来了……”

查理降低了声音，听到他说这些，我很难过，因为我知道自己给他带来了巨大的痛苦。

“但是？”爱丽丝问道。

“她去学校、去打工、吃饭、睡觉、做功课。别人问她直接的问题时，她会回答。但是她……内心很空洞。她的眼神很空白。还有很多细节——她不再听音乐了，在垃圾箱里我发现了很多坏了的 CD；她不再看书了；不再待在开着电视的房间，不像以前一样喜欢看电视了。最后我意识到——她是在尽量回避任何可能令自己想到……他的事情。

① 紧张性精神症（catatonia）：紧张症，以昏迷、痴呆、癫狂以及肢体的僵硬或极度疲软等不同状况为特征的不正常状态。它常伴随有精神分裂症。

“我们几乎无话可说，我很担心说错话让她难过——一点小事就可能让她退缩——她也从未主动和我聊起什么。只有我问到时，她才回答。

“她一直很孤独，不给朋友打电话，有一阵子根本就不打电话。

“夜晚更是空寂，我还记得她夜里睡梦中哭喊的声音……”

我几乎能看到他在战栗，想起这些，我自己也在战栗，然后我叹了口气。事实上，我根本就骗不过他的眼睛，一点也骗不过。

“真抱歉，查理。”爱丽丝忧伤地说道。

“这不是**你的**错。”他说话的语气暗含着肯定有某个人该对这事负责任的意思，“你一直是她的好朋友。”

“不过她现在看来好多了。”

“是好多了，自从她开始和雅各布·布莱克出去玩以来，我注意到她真的好多了。她回到家里，脸上又有了喜色，眼睛开始又有了生气，变得更快乐了。”他停顿了一下，声音略微有些变化，“他比她小一岁的样子，我知道她原本一直当他是朋友，但是现在可能不单是朋友了，或者无论怎么说，是朝那个方向发展的。”查理几乎是带着挑衅的意味说出这些的。这是个警告，不是给爱丽丝的，而是希望爱丽丝传达给某人的。“杰克比他的年纪更显老，”他仍然用带着防备的语气说道，“他在生活上照顾着他的父亲，就像贝拉在心理上照顾着她的母亲一样，这使他变得成熟。他长得很帅气——像他母亲。他很配贝拉，你明白的。”

“那么她和他在一起很好。”爱丽丝表示同意。

查理长长地叹了口气，由于爱丽丝没有反对，很快说道：“的确，我有些言过其实了。我不太确定……即便是和雅各布在一起，我还是常常看到她的眼神中有着特殊的神情，我可能从来没有体味到她经历的痛苦。这不同寻常，爱丽丝，这……吓到我了。根本不正常，不像是某人……离开了她，而像是这个人死去了。”他的声音有点儿失控了。

不错，我**曾经**的确感觉像是某个人死了——像**我**自己死了。这种感觉不单单是对真爱失去信心了，这好像还不足以置人于死地。这种感觉是好像失去了整个未来，整个家庭——失去了我所选择的整个人生……

查理继续绝望地说道："我不知道她是不是能挺过来——不知道依她的性格，是不是可以从这样的痛苦中走出来。她一直是个坚定不移的小家伙，不能忘却过去，不会改变想法。"

"她的确是这种人。"爱丽丝应答道，声音有些干涩。

"爱丽丝……"查理犹豫了一下，"现在你知道我对你很有好感，我也相信她很高兴见到你……不过我有些担心你来这里会对她产生影响。"

"我也有同样的担心，查理。我要是知道情况是这样也不会来的，很抱歉。"



"亲爱的，别说抱歉的话。谁知道呢，说不定会带来好的影响呢。"

"但愿如此。"

接着只有他们用餐的刀叉声和查理吃东西的声音，不知爱丽丝把食物藏在哪里了。

"爱丽丝，我想问你点事情。"查理笨拙地说。

爱丽丝很镇定："你说吧。"

"他不会也来这里吧？"我能听出查理语气中压抑着的气愤。

爱丽丝柔和地、肯定地回答："他甚至不知道我在这里。我最近一次和他聊天时，他在南美。"

听到这个消息，我顿时僵住了，努力听他们下面说些什么。

"这样倒好，"查理哼着鼻子说，"当然了，我希望他开心。"

这时，爱丽丝的语气变得有点强硬了："这个我倒不做想当然的猜测，查理。"我能想象她用这种语气时，眼睛一眨一眨的样子。

我听到一把椅子被迅速移开，和地面摩擦，发出刺耳的声音。我想是查理站了起来，爱丽丝不可能弄出这样的声音。接着听到自来水龙头打开了，冲洗着盘子。

看来他们不会继续讨论爱德华了，于是我决定起床。

我翻了个身，用身体压着沙发的弹簧，弹簧发出尖锐的嘎吱声，然后我大声打了个呵欠。

厨房里很安静。

我伸了个懒腰，喉咙里发出轻轻的声音。

“爱丽丝？”我假装什么也没听到，叫着她的名字，声音有些干涩，正好伪装成刚醒来的样子。

“我在厨房，贝拉。”爱丽丝叫道，一点也没有怀疑我听到他们的谈话，不过她隐瞒这些事情很有一套的。

查理得走了——他要帮助苏·克里尔沃特安排葬礼的事情。要不是爱丽丝在这里，今天对我而言又是漫长的一天。她一直没说要离开，我也没问她。我知道她离开是必然的，但是不愿去想它。

我们倒是聊起了她的家人——除了一个人，其他所有的人都聊到了。

卡莱尔在伊萨卡[①]上夜班，同时在康奈尔大学兼职做教师。埃斯梅正在修缮一幢十七世纪的房子，是座历史纪念馆，在城北的森林里。埃美特和罗莎莉又去欧洲度另一个蜜月，去了几个月，已经回来了。贾斯帕也在康奈尔，在那儿修哲学课程。爱丽丝一直在做个人研究，研究我去年春天碰巧发现的她的事情。她很幸运找到了那个收容所，她曾在那里度过了人生的最后几年，但是那段生活她已经没有记忆了。

“我叫玛丽·爱丽丝·布兰登，”她很快告诉我，“有个妹妹叫辛西亚。她的女儿——也就是我的外甥女——现在还活着，在比洛克西[②]。”

“你知道他们为什么要把你送到……那里吗？是什么让他们居然采取这样极端的措施？就算女儿能看见未来……”

她只是摇摇头，浅黄褐色的双眼露出若有所思的神情：“我没有找到很多关于他们的情况。我查阅了所有旧报纸的缩微平片[③]资料，里面并没有经常提到我家。他们不是报纸常常报道的社交圈子里的人。我父母亲的婚约在那儿，辛西亚的婚约也在。”她不太确定地提起辛

① 伊萨卡：纽约市附近的一个小镇，康奈尔大学所在地。

② 比洛克西：在密西西比州。

③ 缩微平片：多个画幅按行和列排列在同一张卡片上的缩微品，以缩微形式容纳并储存相当多数量的页数。

西亚的名字，“其中也宣布了我的出生……和我的去世。我找到了自己的坟墓，甚至还从那个老收容所的档案中偷到入学通知单，通知单上的日期和我墓碑上的日期是一天。”

我不知该说些什么，我们沉默了一会儿，换了个更轻松的话题。

除了一个人没回来，卡伦一家现在又团聚了，正在德纳利和坦尼娅共度康奈尔的春季休假。我仔细倾听着每个细节，她一直没有提到我最感兴趣的那个人，当然我很感谢她这么做。听她讲讲这个家庭的琐事我已经很满足了，我曾经梦想着成为这个家庭的一员。

查理天黑后才回来，比头一天晚上看上去更加疲惫了。他明天一早还要去为哈里的葬礼安排预定的事，所以他回来得早了点。我又和爱丽丝在沙发上休息。



第二天太阳出来了，查理从楼梯上走下来，他看上去全然像个陌生人，穿着一套我从未见过的旧西服。上衣没有扣，我想是扣上太紧的缘故，领带配这个样式的西服有点儿嫌大。他踮着脚走到门边，尽量不吵醒我们。我没有出声，假装睡着了，爱丽丝在躺椅上也假装在睡觉。

他一出门，爱丽丝就坐了起来，仍然盖着被子，不过她已经穿好衣服了。

“那么，你今天准备做什么呢？”她问。

“不知道——你想到什么有趣的事了吗？”

她笑笑，摇了摇头：“不过还早呢。”

在拉普西经历的一切也许使我忽略了家里的一堆事情，我决定干点家务活。我想做点什么，让查理的日子好过些——让他回来看到一个干净、整齐的家，这或许能让他感觉好点。我从卫生间开始了——这里被忽略的事情最多。

我做家务时，爱丽丝就靠在门框上，问我一些无关紧要的问题，诸如我的，不对，是我们的高中朋友，问我自从她离开后，这些朋友都怎么样了。她的脸上还是一副随意的、毫无感情的样子，但是我看得出她对我简单的回答不太满意，或许是我对昨天偷听了她和查理的谈话有些内疚吧。

我正把袖子挽过胳膊肘，擦洗浴缸底，这时门铃响了。

我立刻转向爱丽丝，她的表情有些不知所措，像是很焦虑，很奇怪，爱丽丝很少会对事情这么惊讶。

“等等！”我朝门的方向叫道，站起身来，到水槽旁把手冲洗干净。

“贝拉，”爱丽丝有些沮丧，“我能猜到大概是谁，我想我应该回避一下。”

“猜？”我重复她的话，什么时候开始爱丽丝需要去猜测事情了？

“如果情况又像我昨天破天荒地没有预见到的一些事情一样，那么很有可能是雅各布·布莱克，或者是他的……朋友。”

我看着她，把所有线索串起来：“你**看不见**狼人吗？”

她扮了个鬼脸。“好像是这样。”显然这令她不安——**非常**不安。

门铃又响了，一连响了两次，听得出来来人有些焦急。

“你哪儿也不用去，爱丽丝，是你先到的。”

她发出银铃般清脆的笑声，但是笑声中有些忧郁的味道。“相信我——让我和雅各布·布莱克共处一室绝不是明智之举。”

她很快亲了一下我的脸，然后进了查理的房间，无疑她会从查理的房间后窗离开的。

门铃又响了。

# 葬　　礼

我快步下楼，打开了门。

当然是雅各布，即便无法预见了，爱丽丝还是很聪明。

他站在离门六英尺远的地方，远看上去，他皱着鼻子，但是脸上却很平滑——像戴着个面具一样。不过这骗不了我，我看到他的双手在微微颤抖。



他的脸上露出故意的神色，让我想起了那个糟糕的下午，当时他选择了山姆，没有选择我。此刻，我觉得自己的下颌开始抽搐，进入了防御的状态。

雅各布的"兔子"在路边移动，杰莱德坐在驾驶室，安布里坐在副驾位上。我知道他们是不放心让雅各布单独过来，这让我有点儿难过，有些不高兴，卡伦一家人就不会这样。

"嘿。"见他最终没有开口，我便招呼了一声。

杰克嘟起嘴巴，还是没有上前，眼睛看着前院。

我咬咬牙说："她不在这儿，你要找什么吗？"

他犹豫了一下，说："只有你一个人在？"

"是的。"我叹了口气。

"我能和你聊一下吗？"

"**当然**可以，雅各布，进来吧。"

雅各布回头看看坐在车上的朋友。我看到安布里微微摇了摇头。不知为什么，这让我很生气。

我咬紧了牙齿。"胆小鬼。"我低声咕哝道。

杰克回过头来看着我，他浓黑的眉毛在深陷的双眼上方，非常突出，下颌固定不动，然后迈着步子向前进军——这样描述他走路最合适了——走上人行道，他从我身边闪过，向屋里走去。

我的双眼和杰莱德、安布里两人的眼睛撞了个正着。我不喜欢他们看我时那种严肃的眼神，他们难道真觉得我会做什么伤害雅各布的事吗？这样对视之后，我就把门关上了。

雅各布在我身后的大厅，看着客厅乱糟糟的毯子。

“开了卧谈会[①]？”他语气中有些讥讽。

“没错，”我也用同样的语气答道，我不喜欢雅各布这样说话，“你觉得像什么？”

他又皱起了鼻子，好像闻到什么难闻的气味似的。“你的‘朋友’呢？”从他说话的语气中我就知道他这个“朋友”是加引号的。

“她有些急事走了。说吧，雅各布，你想怎么样？”

房间的某种气氛使他变得更急躁了，修长的双臂在颤抖。他没有回答我的问题，而是去了厨房，双眼四处巡视。

我跟在他后面，他在短短的料理台旁来回走动。

“嘿，”我堵在他面前，他停下来，盯着我，“你怎么啦？”

“我不喜欢不得不到这儿来。”

这话让我很受伤，我不觉向后退缩，他的眼神变得更严肃了。

“我很抱歉你不得不来，”我喃喃地说，“何不告诉我你要什么，然后就可以走了？”

“我只想问你几个问题，不会很久的，我们还要回去参加葬礼。”

“好，那你问吧。”我的话可能充满了敌意，但是我不愿意他看出我内心有多受伤。我知道这样对他不公平。毕竟昨晚我先选了**吸血鬼**，其次选他，是我伤害他在先。

他深吸了口气，原本颤抖的手指静止了下来，脸上露出平静的神色。

“和你在一起的是卡伦家族的某个人。”他说。

“不错，爱丽丝·卡伦。”

---

① 卧谈会（pajama party）：也称“睡衣派对”，指客人留在主人家过夜、卧谈，常常在过生日或较特殊的日子举行这样的活动。

他若有所思地点点头："她在这儿待多久？"

"只要她愿意，随便多久，"我的语气中还带有敌意，"这是我对她的公开邀请。"

"你是不是可以……请你……向她解释一下另一个……维多利亚？"

我脸色变得苍白了，答道："已经和她说了。"

他点点头："你知道有卡伦家的人在这儿，我们只能看护自己的土地。你只有在拉普西才安全，在这里我再也不能保护你了。"

"知道了。"我轻声答道。

他转过头向窗外看去，没有说话。

"就这些吗？"

他眼睛仍然看着玻璃窗，答道："还有最后一件事。"

我在等他往下说，但是他没有继续下去。"什么事？"我最终问道。

"其他人现在会回来吗？"他冷冷地、平静地问。这令我想起山姆通常镇定的举止。雅各布越来越像山姆了……我不明白这个为什么让我感到不安。

现在是**我**没有说话，他双眼期待地看着我。

"怎样？"他问道，努力掩饰着他平静表情下面的紧张。

"不会，"我最后勉强地答道，"他们不会回来。"

他的表情没有变化："好了，就这些。"

我瞪着他，心里又生出许多怨恨："好吧，那你快去吧，快去告诉山姆那些可恶的妖怪并没有来抓你。"

"好吧。"他答道，依然很镇定。

好像就这样结束了，雅各布迅速从厨房走了出去。我没有动，等着听前门打开的声音，但是并没有听到，只听到炉子上时钟的声音，雅各布现在变得越来越安静了，真令我惊讶。

真是灾难呀，我怎么在这么短的时间就和他变得这么疏远了呢？

爱丽丝走后他会原谅我吗？要是他不能原谅我呢？

我靠在料理台边，把脸深深地埋在双手中。我怎么把一切弄得这么糟呢？要是不这样我又能怎么做呢？即便事后来看，我也实在想不出有什么更好的办法，有什么更得体的方式。

“贝拉……”雅各布不安地问道。

我抬起头，看到雅各布犹豫地站在厨房的门边，我以为他离开了，但是他并没有。看到自己手上晶莹的泪珠，我才知道自己哭了。

雅各布脸上镇定的神情消失了，他变得焦虑、不确定。很快他走到我面前，低下头，这样他的眼睛可以和我平视。

“我又犯错误了，是吗？”

“什么错误？”我问道，声音有些断续。

“没有履行我的诺言。对不起。”

“没事儿，”我喃喃地说，“这次是我引起的。”

他咧了咧嘴：“我知道你对他们的感觉，我本不该这么吃惊的。”

我能看出他眼神中的变化。我想告诉他爱丽丝是怎样的，希望改变他对爱丽丝的错误评价，但是我似乎感觉到现在不是时候。

于是我又说了句：“对不起。”

“我们别为这个担心了，好吗？她只是来拜访你的，对吗？她迟早会离开的，一切会回到正常轨道的。”

“我就不能同时拥有你们两个朋友吗？”我问道，声音中透出一丝受伤的意味。

他缓缓地摇摇头：“不能，我觉得不能。”

我抽咽了一下，看着他的脚说：“但是你会等我，对吗？即便我喜欢爱丽丝，你还是我的朋友，对吗？”

我没有抬头看他，不知他对我提到爱丽丝会有什么样的反应。过了一分钟，他才回答，我知道自己不看他是明智的举动。

“对，我永远是你的朋友，”他粗声说道，“无论你爱着什么。”

“你保证？”

“我保证。”

我感觉到他的手臂搂着我，我靠在他的胸膛，还在抽咽：“真是糟糕。”

“就是。”说着，他闻了一下我的头发说，“哇！”

"**什么！**"我抬起头来，看看他的鼻子又皱起来了，"为什么大家都这样对我，我不臭。"

他微笑着说："不对，你身上有味道——你闻上去像**他们**。漂白粉味，太甜了——甜得发腻，还有点儿……冰冷。我的鼻子都要被冻僵了。"

"真的？"这倒真是奇怪，爱丽丝身上的气味很好闻，至少对人类来说闻起来很不错的，"但是爱丽丝怎么也会觉得我身上有异味呢？"

这时他收起了笑容，说："哈，说不定她也会觉得我身上有异味呢，哈。"

"不过，你们两个人我都觉得很好闻啊。"我又把头靠在他的胸膛。他一离开这扇门，我一定会很想他的。这几乎像是场"第二十二条军规[①]"的游戏——一方面我希望爱丽丝永远留在这里，她一走，我就会死（当然是比喻），但是永远见不到杰克我又该怎么办呢？**真是一团糟**。

"我会想你的，"雅各布轻声说，和我所想一样，"我每时每刻都在想你，希望她早些离开。"

"真的没必要这样，杰克。"

他叹了口气："不，事实就是这样的，贝拉。你……爱她，所以我最好不要靠近她。我不确定自己能不能心平气和地面对。要是我违反了协约，山姆会发疯的，"说到这里，他的语气变得有些讥讽，"要是我杀了你的朋友，你一定不会高兴的。"

听到这话，我不觉想挣脱他的手臂，不想他反而把我抱得更紧了，不让我逃开："没有必要逃避现实，事实就是这样的，贝拉。"



---

① 第二十二条军规：《第二十二条军规》（*Catch-22*）是美国黑色幽默文学的代表作，被誉为当代美国文学的经典作品，作者为赫勒（Joseph Heller）。根据第二十二条军规，疯子才能获准免于飞行，但必须由本人提出申请；同时又规定，凡能意识到飞行有危险而提出免飞申请的，属头脑清醒者，应继续执行飞行任务。第二十二条军规还规定，飞行员飞满上级规定的次数就能回国，但它又说，你必须绝对服从命令，要不就不准回国。因此上级可以不断给飞行员增加飞行次数，而你不得违抗。如此反复，永无休止。小说主人公最终明白了第二十二条军规原来是个骗局，是个圈套，是个无法逾越的障碍。

“我**不喜欢**事情是这个样子。”

雅各布腾出一只手来，托着我的下巴，让我看着他：“不错，当我们都是人类时，一切要容易得多，不是吗？”

我叹了口气。

我们长久地对视着，他的手使我的皮肤发烫。我知道自己的脸上只有愁闷——我不想现在就说再见，哪怕相聚很短暂。一开始，他的脸上和我一样充满悲伤，但是由于我们一直这样对视着，他脸上的表情开始改变了。

他放开了我，另一只手的手指在我脸颊上滑过，直到我的下颌。我能感到他的手指在颤动——这次倒不是因为生气的缘故，他用发烫的双手抚摸着我的脸，捧住了我的脸。

“贝拉。”他喃喃地叫道。

我顿时僵住了。

不！我还没有做出这样的决定。我不确定是不是可以这样做，现在我已经没有时间思考了，但是我要是认为现在拒绝他不会有什么后果，那就太傻了。

我注视着他，他不是**我的**雅各布，但他也可能是我的雅各布。他的脸很熟悉，充满爱意。的确，从很多方面看，我都是爱他的。他给我带来安慰，是我安全的港湾。现在，我可以选择拥有他。

爱丽丝暂时是回来了，但是这于事无补，真爱永远失去了。我的王子永远不会回来把我从施了魔法的睡梦中唤醒。毕竟我也不是公主，那么还有什么**其他**关于亲吻的童话故事呢？难道世俗的亲吻，不能打破任何符咒？

也许这样会容易一点——就像握着他的手或者让他抱着我一样。也许会感觉不错，也许不会有什么背叛的负罪感。况且，我背叛了谁呢？只有我自己。

雅各布一直注视着我，低下头来，而我还是完全没有决定。

这时刺耳的电话铃声让我们俩同时跳了起来，但是这并没有转移他的注意力。他从我的下颌探过去，绕到我背后去拿听筒，但是另一只手还是紧紧地抚着我的脸。黑色的眼睛依然注视着我的眼睛。我变得糊涂了，不知如何应对，甚至也没想到借助这个电话的干扰做点什么。

“斯旺家。”雅各布说，沙哑的声音低沉而坚定。

有人说话了，雅各布立刻改变了。他放开了我的脸颊，双眼发直，面无表情，我甚至可以用我仅剩的大学基金来打赌，保准是爱丽丝。

我缓过神来，伸手去拿电话，雅各布没有理我。

“他不在这儿。”雅各布说，声音中带有恐吓的味道。

对方简短地说了点什么，似乎是要求更多的信息，因为他很不情愿地补充说：“他在葬礼上。”

然后雅各布挂掉了电话。“可恶的吸血鬼。”他低声咕哝着。然后转过来看着我，脸上一副讨厌的神情。



“你挂了谁的电话？”我非常生气，急促地问道，“这是在**我的**家里，**我的**电话。”

“放松点！是他挂了我的电话！”

“他？他是谁！”

他讥讽地答道：“卡莱尔·卡伦医生。”

“为什么不让我和他说话？！”

“他不是找你的，”雅各布冷淡地答道，他的脸上很光滑，毫无表情，但是手在发抖，“他问查理在哪儿，我就告诉他了。我觉得自己没做错什么。”

“你听我说，雅各布·布莱克——”

但是显然他并没有在听。他很快回过头去，好像听到有人在另一个房间喊他的名字似的，双眼圆睁，身体变得僵硬，然后开始发抖。我也不觉停下来听，但是什么也没听到。

“再见，贝拉。”他挤出这几个字，然后朝前门走去。

我追在他后面，问：“怎么了？”

这时他一转身，我便撞上了他。他嘴里咒骂着什么，然后又转过身去，把我撞到一边，我踉跄了几步，跌倒在地上，我的脚绊到了他的脚。

“该死，哎哟！”在他很快把脚抽出来时我抗议地叫道。

他继续往门口走去，我则艰难地站了起来。突然，他又愣住不动了。

爱丽丝一动不动地站在楼梯脚下。

“贝拉。”她语塞了。

我匆忙站起来，蹒跚地走到她身边。她的双眼有些茫然，脸色灰白，纤细的身躯因为内心的波澜而颤抖。

“爱丽丝，怎么啦？”我叫道，用手抚上她的脸，希望能使她平静下来。

她突然看向我，大眼睛里满是痛苦。

“爱德华。”她只吐出了三个字。

听到这话，我的身体比大脑反应更快。一开始我还不明白房子为什么在旋转，不知道我耳朵边空旷的怒号从何而来。我的大脑在费力地思考，不明白爱丽丝凄凉的脸色怎么会和爱德华有关，而这时我的身体已经开始摇摆，大脑还来不及找到答案，我便已失去了知觉。

楼梯倾斜了，而且倾斜的角度很奇怪。

雅各布生气的声音突然回响在我耳边，是一些很粗俗的咒骂。我模模糊糊感到有些反感，他的那些新朋友显然给他带来了坏影响。

我发现自己躺在沙发上，却不知道是怎样躺到这里的，雅各布还在耳边咒骂，感觉像是地震了，沙发有些晃动。

“你对她做了些什么？”他责问道。

爱丽丝没理他：“贝拉？贝拉，快醒醒，我们得赶快。”

“别过来。”雅各布警告她。

“镇定点，雅各布·布莱克，”爱丽丝命令道，“你不想在她身边这样做。”

“我集中注意力没有什么困难。”他反击道，但是声音更加冷静了。

“爱丽丝？”我的声音很虚弱，“发生什么事了？”我问道，虽然事情可能是我不愿意听到的，但我忍不住要问。

“我不知道，”她突然痛哭道，“真不知道他在想什么？！”

我忍着头痛，尽力坐起来。过了一会儿才意识到自己抓着的是雅各布的胳膊，在颤抖的不是沙发，而是雅各布的胳膊。

爱丽丝从她的包里拿出个银色的电话来，迅速拨了个号码，她的手指动得很快，因而看不清她拨号的动作。

“罗斯，我**现在**要和卡莱尔说话。”她的声音很急促，“好的，等他一回来就告诉我。不对，我会在飞机上。对了，你有任何爱德华的消息吗？”

爱丽丝这时停了下来，仔细听电话那端的回答，没一秒钟，她的表情变得更加惊讶，双唇因惊骇而张开，形成一个“O”字形，手上的电话在颤抖。

“为什么？”她气喘吁吁地问，“**为什么**要那样做，罗莎莉？”

不知道对方做了什么回答，她的下颌因生气而绷紧着，双眼冒出怒火，眯了起来。



“这个，从两方面讲，你都做得不对，罗莎莉，这是个问题，你不觉得吗？”她生气地问道，“对，没错。她一点事儿也没有——是我错了……这个说来话长……但是关于那点你错了，所以我打电话来……没错，我看到的就是这个。”

爱丽丝声音严厉，露出了牙齿。“现在有点晚了，罗斯。省省你的自责吧。”爱丽丝用指尖按断了电话。

她转过头来看着我，流露出痛苦的神情。

“爱丽丝，”我很快说道。我得抢在她前面说，在她接下来的话摧毁了我生命中仅剩的一切之前，“爱丽丝，卡莱尔回来了，他刚打过电话……”

她愣愣地看着我，空洞地问：“什么时候？”

“就在你出现前半分钟。”

“他说什么了？”现在她开始集中注意力了，等待我的回答。

“我没和他说话。”说着，我看了看雅各布。

爱丽丝严厉地瞪着雅各布。他退缩了，但还是站在我身边，他笨拙地坐下，好像是要用他的身体来挡住我似的。

“他找查理，我告诉他查理不在。”雅各布愤慨地答道。

“就这些了？”爱丽丝用冰冷的声音问道。

“然后他就挂了我的电话。”雅各布应答道。他后背一阵战栗，我也被震动了。

“你告诉他查理在葬礼上。”我提醒他。

爱丽丝很快转过来看着我问：“他具体是怎么说的？”

“他说：‘他不在这儿。’然后卡莱尔问查理在哪儿，雅各布说：‘在葬礼上。’”

爱丽丝发出一声呻吟，突然跪在地上。

“告诉我，爱丽丝。”我轻声说。

“电话上的不是卡莱尔。”她无助地说。

“你认为我说谎？”在我身边的雅各布叫道。

爱丽丝没理他，专注地看着我困惑的脸。

“是爱德华，”爱丽丝低声说，“他以为你死了。”

我的大脑又恢复运转了，爱丽丝的话并不是我最害怕听到的，我感到如释重负。

“罗莎莉告诉他我自杀了，是不是？”我一边说，一边如释重负地叹了口气。

“没错。”爱丽丝答道，眼睛里又闪现出愤怒的神色。

“从她的角度来看，她的确认为这就是事实。他们过于依赖我的视觉了，而我的视觉并不完美。但是她居然寻找到他，把这事告诉他了！难道她不知道……或者不在乎……”她的声音带有恐惧，渐渐地隐去。

“爱德华打电话来的时候，他以为雅各布说的是**我的**葬礼。”我突然意识到了。想到刚才曾经离他这么近，和他的声音只有几英寸的距离，我感到一阵刺痛。我抓着雅各布的手臂，指甲深深陷进他的手臂中，但是他没有丝毫退缩。

爱丽丝奇怪地看着我，“你一点也不难过。”她喃喃地说。

“唉，他打电话来时时机的确不巧，但是一切都会弄明白的。下次他再打电话来，有人会告诉他……到底……什么……”说着说着我没了声音。她迷惑地看着我，期待我留在喉咙里的话。

她为什么这么惊恐呢？为什么她一脸的痛苦、遗憾和恐惧？她刚才在电话中为什么和罗莎莉那样说话？和她看到的有关……还有罗莎莉的自责；罗莎莉对于任何发生在我身上的事从未感到自责，但是如果她伤害了她的家人，伤害了她的哥哥……

“贝拉，”爱丽丝轻声说，“爱德华再也不会打电话来了，他相信她说的。”

“我……不……明白。”我一字一顿地说，费力地挤出这句话，爱丽丝开始向我解释。

“他要去意大利。”

听到这儿，我的心跳漏了一拍。

这时我的脑海中又回荡着爱德华的声音，这声音并不是我的错觉，而是留在记忆中的平和的声音，但是这个声音足以穿透我的胸膛，在我的胸中留下一道裂口。这些话是他深爱着我的时候说的，他当时对我的爱我深信不疑。

**没有你我活不下去**，记得他是在我们一起看到罗密欧与朱丽叶死去时说这话的，恰恰就在这个房间，**但我不知道该怎么个死法……我知道埃美特和贾斯帕一定不会帮我的……所以我想也许可以去意大利，犯点事，激怒沃尔图里……我们不能激怒他们，除非自己想找死。**

**除非自己想找死。**

“不！”我几乎尖声叫道，和刚才的轻声喃语对比起来，这声音非常大，我们大家都跳了起来。当我意识到她看到了些什么时，血液顿时冲上脸来：“不！不，不，不！他不能！他不能那样做！”

“当从你朋友的电话中得知已无法挽救你了，他就下定了决心。”

“但是他……他**离开**了！他再也不想要我了！这样又有什么不同？他知道我早晚会死的！”

“我想他从来没想过要比你活得长。”爱丽丝很快答道。

“他**怎么敢**这样做！”我叫道，跪在了地上，雅各布不确定地站在爱丽丝和我中间。

“哦，别挡在中间，雅各布！”我在绝望中，不耐烦地用手肘挤开全身颤抖的雅各布，到爱丽丝跟前，“我们怎么办？”我央求道，总该有个办法吧，“我们不能打电话给他？卡莱尔能打电话给他吗？”

她摇着头。“我第一下就试了。他把电话留在瑞欧[①]的一个垃圾箱里了——有人接了电话……”她轻声说。

“你刚才说我们要赶快。赶快做什么？我们快去做，无论什么我都做！”

“贝拉，我——我觉得不能让你去……”她犹豫不决，没有说下去。

“让我去！”我命令道。

她双手搭在我的肩膀上，手指偶尔抓紧我的肩膀，强调着她的话：“我们有可能已经太晚了。我看到他去找沃尔图里了……请求被处死。”我们俩都退缩了，我的双眼突然什么也看不见了，只有眼泪，“现在一切都要看他们的选择，我必须等到他们做出决定时才能看见。”

“但是如果他们说不，他们也有可能说不的——阿罗很喜欢卡莱尔，不想得罪他——爱德华还有个备用计划，他们对城市的保护意识很强。如果爱德华做点什么破坏那里的平静，他想他们会采取行动阻止他，他想得没错，他们会的。”

我挫败地看着她，我还不知道现在我们为什么还要待在这里。

“所以如果他们同意他的请求，我们就太晚了。如果他们说不，然后他又很快采取备用方案的话，我们也太晚了。如果他会采用更夸张一点的举措……我们可能还来得及。”

“我们走吧！”

“听着，贝拉！无论是不是来得及，我们都会到达沃尔图里城的中心。要是他的行动成功了，我会被视为他的同谋。而你属于人类，不但知道了太多，而且味道很好闻。很可能他们会把我们全部消灭掉……对你来说惩罚就是作为他们的午餐。”

“我们还待在这儿就为这个？”我不相信地问道，“要是你害怕，我一个人去。”我在脑海里算了算自己账户上剩下的钱，不知道爱丽丝能不能再借我一些。

---

① 墨西哥的一座城市。

“我唯一怕的是你被杀。”

我反感地说道：“我几乎每天都在想怎么让自己死去！你告诉我该怎么做！”

“你给查理留个条，我打电话到航空公司。”

“查理。”我吃力地说。

倒不是说我在这儿能保护他，但我能不能留下他独自面对……

“我不会让查理发生任何事情的，”雅各布的声音粗暴而充满愤怒，“别忘了条约。”

我抬头看着他，他板着脸看着我一脸惊慌的样子。

“快点，贝拉。”爱丽丝催促道。

我冲向厨房，猛地拉开抽屉，把抽屉中的东西倒在地上，想找一支笔。这时，一只棕色皮肤的手递来一支笔。



“谢谢。”我喃喃地说，用牙齿卸下笔套。他又安静地递给我记电话信息的便笺纸。我撕下第一页，扔在背后。

**爸爸**，我写道，**我和爱丽丝在一起。爱德华遇到困难了。我回来后你再教训我吧。我知道时机不对。很抱歉。深爱着你。贝拉。**

“别走。”雅各布轻声说。这时爱丽丝不在场，他的怒气也全消了。

我不想费时间和他争论，于是说：“请你，**一定一定**好好照顾查理。”我一边说着，一边走向前门。爱丽丝肩上背着个包，已经在门口等我了。

“带上钱包——你需要身份证明。**请**你告诉我你是有护照的，我可没时间伪造护照。”

我点点头，冲到楼上，双膝发软，但是此刻我很感谢妈妈曾经一度想要在墨西哥的海滩上和菲尔结婚。当然，这个想法和她的其他计划一样成了泡影。不过在这事泡汤之前，我倒是给她办好了所有的手续。

我闯进自己房间，在旧钱包里塞满了钱，背包里装了件干净的T恤，一条长运动裤，一支牙刷，然后冲下楼去。这整个过程给我一种似曾相识的感觉，几乎有点儿令我窒息。不过，至少和上次不同——上次我是**逃离**福克斯，避免被饥饿的吸血鬼伤害，而不是去**寻找**吸血鬼——我不用亲口和查理说再见。

雅各布和爱丽丝在前门互相对峙，他们彼此距离很远，几乎看不出他们在交谈，他们俩好像都没有注意到风风火火走下楼来的我。

“有时候你也许比较善于自我控制，但是你要带她去见的这些吸血鬼……”雅各布非常愤怒地指责她。

“没错，你说得对，狗，”爱丽丝也在大吼，“沃尔图里是我们当中最厉害的——这解释了为什么每次你闻到我的味道时就会毛发倒立。这是你的噩梦，是你本能的恐惧，对这些我也稍有了解。”

“你把她带去，就像带了瓶酒去参加他们的派对一样。”他吼道。

“你觉得要是我把她留在家里，让维多利亚威胁她会更好吗！”

“那个红发鬼我们能对付。”

“那为什么她还在到处捕猎？”

雅各布发出一声怒吼，随之一阵颤抖。

“别吵了！”我不耐烦地对他们俩大叫道，“等我们回来后再吵，我们走！”

爱丽丝朝着车子匆忙走去，立刻就不见了，我紧随其后，又本能地停下来，锁上了门。

雅各布用发抖的手抓着了我的胳膊：“拜托，贝拉，我求你了。”

他黑色的眼睛里噙着泪水，我的喉咙哽咽了。

“杰克，我**必须**……”

“不行，你不是非去不可的。你可以在这里和我在一起，你可以活下来，为查理，也为我。”

卡莱尔的梅赛德斯已经发动了，由于爱丽丝很着急地发动着，车子发出刺耳的声音。

我摇摇头，感到一阵心痛，眼泪夺眶而出。我挣脱了雅各布的手，雅各布没有再做努力。

“千万别死，贝拉，”他哽咽着，“别走，别……”

要是我永远见不到他了呢？

想到这里我再也忍不住了，发出了低声的呜咽，我抱着他的腰，紧紧地拥抱着，唯有觉得这一刻太短暂了。我流着泪的脸埋在他的胸口，他的大手摸着我的头发，好像这样可以把我拖住一样。

“再见，杰克。”我拉开了他放在我头发上的手，吻了吻他的掌心，忍不住看看他的脸，“对不起。”我喃喃地说。

说完我便向车子冲去。副驾一侧的门正开着等我进去。我把背包挂在车座枕头上，然后闪进车去，砰的一声关上了车门。

“照顾好查理！”我回过头来朝着车窗叫道，但已不见了雅各布的身影。爱丽丝加大了油门——车胎发出像人嘶叫般的刮擦声——然后便掉转车头，上了马路。我在树丛边缘瞟见了一丝白色和鞋子的一角。

# 厌 恶

我们在飞机还有几秒就起飞时赶到了，然后真正的折磨才刚开始。飞机悠闲地停在停机坪上，乘务员从容地在机舱过道内来回走动，拍打着顶上的行李舱，确认包裹已堆放妥当。飞行员把头探出驾驶舱，和正好经过的乘务员聊上几句。爱丽丝的手搭在我的肩上，当我着急地坐立不安的时候，把我按在椅子上。

“总比跑步要快。”她低声提醒我。

我点头的时候正好被弹了起来。

最后，飞机缓缓地滑过登机口，速度逐渐增快，我所受的折磨也越来越大。我还以为起飞后会好受点，但是我极度烦躁和不耐烦的心情丝毫不减。

飞机还在爬升，爱丽丝就拿起前座后背里面的手机，转身背对着微微不满的乘务员。我脸上的表情使得乘务员没有走过来阻止。

爱丽斯和贾斯帕打电话的时候，我试图不去听。我不想听到他们的对话，但是一些话还是不时地钻进我的耳朵。

“我不确信，我看见他不停做着不同的事情，不断改变主意……在城市中毫无节制地瞎闹，袭击保安，在主广场上把一辆车举过头顶……做一些使他们不得不出来制止的事情，他知道这是最快的逼迫他们的方法……”

“不行，你不能这样做。”爱丽丝把声音压得很低，即使我离她非常近也几乎听不到，相反地，我更加用心地听，“告诉埃美特……跟着埃美特和罗莎莉，把他们带回来……好好考虑一下，贾斯帕。如果他看见我们当中的任何一个，你想他会怎么做？”

她点点头说：“正是如此。我认为贝拉是我们唯一的希望——如果还有机会的话……我会尽一切努力的。让卡莱尔做好准备，情况不是很乐观。”

她随后笑了，从她声音听来，好像有点儿眉目。“我想过这一点……好的，我保证。”她声音带着请求的语气，“不用跟着我，我保证，贾斯帕。不管怎么样，我会逃出来的……我爱你。”

她挂断电话，闭上眼睛，倚靠在座位上：“我讨厌对他说谎。”

“把一切都告诉我吧，爱丽丝。”我求她，“我不明白，你为什么让贾斯帕阻止埃美特，他们为什么不来帮助我们呢？”

“原因有两个，”她闭着眼睛小声说，“第一个我跟他说了。我们**能**亲自阻止爱德华——如果埃美特拖住他的话，我们会有足够的时间说服他你还活着，但是我们不能跟踪爱德华。如果他知道我们来找他，他会加快行动的。他会把一辆别克朝墙砸去，那么沃尔图里就会逮住他的。”



“第二个原因，我不能告诉贾斯帕。因为他们在场，如果沃尔图里杀死爱德华的话，他们就会打起来的，贝拉。”她睁开眼睛看着我，恳求道，“如果我们侥幸能赢……如果我们四个人能救回我哥，事情就完全不同了。但是，我们不能，贝拉，我不能这么失去贾斯帕。”

我意识到为什么她用乞求的眼神看着我了。她为了保护贾斯帕，宁可牺牲我们自己，也许也牺牲了爱德华。我理解，一点都不怪她。于是我点了点头。

“难道爱德华不能感受到你的心声吗？”我问她，“他不可以通过你们的思想了解到我还活着，然后意识到没有必要那么做吗？”

谁也没有任何的解释。我还是不能相信他会这么做。完全没有道理！我很清楚地记得那天我们坐在沙发上一起看罗密欧与朱丽叶一前一后的自杀。他说，**你死了我也不要独活**，好像这就是最后的结果，但是他在森林里离开我时说的话硬是把所有的一切给否定掉了。

“**如果**他在听的话，”她接着解释，“不管你信不信，我们可以用思想说谎的。如果你真的死了，我还是会努力阻止他的。我会很努力地一直想着‘她还活着，她还活着’，他知道这一点。”

我无奈地咬咬牙。

“如果有其他方法可以选择，贝拉，我不会把你卷入危险之中的，都是我不好。”

“别傻了。你根本不用担心我。”我不耐烦地摇摇头，“告诉我你刚才说讨厌对贾斯帕说谎是什么意思？”

她苦笑一下：“我答应他我会在他们杀我之前逃出来，这不是我所能控制的——完全不是。”她扬了扬眉毛，希望我更严肃地看待危险。

“谁是沃尔图里？”我小声问，“他们为什么比埃美特、贾斯帕、罗莎莉还有你还可怕？”很难想象比这更可怕的事物了。

她深吸了一口气，然后突然向我身后看了看。我转过身看见一个男人站在过道上装作没听见我们说话似的朝别处看，他看起来像个生意人，黑色的西装，打着领带，膝盖上放着一台笔记本电脑。当我恼怒地看着他的时候，他打开电脑，装模作样地戴上耳机。

我靠近爱丽丝，她轻声对我耳语，告诉了我全部的事情。

“我很奇怪你知道这个名字，”她说，“当我说他要去意大利的时候，你一听就明白了，我还以为我得解释一番呢。爱德华到底告诉你多少事情？”

“他只是说过他们是一个古老的强大的家族——像皇族一样。如果……不想死的话，就不要和他们为敌。”我小声说，“死”这个字很难说出口。

“你必须明白，”她说着，把声音降得更低，更小心翼翼，“我们卡伦家族比你想象的更加神秘。我们这么多人和平共处是……**不太寻常**的。北方的坦尼娅家族也一样。卡莱尔认为是自我克制让我们变得文明，使我们能把关系建立在相亲相爱而不是为了生存和寻求便利的基础上。即便是詹姆斯的三人团体在一起都嫌人多——你可以明白为什么劳伦特这么轻易地就离开了她们。我们一般单独行动，或者俩人结伴。据我所知，卡莱尔的家人是目前最多的，当然是除了另外一个，这另一个就是沃尔图里家族。”

“他们一开始就三个人，阿罗、凯厄斯和马库斯。”

“我见过他们，”我低声说，“在卡莱尔书房里的画上。”

爱丽丝点点头："后来又有两个女人加入他们，他们五个人后来组成了一个家庭。我不是很清楚，但是我想他们能够和谐相处是年龄带来的能力吧。他们都有三千多岁了。或者是他们的才能使他们彼此相互忍耐，就像爱德华和我一样，阿罗和马库斯……也法力不凡。"

她不等我回答继续说道："也许是他们对权力共同的热爱把他们连在一起，皇族也许是个恰当的描述。"

"如果只有五个人——"

"那个家庭一共五个人，"她纠正道，"不包括守卫。"

我深吸了一口气："听起来……很严重。"

"是的，"她对我说，"上次我们听说现在那个家族有九个固定守卫，其他的都是……暂时的，一切都在变。这些守卫中很多人法力也很强，他们的才能让我觉得自己的能力像是雕虫小技。沃尔图里家族根据个人的能力、体能，或者其他方面的特长来选拔守卫。"

我张开嘴，又闭上了，我不太想知道困难有多大。

她又点了点头，好像明白我在想什么："他们和别人没有太多的冲突，没有人会蠢到去惹他们。他们待在自己的城市里，有差遣才出去一下。"

"差遣？"我不明白。

"爱德华没有告诉你他们都干些什么吗？"

"没有。"我一脸的迷茫。

爱丽丝朝我后面的生意人看了一眼，把冰冷的嘴凑到我的耳边。

"他叫他们为皇族是因为……他们是统治者。一千多年了，他们夺到了执行法律的权力——事实上是惩戒违规者的权力，他们执法很果断。"

我的眼睛一下子瞪得很大："还有**规则**？"我的声音有点儿大了。

"嘘！"

"怎么没有人早点告诉我？"我小声地抱怨道，"我是说，我想成为……加入你们！怎么没人跟我提起过规矩？"

爱丽丝被我的反应逗笑了："没那么复杂，贝拉，只有一条核心准则——如果你好好想想，也许就会猜到的。"

我想了想："不知道。"

她失望地摇摇头："可能是太明显了，我们必须对自己的身份保密。"

"哦。"我嘀咕着，**过去是**很明显。

"很好理解，我们大都不需要管制，"她接着说，"但是几个世纪过去了，有些人觉得无聊了，或者说疯了，我不清楚。沃尔图里家族就插手了，防止把大家都牵扯进去。"

"所以，爱德华他……"

"计划在他们的老巢捣乱——那座他们隐居了三千年的古城，从伊特鲁里亚①时期开始就隐居在那儿。他们对城市保护有加，不允许在城内捕杀。沃特拉城也许是世界上最安全的城市了——至少不会有吸血鬼的袭击。"

"但是你说他们不离开那儿，他们吃什么呢？"

"他们不离开城，但是从外面把猎物带进来，有时候从很远的地方。这使得守卫在不镇压独立运动，或者不需要保护沃特拉的时候有事可做……"

"像这次爱德华的行为就需要他们。"我接着她的话讲。很惊讶现在说出他的名字简单多了，我不知道为什么，也许是见不到他我也没打算多活，如果我们太迟了的话，我根本不想活了，知道自己会解脱反而轻松了许多。

"我怀疑他们没有见过这样的事情，"她厌烦地喃喃说，"毕竟一心寻死的吸血鬼不多见。"

我发出很轻的声音，但是爱丽丝好像听出我的痛苦，用瘦而有力的手臂挽着我的肩膀。

"我们会尽最大的努力，贝拉，事情还没结束呢。"

"还没有。"我听着她的安慰，虽然我知道她认为我们胜算很小，"如果我们乱了方寸，沃尔图里就会抓住我们。"

① 伊特鲁里亚（Etruria）：也译作伊特鲁利亚、埃特鲁里亚、伊楚利亚，是处于现代意大利中部的古代城邦国家。

爱丽丝面部表情僵硬："听你的口气好像这是件好事似的。"

我耸耸肩。

"别想了，贝拉，否则我们只好绕纽约一圈，又回到福克斯了。"

"什么？"

"你知道吗？如果我们迟了，我会尽最大的努力把你送回到查理的身边，我不想你发生任何事情，你明白吗？"

"明白，爱丽丝。"

她稍稍向后，以便能盯着我："不要惹麻烦！"

"我保证。"我答应道。

她眼珠转了转。

"让我集中精神，看他到底有什么计划。"



她手还是搭在我的肩上，但是闭上眼睛靠在椅子上，另一只手放在脸上，用手指搓着太阳穴。

我惊奇地盯着她看了好久。最后，她一动不动，脸像雕塑一般。时间一分一秒地过去，要不是我事先知道她在想事情，还会以为她睡着了，我不敢打断她的思路。

我希望有什么安全点的事情好想想，不敢去想等待着我们的恐惧，更不敢想万一我们失败了怎么办。我怕自己叫出来。

我不能**预料**任何事情。也许，如果我非常、非常、非常幸运的话，我可以救回爱德华，但是我没有天真到以为救了他我们就可以永远在一起了。我和以前一样，没什么特别，他没有理由再喜欢我了。再见到他然后又失去他……

我忍受住痛苦，如果那是救回爱德华的代价，我愿意。

飞机上在放电影，我旁边的人戴上耳机。有时候我看着小屏幕上的人影在晃动，但是我根本搞不清楚那电影是恐怖片还是爱情片。

好久以后，飞机才开始降落到纽约，爱丽丝坐着没动。我开始发抖，伸手想碰她，但又收回来。这样来来回回好多次，直到飞机砰地着地。

"爱丽丝，"我终于叫出来了，"爱丽丝，我们得下了。"

我摸了摸她的手臂。

她慢慢睁开眼，晃着脑袋四处看看。

“有什么新发现吗？”我小声问，对另外一边的那个男人保持警惕。

“没有什么，”她声音小得我几乎听不见，“他走近了，正在想怎么开口发问。”

我们必须赶去换机，这样很好——比干等着好。飞机一起飞，爱丽丝就和之前一样，以同样的姿势闭上双眼，我耐心地等待着。天黑了，我打开遮光板，看着外面和遮光板一样黑的天空。

真庆幸我训练了好几个月如何控制我的思想，虽然不管爱丽丝怎么安慰，我并不打算活着离开，但我控制住自己不去想这些恐怖的可能性，相反我开始想一些小问题。比如，回到家后，我要怎么对查理说？这个问题够我想上几个小时了。还有雅各布怎么办？他答应过等我，但是这个承诺还有效吗？我会一个人住在福克斯，孤独终老吗？也许我根本**不想**活下去了，不管发生什么。

感觉像是在几秒钟之后，爱丽丝摇摇我的肩——我这才意识到自己刚才睡着了。

“贝拉。”她轻声叫我，但是其他人都在沉睡中，她的声音显得有点大了。

我很清醒——睡的时间不长。

“怎么了？”

爱丽丝的眼睛在后面的灯光下微微发亮。

“没有什么，”她笑着，“还好，他们在讨论，决定对他说不。”

“沃尔图里吗？”我问道，有点晕乎乎的。

“当然，贝拉，别睡。我看看他们说些什么。”

“告诉我。”

一位乘务员轻轻走过来：“两位女士需要枕头吗？”他轻言细语，仿佛是对我们大声交谈的指责。

“不用，谢谢。”爱丽丝给他一个微笑，她的微笑非常迷人。那位乘务员愣住了，转身的时候晕头转向的，差点绊倒。

“告诉我。”我几乎无声地说。

她对着我的耳朵说：“他们对他有兴趣——认为他的才能非常有

用，他们想给他个职位。”

“他会怎么做呢？”

“我不知道，但肯定很有趣。”她又笑了笑，“这是第一个好消息，第一个转折他们开始行动了；他们不想毁了他，‘太浪费’——阿罗会这么认为，这就会使他想尽办法。他的计划拖得越久，对我们越有利。”

但这还不能使我充满希望，我并未像她一样能松口气。我们迟到的可能性还是很大。如果我没有进入沃特拉城，爱丽丝就会把我拖回家。

“爱丽丝？”

“什么事？”



“我不明白，你怎么能看得这么清楚？有几次，你预料到很远的事情——还没发生的事情？”

她眉头锁起来，我猜想她是不是知道我在想什么了。

“因为很近，很快就要发生，所以很清楚，而且我很集中注意力。该发生的事情终究会发生的——这些只不过是些苗头，而且，我比你更明白我的同类。爱德华和我关系更紧密，也就更容易了。”

“你有时候也看到我。”我提醒她。

她摇摇头：“没那么清楚。”

我叹了口气：“我真希望你能预料我的未来，最开始的时候，你还没遇到我就预料到……”

“你什么意思？”

“你预见到我会成为你们中的一员。”我挤出这句话。

她叹了口气：“当时确实有这个可能。”

“当时。”我重复她的话。

“事实上，贝拉……”她犹豫了一下，做出了选择，“说实话，这听上去有点儿荒唐，我正考虑是不是干脆由我来改变你。”

我盯着她，惊呆了。立刻，我顶住了她这话的诱惑，万一她改变了主意我会很失望的。

“吓着你了吧？”她问，“我想这就是你想要的。”

“是的！”我喘着气，“爱丽丝，现在就做吧！这样我就可以帮助你——不会拖你后腿，咬我吧！”

“嘘，”她提醒我，乘务员又朝我们这看了，“理智点，”她小声说，“我们没有时间了。我们明天必须赶到沃特拉。你需要在痛苦中熬几天。”她做了个鬼脸，“我认为其他乘客会惊慌失措的。”

我咬了咬嘴唇：“如果你现在不做，以后会改变主意的。”

“不会的，”她皱了皱眉，有点儿不高兴，“我不会改变主意，但是他会生气的，不过他又能有什么办法？”

我心跳加速：“他完全没有办法。”

她静静地笑着，又叹了一口气：“你太相信我了。贝拉，我不确定自己**能够**做到，可能最后只会杀了你。”

“我愿意冒这个险。”

“你太怪了，哪怕在人类当中你也是很怪的。”

“谢谢夸奖。”

“这只是假设，不管怎样，先过了明天这关再说。”

“好的。”至少我觉得要是活过明天，我就有希望。如果爱丽丝信守诺言，如果她没杀了我，那爱德华就可以随心所欲地到处走，我就可以一直跟着他。我不会让他烦心的，或许，要是我变得美丽、强大了，他就不会花心了。

“睡吧，”她对我说，“有新的消息我会叫醒你的。”

“好的。”我应了声，知道自己再也睡不着了。爱丽丝把腿放在椅子上，双手抱膝，额头趴在膝盖上，开始专心地听了。

我靠在椅子上休息，看着她，接下来就记得她看着东方微白的天空，关上遮光板。

“发生什么事了？”我问。

“他们跟他说不行了。”她平静地说，我注意到她的热情全无。

我的声音因为恐惧而哽咽：“那他打算怎么做？”

“开始很乱。我只能听到一部分，他计划变动很快。”

“什么样的计划？”我追问。

“最糟糕的时候，”她说，“他决定去捕猎了。”

她看着我，知道我没完全理解。

“在城市里捕猎，”她解释说，“这很危险，但他在最后一秒改变主意了。”

“他不想让卡莱尔失望。”我嘀咕着，即便到最后关头。

“也许吧。”她表示赞同。

“还有时间吗？”我说着，舱内气压有所变化，飞机准备降落。

“我想有的——只要他不改变目前的计划。”

“什么计划？”

“很简单，他想走到阳光底下去。”

走到阳光底下，就这样。

这就足够了。爱德华站在草地中间——闪闪发光，好像他的皮肤是由上千颗宝石组成的——对此我记忆尤为深刻，任何人看过这样的情形都不会忘怀的。沃尔图里如果不想引人注目，就绝不会允许这事发生。



我看着窗外微弱的晨光，“我们赶不到了。”我小声说着，喉咙哽咽。

她摇摇头：“现在他正看着热闹的人群，他想等到人最多的时候。他选择了钟楼下的中心广场，那边的墙很高，他会等到太阳当头照的时候。”

“所以我们还有时间？”

“是的，如果我们够幸运，而且他没有改变计划的话。”

飞行员用广播宣布，先用法语，然后用英语，说我们即将降落。指示灯闪烁提醒系好安全带。

“从佛罗伦萨到沃特拉要多久？”

“根据你行驶的速度而定……贝拉？”

“什么？”

她打量了我一番问：“你是不是很反对我偷车子？”

一辆明黄色保时捷在我身边急停下来，车身后面镶嵌着银色的“涡轮”字样。拥堵的机场中，在我身边的行人都盯着我们。

“快点，贝拉！”爱丽丝急切地从车窗里喊我。

我跑到车门，钻了进去，恨不得套双黑袜子在头上。

“爱丽丝，”我抱怨道，“你怎么不挑选个**更**显眼的车子啊？”

车内是黑色的皮革，车窗也是黑的，车子里面像是晚上，挺安全。

爱丽丝已经穿梭在车辆当中，太快了——穿过车辆之间的空隙，我赶紧摸寻到安全带系上。

“重要的是，”她纠正我说，“能不能偷到一辆更快的，已经不可能了，所以我运气很好了。”

“嗯，相信碰到路障的时候会很舒服的。”

她笑了笑：“放心，谁要是设路障的话，我保证**超过**它。”她踩足油门，好像为了证实她的话。

我本来似乎应该欣赏窗外的佛罗伦萨和托斯卡纳的风景。毕竟，这是我第一次远行，也可能是最后一次。但是爱丽丝开得太快，尽管我相信她的车技，但还是有些害怕。我太焦急了，没有心思好好欣赏窗外山脉和像古城堡的墙。

“你看见其他东西了吗？”

“好像有什么活动，”爱丽丝说，“一个节日，街上都是人和红色的旗子。今天是几号？”

我不是很确信：“十九号，也许？”

“真讽刺，今天是圣马库斯节。”

“什么意思？”

她冷笑道：“这个城市每年都要庆祝这一节日。传说一个传教士、沃特拉的马库斯神父一千五百年前把所有的吸血鬼逐出沃特拉城，传说他在罗马尼亚驱逐吸血鬼的过程中牺牲了。当然是一派胡言，他从未离开过这座城市，但是一些迷信就是这么来的，像十字架和大蒜。**马库斯神父**很会利用这些。吸血鬼没有再骚扰沃特拉城，所以它们见效了。”她的笑声变成嘲讽，“节日逐渐变成了城市的庆典，表达对治安力量的敬仰——不管怎么说，沃特拉是座很安全的城市，他们功不可没。”

我明白她为什么说**很讽刺**了：“爱德华在这天闹事，他们肯定不会开心的，不是吗？”



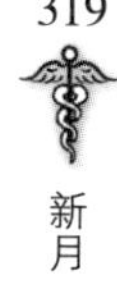

她摇摇头，表情很严肃："他们很快会行动的。"

我向别处看去，努力不让牙齿咬到下嘴唇，流血在这个时候可不是好事。

太阳在浅蓝色的天空上已经升得很高了。

"他还是计划中午行动吗？"我确认道。

"是的，他决定等到那个时候，他们也等着他行动。"

"告诉我应该做些什么。"

她盯着前方弯曲的道路——时速表上的指针已经偏到最右边了。

"你什么都不用做，他只要在走出来之前看到你就可以了，他看到我之前必须先看到你。"

"我们有什么办法实现呢？"

一辆红色的小车子似乎跟在我们的车子后头。

"我会尽量把你送到最近的地方，然后你沿着我指的方向跑去。"

我点了点头。

"不要摔倒，"她补充道，"我们今天没有时间瞎激动。"

我呻吟一声。说得真像我——一瞬间就可以毁掉一切，破坏整个世界。

太阳继续升高，爱丽丝正和它抢时间。天太亮了，我一阵恐慌。也许他觉得不用到中午就可以动手。

"那里。"爱丽丝突然说，指着靠近山顶的一座城堡一样的城市。

我盯着看，又感到一阵新的恐惧。从昨天早上开始的每一分钟——就像一周以前——当爱丽丝在楼梯口说出他的名字，就只剩一种恐惧。而现在，我看到古代的土黄城墙和陡坡上高耸的塔尖，又感到另一种更自私的畏惧闪过。

我想这座城市很漂亮，但却彻底吓坏了我。

"沃特拉。"爱丽丝用平板、冷酷的语气宣布。

# 沃特拉城

我们的车开到一个陡坡，道路变得拥挤起来。越往上开，车子越多，爱丽丝再也无法肆无忌惮地在车群中随意穿梭了。我们减速，慢悠悠地跟在一辆棕褐色的“标致”后面。

“爱丽丝。”我嘀咕道，车前的时速表上显示车速又快起来了。

“这是唯一一条道。”她试图安慰我，但是她的声音极不自然，无法使我放松下来。

车辆继续前行，一辆又一辆地和我们擦身而过。太阳光强烈地照射着，好像已经是当头直照了。

车子一辆接一辆地向那座城市行驶。开近些了，我看见车辆都停在路边，人们下车步行。一开始我以为是他们等得不耐烦了，这样的感受我很能理解，但是当我们到了一个 Z 形路轨，我看到城墙外面的停车场上排满了车辆，成群的人们蜂拥进城门，没有人可以把车子开进城去。

“爱丽丝。”我紧张地低声叫她。

“我知道。”她说，她的脸僵硬得像冰凿出来的一般。

我们的车开得很慢，我看得出外面风很大。那些朝大门走去的人用手紧按住帽子，不停地拂去被风吹到脸上的头发，他们的衣服也被风吹得鼓鼓的。我还注意到到处都是红色，红衬衫、红帽子、红色的旗子像长丝带般沿着城墙随风飘舞。我正出神地看着，有个女人系在头上的鲜红头巾被一阵风刮飞了。头巾在她上方飞舞，仿佛顿时有了生命。那个女人跳起来，想抢回头巾，可是它越飞越高，这座沉闷的古城上方就这样多了一块鲜红的色彩。

“贝拉，”爱丽丝急促地低声说道，“我不清楚这里的门卫会怎么做——如果我们的车开不过去，你只好一个人进去了。你必须快跑，边跑边打听普奥利宫，然后朝着人家指的方向跑，千万不要迷路了。”

“普奥利宫，普奥利宫。”我一遍遍地在心里默念着，努力记牢了。

“如果对方说英语，你就问‘钟楼’在哪儿。我会绕着城墙，看能不能找到没人的角落翻墙过去。”

我点了点头：“嗯，普奥利宫。”

“爱德华会在广场南边的钟楼下等你，右边有一条狭窄的小巷，他就在阴暗的角落等着。你要在他走出来之前让他看见你。”

我使劲地点了点头。

爱丽丝的车子快开到队伍前头了。一个身穿深蓝色制服的人正在指挥交通，把车辆从拥挤的停车场疏导开来。前面的车辆掉了个头往回开，在路边找个地方停靠，现在轮到爱丽丝了。



穿制服的人心不在焉地懒洋洋地指挥着。爱丽丝趁机加速，从他身边窜过，向着城门驶去。他朝我们大叫，但是没有追上来，拼命地挥手阻止后面的车辆学我们的样。

城门口的守卫穿着同样的制服。我们朝他行驶的时候，成群的观光者向两边散开，瞪大双眼盯着我们这辆冒失、轻浮的保时捷，向前直冲。

那个守卫一脚跨到路中间，挡住我们的去路。爱丽丝小心地把车开到一个合适的方位，然后才停下来。阳光从我这边的窗子射进来，爱丽丝那边没有。她敏捷地伸手到车后座，从包里拿出东西。

守卫绕到车子另一边，满脸恼怒地敲着她那边的车窗。

她摇下一半车窗，我看到那个守卫朝着墨镜后的脸看了两眼。

“非常抱歉，小姐，今天只有观光巴士才可以开进城去。”他用口音很重的英语说道。他满脸歉意，希望可以有更好的消息告诉眼前这位极其美丽的女子。

“这是私人观光车。”爱丽丝回答道，脸上洋溢着迷人的微笑。她一只手伸出窗外，暴露在阳光下。我惊呆了，后来才意识到她戴着到肘上的棕褐色的手套。她抓住守卫举着的叩车窗的手，把它扯进车内，把什么东西塞到他手中，让他握紧。

他抽回手，一脸迷惘，盯着手上拿着的厚厚的一沓钱，最外面的一张可是一千美元的大钞啊。

“您是在开玩笑吧？”他咕哝道。

爱丽丝笑得更加灿烂了：“如果你觉得有趣的话。”

他瞪大双眼看着她，我瞥了一眼仪表盘上的时间。如果爱德华按时到达的话，我们只有五分钟了。

“我时间有点儿紧。”她暗示道，仍然微笑着。

那个守卫眨了两下眼睛，把钱塞进里面的衣服。从我们车窗后退一步，示意我们开过去，边上的行人都没有注意到刚才静悄悄发生的一幕。爱丽丝开进城内，我们都松了一口气。

街道非常狭窄，路上铺着的碎石颜色和路边褪色的棕褐色的建筑一样，这些建筑的影子使得道路更加阴暗。感觉就像在一条幽深的小巷一般，两边的墙上有红旗装饰，旗与旗相隔没多远。这些旗子迎风飘舞，在狭窄的小巷中呼呼作响。

街上很挤，路上的行人使我们的车子不得不很慢地行驶着。

“不远了。”爱丽丝鼓励我说。我抓着车门的把手，只要她一说到我随时准备冲下车子。

她一下子加速一下子突然刹车，边上的行人向我们挥舞拳头，嘴里生气地骂着，真庆幸我听不懂他们说什么。她把车子拐到一条不适合车辆行驶的小道上，我们开过的时候，惊奇的行人不得不侧身贴在两边的房门上。在小道的尽头又有一条街，街上的建筑比之前的高，它们的顶层几乎连在一起，所以夹在中间的街道几乎晒不到阳光——就连上头飘扬的旗子也几乎连在了一起。这里的人群比哪儿都拥挤，爱丽丝停下车子，我还没等车停稳就把门打开了。

她指着街道前方一块宽敞点的地方：“那儿就是——我们已经到广场的南面。一直跑过去，到钟楼右边去。我会找条路绕过去……”

她突然打住，等她再次开口说话，她的声音很轻：“**他们到处都是。**”

我愣在那里，但是她把我推出车子：“别管那么多了。你只有两分钟，贝拉，快跑！”她喊着，一边也跨出车子。

我没有看爱丽丝怎样退到阴暗处的，也顾不上关车门。

我推开挡在我前面的一个胖女人径直往前冲，低着头，看清脚下凹凸的石头，其他什么也不管。

跑出那条黑巷子，我被主广场上空强烈的阳光刺得睁不开眼。风**呼啸**吹来，把头发吹到眼中，让我更看不清楚一切。难怪我没注意到一堵堵人墙，直到我狠狠地撞到他们。

人群简直水泄不通，我拼命地往前挤，不停地拨开别人的手臂。我听到人群愤怒的声音，甚至疼痛的声音，但我都听不懂。人们脸上的表情又怒又很惊讶，四周夹杂着星星点点的红色。一个金发女人瞪了我一眼，她脖子上的红围巾看起来像一处恶心的伤口。人群中，一个小孩儿被一个男人高高举在肩上，他朝着我咧嘴笑着，嘴唇被一副塑料吸血鬼假牙撑得鼓出来。



我身边的人群使劲挤，把我朝各个方向推挤。幸好那个钟很显眼，否则我肯定走错方向，但是钟上的时针和分针都齐刷刷地指向酷日，尽管我死命地在人群中往前挤，我知道我已经迟到好久了。我只走了一半的路程，肯定不能按时赶到。我不能像爱丽丝那样行动迅速。

我多么希望爱丽丝能够从某个阴暗的角落出来，希望她从某个角落看到我知道我失败了，然后回到贾斯帕那儿。

我仔细听，希望能在嘈杂的声音中听到某人看到惊奇事物的声音：当他们看到爱德华时发出的惊叫声。

突然，人群中有了一个空隙——我看见前面有一小块空地。我急忙往前冲去，直到我的胫骨撞到砖块上时，我才发现是广场中央一个方形大喷泉。

我跨过喷泉的边缘，踩到过膝的水，此时我松了一口气，几乎就要哭出来了。我蹚水过去，水花四处乱溅。虽然太阳晒着，可是风很冷，身上湿了，我冷得发痛，但是喷泉很宽。我从喷泉里穿过广场中心，一下子就到喷泉的另一边，我一刻也没停，踩在稍矮的墙上翻过高墙，又投入人群中去。

人们自觉地给我让道，小心地不让我衣服上滴下的水溅到他们身上，我又看了看钟。

一串悠长而急促的钟鸣在广场上响起。钟声使得脚底下的石头也震动起来，小孩儿捂着耳朵哭了起来，我尖叫着向前跑。

“爱德华！”明知无济于事，我依然大声叫着。人群太吵了，我气喘吁吁地叫着也没用，但是我还是不停地喊叫。

钟声又响起。我跑过一个抱着小孩的女人，那小孩儿的头发在强烈的阳光照射下几乎成白色的了。我穿过一堆穿着红夹克的高大男人，他们嚷着警告我，钟声又一次响起。

在这堆穿着红夹克的男人的另一头有一道空隙，观光者漫无目的地在我身边转悠，留出一块空地。我努力搜寻通向广场右边建筑间的那条幽暗道路，我还是看不清地面——路上还是有太多的人，钟声又响了。

现在越发难以看清楚了。前面没有人群挡着，风迎面吹进我的双眼。我不知道我的泪水是北风吹出来的，还是因为听到一遍又一遍的钟声急出来的。

离巷口最近的是一家四口。两个女孩一身红色，黑发用红丝带扎成马尾。那位父亲不是很高，从他肩膀旁，我瞥见阴暗处有点儿亮的东西。我向他们的方向疾飞过去，努力睁开含泪的双眼。钟声响起来，最小的女孩用手捂住了耳朵。

大一点的女孩也只到她的妈妈腰间那么高，她抱着妈妈的腿，盯着他们身后的阴暗处。我看见她扯扯妈妈的肘，指着那片黑暗。钟声再一次响起时，我已经很近了。

我离他们很近了，可以听到女孩刺耳的声音。看到我闯入他们当中，一遍遍地叫着爱德华，那位父亲惊奇地看着我。

稍大的女孩嘻嘻笑着，一边和她妈妈说着话，一边迫不及待地指着阴暗处。

我突然绕到那位父亲的身后——他迅速把小孩拉开——我嗖地蹿进他们身后的暗处，上方的钟又响了。

“爱德华，不要！”我尖叫着，但是我的声音被钟声淹没了。

我看见他了，但是我发现他看不见我。

这次真的是他，不是幻觉。我的想象比我预料的还要失误，现实中的他远比我想象中的好。

爱德华像雕像那样站在那儿一动不动，他离巷口只有几步的距离。他的双眼紧闭，眼袋呈深紫色，两只手臂自然下垂在身体两边，掌心向前。他表情极其安详，好像正做着好梦。大理石般的胸膛赤裸着——他的脚底下还有一小堆白色的织物。光线从广场走道上反射到他的皮肤上，微微发光。

我从来没有见过比这更美的——虽然我一路尖叫跑来，气喘吁吁的，我还能细细欣赏。过去的七个月根本不算什么，他在森林里和我说的那些话也没有任何意义，他不要我也不要紧。不管我能活多久，我只要和他在一起。



钟声响起，他大步地走出阴暗。

“不！”我叫道，“爱德华，看着我！”

他没有听我的，他微微笑着，他抬起脚步就要跨进阳光中。

我冲向他，由于用力过猛差点儿把自己甩到地上，幸亏他接住我。我几乎吓晕了，我猛转过头。

钟声再一次响起的时候，他缓缓睁开双眼。

他低头看着我，暗暗感到惊奇。

“太奇妙了，”他说道，优美的声音充满了惊奇，还有点儿窃喜，“卡莱尔说得没错。”

“爱德华，”我试着说话，但是发不出声音，“你必须退回阴暗处，快啊！”

他好像有点困惑，他的手轻轻拂过我的面颊，似乎没有注意到我正尽力把他推回阴暗处。可是就跟推一堵墙似的，我的力气全白费了。钟声再响的时候，他依然毫无反应。

真奇怪，我明白我们两个人当时的处境都很危险，但是，在那一瞬间，我感觉**很好**，我感觉到我的心脏在胸膛中跳动，血液在血管里沸腾、涌动。他皮肤散发出来的香气沁入我的心肺，塞得满满的，仿佛我的胸膛从没有任何伤口。我感觉很完美——不是大病初愈的那种感觉——就像从来未曾受过伤那样美好。

“我不能相信这一切来得这么快。我毫无感觉——它们太棒了。”他自得其乐，闭上眼睛又一次吻着我的头发。他的声音像蜂蜜一样甜，像天鹅绒一样软。**“死亡，就算汲走你呼吸的香蜜，却无法夺走你的美丽。”**他轻声说着，我记得这句话是罗密欧在坟前说过的。最后一次钟声响起了。“你和以前一样那么好闻，”他接着说，“就算是地狱，我也不在乎，我要拥有它。”

“我没有死，”我打断他，“你也没有！爱德华，快点，我们快走，他们很快就会赶到的！”

我在他的怀里挣扎，他眉头紧锁，很是不解。

“怎么了？”他礼貌地问道。

“我们还没死，没有！但是我们必须**离开**这里，在沃尔图里之前——”

我说这话的时候，他脸上闪过理解的表情。我话还没讲完，他突然把我从阴暗边缘处猛拉开，轻而易举地把我甩到靠墙的地方站着，他自己则背对着我，面对着巷口，双臂张开挡在我前面保护我。

我从他的手臂下方看到两个黑影站在阴暗的不远处。

“好啊，先生们，”爱德华的声音听起来似乎沉着而轻快，“我没想到今天会遇见你们，但是如果你们代我向你们的主子道谢的话，我会更加感谢。”

“我们可以换个更合适的地方谈话吗？”一个平淡的声音不怀好意地说道。

“我觉得没那个必要。”爱德华的声音变得更加生硬了，“我明白你得到的指示，费力克斯，但是我没有犯规。”

“费力克斯只是想说太阳快照到这儿了。”另外一个人解释道，他们两个都披着拖地的灰色斗篷，斗篷在风中不停地摆动，“我们找个更阴的地方吧！”

“好，我跟你们去，”爱德华冷淡地说道，“贝拉，你不回到广场去享受节日的气氛？”

“不，把那女孩一块带过来。”第一个人不怀好意地盯着他说道。

"我不同意。"表面的客套顿时消失了。爱德华声音冷淡极了。他的重心稍微转变，我知道他已经做好战斗的准备了。

"不要。"我说道。

"嘘。"他轻声说，只有我听见。

"费力克斯，"第二个人提醒道，他显得比较讲理，"不是说这话的时候。"他转向爱德华，"阿罗只是想和你再谈谈，希望你不要逼我们出手。"

"当然可以，"爱德华回答，"可是必须先放这女孩离开。"

"恐怕不行，"比较礼貌的那人抱歉地说道，"我们也是奉命行事。"

"那**我**恐怕也不能接受阿罗的邀请了，德米特里。"

"那正好。"费力克斯嘀咕道。我眼睛开始适应黑暗的光线，能看清费力克斯是个虎背熊腰的大汉，他强壮的体形使我想起了埃美特。





"阿罗会很失望的。"德米特里叹了口气。

"他肯定能够经受住这样的失望的。"爱德华回答说。

费力克斯和德米特里悄悄走近巷口，俩人散开以便可以两面夹攻爱德华。他们想把爱德华逼进巷子，以免被其他人看到。没有光能照到他们的皮肤，有斗篷裹着他们非常安全。

爱德华纹丝不动，为了保护我他置自身安危于不顾。

突然，爱德华把头转过来，面对黑暗的深巷。德米特里和费力克斯也做了同样的动作。他们听到一些声响我却一点也感觉不到。

"我们就不能安分点吗？"一个轻快的声音提议，"可有女士在场啊。"

爱丽丝走到爱德华身边，她步履轻快随意，没有一丝紧张的气氛。她看起来那么小巧，那么脆弱，她的两只手臂像小孩儿那样甩着。

但是德米特里和费力克斯都站直了身子，他们的斗篷轻轻地飘动了几下，好像一阵风刚从巷子里刮过。费力克斯面露难色，显然他们不喜欢双方人数相当。

"我们还有人哟。"她提醒他们。

德米特里回头看看。广场上离我们不远处，穿红衣服女孩的那一小家子人正看着我们。那位母亲紧张地和她丈夫说话，眼睛看着我们五个人。那个男人朝广场方向走了几步，拍了拍其中一个穿红夹克的男人的肩膀。

德米特里摇了摇头，说："爱德华，让我们冷静一下吧。"

"好啊，"爱德华说，"那我们现在离开，互不相犯。"

德米特里沮丧地叹了口气："至少让我们私下再谈谈吧。"

又有六个穿红衣服的男人和那家子人一起紧张地盯着我们，我很清楚是爱德华挡在我前面保护我的姿势使他们感到紧张的，我想大声叫他们快跑。

爱德华的牙齿开始咯咯响了："不。"

费力克斯笑了。

"够了。"

一个声音又高又尖，从我们身后传来。

我从爱德华的另一只手臂下方偷看，一个矮小的黑影朝我们走来。从他飘动的衣服判断，这个人是敌方的，还能是谁呢？

一开始我以为是个年轻人，和爱丽丝一样小巧，留一头稀疏平直的浅褐色短发，斗篷——几乎是黑的——下的身躯很消瘦，分不出来是男是女，但是如果是个男的，他那张脸实在长得太漂亮了。大大的眼睛，饱满的双唇，即便是波提切利画中的天使[1]和他比起来也像个丑八怪了，尽管他的双眼是血红的。

他是那么娇小，可是其他人对他的到来的反应着实令我吃惊。费力克斯和德米特里顿时放松了下来，调整了防备的姿态退到墙壁的阴影中去。

爱德华也放下手臂，调整姿势，但是像已经战败了似的。

"简。"他认出了来人，叹了口气，放弃了。



---

① 波提切利画中的天使：波提切利（Sandro Botticelli 1445—1510），真名叫亚历山大·菲利浦。少年时代就酷爱绘画，15岁时被做皮革匠的父亲送到画家菲利浦·利皮的画室学画。利皮带着波提切利一同描绘现实生活中的人，并借鉴古希腊艺术中的理想，所以他们创作的神话人物都具有世俗的情态：和蔼可亲、动作轻盈、身着绢纱、临风飘逸。

爱丽丝双手交叉在胸前，表情冷漠。

“跟我来。”简说，她稚嫩的声音很平淡。她转身悄然无声地走进黑暗中。

费力克斯示意我们先走，假笑。

爱丽丝紧随在简后面。爱德华挽着我的腰，和我一起走在爱丽丝身边。小巷变得越来越窄，微微有个下坡。我抬头满脸疑惑地看着爱德华，可是他只是摇摇头。虽然听不到任何声音，我确定他们跟在后面。

“爱丽丝，”爱德华边走边和爱丽丝谈起话来，“我想我应该预料到你会来这儿。”

“是我的错，”爱丽丝以相同的语调回答，“我有责任挽回这一切。”



“怎么回事？”他的语气很礼貌，好像他不是很在乎的样子，我想可能是由于后头有人跟着吧。



“说来话长了。”爱丽丝瞥了我一眼又把目光转开，“总之，她确实跳下悬崖，但是并不是想自杀，贝拉最近迷上各种极限运动了。”

我脸上一阵发烫，眼睛看着前方那个已经看不清的影子。我可以想象他现在从爱丽丝的话语中听出了言外之意。差点溺水，围捕吸血鬼，和狼人交朋友……

“嗯。”爱德华随口应着，声音中那随意的语气已经消失了。

小巷深处有一个小拐弯，依然向下倾斜，所以在走到那堵平坦、无窗的砖墙之前我没有意识到会到了路的尽头，那个简已经无影无踪了。

爱丽丝毫不犹豫地一直朝着墙走，脚步也不放慢，然后，她从容地滑进街上的一个洞里去了。

那个洞看起来像个排水沟，一直延伸到石头路的最低点。直到爱丽丝消失了我才注意到，那个洞的盖子已经半开着了。洞又小又黑。

我犹豫着不敢进去。

“没关系的，贝拉，”爱德华小声说，“爱丽丝会接着你的。”

我满怀疑虑地看着那个洞。我想要不是德米特里和费力克斯不怀好意，静静地跟在后面，爱德华肯定会先下去的。

我蹲下身子，把腿伸进洞里。

“爱丽丝？”我轻声叫道，声音颤抖着。

“我在这儿，贝拉。”她安慰我，但是她的声音听起来好远，我并没有感觉好一点。

爱德华抓住我的手腕——他的双手和冬天里的石头一样冷——把我放低到黑黑的洞里。

“准备好了吗？”他问道。

“放手吧。”爱丽丝回答。

我闭上眼睛，这样就看不见下面恐怖的漆黑一片，同时闭牢嘴巴防止自己叫出声来。爱德华把手放开，让我掉下去。

掉下去的过程很快，没什么声响。空气的响声就像我自己呼出一口气那样，半秒不到就没了。爱丽丝在下面摆好了姿势接着我。

我身上会有一些擦伤，她的手臂非常有力，她接住我的时候依然直直地站着。

洞底光线微弱，但并不全黑，上面洞口的微光从我脚下的湿石头上反射上来。光线消失了一下子，但是爱德华在我身边发出微微的白色光芒。他用手臂把我紧紧地挽在身边，开始轻轻地把我往前拖。我双手抱着他冰冷的腰，跌跌撞撞地走在凹凸的石头路面上。后面排水沟上的盖子传来金属关闭的声音。

街上透进来的微弱的光很快消失了，我蹒跚的脚步声在洞里回荡。洞里听起来很宽的样子，但是我不确定，除了我的心跳和脚踩在湿石块上的声音之外没有任何声响——只有一次从我身后传来一声不耐烦的叹气。

爱德华紧紧地挽着我，另一只手从他身体的一边探到我的脸上，他光滑的拇指拂过我的嘴唇。我感到他时不时地把脸贴在我的头发上，我意识到这是唯一我们可以团聚的方式，所以我靠得更紧一些。

这一刻让我觉得他不会抛下我，而这一点足够抵消在地道被吸血鬼尾随的阴森恐怖。也许这只不过是因为内疚——就像他因为感到内疚，认为是由于他的错造成我的自杀而来这里寻死一样。但是，当我感觉到他轻吻我的额头时，我并不在乎他的动机是什么。至少在死之前我能和他在一起，这比活得长久更重要。

我想问他接下来到底会发生什么。我非常想知道我们将会怎么死——好像事先知道会好受一些。但是，我不能说话，在重重包围之中即便是低声也不行。其他人什么都能听到——哪怕是我的呼吸和心跳声。

脚下的路还是一直往下，我们在往更深的地下走去，这让我越来越害怕。只是爱德华的手，抚摸着我的脸，才使我忍住没叫出声来。

我不知道哪里来的光线，只是洞里由漆黑慢慢变亮了一点。我们走在低矮的拱形地道里，一行行乌木树脂好像墨水般地从灰石缝中渗出来。

我浑身颤抖，我开始以为是因为害怕，直到我牙齿开始咯咯作响我才意识到很冷。我的衣服还是湿的，城市的地下温度和冬天里的一样，和爱德华的皮肤一样冷。



他此时也发现我很冷，于是松开我，只是握着我的手。

"不……"我打着冷战，用手臂挽着他。就算冻僵我也不在乎，天知道我们还剩多少时间。

他用冰冷的手搓我的手臂，尽力给我取暖。

我们匆匆走过地道，也许只是我的感觉罢了。我的拖拖拉拉激怒了某人——我猜是费力克斯——我时不时地听到他的叹气声。

在地道的尽头有个壁炉——那栏杆已经生锈，但是和我手臂一样粗。一扇较小的门开着，交叉栏杆稍微细些。爱德华快速跨过门，进入一个大一点，光线更好的石头房间。后面的铁门当的一声关上了，随后是上锁的声音。我害怕极了，根本就不敢回头看。

在长房间的另一端是一扇矮矮的笨重的木门，木门很厚——因为它是开着的，所以我可以看出来。

我们走进门，我惊奇地向四周看了看，不过自然地放松下来，但是我旁边的爱德华紧张得咬紧牙关。

# 宣　判

我们来到一条明亮的、普通的走廊。两边的墙壁是白色的，地板是灰色的。天花板上均匀地挂着很平常的矩形荧光灯。这个地方暖和些，我很庆幸，在走过阴森的下水道后感觉这个大厅尤其温馨。

爱德华的感受似乎和我很不一样。他眉头紧锁，看着长长的走廊，走廊尽头的电梯口站着穿着一身黑色的人。



他拉着我向前走，爱丽丝走在我的另一边。我们身后那个笨重的门吱吱地关上后，传来门闩使劲被插上的声音。

简等在电梯旁，一只手扶着门，她面无表情。

进了电梯后，那三个沃尔图里的吸血鬼更加没有顾忌了。他们敞开斗篷，把兜帽拉下来。费力克斯和德米特里的肤色都有点儿橄榄绿——和整体粉笔般的苍白很不协调。费力克斯的黑头发剪得很短，但是德米特里的头发却长及肩膀。他们的眼膜周边鲜红，越往中央越黑，到了眼珠子那里已经是漆黑的了。他们斗篷里面的衣服是现代的、苍白的，说不上有什么特色。我蜷缩在角落，紧紧靠着爱德华，他的手依然在我手臂上搓着，他的双眼死死地盯着简。

我们乘电梯时间很短，走出电梯，来到一个像是邮局前台的地方。护墙板是木头做成的，地毯是很深很深的绿色。没有窗户，取而代之的是大幅的色彩鲜艳的托斯卡纳乡村风景画。白色的皮沙发整齐地摆放着，光滑的桌面上摆着水晶花瓶，插满了艳丽的花束，这些花的香气使我联想到殡仪馆。

房间的中间是一个高高的、光泽的桃花心木柜台，我惊奇地看着柜台后的女人。

她很高挑，皮肤黝黑，眼睛是绿色的。换个地方她可以说是个美女，但在这里她算不上，因为她和我一样是人类。我不明白为什么这个女人会在这里，那么从容地整天和吸血鬼在一起。

她微笑表示欢迎。“下午好，简。”她说。看到和简一起的这班人她一点也不惊奇。就算看到爱德华袒露的胸膛在白色光线下微微发光，还有我蓬头垢面、狼狈不堪的样子，她也毫不奇怪。

简点了点头，打个招呼。“吉安娜。”她径直朝房间后面的两层门走去，我们跟在后面。

费力克斯经过台子时，向吉安娜眨了下眼，而她哈哈笑了。

木门后面的接待处和前面的那个完全不一样，有个穿着珍珠灰色西装的男孩看起来像简的双胞胎兄弟。他的头发比简黑，嘴唇没有简饱满，但是同样那么讨人喜欢。他迎上来，微笑地和简打招呼：“简。”

“亚历克。”简回应他，拥抱那个男孩，互相亲吻对方的脸颊，然后他看着我们。

“他们派你出去带他一个回来，你带回了两个……半，”看着我，他纠正了一下，“干得不错！”

她笑了——笑声像小孩子的声音一样，让人觉得很开心。

“欢迎回来，爱德华，”亚历克对他说，“你看起来情绪不错。”

“还好。”爱德华冷淡地应了声。我看了看爱德华僵硬的脸，不记得什么时候他的情绪比此时更低落过。

亚历克哧哧笑了几声，打量了爱德华身旁的我。“这就是问题的根源吧？”他怀疑地问道。

爱德华微笑了一下，一脸的不屑，然后他愣住了。

“迪布斯。”费力克斯在身后随意地喊了一声。

爱德华转过身去，胸中充满怒火。费力克斯微笑着——他举起手，掌心朝上，手指弯了两下，叫爱德华过去一下。

爱丽丝碰了碰爱德华的手臂。“忍耐。”她提醒他。

他们交换了一个眼神，我希望自己能听见她说了什么。我猜大概是让爱德华不要出手打费力克斯，因为爱德华深吸一口气，然后转向亚历克。

“阿罗看到你会很高兴的。”亚历克说道，好像什么事情都没发生过一样。

“不要让他久等了。”简提醒道。

爱德华点了点头。

亚历克和简牵着手带领我们穿过另一个宽敞、华丽的大厅——这样何时是个尽头？

他们走过大厅尽头的几扇门——这几扇门整个镀了一层金——在大厅中间停下，拉开一块嵌板，露出一扇普通的木门。这门没上锁，亚历克推开门让简过去。

爱德华把我推过门的时候，我都快呻吟了。和广场、小巷、下水道一样，又是一些古老的石头，又变得又冷又暗了。

石头砌成的接待室不大。很快我们就来到一个亮堂些、洞穴般的房间，圆圆的像极了一座城堡的塔楼……可能它就是座塔楼。

再往上两层楼，阳光从长长的窗户射到石板地面上，没有其他的光源。房间里仅有的家具就是几张很大的木椅，像君主的宝座，毫无秩序地摆在那里，和弯曲的石墙相互反光。在圆形地面的中间，光线很暗，又是一个排水道。我猜想他们是不是把它当成一个出口，就像街上的地洞那样。

这房间不是空着的，有几个人好像正在轻松地开会讨论什么，他们低沉、平淡的声音在空气中嗡嗡作响。我正看着，两个穿着夏装的苍白女人停在一束光当中，她们的皮肤像棱镜一样，把阳光反射到黄色的墙上，像彩虹般色彩斑斓。

我们一走进房间，那些精致的脸孔都转过来。大部分的吸血鬼都穿着普通的裤子和衬衫——在街上不会被认出来，但是第一个说话的人穿着长袍，长袍很黑，拖地的长度。一开始，我还以为他那很长的黑发是他斗篷的兜帽。

“亲爱的简，你回来啦！”他很高兴地叫道，他的声音就像柔和的叹息声。

他轻快地走过来，那动作是如此的优雅，显得不真实，我看傻了眼，嘴巴张得大大的。即使是举手投足都像是在跳舞的爱丽丝也望尘莫及。

当他飘得更近了，我看到了他的脸，我更是惊呆了。他那迷人的脸不像其他人那样美得不自然（因为不仅仅他走近我们，所有人围绕着他，有些跟在后面，有些像保镖似的警觉地走在前方）。我说不清楚他的脸是不是很美丽，我认为五官长得很完美，但是和我一样，他长得和他身边的吸血鬼不一样。他的皮肤白得透明，像洋葱的皮，看起来也非常精致——这张脸在乌黑长发衬托出的轮廓中显得异常突出。我突然有种奇怪、可怕的冲动，去摸摸他的脸，看看是不是比爱德华或爱丽丝的脸柔软，还是像粉笔那样粗糙。他的眼睛和其他人一样是红的，但是红色上面有朦朦胧胧的薄膜，我怀疑他的视力会不会受这个影响。



他滑到简那儿，白纸般的双手捧起她的脸，轻轻地亲吻她那饱满的双唇，然后他后退了几步。



"是，主人。"简微笑道，这个表情让她看起来像个小天使，"如你所愿，我把他活着带回来了。"

"啊，简，"他也微笑，"你真是我最大的安慰。"

他那朦胧的双眼转向我们，笑得更灿烂了——几乎欣喜若狂了。

"还有爱丽丝和贝拉！"他开心极了，那双纤瘦的手不停地拍着，"真是很大的惊喜！太好了！"

我奇怪地盯着他，听他亲切地叫我的名字，好像多年不见的老朋友偶遇一般。

他转向我们笨拙的护卫："亲爱的费力克斯，麻烦通知我的兄弟们我们的客人到了，我肯定他们不会错过这样的场景。"

"是，主人。"费力克斯点了点头，沿着我们来时的路原路返回。

"现在明白了吗，爱德华？"那个奇怪的吸血鬼转向爱德华，对着他微笑，就像是一位慈爱同时又严厉的祖父，"我以前怎么跟你说的？昨天我没有给你想要的东西，你现在不应该高兴吗？"

"是，阿罗，我很开心。"他表示赞同，把我的腰搂得更紧了。

"我爱圆满的结局。"阿罗叹了一声，"这样的结局很少见，但是我还想知道事情的前因后果。这一切是怎样发生的？爱丽丝？"他转向爱丽丝，用他那双充满好奇的迷离的眼睛看着她，“你哥哥认为你很可靠，但是显然他还是看错了你。”

“我一点都不可靠。”她微微一笑，看起来很从容，但是她的手握起了小拳头，“正像你今天看到的一样，我经常出娄子，不过往往能挽救过来的。”

“你太谦虚了，”阿罗责备道，“我看到过你的一些成就，我得承认你的能力是我见过最棒的，简直太棒了！”

爱丽丝向爱德华使了个眼色，但是被阿罗看到了。

“很抱歉，我们还没有正式地相互认识吧？只是我觉得自己已经和你认识了，我这人意识有点超前。你哥哥昨天和我说过你，他用很意外的方式介绍了你。你看，我和你哥哥能力相当，只是我比他多受一些限制。”阿罗无奈地摇了摇头，语气中透露出嫉妒之情。

“他的能力比我强上千百倍。”爱德华冷冷地插话，他看着爱丽丝简短地解释一番，“阿罗他接触到你就能了解你在想些什么，比我更敏锐。你知道我只能了解你当时的想法，但是他能知道你所有的念头。”

爱丽丝扬了一下漂亮的眉毛，爱德华随即低下把头凑近些。

阿罗又看见了。

“至于远处听音……”阿罗叹了一声，指指他们两个刚刚做的动作，“那就太**容易**了。”

阿罗朝我们身后看去，其他人，包括站在我们边上的简、亚历克和德米特里都不约而同地往后看。

我最后一个转过头去，费力克斯回来了，还带了两个穿黑袍的人。两个人都很像阿罗，其中一个也有随风飘动的黑发。另外一个有着一头雪白的头发——和他的脸一个颜色——头发往肩后梳着。他们的脸一模一样，仿佛吹弹即破。

和卡莱尔三百年前画他们的时候一样，这三个人丝毫没有任何改变。

“马库斯，凯厄斯，看！”阿罗轻声叫着，“贝拉还活着，爱丽丝和她一起来了！多好啊！”

他们两个看起来都不认为有“**多好**”。那个黑头发的看起来无聊极了，好像见够了阿罗一贯的大惊小怪。另外一个白头发的也是一副苦脸。

他们的毫无兴趣并不影响阿罗的兴致。

“我们来听故事吧。”阿罗轻柔的声音犹如歌唱。

那个白头发的径直走向其中一张木制王座。另外一个走到阿罗身边，伸出手来，我以为是要和阿罗握手，但是他只是轻轻碰了下阿罗的手掌，就垂下手去，阿罗皱了下眉头。我都担心，他那纸般的皮肤会皱了。

爱德华轻轻地哼了一下，爱丽丝奇怪地看着他。

“谢谢，马库斯，”阿罗说道，“这样挺有趣。”





我过一会儿才意识到，马库斯刚才是告诉阿罗他的想法。

马库斯**看上去**不怎么感兴趣。他走到那个凯厄斯那边，和他一起靠墙坐着。两个随从跟着他——大概也是保镖。我看到那两个穿背心裙的女人也站到凯厄斯的身后，吸血鬼还需要保镖？真滑稽，不过可能老的吸血鬼需要，像他们衰老的皮肤那样。

阿罗摇着头。“太奇妙了，”他说，“简直奇妙极了。”

爱丽丝一头雾水。爱德华转向她，低声解释道：“马库斯可以看透人与人之间的关系，他对我们之间深厚的感情很惊讶。”

阿罗笑着。“真方便，”他自言自语，然后对我们说，“我说啊，让马库斯感到惊讶可不是很容易的。”

我看着马库斯呆板的脸，相信他说的话。

“即使到现在，我还是很难理解。”阿罗笑道，看着爱德华紧紧拥着我，阿罗的话语毫无逻辑，我努力地跟上他的思路，“你怎么能够和她站得这么近？”

“一点不难。”爱德华平静地回答。

“但是——**我们的歌唱家**！多浪费！”

爱德华不带感情地笑一声：“我认为这是必然的代价。”

阿罗反驳道：“代价也太高了。”

“机会成本嘛！”

阿罗笑了笑："如果不是我从你的记忆里闻到她的味道，我还真不能相信会有人血的味道这么强烈，我从来没有这样的感受。我们大部分人都会不惜代价想得到这样的礼物，可是你……"

"却浪费了。"爱德华接过他的话，声音里满是嘲讽。

阿罗又笑了："啊，我多想我的朋友卡莱尔！你让我想起了他——只不过他没你这么怒气冲冲的。"

"卡莱尔还有很多方面比我强。"

"我从没见过卡莱尔为克制自己而烦恼，你让他蒙羞了。"

"不见得。"爱德华不耐烦了，好像他已经受够了这开场的客套。这让我更害怕，我不禁猜想接下来会发生什么。

"对他的成功我很满意，"阿罗笑道，"虽然非常出乎意料，但是你对他的记忆对我来说很珍贵。没想到它能让我……这么**开心**。我指的是他选择了一条叛逆的道路，而且成功了。我本期待他白费力气，越来越弱。我曾经还拿他的计划开玩笑，以此警告其他有同样想法的人。不管怎样，我很高兴是我错了。"



爱德华没有回答他。

"但是**你的**忍耐力！"阿罗叹声道，"我一直以为你没有这样的忍耐力。能够经受住这么强大的诱惑，而且不是一次，而是经常性的——要不是我自己感受到，我是不会相信的。"

面对阿罗的赞扬，爱德华无动于衷。我对他的表情很熟悉——时间没有改变他——所以能猜到他冷静的表面掩盖下的激动的内心。我努力保持呼吸平稳。

"仅仅想到她对你的吸引力……"阿罗笑道，"就让我饥渴。"

爱德华紧张起来。

"不要担心，"阿罗安慰他，"我不会伤害她的，但是我对一件事很好奇。"他饶有兴趣地看着我，"我可以请教一下吗？"他急切地问，举起一只手。

"问**她**吧。"爱德华平静地说。

"好吧，恕我冒昧！"阿罗大声说道，"贝拉，"他叫我的名字，"我很惊奇，爱德华惊人的才能在你身上失效了。这可不常见！我想，既然我和他的能力相当，你能不能让我尝试一下——看看**我的**能力在你身上是不是也会失效？”

我的目光投向爱德华，满是恐惧。虽然阿罗表面上很礼貌，但是我没有选择。一想到让他碰我，还有接触到他奇怪的皮肤的感觉，让我顿时毛骨悚然。

爱德华点头同意——我不知道是因为他相信阿罗不会伤害我，还是因为别无选择。

我转向爱德华，战战兢兢地把手举起来。

他靠近一点，我知道他是想显出更有诚意的样子，但是他苍白的脸孔太奇怪了，太与众不同，而显得很恐怖，他的表情比他的话更自信十足。



阿罗伸出手，像是和我握手的样子，他那不真实的皮肤碰到我的手。他的手是硬的，但是感觉有点儿脆——比起页岩更像花岗岩——比我想象的还要冷。

他朦胧的双眼盯着我的眼睛，我无法转开目光，我好像被奇怪地催眠了似的。

我发现阿罗的表情变了，那份自信先变成疑惑，然后变成怀疑，最后他又恢复到一副友好的样子。

“真有趣。”他说着放开我的手，退回原处。

我瞟了一眼爱德华，虽然他表情很镇定，但是我知道他有点儿自鸣得意。

阿罗继续若有所思地来回踱步。他安静了一会儿，不时地瞅瞅我们三个人，然后，他突然摇了摇头。

“首先，”他自言自语道，“我想知道她对其他人的能力是不是免役……简，亲爱的？”

“不行！”爱德华吼道。爱丽丝拉住他的手臂，他把她甩开。

简对着阿罗微笑道：“有何吩咐，主人？”

爱德华真的开始大吼了，声音震耳欲聋，他恶狠狠地盯着阿罗。整个房间顿时安静下来，每个人都惊奇地看着他，好像他跳交谊舞时出了洋相。我看见费力克斯奸笑着向前迈了一步。阿罗很快瞪了他一眼，他停在原地，收住笑容，拉着个长脸。

然后他问简："我想知道，贝拉对**你的**能力也没有反应吗？"

爱德华的怒声太响了，我几乎听不到阿罗的说话声。他放开我，走到我前面，挡住别人的视线。凯厄斯和他的随从像幽灵一样地向我们走过来，看看发生了什么事情。

简转向我们，投过来一个善意的微笑。

"不要！"爱丽丝看到爱德华向着小女孩发起攻势，叫了起来。

我还没反应过来，也没有人来得及阻止他们，甚至阿罗的保镖也没做好准备，爱德华已经躺在地上了。

没有人碰到他，可是他躺在地上痛苦地抽搐，我在一旁惊骇地看着。

简只是对他微笑了一下，所有一切都是联系在一起的。先是爱丽丝提到的**特异功能**，还有每个人对简是那样尊敬，然后是为什么爱德华迅速地挡在我前面保护我。

"够了！"我尖叫道，我的声音在一片沉寂中回响。我跑到他们两个之间，但是，爱丽丝用手抓住我，怎么也挣不脱。爱德华蜷缩着靠在石块上，看着他，我痛苦得脑袋快爆炸了。

"简。"阿罗平静地叫住她，她愉快地抬起头，带着疑问的眼神。简的目光一移开，爱德华就安静下来了。

阿罗把头转到我这边。

简微笑地转向我。

我还没遇见她的眼神。我看见爱德华从爱丽丝的怀里挣扎着起来，但是没有成功。

"他没事。"爱丽丝紧张地说。她说的时候，他坐起来，然后站直了。他的眼睛看着我，充满了恐惧。开始我以为他的恐惧是因为刚才的痛苦，但是他很快地看了一眼简，又看了看我——他表情放松了下来。

我也看着简，她已经不笑了。她怒目而视，集中了注意力，咬紧牙关。我后退几步，等待痛苦的降临。

但什么也没发生。

爱德华来到我的身边，他拍拍爱丽丝的手臂，爱丽丝就把我交给了他。

阿罗大笑起来。“哈，哈，哈，”他笑着说，“太神奇了！”

简沮丧地发出怪声，她稍稍前倾，准备跳起来。

“别生气，亲爱的，”阿罗安慰道，一只手轻轻地搭在她的肩上，“她把我们都打败了。”

简继续盯着我，牙齿咬了咬上嘴唇。

“哈，哈，哈，”阿罗又大笑起来，“你很勇敢，爱德华，默默忍受疼痛。有一次我出于好奇，让简在我身上做了实验。”他赞赏地摇了摇头。

爱德华极其厌恶地瞪着他。



“那么我们接着应该拿你怎么办呢？”阿罗叹了口气。

爱德华和爱丽丝颤抖了一下。他们等的就是这一刻，我开始发抖了。



“我觉得你不可能改变你的决定。”阿罗带着希望问爱德华，“你的才能对我们很有用处。”

爱德华犹豫了一下，我从眼角看见费力克斯和简都虎视眈眈的。

爱德华好像正仔细斟酌他的语言：“我……宁可……不……”

“爱丽丝？”阿罗问道，依然满怀希望，“你有兴趣加入我们吗？”

“不了，谢谢。”爱丽丝回答。

“你呢，贝拉？”阿罗抬了下眉毛。

爱德华低声说了些什么，听起来很轻，我茫然地看着阿罗。他在开玩笑吧？还是他只是邀请我留下来用餐？

白头发的凯厄斯打破了沉默。

“什么？”他问阿罗，他的声音虽然很轻，但很有力。

“凯厄斯，你也看到了她的潜力啊，”阿罗激动地解释，“在我发现简和亚历克之后，我没见过这么有潜力的天才，你能想象她如果加入我们会有多好吗？”

凯厄斯表情怪异地转开，简听到阿罗把我和她做比较，眼中充满了愤怒。

爱德华在我身边暗暗发怒，我可以感受到他胸中的怒气再聚集就要爆发了，我不想他发脾气而再受到伤害。

“不，谢谢。”我很小声地说，声音吓得发抖了。

阿罗叹气道：“真不幸，太浪费了。”

爱德华说道：“要么加入，要么死，是不是这样？我来**这里**之前就预料到了，这是你的规矩。”

他的声音让我吃了一惊。他好像很生气，但是语气中好像有点儿故意挑衅——好像他是特意这么说的。

“当然不是这样。”阿罗惊奇地眨了眨眼，“我们本来就在这里开会，等海蒂回来，而不是等你。”

“阿罗，”凯厄斯叫道，“按照规矩他们得死。”

爱德华瞪了凯厄斯一眼，问道：“凭什么？”他肯定明白凯厄斯的意思，但是他就是想让凯厄斯说出来。

凯厄斯用他那消瘦的手指着我：“她知道的太多了，你暴露了我们的机密。”他的声音很单薄，和他的皮肤一样。

“你们的队伍本来就有人类。”爱德华提醒他，我马上想到下面那位漂亮的接待员。

凯厄斯的脸换了一副表情，他是要笑吗？

“不错，”他承认道，“但是如果**他们**对我们不再有用，我们就会吸干他们的血。对于她你没有这样的打算吧。如果她泄露了我们的秘密，你会毁了她吗？我想不会。”他轻蔑道。

“我不会的——”还是很小声的。凯厄斯冷冷地看了我一眼，示意我闭嘴。

“你也不打算把她变成我们的一员，”凯厄斯接着说，“所以，她是潜在的隐患。因此她必须死，你们想离开的话请便。”

爱德华露出他的牙齿。

“我是这么认为的。”凯厄斯说，似乎很开心。费力克斯等不及地向前倾。

“除非……”阿罗打断他的话，他好像对谈话的进展不太满意，“除非你愿意让她成为不死的吸血鬼？”

爱德华抿了抿嘴，犹豫了一下说："如果我真这么做呢？"

阿罗又开心地笑了："那你们就可以离开了，然后代我向我的朋友卡莱尔问好。"他的表情变得犹豫，"但是恐怕你不是说真的。"

阿罗把手伸到他面前。

凯厄斯本来是怒目而视的，现在也舒开眉头。

爱德华的嘴抿成一条线，他注视着我的眼睛，我也看着他的双眼。

"就这么决定吧，"我轻声说，"拜托了。"

变成吸血鬼真的有这么糟糕吗？他真的宁可**死**也不这么做？我心口阵阵疼痛。

爱德华带着痛苦的表情看着我。



然后爱丽丝向阿罗走去。我转过头看她，她的双手和阿罗一样举了起来。

她什么也没说，阿罗示意紧张的护卫让开。阿罗迎上前去，急切地抓住她的手，眼中闪烁着贪婪。

他低下头看着他们的手，闭上眼睛，集中注意力。爱丽丝一动不动，面无表情。我听到爱德华牙齿咯咯的响声。

没有一个人动一下，阿罗似乎被爱丽丝的手冻结在那里。时间一秒一秒地过去，我越来越紧张。不知道**还**要多久才到头，事情还会变得多糟糕。

又过了难耐的一会儿，阿罗打破沉默。

"哈，哈，哈。"他大笑着，头还是低着。他突然抬起头，眼中异常兴奋，"**太神奇了！**"

爱丽丝冷冷地笑了笑："很高兴你喜欢。"

"看到你见过的事物，特别是那些还未发生的！"阿罗惊奇地摇着头。

"会发生的。"她平静地提醒他。

"是的，是的，这是注定的，毫无疑问。"

凯厄斯看起来非常失望，费力克斯和简看上去也一样。

"阿罗。"凯厄斯抱怨道。

“亲爱的凯厄斯，”阿罗笑道，“不要心急。想想潜在的可能性！他们现在不愿意加入我们，我们可以等啊。只要想想要是小爱丽丝愿意加入我们，这个家庭就会更加快乐……另外，我很好奇贝拉今后会怎样！”

阿罗似乎很有把握，难道他没有意识到爱丽丝的决定很主观吗？今天她可以这么想着改变我，明天又可以换个想法，许许多多小的决定，她自己的，还有别人的——爱德华的——会改变她的人生，随之也会改变未来。

真的只要爱丽丝愿意就可以吗？如果我不顾爱德华的反对，**真的**变成吸血鬼，事情会有什么不同吗？对他来说，我整天围绕在他身边，永远地烦他比真的让他死还糟糕？我充满恐惧，陷入压抑之中，几乎窒息……

“那么我们可以走了？”爱德华平静地问。

“是的，是的，”阿罗愉快地回答，“但是请下次再来，这真的很令人开心！”

“我们也会拜访你们的，”凯厄斯说，他的双眼向厚眼睑的蜥蜴那样半开着，“回去的时候注意点。如果我是你们，我不会再耽搁了，我们可不会给两次机会。”

爱德华牙咬得更紧了，但是他还是点了一下头。

凯厄斯假笑了一声，然后回到马库斯坐的地方。马库斯一直坐着，漠不关心。

费力克斯叹了口气。

“啊，费力克斯，”阿罗笑着说，“海蒂随时会到，耐心点！”

“嗯。”爱德华更加认真地说，“那样的话，我们还是走得越快越好。”

“是啊，”阿罗赞同地说，“不错，**难保**会发生什么意外。但是，如果不介意的话，请在下面等到天黑再走吧。”

“没问题。”爱德华回答，尽管我不希望在离开之前还要再等一天。

“还有，”阿罗补充说，用一只手指示意费力克斯。费力克斯立刻走上前来，阿罗解开高大吸血鬼披的灰斗篷，脱下来扔给爱德华。“拿着，你有点儿显眼。”

爱德华穿上斗篷，没把兜帽戴上。

阿罗叹了一口气："很适合你啊。"

爱德华笑了一声，看看身后，突然说："谢谢你，阿罗，我们是在地下等着吧。"

"再见了，年轻的朋友们。"阿罗说，他朝着爱德华看的方向望去，眼前一亮。

"我们走吧。"爱德华催促着说。

德米特里示意我们跟他走，原路返回，好像那是唯一的一条出路。

爱德华快速地拉着我走，爱丽丝走在我的另一边，表情显得很僵硬。



"再走快点。"她说。



我惊恐地盯着她，但她好像只是随口说的。这时我听到阵阵声音——很响、很粗犷——从接待室那边传来。

"真不寻常。"一个男人粗犷的声音传来。

"好像中古世纪似的。"一个女人尖尖的声音，不太高兴地回答。

一大群人从小门挤进小房间，德米特里示意我们让开，我们紧靠着墙给他们让路。

那对夫妻走在前头，从口音上听出是美国人，他们的眼睛不停地四处观赏。

"欢迎，各位！欢迎来到沃特拉！"我听见阿罗在塔楼里招呼他们的声音。

还有大概四十多人跟着那对夫妻走进房间，有些人像游客一样欣赏室内的摆设，有一些人开始拍照，还有一些人很是迷惑，好像把他们吸引到这里的故事不符合事实。我特别注意到一个矮小、黝黑的女人。她脖子上套了一圈玫瑰念珠，一手紧紧抓着十字架。她比别人走得慢，时不时地逮到个人问问，我听不懂她的语言。没人听得懂，她越来越恐慌。

爱德华把我的脸埋到他胸膛前，但是晚了一步，我已经明白一切了。

那个小缝隙一出现，爱德华就把我快速地推过门去。我可以感觉到自己脸上的惊恐表情，眼泪忍不住地往外涌。

那金碧辉煌的走廊很安静，只有一个衣着华丽的美丽女人。她好奇地看着我们，尤其是我。

“欢迎回来，海蒂。”德米特里在我们后面和这个女人打招呼。

海蒂不在意地笑了笑。她使我想起了罗莎莉，虽然她们长得一点也不像——只是她们的美貌是那么出众，难以忘记。我无法将目光移开。

她的衣着更加衬托出她的美貌。她修长的美腿，穿着黑色的裤袜，在超短的迷你裙下展露无遗。上身穿一件长袖、高领的，但是紧身的，红色衣服。她红褐色的头发很有光泽。她的眼睛周围是紫罗兰色——可能是在红色眼膜上戴蓝色隐形眼镜的效果。

“德米特里。”她的声音像丝绸那般柔和，她的双眼在我的脸和爱德华灰色的斗篷间移动。

“钓鱼收获不小啊。”德米特里赞扬道，我这才注意到她身上穿的那引人注目的外套……她不仅是钓鱼的，她还是诱饵。

“谢谢。”她露出一个迷人的微笑，“你不一起来吗？”

“马上，给我留几条。”

海蒂点点头，穿过门去之前又看了我一眼。

我必须小跑才能跟上爱德华的速度，但是我们还是没能在尖叫声之前穿过那扇门。

# 逃　亡

德米特里把我们带到宽敞、明亮的服务台前，那个叫吉安娜的女人还在那个柜台上，轻快、祥和的音乐从隐藏的扩音器中传来。

“天黑之前不要离开。”他提醒我们。

爱德华点头，德米特里匆忙离开。

吉安娜对于我们的对话一点也不惊奇，但是她狡黠地打量了爱德华借来的那件斗篷。

“你还好吧？”爱德华压低声音问我，以免那个女人听到。他的声音因为焦虑而有点儿粗糙——如果天鹅绒有时也会粗糙的话，我想他对我们的境况依然担忧。

“你最好在她倒下之前找个地方给她坐下，”爱丽丝说，“她都快崩溃了。”

这时我才意识到我在不停地颤抖，我的整个身体猛烈地抖动直到牙齿都咯咯作响，眼前一片模糊，周围的房间都摇晃着。当时有一瞬间，我感觉和雅各布蜕变成狼人那样痛苦。

我听到一个莫名的声音，一个奇怪的、尖锐的声音，和轻快的背景音乐极不协调。由于颤抖得厉害，我搞不清楚声音是从哪里传来的。

“嘘，贝拉，嘘……”爱德华把我拉到离桌边那个好奇的女人很远的沙发旁边。

“我怀疑她正歇斯底里呢，你最好扇她一巴掌。”爱丽丝建议说。

爱德华狠狠瞪了她一眼。

这个时候，我才明白，那个声音是我发出来的。从我胸腔中爆发出来的呐喊，它使我浑身颤抖。

“没事了，安全了，没事了。”他不停地重复着。他把我抱到他的腿上，用厚羊毛斗篷垫着，把我和他冰冷的身体隔开。

我知道这个样子看起来很蠢。但是谁又能知道我还能看着他的脸多久？他没事了，我也获救了，我们出去之后他就会离开我。让自己的眼睛含满泪水而看不清他的脸——我真是疯了。

但是，我的泪水无法洗去我双眼背后的一个形象，那个戴着玫瑰念珠的小女人的惶恐的脸始终在我眼前晃荡。

“那些人。”我抽搐着说。

“我知道。”他轻声说。

“太可怕了。”

“是啊，我多希望你没有看到那一幕。”

我靠在他冰冷的胸膛上，用那厚厚的斗篷擦眼睛。我深吸了几口气，尽力让自己平静下来。

“你需要点什么吗？”一个声音有礼貌地问道。是吉安娜，她从爱德华肩上低头看着我，眼神中流露着关心，同时又有着职业惯性的漠然。她并不害怕自己离一个敌方的吸血鬼仅仅几厘米的距离，她对工作态度一般，不是很认真但也还算过得去。

“不需要。”爱德华冷冷地回答。

她点了点头，对我微笑了一下，离开了。

我等她走远了，问道：“她知道这里发生的一切吗？”我的声音很低沉。我已经平静下来了，呼吸也顺畅了。

“是的，她什么都知道。”爱德华告诉我。

“她知道有一天他们会把她杀了吗？”

“她明白有这样的可能。”他说。

我很惊奇。

爱德华的脸上没有什么表情：“她希望他们能让她活下去。”

我突然觉得脸上毫无血色：“她想成为一名吸血鬼？”

他点了点头，眼睛注视着我，想看我的反应。

我打了一个冷战，“她怎么会这么想呢？”我低声对自己说，而不想得到一个回答，“她怎么可以看着这些人走进那间恐怖的房间，还想着成为**他们**的一员呢？”

爱德华没有回答，当他听到我的话时，脸上抽搐了一下。

我盯着他那俊美的脸，想猜出他脸色变化的意味，但是我突然意识到，现在我躺在爱德华的臂弯里，尽管很短暂，至少我们不会死——在那一刻。

“哦，爱德华。”我哭出声来，然后开始抽泣，多么愚蠢的行为。泪水使得我看不清他的脸，我不能原谅自己。我只有等着太阳落下，就像童话故事等待魔法结束的时刻。

“怎么了？”他焦急地问我，轻轻拍打着我的背。

我双手钩住他的脖子——他会怎么做？把我推开吗——我更加紧紧地抱住他。“我现在觉得很高兴，是不是不正常？”我问他，声音断断续续。





他没有推开我，他把我抱得更紧，紧得我都不能呼吸，虽然我现在呼吸已经顺畅过来了。“我明白你的意思，”他轻声说，“但是我们有好多值得庆幸的理由。比如说，我们还活着。”

“是的，”我回答，“很好的理由。”

“还有我们还在一起。”他说。他的呼吸很甜蜜，我几乎开始神游了。

我只是点点头，心里明白他在这一点上和我的看法不完全一致。

“而且，明天我们也一定会活着。”

“但愿如此。”我不安地回答。

“未来很乐观的。”爱丽丝安慰我。她一直在旁边安静地等着，我几乎忘了她的存在，“不到一天我就可以见到贾斯帕了。”她满意地说。

爱丽丝真幸运，她对未来还满怀信心。

我眼睛久久无法从爱德华的脸上移开，我注视着他，希望未来永远不要降临，希望这一刻可以永恒。如果不能，在未来到达的那一刻我宁愿结束生命。

爱德华也看着我，他的目光那么温和，你可以很轻易相信他也是这么想的。我就是这么做的，这样就可以使这一刻变得更加甜蜜。

他的指尖顺着我的黑眼圈滑过："你看起来很累。"

"你看起来很渴。"我轻声回答，看着他黑眼睛下方紫色的瘀青。

他耸耸肩："没关系。"

"你确信？我可以和爱丽丝坐在这儿等。"我不情愿地提议，我宁可他杀了我，也不想从现在这个位置移开。

"不要开玩笑了。"他叹了口气，他清新的呼吸拂过我的面颊，"我没有什么时候比现在更能控制住我的**那个**天性了。"

我有好多好多问题想问他，有一个已经到了舌尖了，但我还是没问。我不想破坏这样美好的时刻，虽然此时，在这个让我不舒服的房间里，面对一个随时会爆发的吸血鬼，这样的时刻并不十全十美。

躺在他的臂弯里，很容易使我相信他需要我。我不愿去想他这么做的原因——他这样做是不是只为了让我平静下来，还是他对我们的处境感到内疚，在我幸存下来后他感到如释重负？再或者我们分开的日子足够久，他不介意现在的枯燥？但是，这一切都不重要。即使是自欺欺人，我也觉得很幸福。

我静静地躺在他的臂弯里，记住他的脸，自我陶醉着……

他看着我的脸好像他也在陶醉，但是同时他和爱丽丝讨论怎么回去。他们的声音很快、很低，我知道吉安娜是听不到的。我也只能听到一部分，听起来还要偷一些东西，不知道那辆黄色的保时捷是不是已经物归原主了。

"讨论那些**歌手**干什么？"爱丽丝问道。

"**我们的歌唱家。**"爱德华说，他说这些词的时候是用唱的。

"好的，就是她了。"爱丽丝说，我集中注意力听了一会儿，同时胡乱猜想。

我感觉到爱德华耸了耸肩："他们心中都有个人，那个人的味道就像贝拉对我的吸引那样。他们称她是我的**歌手**——因为她的血液就是我的音乐。"

爱丽丝笑了。

我又累又困，但是我现在忘记了疲劳，我不愿浪费和他在一起的每一秒钟。他和爱丽丝谈话的过程中，会时不时地低头亲吻我——他光滑的嘴唇拂过我的头发、我的前额，还有我的鼻尖。每一次我那早已冬眠的心都是一次悸动，我心跳的声音仿佛响彻了整个房间。

这就是天堂——地狱里的一片天堂。

我完全失去对时间的感觉，所以当爱德华的手臂抱紧我，他和爱丽丝疲倦的双眼都转向房间的后面，我一阵恐惧。亚历克从双重门走进房间——他的眼睛犹如红宝石，穿着下午进餐后依旧干净无瑕的淡灰色西装——我紧紧蜷缩着靠在爱德华的胸膛上。

他带来的是个好消息。

“你们可以离开了，”亚历克说，他的声音很热情，好像我们是很熟的老朋友，“你们不能在城市里逗留。”

爱德华毫不做作，只是冷冷地说：“这个当然没有问题。”



亚历克笑笑，点点头，又消失了。

“沿着走廊到第一个转弯处，乘坐第一部电梯，”爱德华扶我起来的时候吉安娜说，“大厅往下两层，到街上的出口也在那里。再见了。”她愉快地补充道。不知道她的能力是不是足够保命。



爱丽丝阴郁地看了她一眼。

得知还有一条出路，我松了一口气，我不能保证自己还能走过一段地下通道。

我们从那个装饰华丽的大厅走过。只有我回头看了看那座正面有着错落有致的商业建筑的中世纪城堡，真庆幸我从这里看不到那座塔楼。

街上的晚会开得正热闹。当我们在狭窄、拥挤的小巷里穿行的时候，街灯刚刚亮起来。天空是阴沉的浅灰色，两边的建筑密密麻麻，使得天空更加黑暗。

晚会也很昏暗，这样一来，爱德华的长斗篷倒不碍眼了。还有其他人也披着黑缎斗篷的，今天早些时候我在广场上看见小孩戴的塑料假牙，在大人中也流行开来。

“真滑稽。”爱德华说了一声。

爱丽丝从我身边消失的时候我没有注意，等到我回头想问她问题时，才发现她不见了。

“爱丽丝呢？”我紧张地小声问道。

“她去取回今早藏起来的你的包。”

我都忘了早上还用了牙刷，让我看起来精神好多了。

“她也要偷辆车回来，是吧？”我猜测。

他笑了笑：“这个等我们出去再说。”

到入口好像还有一段距离，爱德华发现我筋疲力尽了，就环着我的腰，支撑着我大部分的重量。

他拖着我走过石拱门时，我战战兢兢的。头顶上的古代大闸门像一个笼子，要掉下来把我们罩住似的。

他带我来到一辆黑色的车子旁，发动引擎后，等在大门边的阴影中。出乎意料的是，他没有坚持要开车，而是和我一起坐在后座上。

爱丽丝满脸抱歉。“不好意思。”她指了指汽车的仪表板，“车子不多，没有太多选择。”

“没关系，爱丽丝，”他笑笑，“不可能到处都是保时捷 911 Turbos[①]。”

她叹了口气：“我应该通过合法途径弄到一辆保时捷 911 Turbos，真的很棒。”

“圣诞节我送你一辆。”爱德华承诺道。

爱丽丝转过身来对爱德华微笑，我有点儿担心，因为她现在正在一个黑暗、崎岖的下坡道上行驶。

“要黄的。”她说。

爱德华把我抱得紧紧的，我躲在灰斗篷里，暖和又舒服。

“你可以睡会儿了，贝拉，”他轻声说，“一切都结束了。”

---

① 保时捷 911 Turbos：保时捷创建于 1930 年，是德国汽车界四大金刚（另为奔驰、宝马、大众）之一，也是世界上知名度最高的高速汽车生产商之一。欧洲赛车场上流传着一则定律：“唯有保时捷才能胜过保时捷。”凭着这股不断自我挑战、寻求更高境界性能展现的执着，德国保时捷缔造了车坛绝无仅有的性能传奇。保时捷最知名的车型是 1963 年 9 月亮相的 911，它曾使竞争对手心碎不已，至今仍是保时捷的摇钱树。911 Turbos 是德国保时捷于 2005 年推出的新款车型，能够拥有一辆保时捷 911 Turbos 并尽情恣意驰骋，成了许多爱车族的梦想！

我知道他指的是在古城中的那场噩梦，但是我还是使劲咽了咽口水才回答。

“我不想睡，我不累。”后半句是假话，我不想闭上眼睛。车内只有仪表板有点儿光线，但我可以看清他的脸。

他亲吻我的耳垂说：“试试看。”

我摇摇头。

他叹声道：“你还是那么固执。”

我是很固执，我和我的眼皮做斗争，结果我赢了。

这条黑暗的道路最难开，佛罗伦萨机场的灯光让情况好点，我刷过牙、换过衣服之后也好了很多。爱丽丝帮爱德华也买来了衣服，他把斗篷堆在巷子里。飞往罗马的时间很短，我都没时间感到疲倦，我知道从罗马到亚特兰大会很久，所以我让乘务员给了我一杯可乐。



“贝拉。”爱德华责备我，他知道我不能喝咖啡因。

爱丽丝坐在我们后面，我听到她在和贾斯帕打电话。

“我不想睡，”我提醒他，我说了一个可信的理由，因为是真实的，“我一闭上眼睛，就会看到我不愿见到的事物，我会做噩梦的。”

在此之后，他再也没有催促我睡觉。

现在很适合聊天，打听我需要知道的事情——需要知道但不是想要听到的，我已经对我将要听到的事情绝望了。我们有一大堆时间，在飞机上他无法逃避——至少不那么容易，除了爱丽丝也没有人会听到我们的谈话。现在很晚了，很多乘客都关掉灯，低声向乘务员要来枕头，谈话有助于我消除疲劳。

但是，我却没有问任何问题，我的理智可能被疲劳给冲淡了，我希望通过推迟对话可以换来多一点和他相处的时间——就像《一千零一夜》里的山鲁佐德[①]那样，拖延一晚又一晚。

所以我不停地喝汽水，甚至忍住不眨眼睛。有我在他的臂弯里，

① 山鲁佐德（Scheherazade）：又译作舍赫拉查德，《一千零一夜》故事中，国王山鲁亚尔每夜娶一王后，翌晨即行杀害。宰相女儿山鲁佐德为了拯救其他女子，自愿嫁给国王。她用讲故事的方法，使国王欲罢不能，最终使国王放弃了那个残酷的计划。

爱德华似乎很满足，他不时地用手指触摸我的面颊。我也抚摸他的脸庞，我忍不住，虽然我知道这样会使分别后的日子更加难受。他不断地亲吻我的头发，我的额头和手腕，幸好他没有亲吻我的唇。毕竟，谁能在心碎之后还能指望强烈的心跳呢？过去的几天我经历了很多苦难，但我并没有因此变得更加坚强。相反，我觉得自己极其脆弱，仿佛一句话就能把我摧毁。

爱德华没有说话，也许他是希望我能睡着，或者他也无话可说。

我战胜了沉重的眼皮，一直到达亚特兰大机场我都是睁着眼睛的，我甚至还在爱德华关上遮光板之前看到了西雅图云端上的日出。我感到自豪，我没有浪费掉一分钟。

爱丽丝和爱德华看到西塔机场上迎接我们的排场时都毫不惊讶，但是我却着实吃了一惊。我看到的第一个人是贾斯帕，但是他根本就没看到我，他的眼里只有爱丽丝。她快速走到他身边，他们没像其他爱人见面那样拥抱，他们只是很深情地相互对视，我不得不转开目光。



卡莱尔和埃斯梅在远离安检队伍的角落等着，躲在一根大柱子的阴影中。埃斯梅来到我面前，紧紧拥抱我，但是动作有点儿怪，因为爱德华的手臂一直挽着我。

“真的很感谢你。”她对我说。

然后她拥抱了爱德华，如果可以她真的想哭出来。

“你**再**也不要让我这么担心了。”她几乎咆哮着说。

爱德华内疚地笑了：“对不起，妈妈。”

“谢谢，贝拉，”卡莱尔说，“我们欠你太多了。”

“哪里。”我嘀咕着。我终于禁不住一整夜的无眠，感觉头和身体分离了。

“她累坏了，”埃斯梅责备爱德华，“快带她回家。”

我并不确定我现在是不是想回家，但是我踉踉跄跄、半闭着眼睛，被爱德华和埃斯梅一起拖着走过机场。我不知道爱丽丝和贾斯帕是不是跟在后面，我已经没有力气回头看了。

我觉得到车子那边的时候，我已经睡着了，虽然还在走路。看到埃美特和罗莎莉站在昏暗的停车场一辆黑色的轿车旁边，我惊醒了一下子，爱德华的表情一下子僵硬起来。

“不要，”埃斯梅轻声说道，“她已经觉得很尴尬了。”

“她就应该不好意思。”爱德华说，故意说得很大声。

“不是她的错。”我说，声音有气无力的。

“给她个机会弥补，”埃斯梅请求道，“我们和爱丽丝、贾斯帕一辆车。”

爱德华怒视着那位等待我们的可爱的金发吸血鬼。

“不要这样，爱德华。”我说。我也和他一样，不想和罗莎莉一辆车，但是我不能制造更多他和家人之间的不和。

他叹了口气，拉着我朝车子走去。



当爱德华把我拉进后座的时候，埃美特和罗莎莉默不作声地坐到前座上。我知道自己再也抵抗不了睡意，索性就靠在爱德华的胸口，闭上眼睛。迷迷糊糊之中，我感觉车子开动了。



“爱德华。”罗莎莉开口了。

“我知道。”爱德华语气很强硬。

“贝拉？”罗莎莉轻轻地叫我。

我眼皮猛地睁开，她第一次直接和我讲话。

“什么事，罗莎莉？”我犹豫地问。

“我非常抱歉。看到你这么不计前嫌地勇敢去救我哥，我真的很感激，请你原谅我。”

由于尴尬，她的话不是很自然，有点儿生硬，但是很诚恳。

“当然，罗莎莉，”我嘀咕道，把握任何机会让她少恨我一些，“不是你的错，是我自己跳下悬崖的，我当然不怪你。”

我的话像是挤出来的。

“她没清醒之前，说话不算，罗斯。”埃美特开玩笑道。

“我清醒的。”我说道，但是话听起来很含糊。

“让她睡吧。”爱德华坚持着，但是声音比先前柔和些了。

然后，除了车子的响声，他们都安静了。我一定是睡着了，因为感觉不到几秒钟，车门开了，爱德华把我从车里抱出来。我没睁开眼睛，一开始，我还以为我们仍在机场。

然后我听到查理的声音。

“贝拉。”他在远处喊我。

“查理。”我嘀咕道，试图摆脱睡意。

“嘘，”爱德华轻声说，“没关系，你已经安全到家了，放心睡吧。”

“我真不敢相信你还有脸到这儿来。”查理冲着爱德华吼道，声音离我近了些。

“别吵了，爸爸。”我抱怨道，但他没听到。

“她怎么了？”查理问道。

“她只是很累了，查理，”爱德华安慰道，“请让她休息吧。”

“不要对我指手画脚，”查理叫道，“把她给我，放开你的手！”

爱德华正要把我给他，但是我的手指紧紧抓着他，我感觉到爸爸猛拉我的手臂。

“放手，爸爸。”我更大声地说。我总算睁开眼睛，迷迷糊糊地看着查理，“生**我**的气吗？”

我们就在家门口，前门开着，头顶上的云很厚，看不出几点钟。

“你说呢，”查理答道，“进去吧。”

“好吧，让我下来。”我叹了口气。

爱德华放我下来，我站是站稳了，就是感觉不到脚。我蹒跚着向前走去，直到眼前的道路迎面扑来。在摔倒在地之前，爱德华接住了我。

“请让我送她上楼，”爱德华说，“然后我就离开。”

“不。”我恐惧地叫道。我还没得到答案，他至少还要等回答完我的问题，不是吗？

“我不会走远的。”爱德华在我耳边很小声地承诺道，查理根本听不到。

我没有听到查理的回答，但是爱德华径直走进屋子。我睁着眼，只坚持到楼梯下。我最后模糊地感觉到爱德华冰冷的手拨开我抓着他衬衫的指头。

# 真　相

我感觉自己睡了很长很长一段时间——我的身体僵住了，似乎睡觉的过程中一动也没有动过。我的大脑也僵住了，头昏脑涨；奇奇怪怪，五彩缤纷的梦——好梦、噩梦——在我脑海里嗡嗡作响。这些梦太真实了，恐怖的，美妙的，全部都混杂在一起，感觉非常奇特。在那个令人沮丧的梦里，急躁、害怕，我的双脚不能往前迈出一步……还有一大群的怪兽、红眼的魔鬼，在他们的鬼魅世界里横行霸道，令人害怕。这个梦太强烈了——我甚至可以记得那些名字，但是这个梦中最强烈、最清晰的部分不是恐惧，而是那个天使。



我赶不走梦里的天使，我醒不过来。这个梦不想被打入我拒绝再次访问的冷宫世界。我的大脑变得更加警觉，思索着现实情况，我和这个梦苦苦斗争。我记不得是星期几了，但是我知道雅各布或者学校的事情或者工作的事情或者其他什么事情在等着我。我深深地吸了一口气，在思考着如何去应付这一天。

有什么冷冰冰的东西轻轻地触摸了一下我的额头。

我把眼睛闭得更紧了，好像我还在继续做梦，无与伦比的真实。我就快要醒过来了……任何一秒钟，这个梦都可能逝去。

但是我意识到这个梦真实得令人害怕，我想象着的那双拥抱着我的石臂实在是太真实了。如果我继续这样梦下去，过后我一定会觉得遗憾的，于是我叹了一口气，睁开双眼去驱逐这个幻影。

“噢！”我喘了口气道，用双手揉了揉眼睛。

很明显，我做梦做过了头。我肯定犯了个错误，让自己的想象力走入失控的地步。好吧，其实“让”这个词是不对的。我是**迫使**它失控的——把我的幻想一步一步逼入绝境——现在我的思路突然中断了。

很快我就意识到，虽然现在我已经完全神志不清了，但是我还是非常享受这些美妙的错觉。

我再一次睁开了眼睛——爱德华仍然在那里，他那完美无瑕的脸离我只有几英寸远。

“我吓到你了吗？”他低沉的嗓音听起来非常焦急。

这些错觉太棒了，他的脸，他的嗓音，他的味道，所有的一切——比起溺水的感觉要好多了，这美丽的幻影警惕地看着我变化的表情。他的眼瞳非常的黑，下面好像有瘀伤一般的阴影。这让我觉得奇怪，我想象中的爱德华通常是进食后的。

我再次眨了眨眼睛，拼命去回忆上一件真实的事情。爱丽丝也出现在我梦中，我在想她是不是真的回来了，还是说只是个开场白，我**原本以为**她在我几乎溺水的那一天已经回来了。

“噢，**该死**。”我嘶哑地说道，因为刚睡醒，我的嗓子还没有打开。

“出什么问题了，贝拉？”

我朝他生气地皱了皱眉，他脸上的表情越发着急了。

“我死了，对吧？”我呻吟道，“我**确实**是溺水了。该死，该死，真该死！这会杀了查理的。”

爱德华也皱了皱眉：“你没有死。”

“那为什么我醒不过来？”我质疑道，扬了扬眉。

“你**是**醒着的，贝拉。”

我摇了摇头：“是的，是的，你是希望我这么想的。当我真的醒来的时候，情况会变得更糟。**如果**我醒过来，事实上不会，因为我已经死了。这太恐怖了，可怜的查理，还有可怜的蕾妮和杰克……”我对自己所做的事情感到恐惧，不能言语。

“我猜你可能把我和噩梦混淆在一起了。”他短暂地笑了一下，“但是我不知道你到底做了什么亏心事。我不在的时候，你是不是杀了很多人？”

我做了个鬼脸：“当然不是，如果我现在在地狱里，你不会和我在一起的。”

他叹了一口气。

我的思路变得清晰起来了，我的眼睛扫过他的脸——不情愿地——有一秒钟的时间，看着那漆黑、敞开的窗，然后又看着他。我开始回忆起细节了……当我逐渐地意识到爱德华是真的和我在一起的时候，我的脸上感到一阵发热，微弱而陌生，我之前简直就像个白痴一样在浪费时间。

“那么，所有这些都真的发生了吗？”很难把我的梦和现实联系起来，我的脑袋不能接受这个概念。

“这要视情况而定。”爱德华很克制地笑道，“如果你指的是我们在意大利几乎被杀的事，那么答案是肯定的。”

“好奇怪啊，”我沉思道，“我真的去过意大利了。你知道吗？我从来没有去过阿尔伯克基[①]以东的地方呢。”

他眼珠子转了一下：“或许你应该继续睡觉，你的思路并不连贯。”

“我已经不累了，”现在我的大脑已经完全清醒了，“现在几点了？我睡了多长时间了？”

“现在是凌晨一点，你大概睡了十四个小时。”

我边听他讲话边伸了伸懒腰，我身体实在是太僵硬了。

“查理呢？”我问道。

爱德华皱了皱眉：“在睡觉，你应该知道我现在是打破了规矩。好吧，其实不是技术性地打破。他说我永远不能再踏入他的大门，而我是从窗户进来的……但是，从意图上来说还是破了规矩。”

“查理不让你来？”我问道，怀疑立刻滑向了愤怒。

他的眼睛看上去很悲伤：“你还指望其他什么事吗？”

我的眼睛充满了愤怒，我要和我父亲谈一谈——或许我应该提醒一下他我已经超过了法定的成年年龄。当然，这一点并不大重要，除了理论上的意义。很快这个禁令就没有实施的必要了，我的思绪变得轻松了一些。

---

① 阿尔伯克基（Albuquerque）：美国新墨西哥州中部格兰德河上游的一个城市，位于圣菲西南方。于1706年建市，是著名的疗养胜地。

“故事是怎么样的啊？”我非常好奇，与此同时，我又拼命地维持着随意的语气，努力控制住自己，免得我内心那狂热、痛苦的渴望把他吓跑了。

“你是什么意思？”

“我怎么和查理说呢？我要找什么借口来说明消失这么……我到底消失了多久啊？”我试图在脑海里计算着时间。

“只是三天而已。”他的眼睛眨了一下，这一次他的笑容自然了很多，“事实上，我希望你能有个好的借口，我可没有什么想法。”

我叹息道：“太棒了。”

“或许爱丽丝可以想出点什么。”他试图安慰我。

我觉得很满意，暂时不管之后要面对什么了。爱德华在我身边的每一秒钟——他离我这么近，他那完美的脸庞在闹钟数字的昏暗光线下发着光——是那么的珍贵，我才不会去浪费呢！

“所以，”我挑了一个最不重要而非常有趣的问题开始说。我被安全地送回了家，而他什么时候都有可能离开。我必须要让他一直讲话，如果没有他的声音，这个暂时的天堂也是不完美的。“那三天以前，你一直在做什么？”

他的脸突然变得很警觉：“没有什么特别好玩的。”

“当然没有了。”我咕哝道。

“你为什么做鬼脸？”

“嗯……”我抿了一下嘴唇，思索着，“如果你只是个梦，你肯定会这么说，我的想象力已经用完了。”

他叹了口气：“如果我告诉你，你会相信你不是在做噩梦吗？”

“噩梦！”我讽刺地重复道，他在等着我的答案，“也许，”我思索了一秒钟，“如果你告诉我的话。”

“我在……捕猎。”

“你是不是没有其他更好的事做了？”我批评道，“我很难相信我是醒着的。”

他犹豫了一下，慢慢地继续说，小心翼翼地挑选着词语：“我并不是在捕猎食物……我其实是在练习……跟踪，我并不擅长这个。”

"你在追踪什么？"我好奇地问道。

"并不是什么重要的东西。"他的话不符合他的表情，他看上去心烦意乱，很不自在。

"我不懂。"

他犹豫着。他的脸，在闹钟灯光的映衬下，有一种奇异的绿色，好像被撕碎了。

"我——"他深深吸了一口气，"我欠你一个道歉，不，当然，我不只欠你一个道歉，更多。你一定要知道……"他越说越快，我记得他激动的时候也是用这种方式说话的，我不得不集中精力去听他讲的话，"我不知道，我没有意识到我留下来的混乱。我以为你在这里是安全的。我不知道维多利亚——"说到这个名字的时候，他的嘴唇卷了一下，"会回来。我承认，那一次我看到她的时候，我更关心的是詹姆斯的想法，但是我没看到她会有这样的想法。她和他的关系这么好，我想我现在知道为什么了——她对他太有信心了，她从来没有想到过他会失败。正是因为她的过于自信，才影响了她对他的感觉——这使得我无法看清他们之间的深厚感情。"



"并没有什么理由让我留下你独自面对。当我听说你告诉爱丽丝——她自己所看到的——当我意识到你不得不把自己的生命交到狼人的手里，幼稚而又喜怒无常，除了维多利亚，这是最糟糕的情况。"他耸了耸肩，停顿了一下，"请理解我，我一点也不知道这些事情。我内心深处感到非常难过，即便是现在，当我感觉到你安全地在我怀里的时候，我真的是最可悲的理由。"

"别说了。"我打断了他。他痛苦地盯着我，我想找到恰当的话语——让他从这种痛苦的假想的责任感里解脱出来。这些话很难说出口，我不知道是不是可以顺利地说出它们，但是我一定要尝试说一下。我不想成为他生命中内疚和痛苦的源头，他应该快乐，不管我要付出什么代价。

我一直希望可以推迟这一部分的谈话，它太快就把事情推向了结局。

利用这几个月来在查理面前努力表现正常的经验，我保持了表面上的不动声色。

“爱德华。”我说道，说出口的那一刻，他的名字灼到了我的喉咙。我可以感觉到喉咙口的那个幽灵，等待着他一消失就把自己撕开，我不知道这一次如何渡过这个难关，“你不能这么想，你不能这么看问题，你不能让这种……这种**内疚**……控制你的生活。你不应该为发生在我身上的事承担责任。都不是你的错，这只不过是我**原本**生活的一部分。所以，如果下次我在公交车前面摔倒或者其他什么事，你一定要认识到你并不需要接受谴责。你不能仅仅因为你没有救我感到难过就跑到意大利去，即便是我跳下悬崖死了，也是我自己的选择，而不是**你的错误**。我知道这是你的……你的天性来为所有事承担责任，但是你不能让自己走入这么一个极端！这是非常不负责任的——想一想埃斯梅和卡莱尔还有——”





我就快要失控了，我停下来深深吸了口气，希望能够冷静一下自己。我必须要让他自由，我必须要确保这种事情不再发生。

“伊莎贝拉·玛丽·斯旺。”他低声喊道，他脸上的表情越发奇怪了，他看上去几乎要疯狂了，“你以为我叫沃尔图里杀我是**因为我觉得内疚**吗？”

我可以感觉到我脸上的疑惑：“难道不是吗？”

“内疚？确实是，比你想的要严重多了。”

“那么……你怎么说？我不理解。”

“贝拉，我去找沃尔图里是因为我以为你死了，”他说道，声音低沉，眼光凌厉，“即使我和你的死毫无关系，”他轻轻说出了最后几个词，耸了耸肩，“即使这**不是**我的错，我也会去意大利的。当然，我原本可以更小心的——我应该直接问爱丽丝，而不是从罗莎莉那里听说。可是，当我听他说查理去葬礼的时候，还有什么可能？”

“其他可能……”他咕哝着，有一点心烦意乱，他的声音非常低，我不确定自己是不是听对了，“成功的可能性总是与我们对着干，一个错误接着另一个，我永远不会再批评罗密欧了。”

“但是我还是不理解，”我说道，“这就是我想要说的，那又怎样呢？”

“你说什么？”

“如果我**真的**死了，那又怎样呢？”

他疑惑地盯着我看了好长一段时间，然后说道：“难道你不记得我曾经告诉你的事情了吗？”

“我记得你曾说过的**所有事情**。”也包括那些否定了其他所有一切的话语。

他用那冷冰冰的指尖拂了一下我的下唇。“贝拉，你可能误会了。”他闭上眼睛，来回地摇了摇头，似笑非笑，这不是一个开心的笑，“我想我已经清楚地解释过了，贝拉，我不能生活在一个没有你的世界。”

“我……”我搜寻合适的词语，大脑却一片空白，“我糊涂了。”这个词语是恰当的，我不知道他到底在说什么。



他直视着我的眼睛，真诚而又热烈：“我很会说谎，贝拉，我必须这么做。”

我僵住了，我的肌肉僵硬了。我的胸口一阵疼痛，这种疼痛甚至使我不能呼吸。

他摇了一下我的肩膀，试图使我放松下来：“让我说完，我很会说谎，但是，你这么快就相信了，”他退缩着说道，“这实在是……很痛苦。”

我等待着，仍然僵在那里。

“当我们在树林里的时候，当我和你告别的时候——”

我不允许自己记得当时的情况，我强迫自己陷在这一秒中。

“你当时不愿放手，”他低声说道，“我可以感觉到这一点。我并不想这么做——貌似这样做会杀了我——但是我知道如果我不能劝服你我已经不爱你了，你会浪费更多的时间在这上面。我希望你以为我变心了，你也可以做到。”

“彻底的分手。”我轻声道，嘴唇一动未动。

“确实是，但是我从没有料想到这么容易就做到了。我原本以为这是不可能做到的——你太确信事实的真相了，我需要一直说上好几个小时才能在你脑海里撒下怀疑的种子。我撒了谎，我非常抱歉——

抱歉我伤害了你，抱歉这是个徒劳的举措，抱歉我不能保护你免受我的伤害。我撒谎是为了拯救你，但是却事与愿违，我非常抱歉。

“但是你怎么会轻易相信我呢？在我一千次和你说过我爱你之后，你怎么可以让一句话摧毁掉对我的信任呢？”

我没有回答，我太震惊了，我无法给出一个理性的回答。

“我可以从你的眼睛看出来，你真实地**相信**我不再需要你了。最愚蠢最可笑的想法——好像**我**可以没有**你**还能存在！”

我还是僵在那里，他的话语根本没法理解，因为这不可能。

他又摇了摇我的肩膀，虽然力气不大，我的牙齿还是碰了一下。

“贝拉。”他叹息道，“你到底在想什么啊？”

这时我开始哭了，眼泪不断地涌上来，顺着脸颊流下来。

“我知道，”我啜泣道，“我**知道**我是在做梦。”

“你很难对付，”他说道，笑了一笑——沮丧、无奈的笑，“我到底要怎么说你才会相信我呢，你不是在睡觉，你也没有死。我在这里，我爱你。我**一直**都爱着你，而且我**会**永远爱你。我不在你身边的时候，我一直想着你，在脑海里不断回想你的样子。当我告诉你我不再需要你的时候，这其实是最严重的亵渎。”

我摇了摇头，泪水仍然不断地从眼角涌上来。

“你不相信我，对吗？”他低声说道，他的脸比平时更苍白了——在昏暗的灯光中我还是能看到这种苍白，“为什么你会相信谎言，却不相信真相呢？”

“我知道你没有理由爱我，”我解释道，我的声音颤抖着，“我一直都知道这一点。”

他的眼睛微微闭了一下，下巴绷得更紧了。

“我会向你证明你是醒着的。”他允诺道。

他用铁手紧紧握住了我的脸，全然不顾我试图扭过头去。

“请不要。”我低声说道。

他停住了，唇离我只有半英寸远。

“为什么不要？”他问道。气息吹在我的脸上，我的大脑一阵晕眩。

“当我醒过来的时候，”他张嘴想要抗议，所以我修改了一下，“好吧，忘了这句——如果你再次离开，这会变得非常艰难，我宁愿你没有吻过我。”

他后退了半英寸，盯着我的脸看。

“昨天，我想要抚摸你的时候，你是那么……犹豫，那么谨慎，现在也是这样，我需要知道原因。难道是因为我来得太迟了？还是我伤害你太深了？因为你已经变心了，就像我希望的那样？这会是……相当公平的，我不会反驳你的决定。所以不要试图分享我的感受，请你——告诉我，在所有这些事情以后你是不是还爱着我，你会吗？”他轻声问道。

“这是多么愚蠢的一个问题啊！”

“请回答我。”

我死死盯着他看了好一会儿：“我对你的感觉永远都不会变。当然，我爱你——无论你做什么都不能改变这一点。”

“这就是我想要听的内容。”

这时，他的唇吻了过来，我不能反抗他。不是因为他比我强壮一千倍，而是因为我的意志在我们的嘴唇碰到的那一刻已经化为尘土了。这个吻并不像我记忆中的吻那么小心翼翼，它很合我的喜好。如果我继续放松自己，我将坠入万丈深渊。

我回吻了他，我的心跳变得更加强烈，我气喘吁吁，手指在他脸上贪婪地抚摸着。我可以感觉到他的大理石般的身体贴着我的身体的每一根线条，我很高兴他并没有听我的意见——世界上没有一种痛苦可以比得上失去这个。他的手抚过我的脸，我也用同样的方式抚摸他的脸，在他嘴唇空闲的短暂时刻里，他轻轻呼唤着我的名字。

当我开始眩晕的时候，他停住了，把耳朵放在我的胸口。

我躺在那里，头昏眼花，等待着我的气息平缓下来。

“和你说一下，”他随意地说道，“我不会再离开你了。”

我没有说话，他好像听到了这沉默不语中的怀疑。

他抬起头，和我的目光相遇：“我不会去任何地方了，不会一个人去了。”他紧张地补充道。

“我离开你，仅仅是因为我希望你拥有正常、快乐的人类生活。我可以看到我给你造成的困扰——经常使你处于危险的边缘，把你带离你的世界。和你在一起的时候总是给你带来风险，所以我必须要尝试一下。我必须要做**一些事情**，而离开你是唯一的选择。如果我能够料到你会这么伤心，我不会让自己这么做，我太自私了。只有你比所有其他我想要……我需要的东西都来得更重要。我想要和需要的就是和你在一起，我知道我再也没有勇气离开你。我有太多的理由留下来——感谢上帝！无论我离你多远，你好像都不会安全的。”

“不要给我任何承诺。”我轻声道。如果我让自己去希望，到头来一场空……这会要了我的命。无情的吸血鬼不能夺去我的生命，而希望却会做到。

愤怒在他的金属般的眼睛里闪烁：“你觉得我现在是在欺骗你？”

“不——不是欺骗。”我摇了摇头，努力把问题想得更连贯。如果要检验他**确实**爱我这个假设，同时保持客观、公正，我就不应该掉进希望的陷阱里，“你……现在可能是认真的，但是明天呢，要是你想到原先使你离开的原因的话？或者下个月呢，如果贾斯帕想要吸我的血？”

他退缩了一下。

我回想了他离开我之前的那些日子，努力想要透过今天他说的话来审视那段岁月。从这个角度，想象他离开我是因为爱着我，是为了我而离开我，他的沉默不语、冷酷无情有了新的含义。

“事实上你非常彻底地思考过第一个决定，对吧？”我猜道，“你最后会去做你认为是对的事。”

“我并不像你想的那么坚强，”他说道，“对还是错对我来说没有太大的意义，不管怎样，我已经回来了。在罗莎莉告诉我那个消息之前，我已经度日如年了，我甚至没有办法度过一个小时的时间。这只是时间的问题——也没有多少时间——在我出现在你窗前，恳请你重新接受我。如果你喜欢这样，我现在很乐意向你乞求。”

我做了个鬼脸：“严肃一点。”

“噢，我很严肃，”他坚持道，眼睛发着光，“你可不可以试着听我和你说的话？可不可以允许我向你解释你对我的意义？”

他等了等，仔细盯着我看，想要确认我是不是真的在听。

“在你之前，贝拉，我的生活就像是没有月亮的夜晚。非常黑暗，但是还是有星星——一点点光线和理性……然后你像一颗流星划过我的天空。突然间所有的东西变得明亮，带来光，带来美。当你离开的时候，当流星坠入地平线的时候，所有的东西都变得黑暗。一切都没有改变，但是我的眼睛已经被光线所灼伤，我不能再看见星星了，而且对所有的事情也没有理性了。”

我想要相信他，但是他描述的是没有**他**的**我**的生活，而不是没有我的他的生活。

“你的眼睛会适应的。”我嘀咕道。



“这就是问题之所在——不会了。”

“那么使你分心的事物呢？”



他直白地笑了起来：“只不过是谎言的一部分，亲爱的，**苦恼**的时候没办法分心。我的心差不多有九十年没有跳动过了，但是这一次不一样。这一次好像是我的心不见了——仿佛我被掏空了，因为我已经把我内心的所有东西留在你身上了。”

“这太有意思了。”我咕哝道。

他扬了扬他那弯完美的眉：“有意思？”

“我是说很奇怪——我还以为只有我这样子呢。我身上很多部分也不见了，我在很长的一段时间里都不能很好地呼吸。”我吸了一口气，沉浸在这种情绪中，“还有我的心，一定是丢了。”

他闭上眼睛，再一次把耳朵贴到我的胸口。我的脸颊触着他的头发，感受着它的质感，闻着他身上的香味。

“那么追踪不是一件分心的事？”我好奇地问道，同时也需要使**自己**分心。我已经处在希望的危险之中了，我不能够停止下来。我的心在扑通扑通地跳，仿佛在我的胸腔里歌唱。

“不是。”他叹气道，“从来不是一件分心的事，这是责任。”

“这是什么意思？”

“这是说，虽然我从来没有想过任何来自维多利亚的危险，我也不会让她逃脱的……嗯，就像我说的，我非常讨厌这个。我一直追踪她到得克萨斯州，然后我错误地追到了巴西——而她则到了这里。”他叹息道，“我们竟然不在同一个洲上！而且，比我最害怕的还更糟的是——”

“你在捕猎**维多利亚**？”我尖叫起来，用提高了一个八度的声音。

查理远远的鼾声淡了下去，然后又继续按着有规律的节奏起伏着。

“并不是，”爱德华回答道，疑惑地看着我愤怒的表情，“但是这一次我会做得更好，她不会再随随便便就能污染空气了。”

“这是……毫无疑问的。”我差一点说不出话。简直是疯狂，即使他能得到埃美特或贾斯帕的帮助，甚至两个人的帮助。这比我其他的想象还要糟：雅各布·布莱克站在维多利亚猫一样的身躯后面。我不能忍受爱德华出现在那里的情景，即使他比我最好的狼人朋友要坚忍得多。

“这对她来说已经太晚了。我上次可以让她溜走，这一次绝对不会了，以后也不会——”

我再一次打断了他，努力保持着冷静。“你刚才不是发誓说不再离开吗？”我问道，冷静坚决地说出这些话，不让它们在我自己的心中扎根，“这个和广大的追踪征途并不相容，难道不是吗？”

他皱了皱眉，胸口低吼：“我会遵守我的诺言，贝拉，但是维多利亚，”低吼声变得更响，“是要死的，很快。”

“我们不要这么急，”我说道，努力掩藏我的恐慌，“也许她不再回来了，杰克的族群很可能已经把她吓跑了。已经完全没有必要去寻找她了，而且，我还有比维多利亚更严重的问题。”

爱德华的眼睛眯了一下，但是他点了点头：“是的，狼人确实是一个问题。”

我哼了一口气：“我并不是在讨论**雅各布**，我指的是比一群青年狼人自寻麻烦更糟的问题。”

爱德华看上去好像要说点什么，但是还在思考着应该怎么说。他的牙齿紧紧地咬在一起，从牙齿缝中吐出话来。“真的吗？”他问道，“那你最严重的问题是什么？会比维多利亚的逃跑更不合逻辑？”

“第二严重如何？”我辩解道。

“好吧。”他同意了，看上去很怀疑。

我停顿了一下，我不确定是不是能说出名字。“还有其他人来找我。”我轻声地提醒他。

他叹了一口气，但是没有像他对维多利亚的反应那么强烈。

“沃尔图里只是**第二**严重的事？”

“你看上去并没有很沮丧？”我说道。

“嗯，我们有很多的时间来好好思考这个问题。时间对他们的意义和对你，或对我的意义是不同的。你是按日计算的，他们是按年计算的。在你三十岁之前，他们并不会再次想到你，我一点不会惊讶。”他轻声补充道。



恐惧袭击了我全身。



三十岁。

所以，他的承诺最后没有任何意义。如果有一天我三十岁了，他就不会再打算待下去了。这痛苦的认知让我意识到我已经开始希望了，虽然我并没有允许自己这么做。

“你不需要害怕，”他说道，紧张地看着眼泪再一次涌上我的眼眶，“我不会让他们伤害你的。”

“当你在这里的时候。”我不担心他离开之后发生什么。

他用他的右手紧紧地捧着我的脸，午夜般黑的眼睛直勾勾地盯着我的眼睛，伴随着一股黑洞的引力：“我永远不会离开你的。”

“但是你说了**三十岁**，”我轻声说道，眼泪滑出了眼眶，“什么？你会留下来，却还是让我老去？好。”

他的眼神平缓了下来，但是嘴巴仍然紧绷着：“这正是我打算做的事情。我有什么选择？我不能没有你，但是我不能毁了你的灵魂。”

“这真的是……”我努力稳住声音，这个问题实在太困难了。我想起当日阿罗几乎乞求他考虑把我变成不朽时他的那张脸，那么讨厌的表情。让我继续做人，究竟是真的保护我的灵魂呢，还是他根本不希望永远地和我在一起呢？

“什么？”他问道，等待着我的问题。

我问了另一个问题，这个稍微容易一点。

“但是，如果我变得非常非常老，人们觉得我是你妈妈或你**奶奶**的时候，那怎么办？”我的声音有点儿颤抖——我可以在梦境里看到奶奶的脸。

现在，他整张脸都缓和下来了，他用嘴唇擦去了我脸颊上的泪水。“这对我来说没有什么，”他再一次亲吻我的皮肤，“你永远都是我的世界里最美丽的。当然……”他犹豫了一下，有一点点畏缩，“如果你不适应**我**——如果你想要其他更多的东西——我可以理解，贝拉。我保证不会挡住你的去路，如果你想要离开我的话。”

他的眼睛仿佛是液体的玛瑙，充满了真诚，他说话的语气就好像他对于这个愚蠢的计划思考过千千万万遍一样。

“你确实认为我最终是要死的，是吧？”我问道。

他也思考过这个问题了：“我会尽快追随着你的。”

“这非常……”我寻找恰当的词语，“变态。”

“贝拉，这是剩下的唯一一条正确的路。”

“我们先回顾一下。”我说道，愤怒使得脑袋更加清晰，更加果断，“你还记得沃尔图里，对吧？我不能永远一直做个人，他们会杀了我。即使他们在我**三十岁**之前不会再想到我，”我吐出了“三十”这个词，“你认为他们会放过我吗？”

“不会，”他慢慢回答道，摇着头，“他们不会，但是……”

“但是？”

我紧张地盯着他看，他却笑了笑，也许我不是唯一疯狂的人。

“我有一些计划。”

“这些计划，”我酸酸地说着每一个单词，“所有这些计划都是要我继续做**人**的。”

我的态度阻碍了他的表述。“自然。”他的语气很直白，可爱的脸庞显得傲慢。

我们死死盯着对方看了一分钟。

然后我深呼了一口气，耸了一下肩膀，我推开了他的手臂，这样我可以坐起来。

“你想要我离开吗？”他问道，看到这个念头伤到了他，我的心一阵烦忧，尽管他试图隐藏。

“不是，”我告诉他，“**我要**离开。”

他疑惑地看着我爬出床，在黑暗的屋子里摸索着找鞋。

“我可以问一下你去哪里吗？”

“我要去你家。”我告诉他，仍然在黑暗中摸索着。

他站起身来走到我身边：“你的鞋在这里，你打算怎么去那里？”

“我的卡车。”

“这样可能会吵醒查理。”他威慑道。

我叹气道：“我知道，但是老实说，我会被关禁闭好几个星期，还有什么更严重的麻烦吗？”



“没有，但是他会怪罪我，而不是你。”

“如果你有更好的建议，我洗耳恭听。”

“留在这里。”他建议道，但是他的表情貌似没有多少把握。



“不行，你先回家。”我鼓励道，我很惊奇我的戏弄听起来这么自然，我向门口走去。

他站在我前面，挡住了我的去路。

我皱了下眉，转身走到窗边。离地面并不是很高，而且下面基本上全是草……

“好吧，”他叹气道，“我送你过去吧。”

我耸了下肩：“怎样都可以，但是你**应该**也在那里。”

“这是为什么？”

“因为你太武断了，我肯定你需要一个机会发表你的观点。”

“关于什么的观点？”他从牙缝里吐出这几个字。

“这不仅仅是关于你一个人的问题。你知道，你并不是宇宙的中心。”当然，在我自己的个人宇宙里，情况不同，“如果你想要愚蠢地打败沃尔图里，或者愚蠢地让我继续做人，那么你的家人应该发表一下意见。”

“关于什么的意见？”他问道，每个词都讲得异常清晰。

“我的死亡，我会让大家投票表决的。”

# 投　　票

他不开心，很容易就能从他脸上看出来，但是他没有继续争论。他把我抱在怀里，轻轻地飞出了我的窗户，非常平稳地落地，就像一只猫一样，距离比我原先设想的要长一点。

"好了，"他说道，他的声音里充满了反对，"你去吧。"

他帮我爬到他的背上，然后开始奔跑。即便隔了这么长时间，感觉还是那么熟悉、轻松。很明显，这种感觉不会忘记，就像骑自行车一样。



跑过森林的时候，他的呼吸缓慢而又平静，周围寂静又漆黑——黑得看不见从我们身边闪过的树，只有打在脸上的空气才能让我真正感觉到我们的速度。空气潮湿，不像广场上的风吹得人眼睛发疼，这里的风是舒适的。就如同黑夜，在经历了那么可怕的白昼之后，如此温顺。就像我小时候躲在里面玩的厚棉被一样，这种黑暗感觉非常的熟悉和安全。

我记得我以前很害怕这样子在森林里奔跑，那个时候我总是闭着眼睛，现在看起来有一点傻。我睁着眼睛，下巴靠在他的肩膀上，脸颊贴着他的脖子。这个速度非常的刺激，比起摩托车要好上一百倍。

我把脸转向他，把我的嘴唇轻轻印在他脖子上冰凉的石头皮肤上。

"谢谢，"他说道，模糊、黑暗的树影从我们身边闪过，"这是不是意味着你已经确定你醒了？"

我笑了。笑声很轻松，很自然，不费力气，这笑声听起来很**正确**："不完全是。还要更多，不管怎么说。我不打算醒过来，今晚不打算。"

"我一定要重新赢回你的信任，"他对自己咕哝着，"如果这是我最后的决断。”

“我相信**你**,”我向他保证,“我不相信的是我自己。”

“请解释一下。”

他慢了下来开始走路——我知道是因为风停了——我猜我们已经离目的地不远了。事实上,我以为我可以在黑暗中辨认出那条流经附近的小河的声音。

“好吧——”我努力寻找合适的词语来讲述,“我不相信我自己……足够……配得上你,我没有什么东西可以**留住**你。”

他停了下来,把我从身后拉了过去。他温柔的双手并没有放开我,在我重新站立之后,他的双臂紧紧拥住了我,把我抱在他的胸前。

“你拥有的是永恒,牢不可破的,”他轻声说道,“不要怀疑这一点。”



但是我又如何不去怀疑呢?

“你从来没有告诉我……”他嘀咕着。

“什么?”

“你最严重的问题是什么?”

“我给你一个猜的机会。”我叹气道,伸出食指来摸他的鼻尖。

他点了点头。“我比沃尔图里更坏,”他冷冷地说道,“我想我已经获得这个名声了。”

我转了下眼珠子:“沃尔图里能做的最坏的事情就是杀了我。”

他紧张地盯着我,等待着。

“你可能会离开我,”我解释道,“沃尔图里,维多利亚……他们根本算不上什么。”

即使是在黑暗中,我也能感觉到愤怒扭曲了他的脸——这让我记起了当日他被简盯着看时脸上的表情,我觉得有点儿厌恶,后悔讲了实情。

“别,”我摸着他的脸轻声说道,“别伤心。”

他漫不经心地扯了扯嘴角,脸上的表情并没有触及他的眼睛。“如果只有一样东西可以向你证明我**不能**离开你,”他说道,“我想,时间是唯一可以让你信服的办法。”

我喜欢关于时间的想法。“好。”我同意。

他的脸仍然紧绷着，我试图说一些无关紧要的话来使他分心。

“那么——既然你要留下了，可不可以把我的东西还给我？”我用最轻松的语气问道。

我的努力在一定程度上起作用了：他笑了，但是眼睛还是充满了痛苦。“你的东西我从来没拿走，”他告诉我，“我知道这是错误的做法，我曾答应过你要给你毫无保留的宁静。这么做有点儿傻，又有点儿孩子气。但我想留下些你和我的东西。CD、照片，还有票——它们全在你的地板下。”

“**真的**？”

他点了点头，好像被我表现出来的快乐感染到了，但是这还是不足以完全治愈他脸上的痛苦。

“我想，”我慢慢说道，“我不是很肯定，但是我在想……我想我一直都知道。”

“知道什么？”

我只是想抹去他眼中的痛苦，但是我说出这些话的时候，听起来要比我设想的真实得多。

“我的一部分，可能是我的潜意识，一直相信你还关心我的死活，这可能是我之所以听到那些声音的原因。”

他沉默了一下。“声音？”他无力地问道。

“嗯，只是一个声音，是你的声音，说来话长。”看到他脸上机警的表情，我后悔提起这个话题。他会不会觉得我很疯狂，就像其他人一样？其他每个人都正常吗？但是至少那个表情——看上去好像什么东西在刺痛他的表情——退下去了。

“我有的是时间。”他的声音非同寻常的平静。

“这非常悲惨。”

他等着我继续说下去。

我不知道应该怎样解释：“你还记得爱丽丝关于极限运动的话吗？”

他非常平静把那些话复述了一遍，没有任何强调：“你跳下悬崖是为了好玩。”

“嗯，是的。在那之前，还有摩托车——”

“摩托车？”他问道。他的语气足以让我知道他的冷静背后酝酿着什么东西。

“我想我没有告诉爱丽丝这一部分的内容。”

“没有。”

“好的，关于……我发现……当我做一些危险或愚蠢的事情的时候……我可以更清楚地记起你，”我坦言道，感觉非常清醒，“我可以记起你生气的时候声音是怎么样的。我可以听到它，仿佛你就站在我旁边一样。大部分的时候，我努力不去记起你，但是想起你的声音并不难过——好像你还在保护着我，好像你不希望我受到伤害一样。

“而且，我在想为什么我可以那么清晰地听到你的声音，是因为在内心深处，我知道你一直爱我。”



又一次，在我说出口的时候，这些话语是肯定的、正确的，我内心深处一直相信这点。

他极力压制嗓音说：“你……是在……冒生命危险……来听——”

“嘘，”我打断他，“等一下，我想起什么来了。”

我想起在天使港的那个晚上，那是我第一次有幻觉。我想到了两个选择，疯狂或者是梦想成真，我没有看到第三个选择。

但是如果……

如果你非常真诚地相信某样东西是真的，到头来却是错的呢？如果你非常坚定地认为自己是正确的，你甚至去思考真相呢？真相是被沉默掩藏呢，还是会自己努力去争取突破禁锢？

第三个选择：爱德华爱我。我们两个人之间的关系是不会被分离、距离或时间所割断的。而且不管他是比我更特别、更美丽、更聪明，还是更完美，他都和我一样被永久地改变了。就如同我会永远属于他一样，他也会永远属于我。

这就是我试图告诉自己的东西吗？

“噢！”

“贝拉？”

“噢，好了，我明白了。”

“你顿悟了？”他紧张地问道。

“你爱我。”我惊奇地喊道，那种确定感和坚强感再一次向我袭来。

虽然他的眼睛看上去仍然很焦急，但是脸上重又浮现了我喜欢的灿烂笑容：“是的，我爱你。”

我的心仿佛就要从我的胸腔跳出去了。我的胸口被堵住了，喉咙口被挡住了，我没有办法继续说下去了。

他确实像我需要他这般地需要我——直至永远。因为出于对我的灵魂，以及其他一些他不愿意从我身上拿走的人类特质的恐惧，他才如此的绝望，要让我继续做人。与不被他需要的恐惧相比，我的灵魂，这个障碍根本就无关紧要。

他用冰凉的双手紧紧捧着我的脸，深深地亲吻我，直到树林开始旋转，直到我觉得头晕，然后他把他的额头靠在我额头上，我们俩的呼吸都变得急促了。

“你比我更擅长这个，你知道的。”他告诉我。

“擅长什么？”

“存活。至少你在努力。你每天早上起来，要装作若无其事地面对查理，遵循着你的生活模式。如果我不是在追踪，我就……完全无用了。我不能与家人待在一起——我不能和任何人待在一起。我很惭愧地承认我或多或少地躲到了一个球里面，然后让痛苦掩埋我。”他羞怯地笑了一笑，“这个要比听到许多声音可怜多了，而且，你知道，我就是这样。”

我长长舒了口气，看来他确实是开始明白了——我很开心。不管怎样，他并没有觉得我疯了。他看我的样子说明……他爱我。

“我只是听到一种声音。”我矫正他的说法。

他笑了起来，把我拉过去紧紧贴着他的右侧，然后带着我继续往前走。

“我只是在和你幽默一把呢。”在走路的过程中，他的手大幅度地挥向我们前方的黑暗之中。前面有什么东西，又白又大，我意识到是房子。我想：“他们说什么都不要紧了。”

“这现在也影响到他们了。”

他很无所谓地耸了耸肩。

他带我穿过敞开着的前门，进入黑暗的房间，把灯打开。房间和我记忆中的一样——钢琴、白沙发，还有那灰白色、结实的楼梯。没有灰尘，没有白色床单。

爱德华用平时聊天的音量叫了他们的名字：“卡莱尔？埃斯梅？罗莎莉？埃美特？贾斯帕？爱丽丝？”他们会听到的。

卡莱尔突然间就站到了我旁边，好像他一直都在那里似的。“欢迎回来，贝拉，”他微笑道，“今天早上有什么要我们做的？我想，既然是这个时间，这并不仅仅是一次社交访问吧？”

我点了点头：“如果可以的话，我需要立刻和各位谈一谈，关于一些重要的事情。”



在我说话的时候，我忍不住去看爱德华的脸。他露出不赞同的神色，但是好在还是顺从的。我转回头去看卡莱尔的时候，发现他也在看爱德华。

“当然，”卡莱尔说道，“为什么我们不进另一个房间讨论呢？”

卡莱尔带着我们走过了明亮的起居室，绕过转角进入了厨房，然后把灯打开。墙壁是白色的，天花板很高，就像起居室一样。在房间的中央，在一盏挂得很低的枝形吊灯下面，是一张巨大的、抛光的椭圆形桌子，旁边放了八张椅子。卡莱尔从桌子的一头拉出一张椅子让我坐下。

我从来没见过卡伦一家使用过饭厅桌子——这只是个道具，他们不在房间里吃饭的。

等我坐下来，我发现并不仅仅只有我们几个。埃斯梅跟在爱德华后面，在她后面，其他家庭成员也都鱼贯而入。

卡莱尔坐在我右边，爱德华在左边，其他人也都一声不吭地坐下来。爱丽丝对着我笑，似乎已经进入角色了。埃美特和贾斯帕看上去有点儿好奇，罗莎莉对我短短笑了一下。我的回笑有一点羞怯，需要一些时间来适应。

卡莱尔对我点了点头：“现在由你来讲话。”

我吞了口唾液，他们盯着我看，弄得我很紧张。爱德华在桌子下拉着我的手，我瞅了他一眼，但是他正看着其他人，他的脸突然间变得很严肃。

“好的，”我停了一下，“希望爱丽丝已经把发生在沃特拉城的所有事情都告诉你们了。”

“所有事情。”爱丽丝回应道。

我意味深长地看了她一眼：“也包括路上的事？”

“是的。”她点了点头。

“很好，”我舒了一口气，“这样我们就可以开始谈论了。”

他们耐心地等着我整理好自己的思路。

“那么，我有一个问题，”我开始说道，“爱丽丝答应沃尔图里说我会变成你们其中一员。他们会派人过来核查，我觉得这不是件好事——要避免。”

“所以，现在，这个事情涉及你们所有人。我很抱歉。”我看着每个人美丽的脸庞，把最美丽的部分留到最后。爱德华的嘴角抽动。“但是，如果你们不想要我，我也不会把自己强加到你们身上，不管爱丽丝愿不愿意。”

埃斯梅张嘴想要说话，但是我举了一个手指示意她不要讲话。

“请让我把话说完，你们都知道我想要什么，我也确信你们都知道爱德华在想什么，我觉得唯一公平的方法就是大家投票。如果你决定不想要我，那么……我想我会一个人回意大利，我不能允许**他们**到**这里**来。”当我想到这一点的时候，我的眉头皱了一下。

爱德华的胸口传来微弱的咆哮声，我不理他。

“然后，请注意我并不是要把你们中间任何一个人置于危险中，我只是希望你们投票赞成或反对我成为一个吸血鬼。”

说到最后一个词的时候，我微微笑了一下，然后示意卡莱尔开始讲话。

“就一分钟。”爱德华插嘴道。

我眯着眼看了他一眼，他对我扬了扬眉毛，握紧了我的手。

“在我们投票之前，我要补充几点。”

我叹了一口气。

“关于贝拉刚才提到的危险，”他继续说道，“我觉得我们没有必要过分紧张。”

他的神情变得越发生动，他把另一只手放在发亮的桌子上，向前倾了倾。

“你们看到了，”他解释道，眼睛扫过桌子旁的每一个人，“不止一条原因，让我为什么最后的时候不和阿罗握手。他们并没有想到，我不想给他们提供任何线索。”他笑了笑。

“哪一个？”爱丽丝问道，我肯定我脸上的表情和她一样怀疑。

“沃尔图里过于自信了，当然也不是不无理由的。当他们决定寻找某人的时候，这绝对不是什么问题，你还记得德米特里吗？”他看着我问道。



我颤抖了一下，他看得出来我显然记得。

“他能找到人们——这是他的才能，他们因此要留着他。

“和他们任何一个人在一起的时候，我总是从他们的思维中寻找能够为我所用的东西，尽可能多地获得信息，所以我看到德米特里的才能是如何工作的。他是一个追踪者——一个比詹姆斯还要天才一千倍的追踪者。他的能力和我做的事情，或者阿罗做的事情有一点关联。他捕获……味道？我不知道怎么来形容……人们头脑的……思路，然后他就跟着这个，这种能力能在非常遥远的距离之外开始运作。

“但是在阿罗的小实验之后，嗯……”爱德华耸了下肩。

“你认为他不可能找到我了。”我无力地说道。

他有点儿得意：“我肯定这一点，他完全依赖于其他感觉。如果这在你身上行不通，那么他们根本找不到你。”

“这一点就能解决所有问题吗？”

“很明显的，爱丽丝可以预测出他们的计划。我可以把你藏起来，他们就无计可施了，”他充满愉悦地说道，“这就像是在一堆干草里寻找一根稻草。”

爱德华和埃美特交换了一个眼神，彼此笑了一下。

这么说站不住脚。“但是他们可以找到你。”我提醒他。

“但是我可以照顾好自己。”

埃美特笑了，把手伸过桌子，握起拳头击了他哥哥一下。

“计划棒极了，哥哥。”他热切地说道。

爱德华伸出他的手臂回击了一下埃美特。

“不。”罗莎莉嘘了一下。

“当然不。”我同意道。

“很棒。”贾斯帕赞赏地说道。

“白痴。”爱丽丝嘀咕道。

埃斯梅只是盯着爱德华看。

我在椅子上坐得更直一点，关注事情的发展，这是**我的**会议。

“很好，爱德华提供了一种选择方案供你们思考，”我冷冷地说道，“我们开始投票吧。”

这一次我看着爱德华，最好是他的想法掺和进来：“你希望我加入你们家庭吗？”

他的眼睛像燧石一样坚硬黑暗：“不行，你要继续做人。”

我点了一下头，尽量使自己的表情保持冷静，然后继续问其他人。

“爱丽丝？”

“我同意。”

“贾斯帕？”

“我同意。”他的声音很庄重。我感到有一点点惊奇——我一点也没有预料到他会赞同——我调节了自己的情绪，接着问。

“罗莎莉？”

她犹豫了一下，咬着她那饱满、完美的下唇：“不同意。”

我继续不动声色，微微转过头继续提问，但是她把两只手都举起来了，手掌向上。

“让我解释一下，”她请求道，“我不是讨厌你成为我的妹妹。只是因为……要是我，我不会为自己选择这样的道路，我希望当时有人投一票反对票给我。”

我慢慢地点了点头，然后转向埃美特。

“该死，是的！”他笑了一下，“我们可以想出其他对付德米特里的办法。”

对他的话我做了个鬼脸，同时转向埃斯梅。

“是的，当然，贝拉，我已经把你当成是我们家的一员了。”

“谢谢你，埃斯梅。”我嘀咕着转向卡莱尔。

突然间我有一点紧张，我原本应该第一个征求他的意见的。我知道他的这一票是最为关键的，这一票比任何其他的多数都更为重要。

卡莱尔没有看我。

“爱德华。”他说道。

“不同意。”爱德华咆哮道，他的下巴绷得很紧，他的嘴唇从牙齿上卷起来。



“这是唯一有意义的方式，”卡莱尔坚持说道，“你已经选择了要和她一起生活，我没有选择的余地。”

爱德华放开我的手，从桌子边挤了过去。他走出了饭厅，愤怒不已。

“我想你已经知道我的意见了。”卡莱尔叹了一口气。

我仍然盯着爱德华看。“谢谢。”我喃喃道。

一声震耳欲聋的声音从隔壁房间传过来。

我吓了一跳，快速说道：“这就是我所要求的，谢谢大家愿意接受我，我也同样乐意接受你们大家。”我有点儿激动，最后声音有点儿发抖。

埃斯梅很快站到了我身旁，用她那冷冷的手臂环绕着我。

“最亲爱的贝拉。”她轻轻喊道。

我回抱她，从我的眼角我看到罗莎莉正低头看着桌子，然后我意识到我的话可以做两种理解。

“嗯，爱丽丝，”埃斯梅松开我的时候我说道，“你想在什么地方做这事？”

爱丽丝盯着我看，她的眼睛睁得很大，满是恐惧。

“不！不！不！”爱德华咆哮着走回了房间。我还没时间眨眼，他就已经站在我面前了，弯下腰对着我，他的表情因为愤怒而扭曲了。“你是不是疯了？”他喊道，“你是不是失去理智了？”

我缩到一边，用双手遮住双眼。

“嗯，贝拉，”爱丽丝焦急地插话说道，“我觉得我还没有做好**准备**，我需要准备……”

“你答应过我的。”我提醒她，从爱德华的手臂下面盯着她。

“我知道，但是……严肃地说，贝拉！我不知道怎么样做不把你杀死。”

“你可以的，”我鼓励她，“我相信你。”

爱德华愤怒地咆哮着。

爱丽丝迅速地摇了摇头，看上去一脸惊恐。

“卡莱尔？”我转过去看着他。

爱德华用手捧住我的脸，强迫我看着他，另一只手伸出去，手掌朝着卡莱尔。

卡莱尔没有理会。“我可以做这个，”他回答了我的问题，我希望我可以看到他的表情，“你不用担心我会失控。”

“听起来很不错。”我希望他听明白了，爱德华抓着我的下巴，我讲话非常困难。

“稍等一等，”爱德华从牙缝里吐出这几个词，“不需要现在马上就做。”

“可也没有任何理由推迟。”我说，话都变音了。

“我可以举出一些理由。”

“你当然可以，”我酸酸地说道，“现在快把我放开。”

他松开了我的脸，把手臂抱在自己的胸前：“两个小时后，查理就会开始寻找你，我不会让他惊动到警局的。”

“他们三个人。”我皱了一下眉。

这永远是最困难的一部分——查理，蕾妮，现在还有雅各布——我将失去的人，我将伤害到的人。我希望有个法子可以让我一个人受罪，但是我知道这是不可能的。

与此同时，如果我继续做人，我会伤害他们更深，因为我的接近使得查理经常性地处于危险当中。还有杰克，因为我招引他的敌人到达他势必要奋力保护的土地，使他处于更严峻的危险中。还有蕾妮——我甚至不能冒险去探望自己的亲生母亲，因为害怕我会把死亡问题带给她！

我是一个危险磁铁，我已经接受了这一点。

认识到这一点，我知道我需要更小心地照顾自己、保护好我爱的人，即使这意味着我不能和他们在**一起**，我需要坚强。

“考虑到不那么**引人注意**，”爱德华仍然咬紧牙关说道，“我建议我们把这个谈话推迟，至少要等到贝拉读完高中，并且从查理的房子里搬出来。”

“这是个合理的建议，贝拉。”卡莱尔指出。



我想象今天早上查理醒过来，发现我床铺空着的反应。在上星期失去哈里之后，这星期又遭遇了**我**突如其来的失踪。查理不应该受到这种待遇，这只是再多一点点时间，毕业也并不是那么遥远……



我舔了舔嘴唇说：“我会考虑一下的。”

爱德华放松了下来，他的下巴也松开来。

“我应该现在带你回家，”他说道，更加冷静了，但是很明显想要把我从这里带走，“万一查理起床很早的话。”

我看着卡莱尔：“等我毕业以后？”

“你可以相信我说的话。”

我深深地吸了口气，笑了一下，然后转向爱德华。“好了，你可以带我回家了。”

卡莱尔还没来得及再说点什么，爱德华就已经急匆匆地带着我离开了这个房间。他带我从后门出去，所以我无法得知起居室里什么东西被砸坏了。

回程的路上很安静，我感觉到一丝胜利，有一点小得意。当然，还有恐惧的边缘，但是我努力不去想这一部分。担心痛苦又没好处——无论是肉体上的还是精神上的——所以我不去担心了，直到不得不面对的时候。

到达我家的时候，爱德华没有停下来。他一下子就冲上墙壁，飞进窗户，然后他把我的手臂从他脖子上拿下来，把我安顿在床上。

我以为我很清楚地知道他在想什么，但是他的表情让我惊讶。不是愤怒，而是在算计着什么。他在我黑暗的房间里来回无声地踱步，而我则越来越怀疑地盯着他看。

“不管你在计划着什么，没用的。”我告诉他。

“嘘，我正在思考。”

“呃。”我嘀咕着，重新躺下来，拉了被子盖在头上。

没有声音，但是突然间他就出现在我旁边。他把被子拉开，这样才能看到我。他躺在我身边，他把手伸过来把我的头发从脸颊边拨开。

“如果你不介意，我希望你不要把脸盖上。我曾经很长一段时间没有看到你的脸，几乎不能忍受。现在，来告诉我。”

“什么？”我不情愿地问道。

“如果你想要这个世界上的任何一样东西，这会是什么？”

我可以感觉到我眼睛里的怀疑：“你。”

他不耐烦地摇了摇头：“你还没有拥有的东西。”

我不知道他是不是在引导我，所以我仔细思考了一番。我最后想到一个答案，又是真实的，又很可能做不到。

“我希望……卡莱尔不要帮忙，我希望由**你**来改变我。”

我警惕地看着他的反应，期望着在他家里的那种愤怒。我很奇怪他的表情竟然没有改变，仍然是在计算着什么，深思熟虑的样子。

“那么你愿意拿什么东西来交换？”

我不能相信自己的耳朵，我呆呆地看着他那沉着的脸，还没来得及仔细思考便脱口而出：“任何东西。”

他微微笑了笑，然后舔了舔嘴唇：“五年？”

我脸上的表情扭曲成了介乎于懊恼和恐惧的中间地带。

“你说任何东西的。”他提醒我道。

“是的，但是……你可能会利用这个时间再耍诡计。我必须要趁热打铁，而且，至少对我来说，做一个人实在太危险了。所以，除了**这一点**，其他都可以。”

他皱了一下眉："三年如何？"

"不！"

"这个对你来说一点都不值钱嘛！"

我思考了一下我有多期待爱德华来改变我。我决定还是摆着一副臭脸，不让他知道我有多想，这样我就有更大的讨价还价的余地："六个月？"

他转了一下眼珠："不够好。"

"噢，那就一年吧，"我说道，"这是我的极限。"

"至少得给我两年。"

"不行，十九岁我一定要变成吸血鬼，但是我绝对不要到二十岁。如果你永远停留在十多岁，我也要这样的。"

他思考了一分钟。"好吧，把时间期限忘掉吧。如果你希望由我来操刀——你只需要符合一个条件。"

"条件？"我的声音变得无力，"什么条件？"

他的眼睛非常警觉——他慢慢说道："先嫁给我。"

我盯着他看，等待着……"好，你怎么求婚？"

他叹气道："你伤害了我的自尊心，贝拉。我刚才就是在向你求婚，而你却认为这是个笑话。"

"爱德华，麻烦严肃一点。"

"我是百分之百的严肃。"他盯着我，脸上没有一丝的幽默。

"噢，拜托，"我说道，声音里有一种歇斯底里的味道，"我只有十八岁啊。"

"嗯，我已经快要一百一十岁了，是我安定下来的时候了。"

我转过头，看着窗外，试图在恐慌袭击我之前先把它控制住。

"看，结婚在我的优先任务栏并不是很重要，你知道吗？我结婚对蕾妮和查理而言是死神之吻。"

"很有趣的说法。"

"你知道我的意思。"

他深深吸了一口气："不要告诉我你害怕责任。"他的声音有点不信任，我知道他的意思。

“并不是这样的，”我辩解道，“我是……担心蕾妮。她对于三十岁之前结婚非常反对。”

“因为她希望你变成永生的讨厌鬼，而不希望你结婚。”他很阴险地笑了笑。

“你是在开玩笑吧。”

“贝拉，如果你把夫妻之间的责任感和用你的灵魂去交换永恒的吸血鬼身份做个对比……”他摇了摇头，“如果你没有勇气嫁给我，那么……”

“好，”我打断道，“如果我嫁呢？如果我现在就让你带我去维加斯[①]，那么我会在三天之内变成吸血鬼吗？”

他笑了一下，他的牙齿在黑暗中闪了一下。“当然，”他说得很直率，“我去开车。”

“该死。”我嘀咕着，“我宁可给你十八个月的时间。”

“没门儿，”他笑着说道，“我喜欢**这个**条件。”

“算了，我毕业的时候叫卡莱尔帮我变。”

“如果这是你真正想要的东西的话。”他耸了耸肩，露出纯粹的天使般的笑容。

“你简直不可理喻，”我呻吟着，“一个怪物。”

他咯咯地笑了起来：“这就是你不嫁给我的原因吗？”

我又呻吟一声。

他朝我靠过来，他那黑夜般的眼睛融化了、烧毁了、分散了我的注意力。“**拜托**，贝拉？”他轻声问道。

我一度忘记了如何呼吸，当我恢复过来的时候，我快速地摇了摇



---

① 维加斯：即拉斯维加斯（Las Vegas），是美国最大赌城和娱乐城。位于内华达州南部的一座沙漠城，西南距洛杉矶466公里。拉斯维加斯原本只是到加利福尼亚州路上的一个绿洲，周围则是一望无际的沙漠。自从1830年，西班牙的探险队发现此地，并将这地方命名为“Vegas”（丰美的草场）后，这名字一直沿用至今。20世纪初，随联合太平洋铁路通达而逐渐兴起，1905年建市。30年代，内华达州决定使赌博成为合法的事业，此令一出，几乎在一夜之间，市区的赌场纷纷成立，查尔斯顿娱乐区和死谷国家博物馆就很具代表性，拉斯维加斯的“赌城”之名也就此传开。

头，想清醒一下突然变得模糊的头脑。

“要是我拿上了戒指，情况会不会好一点？”

“不！不要戒指！”我几乎大叫起来。

“你这算是答应了哟。”他低声说道。

“噢。”

“查理要起床了，我最好先回去了。”爱德华温柔地说道。

我的心停止了跳动。

他打量了一会儿我的表情：“如果我藏在你的衣柜里，是不是很孩子气啊？”

“不，”我急切地说着，“留下来，拜托了。”

爱德华笑了一下，然后就消失了。





我激动地躺在黑暗中，等着查理来查房。爱德华清楚地知道查理的一举一动，我愿意打赌受伤的惊喜也是策略的一部分。当然，我仍然可以选择由卡莱尔帮我，但是我现在知道还有另外一个机会，爱德华可能亲自动手，我非常渴望他这样做，他真是个狡猾的家伙。

我的门被推开了。

“早上好，爸爸。”

“噢，嘿，贝拉。”他被撞个正着，听起来有点尴尬，“我不知道你已经醒过来了。”

“是的，我正在等你起床，这样我就可以冲个澡了。”我开始起床。

“等一下，”查理说着打开了电灯，我的眼睛由于突如其来的明亮眨了两下，尽量小心避免看到衣柜，“我们先谈一下。”

我情不自禁做了个鬼脸，当时忘了向爱丽丝讨教一个好借口。

“你知道你惹上麻烦了。”

“是的，我知道。”

“过去三天，我差点就要疯狂了。我从哈里的**葬礼**回到家，你竟然不在。雅各布只知道你和爱丽丝·卡伦一起逃走了，他担心你惹上了麻烦。你没有给我留下一个号码，你也没有打电话回家。我不知道你在哪里，什么时候回来，或者是不是还打算回来。你难道没有想过怎样……怎么……”他没法说完整个句子，他深吸了一口气，然后继续说，“你可以给我一个不马上把你送到杰克逊维尔的理由吗？”

我的眼睛眯了一下，这好像是个威胁，是吧？两个人就可以玩这个游戏。我坐起来，把被子拉过来裹着我：“因为我不会去的。”

“现在只有一分钟，小姑娘。”

“看，爸爸，我对自己的行为负全部的责任，你也有权利把我关禁闭，随便你高兴多长时间都可以。我也会做所有的家务杂活、洗衣服、洗碗，直到你认为我已经吸取教训了为止，还有我觉得你还有权利把我从这里踢出去——但是即使这样，我也不会去佛罗里达州的。”

他的脸变得通红，他深呼吸了几次，然后开口说话。

“那你愿意解释一下你到底去哪里了吗？”

噢，见鬼。“有……有件紧急的事情。”

他扬了扬眉毛，似乎在等待着我给出精彩的解释。

我吸了一口气，腮帮子吹得鼓鼓的，然后大声地把气吐出来：“我不知道该和你说些什么，爸爸，这几乎是一个误会。先是他说，然后又是她说——当时情况完全失控了。”

他继续等待着，脸上的表情非常的不信任。

“看，爱丽丝告诉罗莎莉关于我跳下悬崖的事情……”我拼命地寻找词语来编纂可信的故事，同时尽可能地接近真相，这样，即便我不太能撒谎也不至于说漏了嘴，但是在我可以继续编造之前，我发现查理脸上的表情说明他并不知道关于悬崖的什么事。

真是糟糕，这下真是火上浇油。

“我猜我并没有告诉你这件事。”我说道，“没什么事，就在一起玩，和杰克一起游泳。不知怎么的，罗莎莉把这事告诉了爱德华，他非常不开心。她的解释听上去好像是我要自杀之类。爱德华很伤心，不接电话，而爱丽丝拉着我去了洛杉矶，当面跟他解释。”我耸了耸肩，巴巴地指望他已经听明白了我这结结巴巴的解释。

查理的脸一下僵住了：“贝拉，你是不是有自杀企图啊？”

“没有，当然没有。我只是和杰克在玩悬崖跳水。拉普西的小孩一直玩这个，就像我说的，没有什么事。”

查理的脸上露出了怒火，他先前僵住的脸此刻满是愤怒的神色：

"这和爱德华·卡伦有什么关系？"他吼道，"这一次，他没有留下一句话，就这样让你吊着。"

我打断他："这又是个误会。"

他的脸又涨红了："那么说他回来了？"

"我不知道确切的计划是什么，我**想**他们都回来了。"

他摇了摇头，他额头的青筋暴露："我想要你远离他，贝拉。我不信任他，他不配你，我不会再让他把你的生活弄得一团糟。"

"好的。"我简单地回答道。

查理又恢复了冷静。"噢，"他胡乱地答道，然后略带惊讶地说，"我还以为你不会这么听话呢。"

"我很不听话的。"我直视着他的眼睛，"我的意思是说：'好的，我会搬出去的。'"

他睁大了眼睛，脸涨成棕色。我担心他的健康，我的决心开始摇摆不定，他也差不多到哈里那个年纪了……

"爸爸，我不**想**搬出去，"我用一种更加温柔的语调说道，"我爱你，我知道你很担心，但是你必须在这件事上相信我。如果你想要我留下的话，你必须得善待爱德华，你想要我生活在这里还是其他地方？"

"这不公平，贝拉，你知道我希望你能留下来。"

"那么就对爱德华友善一点，因为他会和我在一起。"我很自信地说出这话，我显然的确定感仍然很强烈。

"只要在我家，就不可能。"查理咆哮着。

我重重叹了一口气："看，今晚我不会再给你什么最后通牒，或者说今天早上不会给你最后通牒。你花几天时间想想，好吗？但是请一定要明白这一点，爱德华和我是不能分开的。"

"贝拉——"

"好好想一想，"我坚持说，"你想你的，可不可以给我一点隐私空间？我**确实**需要冲个澡了。"

查理的脸变成了奇怪的绛紫，不过他还是离开了，重重地关上了身后的门，我听到他气急败坏地踏着楼梯走下去了。

我扔掉被子，爱德华已经在那里了，坐在摇椅上，仿佛整个谈话中他就坐在那儿一样。

“很抱歉。”我轻声说道。

“情况已经算好了。”他低语道，“不要因为我的事而和查理吵架。”

“不要担心这个，”我边说边收拾洗澡的用品，拿了一套干净的衣服，“我会尽力争取的，如果有必要的话，但是不会再这样子吵了。还是你想说我其实无处可去？”我假装害怕地睁大了眼睛。

“你愿意搬出来和一大群吸血鬼一起住？”

“这个地方可能对我这样的人来说是最安全的地方了，而且……”我笑着说，“如果查理把我踢出去，那么就没有必要设定毕业期限了，对吧？”

他的下巴又绷紧了。“你就这么渴望变成吸血鬼吗？”他抱怨道。

“你不明白我有多么期待。”

“噢，是吗？”他发怒了。

“是，你不明白。”

他瞪着我，想要开口讲话，但是被我阻止了。

“如果你真的相信你已经失去了自己的灵魂，那么我在沃特拉城发现你的时候，你应该能够立刻意识到发生了什么事情，而不是在想我们两个都死了，但是你没有——你说‘**太奇妙了，卡莱尔是对的**’。”我得意扬扬地提醒他，“不管怎样，你心中有希望。”

这一下，爱德华并没有说话。

“所以，让我们两个都怀抱希望吧，好不好？”我提议，“这并不重要。如果你留下来，我并不需要什么天堂。”

他慢慢地站起身来，走过来，两只手捧着我的脸，直视着我的眼睛。“永远。”他发誓道，声音中仍然有一点不确定。

“这就是我所期盼的一切。”我说道，然后踮起脚，去吻他的唇。

# 尾　声

在短得令人不敢相信的时间内，几乎所有的事都回到正轨——很美好，像以前一样正常。医院张开热情的双臂欢迎卡莱尔回去工作，丝毫不掩藏对于埃斯梅在洛杉矶重获新生的喜悦，虽然她倒没有特别的高兴。因为我出国期间耽误了微积分考试，爱丽丝和爱德华已经比我更像个毕业生了。突然间，上大学变成一个重要任务（大学仍然是B计划，爱德华的提议可以取代由卡莱尔帮我变成吸血鬼的选择，虽然这个提议可能性不大）。很多截止日期都已经过去了，但是爱德华每天拿一堆新的申请表让我填写。他已经取消了哈佛这个选择，但他也不难过，由于我之前的延误，很有可能明年我们两个会一起去上半岛社区大学。

查理对我很不满意，也不和爱德华说话，但是至少爱德华被允许——在我被指定的接待时间内——重新进入我们家的房子，但是我被**禁止**离开房子半步。

学习和工作是唯一可以外出的机会。学校教室那沉闷、无趣的黄色墙壁最近一段时间也变得特别有吸引力，这个和坐在我身边的人是谁有很大的关系。

爱德华重新开始修这一年的课程，这样一来我们几乎都在一个班上课。因为去年秋季的表现，以至于卡伦一家移居洛杉矶之后，我身旁的座位一直都空着，就连迈克这样一个总是渴望着占尽一切便利的人，也有意地在中间隔了一个位置。现在爱德华回来了，这个位置又有人坐了，仿佛过去的八个月就像是一场扰人的噩梦。

基本上是个噩梦，但是也不尽然。一方面，我是被禁锢在房间里；另一方面，在秋季之前，我和雅各布·布莱克不再是好朋友，所以我当然也不至于很想念他。

我没法自由地去拉普西，雅各布也不来看望我，他甚至不接我的电话。

我一般情况下是在晚上打电话过去的，爱德华在九点会准时被严格的查理赶出去，等查理睡着之后又从窗户爬回来，我就在这个空当来打这些徒劳的电话。之所以选在这个空当，是因为我注意到，爱德华每次在我提到雅各布的时候总会绷着个脸。有一种不赞同、警觉的意味……甚至是生气。我猜他和狼人对彼此都有一些偏见，虽然他不像雅各布整天把“吸血鬼”挂在嘴边。

所以，我很少提起雅各布。

有爱德华在我身边，我基本上就不会去想不愉快的事了——即使我从前最好的朋友，现在因为我的原因而非常不开心。当我想起杰克的时候，我总是觉得愧疚，觉得自己应该更多地想念他才对。

童话故事又重新上演，王子回来了，魔咒被消除了。我不是很清楚应该怎样去处理剩余的、没有解决的角色，**他们**“从此过上幸福的生活”那一段在哪里？

好几个星期过去了，雅各布仍然不接我的电话。我开始经常担心他，就好像我的大脑里有一个滴水的水龙头，我既没有办法关掉它，也没有办法无视它。滴水，滴水，滴水；雅各布，雅各布，雅各布。

所以，虽然我不**经常**提起雅各布，但是有时候我的挫折感和焦虑感会涌上心头。

“这简直太无礼了！”有一个星期六下午爱德华接我下班的时候，我忍不住抱怨起来。生气总是比内疚要容易一些，“彻头彻尾的无礼！”

我会改变一下我的方式，希望能有个不同的效果。这一次我在上班时间打电话给雅各布，最后又是碍事的比利接的电话。

“比利说他不**想**和我说话。”我发火道，眼睛盯着顺着车窗滑下的雨珠。

“他就在那里，竟然不愿意走三步路去接电话！一般情况下比利会说他出去了，或者在忙或者在睡觉或者其他什么借口。我是说，其实我也知道他在欺骗我，但是这至少还是个礼貌的处理方式。我猜比利肯定讨厌死我了，这太不公平了！”

“这不关你的事，贝拉。”爱德华轻轻地说道，“没有人讨厌你。”

“好像是这样子。”我嘀咕着，把手臂抱在胸前。这不过是个固执的姿势，胸口并不空洞，我已经不再记得那种空洞洞的感觉了。

“雅各布知道我们回来了，我肯定他一定认为我和你在一起，”爱德华说道，“他是不会靠近我的，我们之间的敌意已经根深蒂固了。”

“这种想法真是蠢，他知道你不……和其他的吸血鬼不一样。”

“但是还是保持一定距离的好。”

我盲目地往车窗外看去，只看到雅各布的脸，戴着我讨厌的那张苦大仇深的面具。



“贝拉，我们就是这样的，”爱德华静静地说，“我可以控制我自己，但是我怀疑他能不能。他非常年轻，我们见面很有可能就打架。我不知道我是否可以停下来，在我杀——”他顿了一下，又接着飞速地讲，“在我伤害到他之前，你会不开心的，我不希望发生这样的事情。”

我记得雅各布在厨房里说的那些话，仿佛又听到他那沙哑的嗓音在重复这些话语。**我不确定我是不是足够心平气和来处理那种事……如果我杀了你的朋友，你可能不会喜欢这样的事。**但是他能够处理这种事情，那个时候……

“爱德华·卡伦，”我轻轻喊道，“你会**杀掉**他吗？会吗？”

他没有看我，而是盯着雨看。在我们前方，红灯不知不觉变成了绿灯，他又重新开车上路，开得非常非常慢，和他平时开车的方式不一样。

“我会尝试……非常努力……不做这样的事。”爱德华最后说道。

我盯着他看，合不上嘴巴，但他一直看着前方，我们在下一个路口转弯处停了下来。

突然间，我记起了罗密欧回来之后发生在帕里斯身上的事情，舞台说明非常的简单：**他们在格斗，帕里斯倒下了。**

但是这个很荒唐，不可能。

“好吧，”我深吸了一口气，摇头去驱逐那些侵入我脑海的词语，“这样的事情永远不会发生，没有理由来担心这个。你知道查理现在在盯着闹钟看时间吧，你最好快点把我送回家，免得又惹上更多的麻烦。”

我转过头来看着他，敷衍地笑了一下。

每一次我看他的脸，那张不同凡响的完美的脸，我的心就会跳得厉害，在胸腔里一直跳个不停。这一次，这种跳动比平常的速度还要再快一点，我在他那塑像般平静的脸上读到了这种表情。

“你已经遇到大麻烦了，贝拉。”他嘴唇一动不动地轻声说道。

我在循着他的目光看出去，顺便凑得更近一点，拉着他的手臂。我不知道我在期待着什么——也许是维多利亚站在马路的中央，她火红的头发在风中吹散，或者是一排黑色的长斗篷，或者是一群愤怒的狼人……但是我没有看到任何东西。

“什么？到底什么东西？”

他深吸了一口气：“查理……”

“我爸爸？”我尖叫道。

这个时候他转过头看着我，他的表情很平静，足以缓和一下我的恐慌。

“查理……很可能并**不会**杀你，但是他正在想这事。”他告诉我，重新开车上路，经过我家门前的那条马路，但是他开过了我家的房子，然后停在树林边。

“我做了什么？”我气喘吁吁地说道。

爱德华回过头看了一下查理的房子。我也跟着他往回看，然后第一次发现什么东西停在车道上的巡逻车旁边。发光、明亮的红色，很显眼，是我的摩托车，在车道上招摇着。

爱德华说查理已经准备好要杀我了，他肯定知道——这是**我的**，出卖我的只有一个可能的人选。

“不！”我叫道，“**为什么**？为什么雅各布要对我做这种事？”被背叛的刺痛袭击了我的全身。我那么信任雅各布——把每一个秘密都和他分享，他本应该是我的安全港湾才对——我可以一直仰赖的那个人。虽然，现在的情况已经不一样了，但是我认为我们的感情基础没变，我不觉得这些基础是**可以改变**的！

我到底做了什么要受到这种惩罚呢？查理会变得很疯狂——更糟的是，他还会受到伤害，为我担忧。难道他现在操心的事情还不够多吗？我实在是想象不出雅各布怎么可以如此的卑鄙、龌龊。眼泪涌了上来，在我的眼眶打转，但是这些不是伤心的泪水。我被背叛了，我一时太生气了，仿佛脑袋要炸了一般。

“他还在这里吗？”我轻声问道。

“是的，他在这里等我们。”爱德华告诉我，头朝着把黑暗的树林分成两半的那条狭窄的小路点了点。

我从车上跳了下来，朝树林走去，两只手紧紧地握成了拳头。

为什么爱德华动作比我快这么多？

他一把拦住我的腰，不让我继续前进。

“让我去！我要去杀了他！**叛徒！**”我对着树林大声喊叫。

“查理会听到你的声音的，”爱德华警告我说道，“一旦他把你抓到屋子里，他可能用砖把门口堵死。”

我本能地回头看了一下那幢房子，仿佛我能看到的只剩下了我的那辆红色摩托车。看到了红色，我的脑袋又是一阵刺痛。

“让我来和雅各布赛一轮，然后我再和查理理论。”我徒劳地挣扎着，企图逃脱他的拦截。

“雅各布·布莱克想要见的人是**我**，这是他为什么还待在这里的原因。”

他的话让我打了个冷战——因为我而引起的争斗。我的两只手变得无力，**他们在格斗，帕里斯倒下了。**

我很生气，但是还没有太过于愤怒。

“他想聊聊？”我问道。

“大概吧。”

“还会做什么？”我的声音在颤抖。

爱德华把我脸上的头发拨到后面：“不要担心，他来这里不是和我决斗的，他是充当……狼人的发言人的。”

"噢。"

爱德华又看了一眼房子，然后用手臂把我搂得更紧，拉着我朝着树林走去:"我们要快一点，查理有点儿不耐烦了。"

我们没走多远，雅各布就在小路的前方等我们。他靠在一根生苔的树桩上等我们，他的脸看上去又严肃又痛苦，如我料想到的一样。他看了看我，又看了看爱德华。他的嘴巴仿佛带着一丝讥笑，他耸了耸肩，从树桩旁站直身子，赤脚站着，两只颤抖的手紧紧握成拳头。他比我上次看到他的时候更强壮了，不可思议，他仍然在长身体。如果他和爱德华站在一起，他会显得更高一点。

不过爱德华一看到他就停了下来，我们离雅各布还有一段距离。爱德华转过身来，把我拉到一旁，这样我就站在他身后了。我靠着他去看雅各布——用我的双眼谴责他。

我原本以为看着他那充满仇恨的、愤世嫉俗的表情会让我更加气愤，相反，他的表情只是让我想起了上一次见他的情形，当时他的眼里满是泪水。我盯着雅各布看，我的愤怒减弱了，散去了。我们已经很长一段时间没有见面了——我痛恨我们的重逢竟然是**这样子**的。

"贝拉。"雅各布好像在打招呼，只和我点了一下头，眼光未曾离开爱德华。

"为什么？"我轻声问道，试图去隐藏喉咙口哽咽的声音，"你怎么可以对我做出这样的事情，雅各布？"

讥笑消失了，但是他的脸越发严肃坚毅了:"这是最好的选择。"

"这到底意味着什么？你希望查理**掐死**我吗？或者你希望他心脏病发，就像哈里一样？不管你对我有多生气，你怎么可以对**他**做这些呢？"

雅各布退缩了一下，他的两条眉毛搅在了一起，但是他没有回答。

"他不想伤害谁——他只是想让你被关禁闭，这样的话你就没法和我一起玩了。"爱德华嘀咕道，帮着解释了雅各布不愿说出口的原因。

雅各布的眼睛充满了仇恨的火花，死死盯着爱德华。

"喂，杰克！"我叹息道，"我**已经**被关起来了！你怎么不想想我为什么不直接去拉普西，去直接踢一下你这个不接电话的家伙的屁股呢？"

雅各布的眼光又重新扫到我身上，第一次显示一丝疑惑。“为什么？”他问道，然后紧绷下巴，仿佛他抱歉讲了什么错话一样。

“他以为是**我**不让你去的，不是查理。”爱德华再次解释道。

“别说了。”雅各布突然喊道。

爱德华没有回答。

雅各布抖了一下，然后紧咬牙关，就像紧握的拳头一样。“你的确法力不凡，贝拉没有夸大你的……能力，”他从牙缝里吐出这些话，“那你肯定知道为什么我会在这里？”

“是的。”爱德华低声回复道，“但是，在你开始之前，我要说几句话。”

雅各布等待着，不停地握紧拳头，又松开拳头，试图去控制顺着手臂而下的颤抖。



“谢谢，”爱德华说道，他的嗓音浸透了他深切的真诚，“我永远都没法告诉你我有多么的感激，我这辈子的所有余下时光都会觉得亏欠你的。”

雅各布茫然地看着他，出于惊讶，他不再发抖了。他迅速和我交换了一下眼神，但是我也同样迷惑不解。

“谢谢你帮助贝拉活了下来，”爱德华解释道，他的嗓音粗野而又炽热，“当我……没能做到的时候。”

“爱德华——”我开始说话，但是他举起一只手示意我别说，眼睛盯着雅各布。

有那么一会儿时间，雅各布的脸上划过一种理解的表情，但是很快他又戴上了坚硬的面具。“我不是因为你的原因才做这些的。”

“我知道，但是这并不减少我心中的感激。我认为你应该知道我的想法，如果我能为你做任何事情……”

雅各布扬起了一条黑色的眉毛。

爱德华摇了摇头：“这个不在我的能力范围内。”

“那么，谁有能力？”雅各布咆哮道。

爱德华低头看着我。“是她。雅各布·布莱克，我是学东西很快，我不会第二次犯同样的错误。我会一直留在这里，直到她叫我离开。”

我沉浸在爱德华深情的凝视中。虽然他们的谈话中有一部分我不能听到，但也不难猜测，雅各布希望爱德华做的唯一一件事就是离开我。

“永远不离开。”我呢喃道，仍然被锁在他的凝视中。

雅各布胡乱应答了一声。

我很不情愿地从爱德华的凝视中抽身出来，盯着雅各布说道：“有没有其他你想要的东西，雅各布？你希望我处于麻烦之中——这个你已经做到了。查理很有可能会送我去军事学校，但是这样不会把我和爱德华分开的，世界上没有什么可以把我们**分开**。你还想要什么？”

雅各布一直看着爱德华：“我只想提醒你的吸血鬼朋友合约里的几个关键点，这份协议是唯一阻止我现在当场撕裂他喉咙的东西。”

“我们没有忘记，”爱德华说这句话的时候我刚好在问，“哪几点？”

雅各布仍然盯着爱德华看，但是他回答了我的问题：“这份协议相当特别，如果他们中的任何一个咬了人，休战协议马上中止。是**咬**，不是杀。”他特别强调了一下。最后，他看着我，冷冰冰的。

我立刻就懂得了其中的差异，我的脸也和他的脸一样的冰冷。

“这个不关你的事。”

“事实是——”他一句话只讲了半句。

我没有料想我急匆匆的话语会带来这么强烈的反应，除了他给的那个警告之外，他肯定也不知道。他肯定认为那个警告只是一份谨慎而已，他没有意识到——或者不愿意去相信——我已经做出了选择，我已经下定决心成为卡伦家族的一个成员了。

我的回答使得雅各布越发的焦躁。他的拳头紧紧压在太阳穴上，眼睛紧闭着，试图去控制肌肉痉挛，他的脸色在赤褐色的皮肤映衬下显得有点儿发绿。

“杰克？你没事吧？”我急切地问道。

我朝他走了半步，爱德华抓住了我，把我拉回他的身后。“小心点！他现在有点失控了。”他提醒我。

但是雅各布已经恢复原来的样子了，现在只有他的双臂还在发抖，

他死死盯着爱德华，只有纯粹的恨意：“呃，**我**永远都不会伤害她的。”

爱德华和我都很痛苦，也听出了他话语中的指责。爱德华发出一阵长长的叹息，雅各布又握了握自己的拳头。

“贝拉！”查理的咆哮声从房子那边传过来，“你现在马上回到这个房子来！”

我们三个都僵住了，然后是一阵沉默。

然后我第一个开口讲话了，声音在发抖：“见鬼。”

雅各布愤怒的表情开始缓和下来：“对于这件事，我**很**抱歉，”他嘀咕着，“我不得不这样做——我知道自己非尝试一下不可……”

“谢谢。”我声音里的恐惧盖过了讽刺的意味。我看着这条路，有一点希望查理能够追到这里来，像一头被激怒的公牛一样在这些潮湿的蕨类植物中横冲直撞。在那个场景中，我会成为那面红旗。

“还有一件事，”爱德华对我说，然后他看着雅各布，“我们到处都找不到维多利亚的踪迹——你知道吗？”

雅各布一想，爱德华就已经知道答案了，但是雅各布还是直接告诉了我们：“最后一次是贝拉不在的时候，我们让她以为自己已经逃离了——我们把圆圈围得小一点，做好了准备伏击她……”

我的脊背感到一阵阵凉意。

“但是最后她像一只蝙蝠飞出了地狱，离我们很近，她闻到了你们家族女性的气味，然后一去不复返，再也没有来过我们的领地。”

爱德华点了点头：“如果她再回来，就再也不用你们操心了，我们会——”

“她在我们的草坪上杀了人，”雅各布嘀咕着，“她是我们的！”

“不——”我对两个人的说法表示抗议。

“贝拉！我看到他的车子了，我**知道**你们在那儿！如果一分钟之内你们不到房间里来……”查理懒得把恐吓的话接下去。

“我们走吧。”爱德华说道。

我回过头看雅各布，心里好难过，我什么时候可以再见到他呢？

“抱歉，”他说得太轻声了，以至于我只好看到他的嘴唇才知道他的意思，“再见，贝拉！”

“你答应过的，”我绝望地提醒他，“还是朋友，对吧？”

雅各布慢慢地摇了摇头，我喉咙口的哽咽就快要堵死我了。

“你知道我费了很大的劲想要遵守这个承诺，但是……我不知道还能怎样做。现在我已经没有办法了……”他费力地保持着他的面具，但是面具最终消失了。“我想你。”他说道，向我伸出手来，手指向前，他的手指很长。

“我也是。”我哽咽着答道，伸出手去握住了他的手。

我们像是连在一起了，我感应着他的痛苦，他的痛苦成了我的痛苦。

“杰克……”我向着他走了一步，想用双臂去拥抱他，想拂去他脸上的痛楚。

爱德华把我拉了回来，他的手臂已经不是在保护我，而是在阻止着我。

“没问题的。”我向他保证，我抬头看他的脸，我的眼神里全是信任，他会理解的。

他的眼睛没有任何情感，脸上没有任何表情，只是冷冷的。“不，这不行。”

“让她自己决定，”雅各布咆哮道，再一次发怒了，“她**想要**过来！”他往前大踏步走了两步，他的眼睛里闪现出一丝预感。他的胸口随着身体发抖在不断起伏。

爱德华把我拉在他的身后，然后转过去面对着雅各布。

“不！爱德华——”

“伊莎贝拉·**斯旺！**”

“放开我！查理等得要疯掉了！”我的声音充满了恐惧，但是现在却不是因为查理，“快点！”

我拖着他，他放松了一点。他把我慢慢拉到身后，我们一边离开，他还一边看着雅各布。

雅各布看着我们，脸上有一丝不悦之色。眼睛里流露出绝望的神情，然后，就在我们要穿入树林的时候，我看到他的脸突然布满了痛苦的神色。

我知道，这最后一瞥会一直萦绕在我身边，直到有一天我可以再次见到他的笑容时，这种担忧才会消失。

就在那个地方，我对自己发誓，我一定要再见到他的笑容，要很快，我会想办法来留住我的朋友。

爱德华的手臂挽着我的腰，紧紧地搂着我，这是不让我眼眶里的泪水掉下来的唯一支柱了。

我面临着一些非常严重的问题。

我最好的朋友把我当成了他的敌人。

维多利亚仍然在外逍遥，使得每一个我爱的人都处于危险之中。

如果我不马上变成吸血鬼，沃尔图里会杀掉我。

可是现在看来，如果我**变成了**吸血鬼，奎鲁特狼人也会尝试亲自去做这件事——还会试图杀掉我未来的家人。我不认为他们能成功，但是我最好的朋友会不会在冲突中丧命呢?

这些都是非常严重的问题，可是当我们穿越树林最后一排树时，我看到了查理绛紫色的脸，所有这些问题突然间都变得不重要了。

爱德华轻轻地捏了一下我的手:“我在这里。”

我深深地吸了一口气。

这是真实的，爱德华就在这里，他的手臂挽着我。

只要这是真实的，我就能面对一切困难。

我挺直了肩膀，向前走去，去迎接我的命运，和我命中注定的爱人并肩面对一切。